法醫秦明

最新作品

法醫秦明 著

萬里機構

推薦序

　　未成年人的心理健康，一直是廣受關注，卻又不太為人重視的話題。

　　作為一名作家，要有一枚責任之膽，將所觀察到的諸多現象及其本質，坦率地在作品裏表達出來；作為一名父親，看到未成年人的困境時，還應該天然帶着一顆同理之心，對他們的遭遇有所理解與悲憫。

　　秦明兼具了這兩種身份，同時還多了一重職業身份，作為一名法醫，他還多具備一雙敏銳之眼，從專業角度予以剖析與解題，將一個個悲劇背後的潛在因素，一一提煉出來，揭示更具社會意義的議題。

　　責任之膽、同理之心、敏銳之眼，分別代表了一本好書的術、法、道三個層級。

　　當三者合而為一，即是這一本《白卷》的呈現。這本書標誌着秦明這三重身份的自我覺悟，也讓我們這些忠實讀者感受到一種沉甸甸的壓力。因為秦明毫不留情地撕破了虛掩的帷幕薄紗，讓真實順着殘破的縫隙透射進來，吹徹入骨。

　　但這本書的價值，絕非僅僅讓我們見證現實，它還是夜半在客船上聽到的一聲悠揚鐘聲，帶着悲憫、帶着善意，讓我們在沉沉黑夜中聽到一絲救贖的希望。

馬伯庸

自序

　　萬劫不復有鬼手，太平人間存佛心。抽絲剝筍解屍語，明察秋毫洗冤情。

　　一雙鬼手，只為沉冤得雪；滿懷佛心，唯願天下太平。

　　眾生皆有面具，一念之間，人即是獸。

　　近些年，我們看到了越來越多的青少年心理健康問題，很多人在呼籲要關注孩子的身心，但到底要怎麼關注、理解孩子？

　　作為一個父親，我也經常有類似的疑惑。關注、理解，我自認為是可以做到的。但是，孩子有的時候鬱鬱寡歡，又不願意把自己的心事告訴我們，我們這些當父母的就只有乾着急的份兒。如何和孩子及時有效地溝通？如何和孩子建立起良好的親子關係？

　　為了尋找這些問題的答案，我把《白卷》的主題定在了親子關係上。

　　很多人問我《白卷》這個書名有甚麼含義。

　　從表面上看，交白卷，可能是一種暗示，是孩子封閉自己、拒絕溝通的抗議；

　　而往深處看，交白卷，也可能是一種信號，是孩子渴望理解、渴求關注的求救。

　　在教育孩子的話題上，很多家長都覺得自己很委屈。明明做的事情都是為孩子好，孩子卻完全不領情。他們把一切責任歸咎於孩子的「叛逆期」——我也想溝通想交流啊，但我一開口，孩子就不樂意聽，這不就是叛逆嗎？

如果同樣的問題問孩子，他們也很委屈。家長一開口就是勸說做這個不做那個的，也從來不認真聽孩子說的話，這能叫溝通嗎？

　　兩邊都有不滿，兩邊也都有委屈。

　　這樣的情景，老秦自己也會遇到。小小秦也正處於「叛逆期」，所以我和小小秦促膝長談的時候，也會遇到各種各樣的問題。把心自問，我不算是一個特別善解人意的爸爸，但我覺得，這種溝通和交流的嘗試，對家長與孩子都是非常重要的。

　　老秦不是教育專家，也不知道健康的親子關係是否有正確答案。但老秦相信，所有心懷愛意的父母和孩子，都在生活中不斷地嘗試和摸索，探尋最適合彼此的相處方式。老秦所能做的，就是用書中這些根據真實案件改編的故事，給大家帶去一些警醒和啟發。

　　《白卷》的成書時間非常長，這並不是因為老秦找不到合適的素材，而是老秦希望能夠在親子關係的話題上，思考得更多、創作得更深入。所以，花了一年的時間，和元氣社的小夥伴們開了十幾次策劃會後，我才把《白卷》的中心主旨和創作大綱敲定下來。這裏也特別感謝元氣社的合作夥伴周瑜，在策劃討論的過程中，提供了心理諮詢師的視角，提升了思考層次，在討論中碰撞出了有價值的靈感，我們也借鑑了心理學家艾力遜（Erik Erikson）和阿德勒（Alfred Adler）的一些理念，完善了書中的人物設定。

　　我希望《白卷》可以為家長和孩子們打開一些思路，針對家長和孩子的溝通問題、家的意義、孩子們的人格和性格養成等，讓家長與孩子可以有更深、更廣闊的思考。

老秦認為，一個家中的每個成員都應該是平等的，每個成員的想法和意見都應該被尊重。孩子不是任何人的附屬品，他們同樣是應該被尊重的家庭成員。父母和孩子相守相伴的十幾年，無論對於父母，還是孩子，都是最為寶貴、最應珍惜的時光。

　　畢竟，父母不可能陪伴孩子的一生，孩子總要靠自己生活在世界上。父母不能替孩子做所有的決定，替他們解決所有的問題，真正愛孩子的父母，最終都要讓孩子學會自立。

　　在這個過程中，父母和孩子應該努力地去聆聽雙方的聲音，學會彼此尊重，學會彼此交流。父母和孩子對於彼此來說，都是第一次擔當這樣的角色，他們也都需要共同成長。

　　我希望，天下所有的父母、所有的孩子，都能不斷溝通、不斷探索、不斷成長。

　　我也真誠地希望讀者們，無論是家長，還是孩子，都能從本書中，獲得一點點啟發，接納自我，接納彼此，不交人生的「白卷」。

　　寫了這麼多，我已經開始期待你們的回饋了。

　　是啊，這就是文學創作的快樂所在。我可以和成千上萬的讀者一起探討一些讓人感到疑惑的問題，從寫作中或者讀者們的書評中，開啟討論，尋找答案，這是讓人何等欣慰與興奮的一件事啊！

　　在這幾年裏，也有很多讀者問我：為甚麼書裏非命案的案件越來越多了？

我覺得，我減少了命案的篇幅，而增加了其他意外死亡的故事，主要原因有三：一是老秦本身就是寫實派的作者，而實際情況中，命案的確是越來越少了；二是法醫工作絕對不僅僅是在命案中發揮作用，在死亡方式的判斷和整個訴訟過程中都能發揮不可替代的作用，我希望我的讀者可以看到法醫在其他更多領域發揮作用的故事；三是法醫工作博大精深，除了現場分析之外，還有很多其他的案件需要法醫貢獻力量，我想讓我的讀者全面地了解法醫學專業。

　　我真心希望，即便在那些並不是命案的故事裏，你們也可以看到法醫的智慧與勇氣。

　　照例聲明，本書中所有人名、地名、故事情節均屬虛構，如有雷同，概不負責。書裏真實、接地氣的內容，便是那些公安刑事技術人員兢兢業業的工作態度、一絲不苟的嚴謹精神，以及卓越超群的細節推理。

　　相信大家可以看到，有那麼一群人，正在守衛着國家的藍天白雲。

　　叢斌院士在綜藝節目《初入職場的我們‧法醫季》中說道：「法醫工作是為了維護公民的生命權、身體權、健康權。法醫學是國家醫學。它為國家的治理能力和治理體系的提升，科學性、系統性地提供了必要的科學技術支撐。」

　　希望法醫秦明系列小說，可以讓讀者們了解叢斌院士這段話的真實含義。

　　那，我們開始吧！

# 目錄

推薦序 002
自序 003
出場成員介紹 010

引子   012

趁着夜色野釣的男人，忽然發現身邊的黑貓不見了。

牠仿佛被甚麼氣味所吸引，撕扯着河灘上一坨分不清面目的東西……

第一案
膠帶纏屍   028

在河邊擱淺的男屍，頭上都是傷口。

他死亡時，嘴和腳都被膠帶纏緊，不知為何，這畫面總讓人覺得哪裏不對勁。

第二案
消失的奶茶   066

佈景精緻的網路直播間，成了女主播的死亡現場。

鏡頭之外，遍地都是垃圾，奶茶灑了一地，卻唯獨少了裝奶茶的杯子。

第三案
五步必死　104

看到屍體手臂上腫脹的血泡，我仿佛看到了恐怖片裏的喪屍。
我暗叫不好，趕緊給還在案發現場勘查的林濤打電話：「不要搜
了！太危險了！趕緊撤退！」

第四案
網暴遺言　138

網路有股魔力，可以把人高高捧起，也可以把人重重摔下。
「我已無法立足於世，來世若你自重，再做母子。」留下這句話
後，16歲的少年失蹤了。

第五案
虛擬解剖　174

年輕女屍出現在偏僻的開發區，內褲已經被褪下，卻沒有被性
侵的痕跡。要了解她的死因，我們不得不動用秘密武器：虛擬
解剖。

第六案
死後歎氣　206

林濤端着相機，把鏡頭對準屍體的面部。
突然他慘叫了一聲，從凳子上摔了下來：「他，他沒死！他剛剛
歎氣了！」

第七案
囚鳥 240

一家四口，盲的盲，瘸的瘸，傻的傻。
唯一健全的女兒，這天放學回家，卻發現屋裏橫着兩具屍體⋯⋯

第八案
釘子 272

礦井下的爆炸，足以讓人體瞬間氣化，甚麼都不剩。
可為甚麼這樣的地方，會藏着一具孩子的屍體？

第九案
四腿水怪 304

水庫開閘放水，正看着熱鬧的人們，突然四散逃開。
有個人形的物體，隨着水流翻滾，越來越近，隱約露出了四條交錯的大腿！

第十案
斷腸密室 334

廁所的燈亮着，孩子半天都沒出來，門從裏面鎖住了。
沒有人知道，渾身是血的孩子已倒在地板上，下腹鼓出了一個突兀的包⋯⋯

尾聲
白卷 366

世界上最遙遠的距離，是我們仍在一起，卻不再開口，也不再回答。

龍林省勘查小組

出場成員介紹

組長

秦明

職業：法醫

學生時代的暱稱是「秦大膽」，勘查小組的同伴們喜歡叫他「老秦」。即使已經工作多年，有時候也會有些急脾氣。生活中最在意的就是妻子鈴鐺和兒子小小秦，但忙起工作來，經常照顧不到家裏，這也讓老秦非常內疚。

林濤

職業：痕檢（痕跡檢驗）

林濤是秦明最早的搭檔，負責檢驗現場痕跡、收集物證。他長相清秀、性情溫和，私底下怕黑又怕鬼。每次勘查陰森恐怖的現場，都得鼓足一百倍的勇氣。如果把儲起來的勇氣用在告白上，或許他就已經不再單身了吧……

李大寶

職業：法醫

大寶原先是青鄉市的法醫，後來進入省廳勘查小組，成為第二位法醫成員。他對破案很着迷，也特別能吃苦，儘管時不時就要出差，也總是很樂觀，口頭禪是「出勘現場，不長痔瘡」。和女友夢涵（現在的寶嫂）經歷過很多風風雨雨。

陳詩羽

職業：偵查員

率直、好勝、戰鬥力很強，卻不太擅長交際，有時候說話容易得罪人。雖然父親是警察，但「小羽毛」沒有依靠父親的光環，而是靠自己的實力贏得了大家的尊重。在勘查小組裏，主要負責偵查方向的工作，因為平時愛好攝影，偶爾也承擔部分拍攝物證的任務。

韓亮

職業：司機

韓亮是個神奇的富二代，因為對破案有興趣，以輔警的身份加入省廳，每天開車載着勘查小組往返於案發現場和解剖室之間。因為韓亮的資料搜索能力特別強，見識也很廣，所以被小組成員譽為「活百科」。因為童年目睹母親的死亡，留下了心理陰影，雖然性格開朗，卻難以維持長期的戀情。

程子硯

職業：圖偵（圖像偵查）

程子硯性格內斂，容易害羞。看起來文文靜靜，但內心也有非常倔強驕傲的一面。她最初是因為痕檢工作表現突出被招入勘查小組，後來轉型專攻圖像偵查技術，在利用監控破案的領域裏做得非常出色。她還有一個妹妹叫程子墨，目前在守夜者組織中工作。

引子

> 這個世界上最愛我的人，
> 卻也最讓我窒息。

1

龍番河邊，萬籟俱寂，只有河水嘩嘩流淌。

在深藍色的夜空中，飄着幾大團雲，時不時地把明亮的月光擋住。

龍番河的這一段，夾在上游的番西村和下游的老王村之間，因為沒有實際意義上的小路，所以來的人很少。

河邊是一個小土坡，因為是荒地，沒有開發，所以各種形態的雜草，經受了冬季的寒風而乾枯，橫七豎八地簇擁在一起，把小土坡遮蓋得嚴嚴實實。這個地方被附近的村民稱為「二土坡」。

這一天晚上，僻靜的二土坡似乎有一些不同。

一束由強光手電筒射出的白色光芒，穿過這些雜草，在黑暗中晃動着。白光時不時掃過龍番河的水面，反射出粼粼的亮點。

剛剛出了正月，空氣還是刺骨的，冬眠的動物們還在蟄伏，河邊這一塊平坦的土坡上，只有鞋底摩擦植物發出的沙沙聲。

「哎喲！我的天，早知道這麼難走，我就不來了。」

「喵。」

老六扛着一捆魚竿，一邊向河邊走着，一邊舉起拎着塑膠桶的右手，向手背上哈着熱氣。他抱怨着這路怎麼這麼難走，又嘟囔着這天還真是夠冷的。

老六是番西村的村民，沒甚麼特點，就是普通到再也不能普通的一個人。他生平只有兩個愛好，一是釣魚，二是養貓。

釣魚不僅能滿足他的喜好，還能讓他有所斬獲，畢竟以老六的垂釣技術，總是能釣上一些好東西。這些鮮有的水產，拿到市場上是可以換來個好價錢的。

而養貓也花不了多少錢，他愛這隻養了十年的老黑貓，勝過愛自己的老婆。老黑貓也沒有貓的風骨，天天像條狗一樣，和老六形影不離，因為跟着老六，有魚吃。

龍番河是長江的一條重要支流，長江禁漁令下來之後，龍番河地屬的周邊地方政府對於禁漁令執行得非常嚴格。河邊每天都有專門的人巡邏把守，河面上也時不時可以看到巡邏的小船。他們的職責就是禁捕禁撈，就連釣魚，也只允許一人一竿一鉤。

老六在村子的河邊，被抓了好幾次，也被訓誡了好幾次，甚至還有一次被罰了款。

可是，一人一竿一鉤對於老六來說，是不能接受的。如此低下的工作效率，讓釣魚這項活動失去了原有的魅力。用老六的話來說，就是：賊不過癮。

於是，他打起了歪主意。

二土坡的這段河面，是沒人管的，因為政府的人也知道，這個地方沒路，人進不去。

但是老六偏要試試。

這天晚上，老六帶着他心愛的五根魚竿和一隻貓，穿過了這片荒無人煙的地方，來到了河邊。他還特地帶了一隻大塑膠桶，做好了滿載而歸的準備。

穿線、掛鉤、串餌、撒餌、拋鉤，老六駕輕就熟地完成了這一系列程式，他架好魚竿，坐在一塊冰涼的石頭上，搓着手、跺着腳，用摩擦起熱的物理學原理來對抗着依舊寒冷的空氣。

他一邊用手電筒輪番照射着幾個浮標，一邊下意識地去摩挲身邊的老黑貓。可是，老黑貓居然意外地不在他的身邊趴着。

「西西！跑哪兒去了？」老六揮動着手電筒的光束，在周圍尋找着。

雖然老黑貓的毛色很容易隱藏在夜幕之中，但是那雙可以反射手電筒光芒的眼睛很快就暴露了它的位置。

牠在距離河邊很近的地方，不知道在幹些甚麼。

「河邊有死魚嗎？不能吃，過來！」老六嚴厲地命令道。

老黑貓不情不願地轉過身子，三步一回首地向老六走了過來。老六捏着牠頸後的皮，把牠拎到了自己的懷裏。

這也是一種取暖的方式。

只過了一小會兒，已經有三條魚上鉤了，都不小，老六的心情大好，甚至都感覺不到寒冷了。他取下一根多鉤魚竿上掛着的一條小魚，準備扔給老黑貓吃。

可是沒想到，老黑貓又不見了。

「西西！」老六沒好氣地又叫了一聲，手上的光芒倒是下意識地照向了剛才的位置。

果不其然，老黑貓依舊在那裏。

「甚麼玩意兒？這麼吸引你？」老六苦笑了一下，邁開腳步，要去一看究竟。

他踩在河邊的石頭上，一步一個踉蹌地向老黑貓的位置走了過去。

「甚麼呀這是？」老六的手電筒照亮了老黑貓身邊的河灘。

黑暗中，似乎有一件衣服。就是那種中學生穿的校服，藍色的底色，胸間還有紅色和白色的條紋。

這地方都沒人來，怎麼會有衣服落在這裏？難道是上游漂下來擱淺的？

可是，老黑貓為甚麼會在啃一件衣服？這算是甚麼迷惑行為？

老六疑惑着，繼續靠近。

確實，那就是一件中學生的校服，只是那絕對不是一件普通的衣服。一件普通的衣服，如果沒有軀體的支撐，肯定會是癱軟的。可是這一件藍色的校服，無論是胸口還是上臂的位置，都是隆起的，就像有一個人穿着它一樣。

不過，也不全都一樣，因為手電筒的光芒照到了校服的領口，領口上，並沒有頭顱。所以，老六稍微松了一口氣，內心確認，那肯定不會是一具屍體。

走到了老黑貓身後一米的地方，校服已經能清晰地映入眼簾了。

而也就在此時，老六清楚地看到，那校服的領口，確實沒有頭顱——

但是，有半截脖子。

脖子上沒有頭顱，但是從脖子的橫截面上，可以看到白森森的頸椎和本應該是紅色卻被水泡得有些發白的肌肉。

一剎那，老六全身的毛都豎了起來，他發出了一聲自己一輩子也沒發出過的驚叫聲，並且向後一步跳出了兩米遠。

因為這一聲恐怖的驚叫，老黑貓也被嚇得尾巴的毛髮都豎起來，生生蹦起了一米高。

老六摔坐在地上，感覺不到屁股的疼痛，他瞪大了眼睛，全身抖成了篩糠，卻不是因為天氣的寒冷。

無頭的屍體依舊平靜地躺在河灘的亂石上，隨着水波的推動，輕輕地晃動着肩膀。

2

我坐在我的小房間裏，面對着桌子上的電腦，電腦裏的老師正在滔滔不絕地解讀一道函數題，可是我一句也沒有聽進去。

我把垃圾桶裏被毀掉的畫作又拿了出來，鋪平放在了桌子上。整張畫紙都已經皺得像一張 100 歲老婆婆的臉，還未乾的顏料也被擦模糊了。

它已經被徹底毀掉了。

我慢慢地把它從中間撕成了兩片，重新把它們揉成了一團，扔進了垃圾桶裏。

今天是星期三，上學的日子，可是因為疫情，過完年之後，我們都在家裏上網課。是啊，我九年級了，也就是中三下學期了，距離中考只有三個多月，不管發生甚麼事，應該都不能缺課了。

據說下周開始，就可以複課了。我挺期待複課的，至少還有老師、同學可以說說話，不像這個只有三口人的家，每天感覺都是靜悄悄的。

但這種安靜，並不持久。

媽媽總是會像貓一樣，悄無聲息地出現在房間的門口，或是我的背後。她總是喜歡來這種「突然襲擊」。「襲擊」的目的只有一個，就是看看我在幹甚麼。

如果我正在寫作業，媽媽總會慈祥而又尷尬地問我想不想吃點甚麼、喝點甚麼；可是如果我被逮到正在畫畫，那她就是完全不同的另外一副面孔了。有時候她會氣得發抖，有時候她會突然哭起來，每次她的臉色一變，房間裏的氣壓都好像降低了。

為了不讓她的情緒更激烈，我每次都只能默不作聲，用點頭認錯的表情來應付她幾乎一成不變的「教育」。

其實從我記事起，媽媽就是這樣，每天愁眉苦臉，總是不快樂。明明她的東西都比別人多、比別人好，還是不能快樂。她總是和我

説，要上好大學，要上 C9[1]、985[2]，還要讀研究生、博士，因為只有高學歷，才能有精彩的人生。她總覺得因為自己沒有高學歷，日子才過得不如意，但在我眼裏，她的日子明明過得挺好。哪像我，我每天都要不停地學習，一刻都不允許休息。小學時，我放學後出去玩一會兒就會被她嘮叨，後來幾乎都只能準時回家，到了家，就得在寫字桌邊不能動彈了，哪怕是多上幾趟廁所，她都會覺得我在故意偷懶。一旦發現我不在學習，她無窮無盡的嘮叨就開始了，好像我的人生中除了學習，不能出現任何別的東西，哪怕只是走神了一會兒，都是對媽媽一片苦心的辜負。

很煩，但是我不能表現出煩，因為那樣的話，她的情緒會更崩潰。

這都無所謂，忍忍也就過去了。我不能忍受的，是每時每刻都會覺得自己的身後有一雙眼睛，一雙盯着我的眼睛，這實在是讓人毛骨悚然。無論在做甚麼，閒了回頭看看有沒有人，已經成了我下意識的行為。

毫無安全感。真的很痛苦。

我家平時有三個人，媽媽、我和小荷姐姐。小荷姐姐是我家的保姆。

我不是沒有爸爸，只是我見不到我的爸爸。算起來，爸爸恐怕有兩年都不在家裏住了，我上一次見他，還是過年前的一個週末，那天他回來，說是要帶我去露營。可是媽媽拒絕了，說天氣太冷了。其實這個冬天，一點也不冷，冷掉的，是我的心。

媽媽以前上班，現在不上班了。不，她現在還上班，她上班的內容，就是盯着我學習。她說過，我現在的學習成績就是她的工作成果。是啊，家務都是小荷姐姐的事情，而她就是無時無刻不在我背後

---

1 C9：即九校聯盟，是中國首個頂尖大學間的高校聯盟；包括北京大學、清華大學、哈爾濱工業大學、復旦大學、上海交通大學、南京大學、浙江大學、中國科學技術大學、西安交通大學共九所高校。
2 985：具有世界先進水準的一流大學。

的那雙眼睛。不知道她以前上班的時候，對自己的同事們是不是也會這麼嘮叨。

媽媽說，最近爸爸的公司狀況很不好，所以他每天都會加班。為了不打擾我們，他就乾脆住在了公司，不回家來住了。我已經不是小孩子了，這種明顯的謊言，是騙不到我的。雖然我不知道他們發生了甚麼，但是我很擔心他們會離婚。

我不想在「選爸爸還是選媽媽」這種無聊的問題上浪費心思，因為以爸爸看媽媽的那種畏懼的眼神，以及媽媽對我的依賴，我無論如何是會跟着媽媽的。可是，爸爸對我來說，意味着唯一的自由，我不想失去這唯一的自由。

那次媽媽不同意我去露營，我還是很失望的。我很喜歡和爸爸去露營，只有在那時候我才能感受到自由。去年秋天，和爸爸去了一趟龍番山，在那裏挖野菜、捉野兔，別提玩得多開心了。可惜啊，我光顧着玩，都忘記拍照了。現在想想，半年過去了，記憶都快模糊了。

所以，我就想着把那次露營給畫下來。

我很喜歡畫畫，而且我覺得自己挺有繪畫天賦的。記得有一次，我把我的畫傳到了網上，上萬人給我這個小透明點了讚，甚至還有人問我賣不賣，我心裏可開心了。只可惜，媽媽見不得我畫畫，我也不知道為甚麼。

剛才，媽媽說去新華書店給我買複習資料，小荷姐姐正忙着在樓下拖地。這是難得的機會。我趕緊從床墊的下面，拿出了我的畫板和畫紙，一邊回憶和爸爸露營的樣子，一邊畫了起來。

只要一拿起畫筆，我就會忘記了時間，不知不覺天都黑了。

可能是我注意力太集中了，暫時放下了那種時刻回頭看看的警惕性。那雙在我背後的眼睛，不知道甚麼時候又出現了，而我一點察覺都沒有。當時，我還在給最後一叢灌木上色。

「甚麼時候了，你還在偷偷畫畫？！你是想氣死媽媽嗎？」

不用回頭，就知道媽媽這次又激動了。

「你知道不知道，畫畫的，沒一個正經人！畫畫能養活你自己嗎？畫畫會耽誤你一生的！我和你說過多少遍，你只有幾個月的時間了，這幾個月之後，就是『宣判』的時候！你的一生會怎麼過，就指着這一次的『宣判』了！現在到了你人生中最重要的衝刺階段，你居然還

有閒情逸致在這裏畫畫?你要知道媽媽這一輩子過得這麼不順心,其實都是因為學歷低了!如果媽媽有高學歷,還需要指望着別人嗎?你是男孩子,更需要高學歷!你不要怪媽媽嘮叨,媽媽説這麼多,其實都是為你好!媽媽完全可以和別人一樣天天去逛街、打麻雀,但是我每天守在家裏、守着你,為甚麼呢?一切都是為了你啊⋯⋯」

為甚麼畫畫的沒有正經人?為甚麼我是男孩子就要高學歷?為甚麼畫畫就會耽誤一生?她每次説這些話,我都有一百個反問堵在心裏。

媽媽一直説是為了我好,但我每次想跟她聊聊畫畫的事,她總是不耐煩地打斷我。她不想了解我的想法,她只想要我按照她的意思去做。這到底是我的人生還是她的人生?我是不是一輩子都順從她的意思,她才會滿意⋯⋯

當然,這種嘮叨,我已經司空見慣了,如何應對也已經遊刃有餘了。我紅着臉、微微點着頭,一臉愧疚自責的表情,打算用這種低眉順眼的姿態,把眼前的風波先熬過去。

但是這一次,她愈説愈生氣。

「你畫別的就也算了,你這畫裏只有你和你爸,連你媽的影子都沒有!你是不是巴不得成天跟你爸混在一起?反正你那爸爸也不監督你學習,我這個盡心盡力管你的媽媽反倒讓你嫌煩了是嗎?」

媽媽一邊説,一邊伸手就把我剛剛完成的畫作給揉成了一團,扔進了垃圾桶裏。

這突如其來的變故,就像是一把尖刀刺進了我的心裏。

媽媽揉捏畫的動作,打翻了桌子上的墨水,把我放在桌子旁的校服都弄髒了。

我的心好痛,眼淚也就流出來了。

我拼命地忍耐,想把眼淚逼回去,因為我不確定不多見的眼淚會不會激怒媽媽。

但媽媽沒有被激怒,她似乎很傷心,也流下了眼淚。她坐在我的床邊嗚咽了一會兒,起身離開了,還説了一句:「還有最後一節課,好好學吧。」

媽媽的眼淚反而讓我有些不知所措了,剛才的那股子憤怒,一瞬間也就煙消雲散了。

其實事情也沒那麼糟，我的床墊下面還藏着我的十幾幅畫作，媽媽並沒有發現。

我瞅了一眼垃圾桶裏被我撕開的畫作，又瞅了一眼電腦螢幕裏的課件，心亂如麻。

此時，電腦裏的老師還在一遍遍重複着解題的思路，而且還對着攝像頭不斷地問：「你們聽懂了嗎？」

攝像頭能懂個啥？真的很可笑。

我撫摸了一下掛在桌子旁的校服。

藍色的墨水浸染到了藍色的校服上，變成了黑色。墨水把胸間紅色和白色的條紋都弄髒了，而那一塊就是心臟的位置。

我想，這一次，小荷姐姐本事再大，恐怕也洗不乾淨了吧？即便她能洗得乾淨，我的心卻也沒法真正的平靜。

我吃撐了。

食物像是從我的胃頂到了喉嚨上，連呼吸都有些困難。

我想，一會兒走走，應該就會馬上消化吧？

我爸我媽總是怕我吃不飽，其實我壓根吃不了那麼多。可是，這又能怎麼辦呢？那一盤子排骨，我媽得在裁縫鋪給人改五件衣服才買得起。他們讓我吃，我也只有拼命吃了。因為我吃得愈香，他們愈開心。

爸媽都說我最近瘦了，我心裏只有苦笑啊。白天課業那麼重，週末和假期身體又那麼累，能不瘦嗎？

我現在心情不好，倒不是因為吃得很撐。

好不容易盼來寒假，這才放了沒幾天，爸媽居然商量着讓我去補課。我媽和我爸說，她今天在裁縫鋪聽見兩個同學的家長商量着要找老師上門家教。老師明明教育我們要公平競爭，偷偷補課又算甚麼？

同學們補課，自然會獲得更多的知識，成績也會更好，可是我怎麼辦呢？難道我也去補課嗎？

要知道，這種上門補課輔導，一節課要 500 元。500 元！我媽要縫 10 件衣服，或者要裝 100 條拉鍊才能賺到！他們拿甚麼來支付這麼高昂的補課費？

所以我當時說了一句，我沒必要補課。

我媽當時就急了，說甚麼逆水行舟，別人都補上去了，我相對來說就吃虧了。唉，是啊，我何嘗不知道逆水行舟？可是，我們家連「舟」都買不起！我媽似乎看破了我的心思，哽咽着說甚麼自己沒本事，沒法給我提供更好的受教育環境。我爸也在一旁唉聲歎氣，那架勢，好像世界末日就要來了。

雖然我很擔心同學們通過補課超越我，但是在這種時候，我還是逞強地說了一句：「我靠自己，也可以！」

說實話，我沒有底氣。中三了，每個人都對我全班第一、年級前十的成績虎視眈眈，我要靠甚麼才能保住這個成績呢？

我知道，我們最終決定不補課，爸媽肯定又要徹夜不眠，商量怎麼才能掙來更多的錢。真的希望我媽別再給我爸增加心理壓力了，他白天在公司開車，晚上還要開出租，50 歲的人了，這樣熬，能撐得住嗎？

毫無疑問，爸媽是這個世界上最愛我的人，可是他們的愛，讓我窒息。

記得中一的時候，補課費是 80 元一節課。每週四節課就是 320 元，一個月就要一千多。這樣的經濟壓力，對我的家來說，已經算是很沉重了。可是我媽堅持要我和大家一樣去補習。

那段時間，我爸除了白天給保險公司當司機，下班後還自己偷偷接工作，經常開車開到凌晨 2 點，每天只有五個小時的睡眠。我每天都提心吊膽，生怕他疲勞駕駛出事兒。我媽呢，裁縫鋪那麼多工作她拼命地幹，晚上回來還幫人家糊紙盒，一個紙盒一毛錢。

我一節課，我媽就要糊 800 個紙盒。

那時候，天氣熱到讓人中暑，我都不敢去買根冰棒，一根冰棒兩元，我媽就要糊 20 個紙盒。

還好，後來我憑藉着自己的努力，考進了年級前十，這是可以統招進重點高中的成績。有了這個成績，總算讓我媽安心了一些。

這次期末考試，我只退步了一名，她又焦慮了。只可惜，這次她想找補習班也沒處花錢了，大家全變成了偷偷摸摸的上門家教，補課費也是全面飛漲。這個問題，讓我的家庭一時沒有了辦法。

從小，我就是掌上明珠，只不過我家的這個「掌」，潦倒了一些。但貧窮並不影響爸媽對我的愛。因為愛我，他們永遠只會在自己身上挑毛病。我回憶了一下，我長到 15 歲，幾乎從來沒有被爸媽責罵過。他們只會說自己沒本事，沒有能力給我一個好的教育環境。他們每天被人呼來喝去，已經受盡了委屈，回到家裏，還要自己給自己委屈，我真的很心疼他們。

他們和我說，讓我好好學習，打敗所有的對手，才能讓看不起我們的人都服氣，才能在社會上出人頭地。像我們這樣的家庭，我只有考上好大學，成了研究生、博士生，才有機會成為「人上人」。這樣我以後就可以不被人呼來喝去了。

記得升中考試的時候，我因為填錯了答題卡，導致英語成績只拿了一個「合格」。他們居然抱頭大哭，而且開始瞎找原因，又說是自己對我的關心不夠，又說沒注意到我的粗心大意甚麼的。後來，他們居然還去圖書館借來教孩子如何細心的「雞湯書」，真是讓我哭笑不得。

從那以後，不管做甚麼事情，我都會謹小慎微。每次考完試，我都會檢查四五遍，生怕這樣的「悲劇」重演。

還記得有一次，我正在我媽的裁縫舖裏幫忙，來了一個阿姨和她的兒子，阿姨隨口炫耀了一句，說她兒子剛剛考上了北大。我媽立即讓我加那個小哥哥的微信，說是讓我請教學習方法。我根本就不認識他！但我知道，這也是我媽對我的愛。所以，我還是加了，不過直到現在也從來沒有說過一句話。多尷尬啊！

父愛如山，母愛如海。父愛壓得我喘不過氣，母愛溺得我也快要窒息了。

※

　　從我記事開始，學習就成了我生活的全部，我不會去關心甚麼社會新聞，不會去關心甚麼明星八卦，不會去關心班上有甚麼「緋聞」，這些對我來說，都是無意義的雜訊。我唯一關心的，就是如何用成績來擊敗我身邊所有的對手。

　　我房間這面牆上貼滿了的獎狀，是我的戰績。但我有時候也會做噩夢，夢見這些獎狀忽然都長了翅膀，撲棱棱地從我家飛走了，我的牆變得空蕩蕩的，我的心也好像變得空蕩蕩的。

　　我很害怕，害怕每一個潛在的對手。

　　而現在，我的對手們正在暗地裏補課。

　　他們會不會在補課的時候，學到我不知道的知識點？

　　我很害怕。

　　可是，僅僅害怕是不行的。我長到 15 歲，從來就沒有對誰服過輸。你們有錢補課，想要超越我，沒關係，我也有我的辦法。我知道，對抗補課的最好辦法，就是操卷。我需要大量的試卷、試題來提高自己的能力。可是，這些試卷、複習資料，對我來說，也是一筆不小的開支。

　　想着我爸半夜強打精神開出租車，想着我媽在燈下糊紙盒，我知道我不能給他們再增添任何負擔了。這筆開支，應該由我來賺。

　　秘密地進行吧。

　　午飯後，我繼續用我的慣用伎倆，告訴爸媽，我去圖書館學習去了，他們高高興興地就答應了。

　　我們家是回遷房，隔音很差。每天晚上，我都能聽見樓下大叔的鼾聲。下午時分，社區裏各種嘈雜會讓人心煩意亂。這一點，我爸媽是知道的。

　　圖書館多好，既安靜，又不要錢。爸媽沒有任何拒絕的理由。

　　我能想出這樣的謊言，也充分體現出了我的智商。

　　對了，我得脫下我的外套。即便這天氣冷到讓人手腳麻木，但是我必須把這件衣服脫下來，塞進包裏，不能讓人看見。

　　畢竟，這種藍底紅白條紋的款式，別人一看就知道是中學的校

服。如果給老闆知道我是個中學生，那肯定二話不說就會趕我回家的。

脫下了外套，更冷了，我不得不跑起來，用運動產生的熱能，溫暖我的身體。

沒辦法，我只有這麼一件冬天的外套。如果是夏天，我還能有幾條媽媽做的裙子可以穿。但是冬天，我不穿它，穿甚麼呢？

不想那麼多了。我看了看路東邊聳立的圖書館大樓，轉頭向路西邊跑去，頭也沒有回。

趁老娘出去找水，我狠狠地揍了「二呆」兩拳頭，它陪了我兩年，我第一次揍它，實在是因為我的心情差到了極點。揍完它，我又開始心疼它了。

二呆是我的熊玩偶，老頭在我轉學的那一年，作為生日禮物送給我的，算是對不願意轉學的我的一點安慰吧。老頭平時那麼凶，但這一次的生日禮物，還是挺合我心意的。二呆在這個陌生的一樓小房子裏，陪着我度過了這令人煩躁的兩年。

在那誰出現之前，二呆是唯一能夠傾聽我心裏話的物件了。

今天我是真的不想吵架，可是老娘絮絮叨叨、沒完沒了，一點點把我的好心情摧毀。其實我也不該和老娘吵架，畢竟她也沒甚麼主見，她不過就是老頭的一個傳話筒罷了。這樣想想，我只敢和傳話筒吵架，不敢和正主兒吵，實在是有些羞愧。這也沒辦法，老頭的火兒要是真的被點起來，實在是太凶了，我畢竟是一個小女子，還是不和他硬碰硬比較明智。

老娘絮絮叨叨的，還是補課的事情。

國家不是不讓補課了嗎？國家的指令都敢不執行啊？這些人膽子也太大了，我很生氣。寒假的時候，老頭就要我去補課，我看是和那誰一起補課，也就勉強同意了。我這明明都已經很配合了，難道還不夠嗎？補課比的難道是次數嗎？這都開學了，還要補課？沒完沒了了？我之前被老頭逼着週末整天都在學習，對我的成績壓根一點用都

沒有，但老頭就是覺得勤能補拙，只要花時間，就一定能出效果。他壓根不懂甚麼是學習方法，只知道讓我甚麼事情都聽他的。太霸道了！

剛才也是，我正和老娘「辯論」着呢，老頭的聲音就從客廳傳過來了。

「那就別給她補課了，學也別上了，去社會上混吧。」

這話說的，就沒道理了。不補課，就得去混啊？不過本着避免硬碰硬的心態，我這次就讓步一下。不是我同意去補課啊，只是暫時不說話了。用無聲來抗議霸權。

寒假去補課，主要是因為那誰在。雖然寒假時間都泡了湯，一場球都沒打，但總算有天可聊，有畫可畫，所以也不算太糟。這次老頭得寸進尺，要給我找一個一對一的家教班。一對一？就我和老師兩個人大眼瞪小眼？還是不認識的老師？別開玩笑了，那多尷尬啊。

見我不說話了，老娘又開始施展「絮叨功」，說甚麼一節課500元，她和老頭省吃儉用省下來的錢，都用在給我補課上。我心想，我也沒想要你那省吃儉用的錢啊，你可以不省吃、不儉用，沒人怪你。唉，把我煩得啊，無話可說。於是我就戴上了我的耳機。

可是老娘的「絮叨功」不愧是練了十幾年，穿透力極強，戴着耳機都能聽見她說我不懂得體諒父母甚麼的。說甚麼一切都是為了我好，說甚麼考不上高中就得上技校，說甚麼上了技校就得學壞。這些話，我真的是耳朵都聽出繭子了。甚麼叫為了我好？甚麼叫上了技校就學壞？我就覺得技校蠻好的，以後學個本事，比那些找不到工作的大學生強多了。

在老娘的絮叨聲中，我聽見手機響了一下，就拿起來看看。

是那誰發來的。

「你放心，我會讓所有人都知道真正發生了甚麼的。」

這呆子，又不知道要出甚麼鬼主意了。那事我都不在乎，他倒還是耿耿於懷，真呆，比我的二呆還呆，以後就喊他大呆了。

我心裏太煩了，老娘還在這兒煩着我，他又來添亂。實在是懶得回他的消息，我把手機扔到了床上，站起身來。

「幹甚麼去？」老娘見我拿起了校服，知道我要出去。

「打會兒球去。」我說。

「你一個小姑娘，天天打球，像甚麼樣子？」老頭兇狠而霸道的聲音又從客廳裏傳了出來。伴隨而來的，是他把茶杯重重摔在茶几上的聲音。

我的心頭微微一顫，不過我想這一次我得挺住，不能服軟，於是還是拿着校服，走到了客廳。

我沒有回頭去看沙發上的老頭，但是我能想像得出他那惡狠狠的眼神正在背後盯着我。

「我出去打會兒球。」我又重複了一遍，拉開房門，逃也似的離開了樓道。

隔着我家的大門，我又聽見老頭那惡狠狠的聲音在數落老娘了。

「都是你慣的，一個女孩子天天瘋跑，像甚麼樣子？她這次的成績，連普通高中都考不上！以後怎麼辦？體育成績？體育才幾分！你和她那麼好好説話有甚麼用？説不通就下死命令，不遵從就打！我看這孩子就是欠揍！女孩子就靠媽管，管不好你得負責！」

都是甚麼話啊？除了欺負老娘和我，你在公司敢欺負其他人嗎？也就在家裏敢發發狠吧？

我煩躁地把衣服搭在肩膀上，走出了單元門。

從單元門走出來，我很迷茫。自從轉學到這個陌生的城市之後，感覺一切都不一樣了。説甚麼大城市好，我怎麼就沒覺得有甚麼好處呢？班上的同學一個個只知道埋頭學習，課間休息想叫個人一起去打會兒球，都沒人回應。他們根本就不知道甚麼是快樂的人生！實在是懶得和他們多説一句話。轉學過來兩年了，班上同學的名字我都叫不全。

唉，現在我去哪兒呢？這個時暑，學校保安會放我進去吧？大城市的學校，都管得嚴一些，保安疑神疑鬼的，實在是難溝通。實在不行，我就藉口説我的作業沒拿。去學校操場跑上幾圈吧，出出汗，心情就會好一些的。如果有人在學校打籃球，我也可以和他們一起玩一會兒。

我看了一眼手上拿着的校服，幸虧把它帶出來了。因為去學校的話，就必須穿校服，否則保安還是不讓進。但我不喜歡穿這一身難看的校服，藍色的底色，上面有紅色和白色的條紋，恐怕全龍番，不，全省也找不出比這件更土的校服了吧。

　　但是沒辦法，穿着吧。反正是晚上，別人也不會注意。

第一案

膠帶纏屍

> "
>
> DNA 決定了我們是甚麼，
> 但不能決定我們將成為甚麼人。
> 我們是甚麼不會改變，
> 但我們能成為甚麼則在一直變化着。
> ——美劇《破產姐妹》（*2 Broke Girls*）
>
> "

1

2022 年的春分已過,進入了 3 月的下旬。

疫情時有發生,大家都時刻關注着自己的健康碼和行程卡,生怕一個不小心,就被傳染生病了。

天氣還是很冷,即使把帶棉質內膽的警用冬季執勤服穿在身上,都感覺不到暖和,也可能是這個現場一來很荒涼,二來在水邊。

這居然是我們勘查小組今年出勘的第一個現場。

我叫秦明,是個法醫。我們勘查小組的全名,是龍林省公安廳刑警總隊物證鑑定中心第一勘查組。每個勘查小組,一般都由法醫、痕檢、偵查員等不同職能的員警組成,組員來自公安廳各部門。遇到非正常死亡事件或案件,各個勘查小組就會受命迅速組隊,奔赴現場。

我是勘查一組的組長,和我一起搭檔辦案的還有五個「老夥計」。比如身邊這個默默把領口拉鍊拉高了一些的傢伙,就是勘查小組裏司職痕跡檢驗工作的林濤,他一邊穿過荒涼的灌木叢,一邊小聲說:「這種鬼地方,居然有人敢晚上來。」

這個名叫二土坡的地方,確實就是一個荒涼的土坡,連植物都生長得很蠻橫。想越過這個土坡,抵達導航顯示的現場,只能靠步行。小組裏的圖偵專家程子硯,正在對照着地圖的資料,給我們引路。

「你以為都像你。」陳詩羽是刑警總隊重案科負責人,也是我們小組裏的偵查員,我們一般喊她「小羽毛」。她本來跟程子硯一起走在隊伍的前頭,聽到林濤的嘟囔,一邊嫌棄地吐槽着,一邊從身邊的灌木上折下一根粗樹枝,回身遞給了林濤。

林濤接過木棍當成拐杖,一邊打着身邊的灌木,一邊小心翼翼地問:「不會有蛇吧?」

「冬眠呢,笨蛋。」法醫大寶也折了一根樹枝。

「不是春分了嗎?」林濤看了看天邊剛剛升起的太陽,說道,「9 月進土,3 月出山嘛。」

「那你可要小心點了。」大寶哈哈一笑,說,「說不定蛇也有『起床氣』。」

「別扯了，到了。」我最先爬到了土坡的最高點，可以看到嘩嘩流水的龍番河邊，此時已經拉起了警戒帶。

先期抵達的民警，此時正坐在一塊石頭上打着瞌睡。

「來了，來了，你們辛苦了。」我身邊的龍番市公安局韓法醫喊了一句，打瞌睡的民警立即清醒了過來，走過來，扶着我們跳下土坡。

「秦法醫，報警人是來這裏夜釣的，無意中發現了這一具擱淺的屍體。」民警指了指河岸邊的一個擔架，說，「是一具無頭屍體。我們怕屍體繼續浸在水裏，所以先撈上來放進屍體袋後，再放在擔架上了。」

「碎屍案件，感覺好幾年都沒見過了。」韓法醫皺起了眉頭說道。

近年來，因為科技迅速發展，破案率不斷攀升。龍番市已經連續五年命案偵破率 100% 了。隨着打擊力度的增大，命案迅速減少。現在的命案發案率只有 15 年前的五分之一了。節約下來的警力，利用剛剛發展起來的 DNA 新技術，撲在了命案積案的偵破上；這兩年，光龍番市一個市，就偵破了四十餘宗命案積案。

像今天一大早，市局刑事技術部門就接到了碎屍案的報警的情況，已經很久沒有發生了。所以韓法醫給我們省廳的值班室打了電話，值班員正好是大寶。好久沒出現場的大寶第一時間報告了現已身為刑警總隊副總隊長兼物證鑑定中心主任的師父陳毅然，再把我們全部從睡夢中喊醒，一起來到了這個位於龍番市市郊邊緣的村落 —— 番西村。到了番西村的邊緣，就沒有路了，我們只有步行越過了這個二土坡，來到了龍番河邊。

「這河邊，看不出甚麼痕跡物證啊。」林濤走到河邊，河水拍了過來，他機敏地向後一跳，說道。

「我們初步考慮是擱淺的，也就是說，是從上游漂下來的。」先期抵達的民警說道。

「既然是無頭屍體，那要考慮頭顱去哪裏了。」我一邊穿戴着解剖服，一邊說道。

「如果也在水裏，估計正在往下游慢慢漂吧。」民警說，「藍天救

援隊[1]已經幫忙在下游比較窄的河道拉上了漁網，説不定這幾天就能發現。」

「嗯，很重要。」我説完，蹲了下來，拉開了屍體袋。

隨着屍體袋被剝離，裏面的屍體完整地暴露了出來。

屍體沒有頭顱，半截脖子露在領子外面。從身形上看，是一具男性的屍體，但是肩膀較窄，頸部的皮膚細嫩，身上穿的還是一件類似中學的校服，應該是一具未成年人的屍體。屍僵[2]幾乎快要完全形成了。

「死亡不超過 24 個小時。」我看了看手腕上的手錶，現在是上午 7 點半。我又掀起屍體的衣擺，按了按屍體背後的屍斑[3]，很容易就壓之褪色了，這也驗證了我的推測。

「估計是昨天下午死亡的。」我補充了一句，「只可惜，冬季水中的屍體，通過屍體溫度下降來判斷死亡時間，就不準確了。可以通過解剖來看看胃內容物。」

「有隨身物品嗎？」林濤見河邊毫無痕跡可循，就走過來看着我們屍檢。

大寶此時已經掏了屍體所有的口袋，遺憾地搖了搖頭。

「不要緊，屍體穿着校服，這個很好查。」我説。

「那可不一定，我聽説有一些區，所有的中學校服都是一樣的。」林濤説，「唯一不一樣的，就是胸口的 logo。」

我連忙展開了屍體胸部的衣服，這裏確實有一個 logo，但是被一團墨蹟污染了，根本無法看得出上面印着甚麼字。

「是犯罪分子故意抹去了 logo 嗎？」大寶用胳膊推了推眼鏡，盯着 logo 仔細看。

---

1 編注：藍天救援隊是一個中國內地的民間公益緊急救援機構。

2 屍僵：是一種非常有意義的屍體現象，法醫經常運用。幾乎在所有的屍體上都會出現，而且有着較強的規律性。人體死亡後一至三小時，屍體上就會開始出現屍僵。屍僵形成時，先是固定一些小關節，然後逐漸擴展到大關節，緊接着把所有關節都牢牢固定住。隨着死亡時間的延長，屍僵又開始逐漸緩解，最後屍體再次呈現軟綿綿的狀態。這一特徵，對法醫粗略推斷死亡時間有着重要意義。

3 屍斑：指的是在屍體上會出現淡紅色、鮮紅色、暗紅色的斑塊，斑塊連接成片，位於屍體低下未受壓處。屍斑的顏色和狀態有時也能提示死亡時間和死因。

「不會的，如果這樣，那還不如把衣服直接剝掉扔了。」我搖了搖頭，說道。

「説得有道理。」大寶點了點頭。

「還有，我説過很多次了，不要先入為主，你怎麼知道這就是一宗命案？」我説。

「我只是脱口而出，脱口而出。」大寶嘿嘿一笑。

「不是命案？」陳詩羽湊了過來。

「你看看這裏。」我用手指了指屍體頸部的斷端，説，「頸部的皮膚沒有皮瓣，説明切斷頭顱的作用力是一次形成的。再看看頸椎的斷面，非常整齊。你説，甚麼人、用甚麼工具，才能有這麼大的作用力？」

「劊子手用大刀！」林濤似乎在腦海裏出現了一個畫面。

「這是船隻的螺旋槳切斷的。」韓法醫淡定地説道。

「對對對，我們以前就見過船隻螺旋槳切斷肢體的案例。只是這個正好切斷頭顱的，實在是有點巧合。」大寶説。

「是啊，你們看看他的領子，是有一些血染，但是痕跡很淡。這説明斷頭之後，流出的血液不是非常多，而且很快就被稀釋了。這個跡象可以肯定，死者被斷頭的時候，一來已經死亡了，二來是在水中被斷頭的。」我説。

「嗯，不是命案，那我心裏好受多了。」陳詩羽説，「畢竟是個孩子……」

「我也沒説不是命案。」我打斷道，「只能説被船隻螺旋槳斷頭的時候，孩子已經死了。但他究竟是怎麼死的，還需要我們進一步調查。」

「知道了，我這就去組織調查屍源。」陳詩羽説道。

「嗯，我們現在要去解剖室，對屍體進行一個解剖。」我説，「死因至關重要了。」

勘查小組的司機韓亮驅車載我們趕去殯儀館，卻被早高峰的車輛堵在了路上，陳詩羽的電話就在這時候接進來了。她説有一個好消息和一個壞消息。好消息是，藍天救援隊的工作效率很高，目前已經在

屍體下游 500 米處的水域，找到了一顆頭顱，會同時送到殯儀館解剖室。壞消息是，教育局要求全市初中、高中、職業技術學校的學生上學期間必須着校服，下達通知後，大量的學校一起訂購，導致這種類型的校服覆蓋面很廣，大概涉及兩百多所學校，目前還沒有確定死者屬於哪個學校。調查屍源需要時間。

「兩百多所學校穿一樣的校服？」大寶簡直不敢相信自己的耳朵。

「據我所知，教育部門認為這個年紀的孩子最愛漂亮，所以為了防止互相攀比衣着，防止奇裝異服出現，防止因為沉迷衣着打扮而影響學習，就禁止穿校服以外的衣服了。」韓亮邊開車邊説。

「這，合理嗎？」大寶還是很驚訝。

「我又不是教育專家，我怎麼知道合理不合理。」我拍了一下大寶的肩膀説，「到殯儀館了，我們把自己的工作幹好就行了。」

我們剛剛把解剖台上的屍體衣物全部脫去，藍天救援隊就把死者的頭顱送來了。我們比對了一下斷面，雖然還需要進一步確認 DNA，但也基本可以斷定這就是屍體的頭顱。

死者果然是一個面目清秀的小男孩。

「我們買了一台可攜式 X 光機。」韓法醫打開一個手提箱，拿出一個和礦燈差不多大的東西，在死者的關節處掃描了起來。

對於未成年人的年齡推斷，無須取下恥骨聯合進行推斷，而可以通過六大關節（肩、肘、腕、髖、膝、踝）的骨骺癒合情況來推斷，這就是法醫的骨齡鑑定技術，操作簡單，結果也比看恥骨聯合更準確。

這種 X 光機是數位化的，拍攝完之後，就可以立即在筆記型電腦上看到骨質的細節了。我一邊感歎現代科技的發展如此迅速，一邊看着片子説：「估計 15 歲。」

10 年前，我曾經去公安部物證鑑定中心學習骨齡鑑定。理論上，通過觀察骨骺癒合程度特徵，再運用公式計算是可以將年齡誤差縮小在 ±1 歲的範圍內。我記得公安部物證鑑定中心的一個大實驗室裏，收藏了數百份 X 光片，涵蓋了各個年齡層、不同性別的 X 光片資料。我學習的幾個月，就是天天看片子。那段時間的學習，讓我掌握了不需要公式計算，就能大致推斷出年齡的技能。

「是吧，中學生。」大寶説，「如果把誤差範圍算進去，14 到 16 歲，那就有可能是初中生，也有可能是職高技校生，還有可能是高中生。」

「屍源調查，還是需要依靠小羽毛她們偵查部門啊。」我歎了口氣，說，「我們先搞清楚死因吧。」

在對死者頸部斷端進行拍照固定後，我們開始了解剖工作。

「一」字形 [4] 切開胸腹腔後，我們取下胸骨，暴露出了屍體的胸腹腔臟器。我用止血鉗找到了食管和氣管的斷端，然後分離出來，切開，發現食管內乾乾淨淨，沒有泥沙，但是氣管內有很多蕈狀泡沫 [5]。

「蕈狀泡沫！他是溺死的！」大寶說，「跳河自殺？」

「那可不一定。」我說，「確實，蕈狀泡沫最常見於溺死。但是，有很多其他死因也可以看到蕈狀泡沫。比如捂壓導致的機械性窒息、電擊致死甚麼的。」

「水裏的，就要首先考慮溺死嘛。」大寶說。

「是啊，先看看。」我說。

我知道，如果死者真的是溺死，那自殺或者意外的可能性就大了。

大寶用止血鉗從死者口中拔了一顆牙齒，扔到裝有酒精的燒杯裏。

「斷頭了，食管、氣管都斷開了，為甚麼這些泡沫還會存在啊？」韓亮在一邊好奇地問。

「因為人的食管、氣管是有彈性的，一旦斷頭，會導致回縮。」我說，「即便是泡在水裏，水也不可能完全灌進食管和氣管啊，所以泡沫不會被水沖走。你這個活百科，居然不知道這個嗎？」

「畢竟我不是醫學生嘛。」韓亮笑了笑，說，「我記得你之前說過，判斷是不是溺死，可以看器官裏有沒有矽藻，如果水不容易灌進去，那豈不是也可以看矽藻來判斷了？」

4「一」字形：是一種解剖術式，直線切法，即從頸部一直劃開到恥骨聯合，打開胸腹腔。

5 蕈狀泡沫：指在屍體口鼻腔周圍溢出的白色泡沫。蕈是一種菌類，這種泡沫因為貌似這種菌類而得名。蕈狀泡沫的形成機制是空氣和氣管內的黏液發生攪拌而產生，大量的泡沫會溢出口鼻，即便是擦拭去除，一會兒也會再次形成。比如人在溺水的時候，因為呼吸運動，水和氣體在氣管、肺之中混合攪拌，就會形成蕈狀泡沫。

「不錯啊，你進步很快。」我説，「『吸入』是生活反應[6]，既然我們已經斷定了死者是死後被斷頭的，那麼水是無法被吸入的。也許因為有少量的水可能流進氣管，肺內有可能發現矽藻，但是肝臟、腎臟內是否有矽藻，也可以為死者是否為溺死做參考。記住，矽藻檢驗[7]的結果只能做參考，而不能斷定。」

「所以，還是得看解剖情況，對嗎？」韓亮説道。

我點了點頭，用手捏了捏死者的肺部。隨着肺臟被我擠壓，又有一些泡沫湧入了氣管。

「沒有水性肺氣腫啊。」我説，「肺臟也是萎縮狀態，沒有肋骨壓痕。」

「啊？難道真的不是溺死？」大寶有些慌了，連忙找出了死者的胃，用剪刀剪開。

死者的胃內，還有一些黏糊狀的物體，説明胃內容物已經消化到了不成形的狀態，應該是末次進餐後四五個小時的狀態了。

「沒，沒有溺液！」大寶説，「你説會不會是乾性溺死？」

「是啊，不是還有乾性溺死之説嗎？」韓亮看我們解剖多了，對法醫名詞也能如數家珍了。乾性溺死，是人落入冷水後，因為迷走神經受刺激，導致心跳驟停，又或者導致聲門痙攣，從而窒息死亡的情況。

我一邊舀出一點胃內容物，在水流下面慢慢沖着，一邊説：「你們不覺得，窒息徵象不太明顯嗎？還有，是不是乾性溺死，有個前提，那就是得排除其他所有的死因。」

很多人認為法醫對死因的鑑定，就是看到甚麼定甚麼，是看圖説話。其實不然，即便是最明顯的死因，法醫也不會輕易下結論，而是都需要排除其他所有的死因，加之最後有依據來認定真實的死因，一個正證，充分反證，這才可以得出最後的死因。

---

6 生活反應：人體活着的時候才能出現的反應，如出血、充血、吞咽、栓塞等。

7 矽藻檢驗：任何水裏都有硬殼保護的矽藻。法醫在對屍體內部器官進行硝化後，即用濃硝酸將軟組織破碎、破壞後，軟組織硝化殆盡，有硬殼的矽藻則會保存下來。法醫對硝化後殘留的物質進行顯微鏡觀察，如果死者的肺裏有很多水中的矽藻，只能證實死者屍體曾在水中；而如果這些肺中的矽藻隨着血液迴圈到達了肝臟和腎臟，便是生前溺死的一個參考證據。法醫主要是用這種方式來參考判斷死者是不是生前溺死。

很顯然，現在這個死者還有很多其他死因沒有被排除。

「可以排除啊！你看，死者全身，包括顱腦都沒有損傷，可以排除機械性損傷死亡；孩子還這麼年輕，臟器你都看見了，從大體上，基本可以排除有致命性的疾病；口、鼻和頸部都沒有任何損傷，也可以排除其他機械性窒息導致的死亡。」大寶很少這樣連珠炮似的說出自己的觀點。韓亮若有所思地點着頭。

「還有，如果是刺激迷走神經導致的乾性溺死，窒息徵象也會不明顯。」大寶看了看韓亮，又補充了一句。

「是，你說的有道理。」我說，「氣管內有泡沫，這是正證，你們也排除了很多其他死因，這是反證。但是還有中毒、電擊和高低溫致死沒有被排除啊。」

「所以，還是得做病理和理化啊！」大寶說。

「是啊，這是必須的。」我說，「你確實排除了很多其他死因，但是如果死者溺死的徵象明顯，我們基本就可以心裏有數是溺死。但是如果不明顯，考慮的是乾性溺死，就得排除得更徹底。」

說完，我又繼續檢驗了死者的肺臟和胸壁肌肉，說：「死者呼吸肌沒有出血，肺葉間也沒有出血點，這些也都不支持是溺死。實際上在乾性溺死中，有時候因為死者在水中有掙扎過程，會導致胸鎖乳突肌等一些肌肉的出血，這具屍體也沒有。所以我們還沒有特別好的依據來證明他落水的時候是活着的。」

我的言下之意，死後拋屍的情況不能排除。而死後拋屍，是命案的可能性就大了。

「送病理，送矽藻，送理化。」大寶說着，打着手勢，讓韓亮記錄下來。我們勘查小組在工作安排上經常是「人盡其用」，韓亮和林濤都給我們做過解剖記錄。

「還有這個。」我注意到死者的小腿處有一條橫行的褐色印記，說道。

我拿過一塊紗布，仔細擦了擦這一處印記，確定這條印記是皮膚的改變，而不是黏附的泥土。因為印記擦不掉。

「我還以為是泥巴呢。」大寶也擦了擦，說，「這是啥？陳舊性疤痕？」

「不知道，被水泡得很嚴重，看不出形態了。」我一邊說着，一邊

用尺子量了量，説：「寬不到一厘米，卻有 10 厘米長，周圍又沒有針眼縫線的痕跡，不是手術疤痕。而且還有點突出皮面，又不是胎記。」

「説不定，就是一個新鮮的擦傷，被水泡成了這樣？」大寶問。

「顏色不像啊。」我説完，用手術刀沿着印記的周圍劃了一圈，把這一塊皮膚取了下來。

「皮下是正常的，肌肉組織沒有出血。」大寶説。

我點了點頭，説：「沒關係，拿去找老方也一起做個病理，就清楚了。」

老方是龍林省公安廳負責法醫組織病理學檢驗的副主任法醫師方俊傑。

大寶「嗯」了一聲，拿過剛才的燒杯，把剛才拔出來的牙齒夾出來，看了看牙頸部，説：「喲，有玫瑰齒 [8]！説不定就真的是溺死呢！」

「別着急。」我被大寶着急的樣子逗樂了，説，「等所有的檢驗結果都出來了，再綜合判斷也不遲。這起案件的死因比較難確定，還是慎重一點比較好。」

我讓大寶先開始縫合屍體，我又同時仔細檢查死者的衣物。一件被墨水污染了的校服，一件加厚的 Adidas 衛衣，一件棉毛衫。下身是一條 Nike 的加厚運動褲、一條棉毛褲和一條內褲。腳上是一雙 Nike 的運動鞋。這些衣服都是商店裏賣得比較多的款式，想從來源上查屍源，難度很大。

但在檢查的過程中，我發現了死者的鞋底花紋中夾着一個粉紅色的物體。我小心翼翼地將物體夾了出來，因為面積很小，很難判斷是甚麼東西。

「鞋底還黏着東西呢？」韓亮説，「沒被水沖掉？」

「是夾在花紋夾縫裏的。」我説，「肯定不是水裏的附着物黏附的，應該是踩上去的。」

「那就有價值了。」韓亮説，「雖然是殘缺的，但是我盲猜是櫻花花瓣。」

---

8 玫瑰齒：是法醫對窒息徵象中「牙齒出血」現象的一個浪漫型表述。教科書上認為，因機械性窒息、溺死、電擊死的屍體，在牙齒的牙頸部表面會出現玫瑰色，經過酒精浸泡後色澤更為明顯。

我看了看韓亮，又看了看物證袋裏的粉色片狀物體，覺得他説的很有道理，於是説：「那就交給你了，回頭你送去農大，讓農大專家們幫我們確定一下。」

「沒問題。」韓亮説，「説不定還能做個植物 DNA[9]。」

縫合好屍體，我們回到了廳裏。

此時在外調查的陳詩羽和程子硯，以及在現場勘查的林濤都回到了辦公室。從他們的表情就看得出，他們的調查和勘查一無所獲。

「按理説，孩子丢了一晚上，家人肯定報警了啊。現在大家應該都知道未成年人只要一走失就可以立即報警的吧？」陳詩羽説，「可是所有派出所都沒有接到孩子走丢的報警記錄。難道遇上了不負責任的家長？」

「是，很奇怪。」我皺起了眉頭，心裏想着，不會是家長自己作案吧？

「勘查也沒進展，根據大致的死亡時間和水流速度，往上游去找有可能的落水點，但範圍實在太大，條件也很差。」林濤説，「只能大致鎖定範圍是在番西村西側的那一些小山附近落水的，但無法找到痕跡物證。」

「死因我們也暫時無法確定。」我説，「因為覺得不太像溺死，所以也不能確定這案子是不是命案。如果屍源、痕跡和死因都暫時無法確定，我們也不要太早下結論，先讓偵查部門按照命案的標準來開展，我們靜待輔助檢查的結果。」

我的話音剛落，桌上的電話鈴就響了起來。

我拿起話筒，説：「師父，我們都在，甚麼？又有個落水死亡的？在雲泰？又是個年輕人？好的！我們馬上趕過去！」

---

9 植物 DNA：和人的 DNA 鑑定一樣，植物 DNA 鑑定同樣可以對植物進行同一認定。法醫秦明系列萬象卷第六季《偷窺者》（江蘇鳳凰文藝出版社，2022）中的故事「幽靈鬼船」，就是法醫發現了一片附着在屍體上的樹葉，通過對樹葉的 DNA 鑑定，找到了樹葉所屬樹木的位置，並且順利破案。

2

「我説吧，有的時候奇怪得很，一來案件吧，都一起來差不多的。」大寶説，「水裏的屍體剛剛解剖完，又來一個。」

「不要迷信。」林濤瞥了大寶一眼。

「這句話你自己好好記住就行。」陳詩羽反駁道。

在趕去雲泰市的路上，我們已經從黃局長那裏了解了基本案情。我的師兄，和我一起並肩偵破「雲泰案」[10]的黃支隊，現在已經是雲泰市分管刑偵的副局長了。法醫專業性很強，一旦將老法醫提拔了，就要重新培養新法醫，培養的成本和時限都是困難，所以一般情況下，法醫是很難得到提拔的。一個法醫能做到市級公安機關的副局長，鳳毛麟角，這充分説明了黃局長的優秀。

今天上午 10 點半左右，也就是我們在縫合上一具屍體的時候，有個農民到雲泰市清河邊取水時，發現了一具擱淺的屍體。其實，和龍番的這個案子相似的點，是屍體都是被擱淺後發現的，死者都是年輕男性。僅此而已。實際上，清河只是一條小河，最深的地方也就 1.5米，屍體若在水中，是非常容易擱淺的。

「上一宗案件，説不定還有可能是意外或者自殺，這一宗肯定是命案嘍？」林濤説，「兩起不一樣。」

雲泰市市局的高法醫已經在岸邊初步看過了屍體，嘴和腳是用膠帶捆的，頭上還有很多挫裂創口。所以看上去，無論如何都是一宗殺人後拋屍的案件。

「把屍體拋在這種小河裏，實在不是明智之舉。」我説，「拋屍是為了延遲案發時間，可是在這種小河裏，很容易就被發現了。」

「誰説的，拋屍也可以是為了撇清關係，所以拋遠一點，你都説過，『遠拋近埋』[11]嘛。」林濤反駁道，「河水是流動的，如果兇手沒有

---

10 見法醫秦明系列萬象卷第二季《無聲的證詞》（江蘇鳳凰文藝出版社，2019）一書。

11 遠拋近埋：這是分析命案兇手遠近的常用手段。一般有藏匿屍體行為，比如埋藏屍體的，説明屍體埋藏地點離兇手比較近；而拋棄屍體，沒有明顯藏匿行為的，説明兇手是從別地來的。

交通工具，就可以利用河水把屍體拋遠一點啦。」

「說的也有道理。」我點頭認可。

說話間，我們的勘查車已經開到了雲泰市郊區一個很偏僻的地方。

「又是在這麼偏僻的地方，肯定沒攝像頭了。」程子硯有些失望，可能她覺得自己的圖偵技術在這一宗案件中，很難發揮出作用了。

「沒事，你可以跟上次一樣，跟着小羽毛做好偵查工作。」我說。

繞過了一個只有幾戶人家的村落，勘查車來到了停了十幾輛警車的小河邊，大家都在忙碌着。

「師兄，怎麼樣？」我和黃局長握了握手，問道。

「情況不容樂觀。」黃局長滿臉愁容，說，「水流速度不定，無法推斷落水點。」

「也是一具身份不明的屍體？」我追問道。

「為甚麼說『也』？」黃局長一臉迷惑地問我。

我簡單地把今天上午剛剛在龍番市辦理的案子和黃局長說了一下。

黃局長露出了同情的表情說：「辛苦你們了。不過，我們這個，身份是很清楚的，他身上帶了一部手機。」

「有手機？」我瞪大了眼睛，說，「那是不是可以做一些工作？」

「可惜被水泡壞了。」黃局長說，「我們通過 SIM 卡，明確了機主身份，家屬正在趕來的路上。但是手機裏的資料，恢復的可能性不大，我們會讓電子物證部門盡量試一試。」

「手機還是直接送省廳吧，市、省兩級電子物證專家一起做。」我說，「我們總隊的吳老大，原來做文檢的，現在也做電子物證，你們找他就行。」

黃局長點了點頭。

正在這時，一輛黑色的轎車開了過來。車輛還沒停穩，車門就打開了，衝下來一對四十多歲的男女，直撲屍體。

這是疑似死者家屬來認屍了。

屍體是新鮮的，面容是可以分辨的，所以當我看見這對中年夫婦撲在屍體上哭得死去活來的時候，我就知道，死者的身份是確認了。

此時已經是中午時分了，我們和黃局長一起走到現場指揮車裏，一人吃了一份盒飯，準備等家屬情緒穩定一些後，再進行現場屍檢。

我們吃完飯，家屬已經被民警請到附近的派出所問話去了，我們穿好了勘查裝備，進入了被警戒帶圈定的現場。

屍體已經被挪到了岸上，直挺挺地躺在一塊塑膠布上，身上的水已經差不多曬乾了。我走到屍體邊蹲下來，嘗試着動動關節，發現屍僵已經形成到了最硬的時候，而屍斑依舊是指壓褪色。

「屍僵最硬，是死後 15 至 17 個小時，現在是下午 1 點，說明是昨天晚上天黑之後死亡的。」我說，「角膜混濁的情況也符合這個時間，只可惜這個季節，水中屍體很難通過屍溫判斷時間了。」

「有這個時間段就足夠了，我會讓他們調取周邊大路上的交警探頭，看看能不能找得到他的行蹤。」黃局長說。

「我去！」程子硯終於有地方發揮所長了，主動請纓。

「死者的雙腳是在踝關節處被膠帶捆紮，捆了十幾圈。還有嘴巴也被膠帶纏繞了兩道。」我說，「但是，很奇怪的是，為甚麼兇手只捆他的腳，不捆他的手呢？」

「說明兇手和死者有強大的體能差，或者兇手不止一人。」林濤說，「兇手不怕死者反抗，捆腳、封嘴，只是為了防止他逃跑或者喊叫。膠帶只是纏住了嘴巴，鼻子露在了外面，說明兇手也不是想用這種方式悶死死者。」

我覺得林濤說的有道理，點着頭說：「是啊，既然對死者有個約束行為，那就不可能是激情殺人或者尋仇謀殺了。」

「最大的可能，是因財。」大寶說，「或者，他們想從死者口裏獲知一些甚麼。」

我沒說話，而是大致檢驗了一下死者的軀幹和四肢，除了捆紮膠帶的腳踝處有皮下出血之外，沒有任何損傷。這說明，他生前並沒有抵抗的行為。

我又扒開死者的頭髮，看了看頭皮上的挫裂口。果然，他的頂部有大大小小十幾個挫裂口，有的深、有的淺。

「頂部的挫裂傷，多見於打擊傷。」我說。

「是啊，如果摔跌的話，是很難摔到頂部的。」大寶說。

「所以，我們已經立了刑事案件。」黃局長說。

「如果是打擊傷，這麼密集排列的創口，應該是連續打擊吧。」
我說。

「也許是捆在凳子上，打一下，問他個問題，再打一下，又問問題。」大寶說，「如果他被約束住了，也是可以的吧。」

「可是他的軀幹部和上肢沒有約束傷 **12** 啊。」我說。

大寶也陷入了沉思。

「不要緊，這個問題，在解剖後，我們再討論。」我說，「林濤，你是不是又要去找落水點了？」

「幾乎沒可能找到落水點。」黃局長搖了搖頭說。

「我先去做更有意義的事情，和你們一起去解剖室。」林濤說，「要知道，看指紋，沒有比膠帶更好的載體了！」

確實，在很多案件中，用來約束被害人的膠帶上，經常可以提取到痕跡物證。因為膠帶有膠的一面帶有黏性，可以把指紋或者掌紋完整地保存下來，即便是被水泡過之後，也不會消失殆盡。

在二十世紀七八十年代，指紋識別技術是破案的撒手鐧，膠帶就成了刑事技術警察的必備工具。在現場用指紋刷把指紋刷出來，然後再用膠帶把指紋黏附下來，就可以長期保存了。**13**

所以，痕檢員看到現場或者屍體上的膠帶，通常都會很興奮，這也會是他們最關注的物證。

「身上除了手機，甚麼都沒帶。」高法醫說道，「哦，還有一團紙，已經被泡得快化了。」

「在哪兒？」我連忙問道。

「裝物證袋裏了。」高法醫說。

「正好他們要去省廳找吳老大，對手機進行技術恢復。」我說，「你讓他們把這團紙也一起送去。吳老大和紙筆打了一輩子交道，讓他幫忙看看這團紙是甚麼紙，說不定他能發現裏面有沒有文字呢。」

---

12 約束傷：指兇手行兇過程中，對受害者施加約束的動作時，有可能控制了雙側肘、腕關節和膝、踝關節等身體部位，造成受害者的這些關節處產生皮下出血。

13 若想看老一輩員警是如何在沒有 DNA 鑑定技術、沒有監控設備、更沒有網路的條件下破案，可詳見法醫秦明復古懸疑系列《燃燒的蜂鳥》（北京聯合出版公司，2022）一書，裏面有很多類似用膠帶取指紋的經典技術。

「好的。」高法醫點頭應承了下來。

我站起身來，左右看了看，這附近確實頗荒涼的，現場也沒有甚麼繼續勘查的必要了，於是讓黃局長請來殯儀館的工作人員，把屍體先拉回去。我們則準備去找小羽毛，看看她那邊了解的死者情況是怎麼樣的。

派出所距離現場有 10 公里的路程，我們趕到之後，陳詩羽正在派出所的院子裏溜達。

「怎麼了？」我問道。

「看着悲痛的家屬，我心裏也鬱悶得很。」陳詩羽一臉苦惱，說道。

「還不習慣呢？我們就是在黑暗裏工作的人啊。」林濤拍了拍小羽毛的肩膀安慰道。

陳詩羽深深地呼出了一口氣，然後笑笑拍開他的手：「沒事了，我自己會調節。我先跟你們同步一下死者的基本情況吧。」

死者叫劉文健，男性，今年剛好 20 周歲。他是外地某大學大二的學生，因為當地疫情再發，過完年後一個多月仍沒有開學，所以最近兩個多月一直是居家的狀態。

據劉文健的父母敘述，他是一個特別乖巧的孩子，平時話不多，也沒有甚麼社會交往。這兩個多月，除了過年走親戚之外，就是玩玩手機、看看書。甚至和同學約出去玩都沒有過。

劉文健的父母都是在國企上班，中午都不回家，劉文健自己在家裏做吃的。昨天中午，劉文健只吃了一桶速食麵，連速食麵桶都沒有收拾，下午 1 點左右就出門了，這一點他們家的監控門鈴可以證實。

從這次出門後，劉文健就杳無音信了。其父母晚上回家後發現他不在家，以為他去找同學玩了，所以也沒有在意。一直到晚上 10 點還沒有回來，劉文健的父母就撥了他的電話，此時已經是無法接通的狀態了。

從昨晚 10 點一直到劉文健父母被通知來認屍，十幾個小時裏他們一直在尋找劉文健。

通過從通信公司調取的資料來看，事發當天下午劉文健一直沒有

打電話、發短信，手機在晚上 8 點半的時候，突然變成無信號的狀態，而不是有關機操作。所以警方分析劉文健是這個時間點入水的，水浸濕了手機，導致突然斷電。

「可是，如果有人挾持了劉文健，為甚麼還把手機放在他身上？甚至連關機都沒有做？」我說，「這兇手是不是有點糊塗膽大了？」

「也許他們根本就沒有搜身。」大寶說，「甚至都不知道他身上有手機。」

我想了想，覺得還是有點不可思議。

根據劉文健父母的回憶，劉文健沒有甚麼社會矛盾，平時與人為善，總是笑嘻嘻地對人家，即便有人欺負他，他也就是哈哈一笑了之，根本不存在甚麼仇家，畢竟他還只是個大學生。通過他們的了解，加之電話諮詢劉文健的大學室友，所有人都可以證實，劉文健目前是單身狀態，也沒有追求的女生，更沒有前女友。也就是說，他的異性情感方面是空白的。所以根本就不存在因為情感糾紛而導致被害的可能。每個月劉文健都有 2,000 元生活費，但是這兩個月在家，父母就沒有再給他錢，他也沒有問父母要過錢。這也就不可能是參與賭博或者其他違法活動而產生的財務糾紛。總而言之，和警察在一起分析了一大圈，劉文健父母根本就想不到有甚麼人會殺害他們善良而單純的兒子。

劉文健家距離發現屍體的地方，有二十多公里路程，現在也無法判斷他是乘交通工具來到現場附近，還是徒步來的。從時間上來看，這兩種方式都解釋得通。

不是激情殺人，又不可能有矛盾關係，這個案子變得十分撲朔迷離了。

「如果是通過網路聯繫其他人，通信公司是查不到的。」陳詩羽說，「畢竟這個時代，打電話、發短信的人不多了，都是通過微信來連絡人。」

「只可惜，他的手機還不知道有沒有恢復的可能。」林濤說。

「現在只能寄希望於恢復手機和從劉文健家附近開始的沿途監控了。」陳詩羽說，「一路過來，有不少監控，看看子硯能不能有所發現。」

「如果是坐交通工具來的，而且上車點正好沒監控，那就麻煩了。」

大寶擔心地説道。

「沒關係，手機和監控具體會是甚麼情況，我們無法掌握。但是刑事技術方面，我們是可以把控的。」我説，「既然現在有這麼多疑點，那麼我們就竭盡全力，在屍檢的時候找尋到一些可以指向真相的線索吧。」

「好的，我和子硯繼續跟進這邊的偵查和監控。」陳詩羽説。

「嗯，手機和死者的其他隨身物品已經送去省廳了，看看吳老大能不能顯一下神通。」我説，「你們調查這邊，雖然他家人認為不可能有財務糾紛，但我覺得還是要重點關注一下死者的財務情況：他原來有多少錢，有沒有存款，現在有多少錢，有沒有動過家裏的錢。」

「好的，這個問題，我們之前就問了。」陳詩羽説，「但是他的父母信誓旦旦地説，劉文健是個很勤儉的孩子，除了正常的生活費，一般不問他們要錢，更不可能動家裏的錢。」

「這只是家屬平時的印象罷了。」我説，「如果他真的遇見了甚麼特殊的事件，可就不一定了。所以不能武斷地下結論，要請他們全面清點家中的財物，這樣才能確保這個案子和『錢』沒有關係。」

「好的，這個交給我了。」陳詩羽點了點頭。

我看了看錶，已經下午 2 點半了，我們重新跳上韓亮的勘查車，向雲泰市殯儀館趕去。

屍體停放在解剖台上，屍僵強硬的狀態讓人看起來像是死者正用力挺直着身體。

我們要做的第一件事情，就是順利取下捆綁他腳踝和嘴部的膠帶，需要做到不破壞上面可能存在的痕跡物證。

因為無法知道指紋可能在膠帶的甚麼位置出現，所以我們在林濤的幫助下，一邊用多波段光源照射膠帶，一邊選擇最安全的位置下剪刀。膠帶纏得很緊，不能將它強行扯開，因為那樣會破壞痕跡。

剪開了膠帶，又小心翼翼地把膠帶從屍體的皮膚上撕脱，我將膠帶順利地交到了林濤的手上。林濤就像捧着一堆珠寶一樣，小心翼翼

地捧去了解剖室隔壁的操作間，看膠帶去了。

我和大寶破壞了屍體的屍僵，將衣物一件件脫了下來。

「死者穿得不多、不厚，如果身體曾經被牢牢束縛過的話，應該會留下痕跡。」我一邊仔細檢查屍體的軀幹部和雙上肢，一邊説，「可是，確實沒有約束傷啊。」

「嗯，很奇怪。」大寶皺着眉頭説。

「不約束，是怎麼形成這麼密集的損傷的呢？」我又扒開屍體的頭髮看了看，説，「難道是暈厥了？」

「我抽了心血，已經送理化了。」大寶説，「如果先把人弄暈了，再殺他，完全可以選取其他更好、更保險的殺人方式啊。而且再用膠帶捆腿，也説不過去啊。」

「疑點重重。」我説，「沒事，你先常規檢驗胸腹腔，我來刮頭髮，看看損傷。」

我和大寶分頭工作起來。

我曾經説過，法醫是個兼職的「剃頭匠」，一把手術刀，可以給屍體剃一個完美的光頭，去除毛根，充分暴露出頭部的損傷情況。但是當屍體頭部有大量挫裂口的時候，剃頭的工作難度就會成倍增加。有了皮膚創口，創口附近的皮膚張力就消失了，刮頭髮就會很艱難。尤其是創口之間的毛髮，很難完全去除。而且，法醫用的是手術刀，很鋒利，一旦刮不好，就會破壞創口形態，影響判斷。

所以我蹲在解剖台的一端，一點一點地剃除頭髮，累得滿頭是汗，也只是勉強暴露出了屍體頭頂部的創口形態。

我數了一下，屍體頭頂的創口一共有 13 處。最大的創口，長有四厘米，最小的創口，只有 0.5 厘米。創口的周圍似乎能看到挫傷帶，創口裏面也有組織間橋 [14]，可以肯定是鈍器形成的。創口的邊緣不整齊，沒有哪兩處創口是形態類似的，各有各的形狀。

---

14 組織間橋：創壁間連接的尚未斷裂的血管、神經、纖維等組織束。鈍器強力作用於體表時，由於擠壓、撕拉或牽引作用，可使皮膚破裂，皮下組織、肌肉，甚至骨受到損傷，但韌性較大的血管、神經及纖維組織等常不斷裂，像橋一樣連接於兩創壁之間，形成組織間橋。常見於挫裂創和撕裂創，是區別鈍器創與銳器創的重要特徵。

這樣的損傷，我以前還真是沒有見過。總覺得這種損傷有點問題，但是問題在哪裏，我一時也找不到頭緒。

正在我整理思緒的時候，大寶倒是喊了起來：「我的天，居然是溺死的！」

我把自己從思緒中拉了出來，走到解剖台的一側，看着大寶正在按壓死者的肺臟。看來我刮頭髮的時間太長了，大寶都已經完成了打開體腔的工作。

「水性肺氣腫，肺臟有捻發感，表面有肋骨壓痕。」大寶說完，又提起止血鉗。

止血鉗是用來夾住死者胃部兩端的，胃部的中央已經被剪開了，大寶接着說：「胃裏也有溺液，你看這是水草！」

死者的胃內已經排空了，說明死者只是吃了中午飯，晚飯根本都沒吃。胃內有 300 毫升的液體，裏面還有一些綠色的條狀物。確實，正是大寶說的水草。

有了這樣的徵象，就可以確定死者是溺死的。

「矽藻還要做，確定一下死者就是在這一條小河裏溺死的。」我說。

矽藻檢驗對於死者是否溺死，有一定的參考價值。同樣，對死者在哪個水域溺死，也有一定的參考價值。

「氣管內也有蕈狀泡沫，呼吸肌有出血，胸鎖乳突肌也可以看到出血，玫瑰齒也存在，也有窒息徵象。」大寶補充道，「這樣看起來，這案子比龍番那案子溺死的徵象要明顯。」

「明顯得多？」我說，「你怎麼看？」

「估計是他先被捆住了雙腳，封住了嘴巴，因為捆紮的地方都有生活反應嘛。然後用錘子打頭，打第一下，就暈過去了，然後兇手又連續擊打，這時候他已經不會躲閃抵抗了。兇手以為他死了，其實沒死，只是暈了，於是兇手把他扔進了河裏，溺死了。」大寶說，「怎麼樣，這是唯一一種解釋的方法吧？」

「有道理。」韓亮在一邊讚賞了一句。

「有幾個問題啊。」我說，「第一，兇手為甚麼約束他只捆雙腳卻不捆手？第二，胸鎖乳突肌出血，我們上午剛說了，一般都是在水中掙扎所致，可是你說他暈了，怎麼還會掙扎？」

「嗆醒了。」大寶強行解釋。

「第三，既然死者是處於坐位，被人打擊頭頂的，對吧？」我沒理大寶的解釋，接着說，「那血應該往下流，可是為甚麼領子上沒血？」

「哎喲，這個我沒注意到。」大寶連忙跑到旁邊的操作台上，察看被我們從屍體上脫下來的衣服領子。

「這個我早就看過了，雖然被水泡過，但是確實看不到血跡。」

「是啊，今早的案子，死者死後被斷頭，領子上都有淡淡的血印痕，這案子咋一點血跡也沒有？」大寶說，「頭上這麼多挫裂口，即便沒有大血管破裂，也會流下不少血啊。就算死者是仰臥位或者俯臥位，流下的血也會沾染到領口或前襟一點吧？」

「除非死者是倒立着被打的。」韓亮調侃了一句。

這一句驚得我一個激靈，又陷入了沉思。

「這個，確實不好解釋。」大寶也想了想，說，「還有嗎？」

我打斷了思路，接着說：「還有，第四，你去看看死者頭頂部的創口，是錘子形成的嗎？」

大寶繞到了解剖台的一端，看着死者的頭頂，說：「這，感覺沒甚麼規律啊。」

「是吧。」我說，「我覺得不像是錘頭形成的，像是磚石傷。」

錘頭形成的損傷和石頭形成的損傷都是鈍器傷，但是因為一個形狀有規律，一個形狀沒有規律，所以很容易鑑別。

「你說的第四點，不能推翻我的結論。」大寶說，「用錘頭和用石頭是一樣的。所以我還是覺得我的推論是最接近真相的一種。除了血跡解釋不過去，其他都可以解釋。血跡這種事，也許有一些特殊情況，比如死者原本是穿了另一件外套的，後來被脫掉了，我們看到的是裏面的衣服，所以沒血跡。」

「確實，我現在也想不到好的推斷來反駁你。」我說。

大寶得意揚揚。

按理說，切開頭皮是需要繞開頭部創口的，可是死者頭部的損傷太密集了，無論如何也無法繞開，只能在拍照固定好創口之後，破壞創口切開頭皮。

嚴重的頭皮損傷下方多伴有顱骨骨折，死者的頂骨也有多條骨折線，但是程度並不是非常嚴重。當我們鋸開了顱蓋骨，才發現劉文健的顱骨較正常人的顱骨要厚。

「顱骨厚，骨折輕，充分保護腦組織，所以兇手以為他死了，其實他沒死吧。」大寶說道。

我沒說話，按照解剖術式，剪開硬腦膜、取出腦組織。讓我感到意外的是，死者的小腦附近似乎有一些出血。

這麼深的位置，怎麼會有出血呢？

我連忙把硬腦膜從顱底撕下，充分暴露了顱底。

「枕骨大孔附近怎麼會有骨折？」我訝異地說道。

「是啊，這個位置不容易骨折啊。」大寶也覺得很蹊蹺。

「噓。」我讓大寶噤聲，因為我的腦海裏，似乎有一些想法了。

大寶一臉迷茫，安靜下來看着我。

「怎麼樣，死因是甚麼？」黃局長的聲音在門外響起，他結束了前線的指揮工作，立刻趕來了解剖室。畢竟他的骨子裏還是一個法醫。

「死因是溺死。」大寶慣性似的小聲說道，然後用食指豎在唇前，似乎也害怕黃局長會打斷我的思緒。

「溺死？」黃局長沒注意到大寶的動作，接着說，「扔水裏的時候，沒死？」

「入水的時候，肯定沒死。」我說，「不過，不一定是扔水裏的。」

「啊？甚麼意思？」黃局長和大寶幾乎是異口同聲。

我思忖了一下，心想從哪裏說起，然後說道：「在現場的時候，我說過，頭頂部的損傷一般都是打擊傷，因為摔跌是摔不到頭頂部的。」

「是啊。」黃局長說。

「但是剛才韓亮的一句話提醒了我一下。」我說，「比如啊，像跳水運動員那樣，倒立入水的話，頭頂部不就可以形成這樣的摔傷了嗎？」

「你甚麼意思？」黃局長來了興致，問道。

「讓我有這種想法的，就是因為這個奇特的損傷。」我引着黃局長走到解剖台的一端，注視屍體被打開的頭顱，說，「你看這些挫裂口，一共 13 處，卻沒有一處形態相同或者相似，各有各的模樣。」

「哦，我好像知道你的意思了。」黃局長說。

「我不知道，你説。」大寶急了。

我接着説：「我們知道，特定的致傷工具在同一位置留下的損傷形態應該是相近的，即便是有不同作用面的工具，也只能形成幾種不同形態的損傷。比如扳手，用扳手的面砸，會形成片狀損傷，中間還有螺紋；用扳手的棱砸，會形成條狀的損傷；用扳手的尖端砸，會形成兩個小創口。僅此而已。但是這個死者頭部密集的損傷，居然形態如此不規則、多樣性。即便是用石頭砸的，只要不是砸一下換一塊石頭，那就不可能造成這麼多完全不同形態的頭皮損傷了。」

「有道理。」大寶若有所悟。

「是吧？所以，我覺得不太可能是兇手換不同的工具，不斷打擊他的頭部。因為這種行為，毫無意義啊。」我説。

「除非是有十幾個人，一人拿塊石頭，一人砸一下。」大寶説。

「你説的這種可能性也很小，因為如果不是連續擊打，很難在同一個位置留下密集的損傷。」我説，「前提是，我們沒有發現死者上身有被約束的痕跡。」

「對啊，他不可能不反抗、不躲閃。」黃局長説。

「大寶開始推測是不是第一下就把人砸暈了，後面就連續砸了，現在看，死者的顱內損傷並不嚴重，看不到腦挫傷，僅僅是小腦附近有一點出血，不太可能是第一次就被砸暈了。」我説。

「理化那邊也排除了常規毒物中毒致暈的可能性。」韓亮看了看手機，説。

「是啊，沒有致暈的因素，他為甚麼不躲閃？躲閃是下意識行為啊。」我説。

「那你給出的解釋呢？」黃局長聽我還沒説出結論，有些着急了。

我説：「別急，師兄，你再看看死者顱蓋骨的骨折。他的顱骨很厚，顱蓋骨的骨折都是線形骨折，程度不嚴重，但是多條骨折線都能和頭皮創口對應上。只是有個問題，骨折線沒有截斷現象啊！」

《法醫病理學》中明確寫過：線性骨折有兩條以上骨折線互相截斷為二次以上打擊，第二次打擊的骨折線不超過第一次打擊的骨折線，這就叫作「骨折線截斷現象」。通過骨折線截斷現象，可以分析打擊的次數和順序。

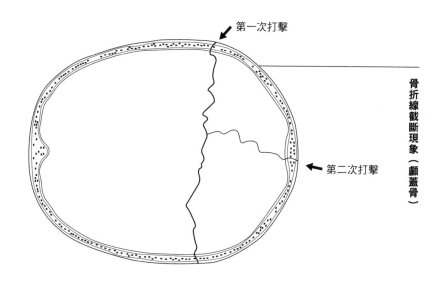

第一次打擊

骨折線截斷現象（顱蓋骨）

第二次打擊

　　可是，死者頭部的多條骨折線，並沒有骨折線截斷現象的出現，所以我們不能說他是被多次打擊。

　　「你是說，它們可能是一次性形成的？」黃局長瞪大了眼睛。

　　「是啊。」我說，「我們做個假設，假如這個人倒立入水，恰好水中有一塊大石頭，大石頭上的 13 處凸起和死者的頭頂部作用，不就可以同時形成這 13 處損傷了嗎？ 13 處損傷一次形成。」

　　「石頭上不規則的凸起，這個倒是合理。但是，你怎麼證明你的觀點？」黃局長接着問。

　　我又用止血鉗指了指死者的顱底，說：「你看死者的顱底也有骨折。這個位置是外力不能作用到的。但是，如果死者是倒立入水，頭部受到石頭的撞擊，頸椎因為慣性作用，撞擊枕骨大孔，就有可能造成枕骨大孔附近的顱底骨折。如果不是這種可能性，你還能想到甚麼方式，僅僅造成枕骨大孔附近的骨折嗎？」

　　黃局長和大寶足足想了兩分鐘，也沒有辦法反駁我的觀點。

　　「是不是？想要解釋屍體上所有的損傷，這是唯一一種可能。」我說，「福爾摩斯說過，排除了所有的可能性，剩下的唯一一種，即便再難以置信，那也是真相！」

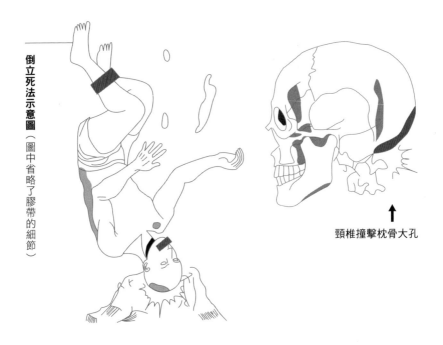

倒立死法示意圖（圖中省略了膠帶的細節）

頸椎撞擊枕骨大孔

「可是屍體被捆綁了雙腳、封住了嘴巴啊！」黃局長説。

我哈哈一笑，説：「你去看看我的微博，我還專門寫過『反綁雙手上吊』、『封嘴自殺』的相關科普呢。你想想，如果真的是有別人去做這件事，為甚麼只封嘴巴、只捆雙腳，而讓雙手處於自由狀態呢？其實一個人若想捆綁自己的雙手也是可以的，但是死者可能覺得太麻煩，就沒有捆。」

「你是説，他是為了防止自己下意識求生，所以故意封了嘴巴，不讓嘴巴呼吸，逼着自己吸入水溺死；為了防止自己下意識游泳，又捆了雙腳。」黃局長説，「這種情況，我以前也是見過的，死者堅決要死。」

「他會游泳的，對吧？」我問。

「是的，會。」黃局長説。

「那一切就合理了。」我説。

「你説合理有啥用？」黃局長説，「這種架勢，捆了雙腳和嘴巴，頭上又那麼多傷，你讓我去告訴死者家屬他是自殺，我怎麼説服他們？他們又不懂法醫學。」

「是啊，如果是命案，破案倒是容易。」大寶說，「如果是自殺，還是奇特狀態下的自殺，想要找到充分的證據證明，可比辦一個命案難多了。」

黃局長點頭認可，說：「立案容易，撤案難啊！沒有充分的依據，上頭不可能同意撤案的。」

「別急啊，證據肯定是有的。」我指了指從大門口進來的一臉慌張的林濤說道，「林濤，膠帶上是不是只有死者的指紋？」

林濤先是一愣，連忙問道：「你怎麼知道的？我現在懷疑兇手有可能戴了乳膠手套，因為如果他戴了紗布手套，我就能找到紗布的纖維碎屑，可是沒有啊！除了死者自己的指紋，甚麼都沒有！那只能是乳膠手套了！」

「不是乳膠手套的問題。」我說，「死者是自殺的。」

為了讓林濤儘快回過神，我又把判斷自殺的依據和他說了一遍。看着林濤一臉不可置信的表情，我知道我們得抓緊尋找其他證據了。法醫發現的問題只是證據的一小部分，如果沒有其他更加直接的證據支撐，形成不了完整的證據鏈，這樣的結論連我們自己人都說服不了，更不用說對刑偵毫無概念的死者家屬了。

「可是，除了監控和手機，還有甚麼可以作為證據嗎？」黃局長問。

「找到死者的落水點。」我說，「落水點一定有大量的證據可以發現。而且，如果不知道落水點在哪裏，我們就無法找到河底形成死者頭部損傷的大石頭。正常情況下，小河的河底都是淤泥，只有找到了大石頭，才能徹底印證我的推斷。」

「我在現場的時候就說了，落水點找不到的。」黃局長說，「甚麼時候擱淺的不知道，水流也是不穩定的，上游那麼長，總不能在河岸兩側一米一米地找鞋印吧。」

「能找到。」我微笑着說，「你忘了一個關鍵的因素。」

「倒立！」韓亮最先反應了過來。

「對。」我說，「死者處於倒立的姿態入水，那就不可能是在岸邊跳入水中的，而肯定是在某一座橋的中央，從橋上跳入水中的。」

「明白了！」黃局長恍然大悟，「所以，我們不需要找岸邊，只需要在上游的幾座橋上進行勘查，就能找得到落水點了！」

「趁着天色還亮，分頭行動吧！」

我讓林濤、韓亮和黃局長一起先趕去現場上游查橋。而我和大寶開始整理縫針，縫好屍體後，就去現場和他們會合。

我相信，那座死者最後逗留的小橋上，一定有證據可以印證我的觀點。

縫合好屍體，大寶和我一起坐在市局的勘查車上，向現場趕過去。

「減速運動，不都應該有對沖傷[15]嗎？」大寶坐在車上嘀咕着。

「誰說的？」我說，「如果是摔在枕部或者額部，大腦因為慣性作用前移或者後移，和顱骨碰撞是容易形成對沖傷。但是摔在頂部，想在顱底形成對沖傷就很難了。你想想大腦的結構，顱底是小腦，填滿了小腦窩，還有小腦天幕作為遮擋，腦組織無法上下移動，就不會形成對沖傷了。」

「也是，不過小腦確實也有出血。」大寶說。

「小腦的出血，是顱底骨折造成的，並不是對沖傷。」我說。

說話間，車輛已經行駛到現場上游的一座石橋旁。這是林濤給我發的定位，因為他發現了橋的護欄上有足跡。

我和大寶走上石橋的時候，林濤此時腰間正套着一根安全繩，整個人已經翻到了石橋的護欄之外，用光源照射着護欄外的橋邊，拍着照。

「發現了？」我問。

「是啊！真是神了！」林濤給我豎了豎大拇指。

我搖搖頭，說：「不神，尊重科學、尊重邏輯，就能得出這個結論了。」

「重點是不要先入為主。」大寶擦了擦額頭上的汗珠，說，「你說龍番那個孩子，會不會也是自殺？」

---

15 對沖傷：在一些高墜、摔跌事件中，死者的頭顱一側着地，和地面形成了碰撞，頭皮會有血腫，顱骨可能會出現骨折，顱內會有相應的出血和腦挫傷。同時，在着地側的對側腦組織也會發生腦挫傷和出血。

「你一開始先入為主是兇殺，現在有了這個案子的提示，又開始先入為主是自殺了？」我拍了拍大寶的後腦勺。

大寶尷尬一笑，說：「我閉嘴，等檢驗結果。」

「你發現甚麼了？」我問林濤。

「石橋的護欄上，有足尖向外的足跡，鞋底花紋和死者的一致，符合他翻越護欄的時候留下的。」林濤說，「護欄外有多處足跡，足尖向外，可辨認的花紋和死者的一致，對應位置的護欄上，有灰塵減層痕跡 16，和人體的臀部大小差不多。橋面離水面八米，可以形成倒立姿勢。」

「他坐在護欄上，雙腿在護欄外。」大寶搶答道，「往前一撲落水的。」

「對，膠帶可能就是這個時候纏的。」我說，「橋的護欄外，沒有剩餘的膠帶嗎？」

林濤搖了搖頭。

「看來，我們得抽水或者打撈了。」我說。

「找膠帶？」大寶問。

「主要還是得找到形成頭頂損傷的大石頭。」我指了指橋的正下方，說，「大概就是那個位置。」

「可是，這是小河啊！又不是池塘，怎麼抽水？總不能把一整條河都抽乾吧？」大寶說，「打撈可以嗎？」

「如果真的是大石頭，蛙人也弄不上岸啊，太重了。」黃局長皺起了眉頭，說，「在水下拍照也不現實，拍不清楚具體的位置，就無法說服死者家屬。」

「這簡單啊。」韓亮聽我們討論的時候，就已經在手機上搜了一遍了，微微一笑指着熒幕說，「圍堰抽水法！」

所謂「圍堰抽水法」，就是先由蛙人探清水下的情況，如果真的有大石頭，就劃定一個範圍。把這個範圍用沙袋圍起來，形成一個獨立的區域，再用抽水機把區域內的水抽到沙袋之外。

因為清河的水比較淺，所以這種方法是可行的。

---

16 灰塵減層痕跡：指的是踩在有灰塵的地面上，鞋底花紋或者其他物體（比如此案中的人體臀部）抹去地面灰塵所留下的痕跡。

雖然沙袋堆積的圍堰有可能往裏滲水，但是只要抽水機抽水的速度夠快，就可以保證圍堰內的水越來越少，最終露出大石頭。

只要大石頭露出來，在橋上往下進行拍照，就可以明確大石頭和橋的關係了。這也是說服家屬的有力證據。

「天快暗下來了，明天再抽？」我問黃局長。

為了立即查明真相，黃局長哪還等得了明天。他堅定地搖搖頭，說：「我安排後勤部門，馬上調集所有的照明設施，現在就幹！」

這個決定正合我意。

一個小時後，三輛刑事勘查車和六輛交通指揮車開赴了現場，九輛特種車的車頂大燈把現場的河面照射得如同白晝一般。

韓亮此時成了監工，正穿着膠靴，站在河岸邊，指導着水下的蛙人給圍堰奠定基礎。沙袋源源不斷地從岸上被拋入水裏，水裏的作業者把沙袋在水下大石的周圍壘起來。

當然，這一切，站在橋上的我們暫時也看不見，只能焦急地等待着消息。

就在此時，一輛轎車抵達了現場，程子硯從車上跳了下來，說：「一直看視頻看到現在，基本把死者臨終前幾個小時的路徑給摸清楚了。」

根據程子硯的截圖和視頻，我們看見劉文健下午 1 點鐘從家裏出來後，一直徒步行走。從他行走的步態來看，他當時處於一種極度抑鬱的狀態，甚至會時不時被路緣絆一個趔趄。

看上去，他就這樣毫無目的地行走着。

到了下午 6 點鐘，他在距離我們所在石橋 10 公里處的大路監控中消失了。至此，就沒有其他監控記錄到他的行蹤了。

「他的精神狀態肯定是有問題的。」程子硯說。

「是啊。」我說，「但是這個證據最關鍵的一點，就是他走了五個小時，都是一個人在獨行，並沒有其他人伴隨或者尾隨。」

「是的。」程子硯點點頭。

「唉。」我歎了口氣，說，「真的不知道這個孩子遇見了甚麼事。說出來，也許就沒事了，為甚麼要走上絕路呢？」

「好！快了！快了！」

我們聽見韓亮在河邊的叫喊，連忙探頭向橋下看去。

此時目標水域已經可以看到時而出現、時而消失的沙袋了。這說明圍堰很快就要突破水面了。我見圍堰的面積大約有五平方米，還真是不小。

河水只有 1.5 米深，幾個大個子站在水下的大石頭上，胸口都露在水面之上。沙袋出了水面，壘起來就快多了，很快我們就能看到一圈桶裝的沙袋牆高出了水面半米多。

「可以了！準備抽水！」韓亮一邊喊着，一邊幫身邊的消防同志搬運抽水泵。

幾台抽水泵一瞬間同時發出巨大的轟鳴聲，把平靜的河面都震得簌簌發抖。肉眼可見，圍堰之內的水位迅速降低，很快，一塊底面積約有二平方米的水泥廢棄物露出了水面。

「嚯！果真有這種有各種凸起的大石頭。」大寶趴在欄杆上，說道。

「這應該是建造這座水泥橋時的水泥廢料，當時沒有當作建築垃圾運走，就直接扔河裏了。」黃局長說。

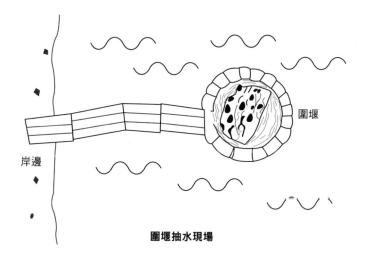

圍堰抽水現場

「這天下水，可是有點冷啊 ——」我見圍堰距離岸邊有幾米的距離，說道。

「你有時候真的怪笨的。」黃局長哈哈一笑，帶着我們下了橋，走到了岸邊。

不一會兒，民警就用木板，在岸邊和圍堰上搭了一座簡易的木板橋。

「圍堰裏的水，只有 10 厘米深，加上淤泥，穿上膠鞋就可以了，何必下水啊。」黃局長嘲笑我道。

我有些尷尬，又有些緊張，害怕自己的體重把木板橋給壓塌了。

好在比較順利，我和大寶都順利地通過木板橋，從圍堰沙袋上跳進了這個「大水桶」裏。

圍堰中心的大石頭果真不是石頭，而是表面凸凹不平的水泥塊。水泥塊已經被水浸泡了很久，無法從凸起上找到血跡或毛髮，但是至少可以印證我的推斷是正確的：如果有人以倒立姿態撞擊到水泥塊上，肯定會一次性形成很多個頭皮創口。

我讓林濤對水泥塊進行全面的拍照固定，自己則踢了踢在淤泥裏蹦躂的魚，思考着說：「法醫推斷被驗證了，痕檢也可以確定他翻越護欄的動作，橋邊並沒有留下其他人的痕跡。監控也確定他一直一人獨行。現在就看偵查和電子物證了。可惜，屍體被水泡了，所以創口內甚麼都沒有，不然在創口內找得到水泥顆粒的話，做個同一認定也是個有力證據。」

「嗨！膠帶！膠帶！」我突然聽見了大寶的叫喊聲，回頭看去。

大寶正蹲在水泥塊的旁邊。

水泥塊的邊緣是翹起來的，邊緣和河底淤泥之間，有一些水草，一卷膠帶正好掛在一叢水草上。

「嗨！這就運氣好了！」拍完照的林濤也從水泥塊上跳了下來，說，「正好掛在了水草上，所以沒有隨水流漂走。」

「看看斷口處有沒有死者的指紋。」我也很興奮，從口袋裏掏出了一個物證袋。

「還有，可以利用斷口，來和屍體上的膠帶進行整體分離痕跡鑑定。」林濤也興奮地拿起相機拍照。

所謂「整體分離痕跡鑑定」，就是痕跡檢驗部門對一完整客體，

在外力作用下，分離成若干部分時，利用分離部位呈現的細微痕跡跡象，進行同一鑑定的實驗。

「你的發現太關鍵了，意外驚喜。」我拍了拍大寶的肩膀說。

「要不是你的推斷，就找不到這座石橋，找不到這座石橋，也就沒了這些物證。」大寶說。

「互相吹捧，共同進步。」我費了好大力氣，從圍堰內部重新翻上了圍堰的邊緣，順着木板回到了岸上。

完成了圍堰取證的工作之後，我們一起回到了市局。此時已經凌晨 3 點多了。不過大家都不睏，因為案件的真相已經展現在了我們的面前，無論是從屍檢、現場勘查還是調查情況來看，事實清楚、證據確鑿。

專案組會議室裏，陳詩羽已經坐在裏面了。

「你怎麼也沒睡覺？」林濤一邊清理着衣角的泥巴，一邊問道。

「你們的工作我都聽說了，偵查這邊也有發現。」陳詩羽頂着黑眼圈說，「死者自己的銀行卡裏，原本有一萬多元存款，三天前轉走了。值得注意的是，他們家還有一張存摺，裏面有二十多萬元，在事發前一天的晚上，也被轉走了。」

「果然有財務問題。」我並不感到意外。

「這二十多萬元，是劉文健的父母從他剛出生開始就儲的壓歲錢。」陳詩羽說，「20 年來，劉文健每年收到的壓歲錢，都存在這個存摺裏，算是家庭成員共有財產，大家都知道存摺密碼，這是他們家的一個習慣。」

「這個不重要，我關心錢轉到哪裏去了。」我問，「這可能涉及死者自殺的原因！」

「對，這個也必須查清、查透！」黃局長下了指示。

「有點麻煩。」陳詩羽說，「從銀行那邊，只能確定這些錢是進了一個叫作『約一約』的手機 App 裏，我們查了，這是一個社交軟體。但是具體要查錢從劉文健的賬號轉去了哪個賬號，要麼就要恢復劉文健的手機，要麼就得徹查這個詐騙程式。」

「嗯，看來十有八九，是電信網路詐騙了。」我說，「可惜死者沒有安裝國家反詐 App，不然這些詐騙程式都能被識別了。」

「手機要恢復，詐騙程式也要端掉。」黃局長說，「我來向省廳請示，請求專門的人去辦了這個詐騙程式。不管怎麼樣，一定要查清死者自殺的原因，給家屬一個合理的交代。」

「我們先回去休息吧，明天我來問問吳老大他們，電子物證處理得怎麼樣了。」我說。

一整天連續的工作，疲勞感終於擊敗了我最近的睡眠障礙。回到賓館，頭一碰枕頭，我就睡着了。

還沒睡到四個小時，一大清早，我就被吳老大的電話喊醒了。

「你怎知道我要找你？」我睡眼惺忪地接通了電話。

「不知道你要找我，但是我得趕緊告訴你，這人感覺像自殺啊！」吳老大的聲音很急促，說道。

「把『感覺像』三個字去掉。」我說，「我們的證據也可以定性了。你這是，電子物證做出來了？」

「手機還沒有完全恢復完。」吳老大說，「但是那團信紙，我倒是給它碾平了。被水損壞得比較嚴重，但是還原了上面的字跡，寫的是『但願天堂沒有欺騙』八個字。這就是死者寫的遺書啊！」

「欺騙？」我沉吟了一下，說，「估計是電詐。對了，你要重點恢復一下死者手機裏的一個叫作『約一約』的 App，應該是通過這個 App 進行詐騙的。」

「嗯，恢復得差不多了，上午給你們結果。」吳老大穩下心來，說，「你接着睡吧！」

可想到劉文健臨死前給自己留下的這八個字，我算是徹底睡不着了。

一個普通的孩子，究竟該有多絕望，才會這樣放棄了自己的生命？這絕對不僅僅是錢的問題。以他家的條件，二十多萬元並不是天文數字。他為甚麼不能把遭遇電詐的事情和父母說，和警察說？為甚麼就這樣輕易放棄了生命呢？

在賓館裏等待了一上午，也沒有消息傳來，於是我喊上林濤和大寶，一起吃了午飯，然後去市局整理物證，做了一個 PPT，把各種證據匯總，把邏輯理順。這個 PPT 不是用作案情彙報的，而是用來給市局向死者家屬解釋用的。

剛剛做好 PPT 不久，黃局長回到了會議室。

「怎麼樣？」我問。

「案子破了。」黃局長拿起茶缸咕咚咕咚灌着水説。

「案子？不應該是案子撤了嗎？」我説。

「命案已經通過了部裏的審核，撤了。」黃局長説，「電詐的案子，破了。」

「這麼快！」我驚訝地説道。

「好巧不巧，電詐的犯罪嫌疑人也是雲泰的。」黃局長説，「不需要跨區域合作，辦起來當然快！我們中國公安的效率，那可是沒得説！」

「説説看，怎麼回事？」我説。

「不是甚麼高深手法。」黃局長説，「這個詐騙程式是通過色情網站傳播的，我們分析，劉文健可能在瀏覽色情網站的時候，下載了這個 App，通過 App 認識了嫌疑人。根據在嫌疑人家裏搜出來的電腦資料，這個人專門是利用『裸聊』來進行電信網路詐騙的，證據確鑿。」

「是這女的害死了劉文健？」大寶説。

「不，是男的。」黃局長一邊説，一邊掏手機。

「男的裸聊？」我和大寶異口同聲。

黃局長像是預料到了我們的疑問，打開手機，翻出一張照片，展示給我們看，説：「圖片有點兒童不宜。」

照片中，是一個面容嬌美、皮膚白皙的女性赤裸着上半身正在搔首弄姿。

「這不就是女的？」大寶納悶。

黃局長劃動了一下手機，展示下一張照片。

照片中，是一個光頭、瘦弱的男子，被兩名警察押着。

「是同一個人。」黃局長簡短地説。

這傢伙，把我們幾個人都驚掉了下巴。

「在嫌疑人家裏，我們搜出了假髮、女裝和矽膠衣。」黃局長説，

「矽膠衣，你們可能沒看過，就是穿上以後，加之影片 App 的美顏濾鏡，看上去就和赤裸的女子一樣了，懂了吧。」

「所以，就是這個男的，利用詐騙程式，誘騙劉文健和他裸聊，然後錄下劉文健裸體的影片，再來敲詐他，從而獲取鉅款？」我梳理了一下。

「是的，從劉文健這裏騙來的錢，不算是鉅款。」黃局長說，「嫌疑人交代，他最大的一筆，騙了兩百多萬。」

「兩百多萬！」大寶叫了起來，「怎麼這麼多人傻錢多的人？」

「唉，好在我們出手快，抓到了嫌疑人，這樣死者也算是瞑目了。」黃局長說，「哦 —— 對了，詐騙程式，也已經定位了，是外省的，很快部裏就會協調當地警方，一網打盡。」

「只是可惜了劉文健。」我歎了口氣，說，「怪不得他會留下那幾個字呢，可想而知他的羞愧和悔恨。」

「劉文健自殺了，我們才知道這些事。還不知道有多少人被敲詐了，卻也不敢報案呢。」林濤說。

「所以要宣傳國家反詐 App 嘛。」大寶說道。

趁着天還沒有黑，我們準備乘車返回龍番。

走到市局門口，一名民警正在和一對中年夫婦交談着，遠遠望去，就知道是之前來認屍的劉文健父母。

劉母抱着臂膀，蹲在市局大門口，哭泣着。

「哭，哭，哭甚麼哭！這樣的孽子，不要也罷！」劉父雙眼紅腫，仍惡狠狠地說道，「不知道從小到大你是怎麼管他的，幹出這麼丟人的事情！這事情要傳出去，我的老臉還往哪裏擱？」

「文健都沒了，你還說這種話！」劉母抽泣着說道，「兒子沒了，要臉有甚麼用？」

「你們放心，我們公安機關對案件情節會予以保密的。」民警在一旁安慰道。

「那人能判死刑嗎？」劉父咬着後槽牙問。

「這，不是我們說了算的。」民警不敢直接回答。

「怎麼能不判死刑？害死了人還不判死刑嗎？」劉父說，「還有你們公安局，不是整天宣傳反電詐甚麼的嗎？宣傳有用嗎？我兒子還不是被害死了？」

「這也是我們整天宣傳的意義所在啊，至少更多的人不會上當受騙。」

「別的人關我屁事？我兒子被害了，你們公安局就是要負責任！」劉父不依不饒。

韓亮歎了口氣，踩了一腳油門，駛出了公安局大門。

「悲劇發生，卻首先想到丟臉。」大寶「哼」了一聲，說，「統統責怪了一遍，也不找找自己原因，人家都說了，『子不教，父之過』。」

「『子不教，父之過』。」我重複了一遍，想起了家裏的兒子，歎氣道，「不管孩子不對，管得太緊也不對，究竟甚麼樣的距離才是最好的呢？」

「我覺得啊，他可不是管孩子管得緊，他是把孩子當成了自己的臉面。」陳詩羽說。

「說得好，你想想該怎麼管小小秦，我也要想想該怎麼管小小寶了。」大寶對我擠了擠眼睛。

「倖存者」案[17]結束，寶嫂康復後不久就懷孕了，如今小小寶也是滿地跑了。

「反正我覺得，劉文健的死，和他父親關心的臉面有關係。」陳詩羽說。

「這就是我們之前提出的問題所在了。」我說，「劉文健被騙的二十多萬，對他們這個家庭來說，不至於要尋死的地步，而他為甚麼要尋死呢？我想大概就是因為怕丟臉，怕給他的父母丟臉，怕父親責怪他丟家裏的臉面。」

「是啊，逼死他的也許並不僅僅就是這二十多萬。」陳詩羽也感歎道。

「說到裸聊，學生性教育也是需要重視的一件大事呢。」韓亮一邊開車，一邊說道。

「是啊，感覺現在學生學習的生理衛生課程，也就是浮於表面，不

---

17 見法醫秦明系列萬象卷第五季《倖存者》（北京聯合出版公司，2022）一書。

敢講得過深，否則家長肯定反應激烈。」我說，「學生性教育絕對不能僅限於生理衛生，更重要的是性心理的教育。」

「真的希望教育部門能重視起來，讓心理專家分析分析，該怎麼教育才好。」大寶說，「我們這一代的家長，已經沒有那麼封建了，可還是不知道該怎麼教育孩子。還是有點難以啟齒吧。」

陳詩羽坦坦蕩蕩地說：「你要是都覺得不好意思開口，孩子更覺得這是個羞恥的話題了。避而不談，最後反而容易出事兒。我覺得，孩子提出的性方面的問題，家長應該正面回答，以朋友的方式交談，不要擔心尺度的問題，才會讓孩子覺得性沒有那麼深邃、那麼隱晦。」

林濤瞥了一眼陳詩羽，笑着說：「紙上談兵。」

「我覺得小羽毛說得對，該和孩子說的，總是要說的，總不能一直回答孩子是『從石頭爆出來』的，或者是從垃圾桶撿的。」程子硯附和道，她的黑眼圈看上去和小羽毛像是同款。

「可見我們家長要學習的還有很多呢。真希望能有一套系統、權威的教材。」我說，「給孩子的、給家長的，能有專家出來教教我們。這樣我們也能少走點彎路啊。」

勘查車在高速上飛馳，向龍番市駛去。

這個案子結了，但那無名男孩的案子，還在牽着大家的心緒。

第二案

消失的奶茶

> 在人前我們總是習慣於偽裝自己，
> 但最終也矇騙了自己。
> ——法蘭索瓦·德·拉羅希福可
> （François de La Rochefoucauld）

回到龍番後，第二天一早，我以為我是最早到的，卻沒想到師父已經坐在我們辦公室裏了。

「師父，您老人家怎麼來了？」我一邊接過師父手上的一疊報告，一邊問道。

師父遞給我的，是三份報告，都是關於二土坡無名男屍案的。

第一份報告是死者的理化報告，無論是血液裏還是內臟器官裏，都沒有查出毒物、毒品或者酒精的成分，是一份陰性結果的報告。

第二份報告是死者的矽藻報告，實驗室的同事對死者的肺臟、肝臟和腎臟進行了硝化、離心，用真空吸濾法提取了矽藻，並和現場提取的水樣內的矽藻進行了比對，確定死者的肺臟內含有少量現場水樣的矽藻，而肝臟和腎臟內是沒有的。這説明只有少量水通過斷裂的氣管進入肺內，而沒有進入體內迴圈抵達肝臟和腎臟。矽藻檢驗也驗證了我們認定死者是死後被拋屍入水的結論。

還沒翻開第三份報告，我就急切地問道：「看來真的是命案了，不過，我們從死者身上沒有找到任何機械性損傷或者外力導致的機械性窒息的跡象啊。這死因怎麼定？」

「看完再説。」師父說，「你這急性子，甚麼時候才能改改？」

我連忙翻開了第三份報告。這是死者內臟器官的組織病理學報告。對於大多數案件，器官的組織病理學檢驗，都是程式上的要求，是排除性的檢驗，為了印證死者是不存在致命性疾病的。這一份也不例外，死者很年輕，所以所有的內臟器官組織病理學檢驗也都是陰性報告。但我恰恰忘記了自己隨手提取的一個關鍵物證，就是死者小腿中段的那一塊被水浸泡變成褐色的皮膚。

這塊皮膚經過組織病理學檢驗，發現皮膚的基底細胞染色很深，縱向伸長、排列緊密呈柵欄狀，皮脂腺呈極性化，細胞核變得細長，所以確定這一處褐色的痕跡是電流斑。因為被水浸泡，導致電流斑的典型特徵喪失了，我們這才沒有在解剖的時候及時判斷。

「電擊死？」我叫了一聲，腦海裏出現了無數種可能性，之前我還吐槽大寶先入為主，現在我對自己過早下判斷也有些後悔了。

這個時候我又仔細想了想，如果小腿上有電流斑，那麼他是隔着褲子被電擊的。他只穿了一條外褲和一條內褲，外褲似乎也是可以導電的。不過，在電的高溫作用下，外面的褲子肯定有燒灼的痕跡，是可以被發現的。但是因為被水浸泡過，已經很不明顯了，所以我們並沒有發現。這也是給了我們一個教訓，其實第一時間我們就可以通過對褲子的仔細研究，確定這是一宗電擊死的案件。

「你怎麼看？」師父盯着我，問道。

「我，這，我現在，還不能確定甚麼。」我結結巴巴地說，「但是在解剖的時候，我曾經說過，電擊死是可以像溺死一樣導致氣管內的蕈狀泡沫的。而且，電擊死也可以像機械性窒息一樣導致玫瑰齒。這樣看，死因是可以確定的。」

「我是說案件下一步怎麼辦？」師父說道。

「這，我還是得再去看看屍體。」我立刻冷靜了下來。

「對，我就是等你這句話。」師父說，「法醫在遇到問題後，必須不停地複檢、研究屍體，才能保證結論的準確性。」

「知道了，等他們一來，我們就去殯儀館。」我說。

大家到齊了之後，我把輔助檢查的結果告訴了大家。大家都沒有表示出驚訝，但是也沒發表甚麼意見，畢竟電擊死的案例，大家看得不多。

突然要複檢屍體，市局準備不充分，屍體也來不及解凍。不過我倒不在意，畢竟我們這次複檢，主要是看屍表。屍體內部已經解剖完了，該獲取的資訊都已經獲取過了。

我們仔細看了看外褲，因為被水泡得很嚴重，肉眼不能完全確認有電流熱的作用，只能提取回去進行理化檢驗，看是否能從上面發現一些金屬顆粒，從而判斷。

屍體因為冷凍脫水，顯得更消瘦了，而且顏色也開始變得更暗。四肢上的血管都可以透過過度脫水的皮膚，顯現出來。

我看着屍體小腿中段那一塊被我切除下來的皮膚說：「這個位置是脛骨前面的外側，也是最容易受傷的地方。」

「因為它的位置比較暴露。」大寶補充道。

「對。」我抬頭看着大寶，說，「而且，這個電流斑的形狀，不是我們經常見的一塊斑塊，或者一個點，而是一個長條形。」

「電流斑通常能反映電極接觸皮膚部分的形狀。」大寶說，「你說……這形狀應該是電線造成的啊？可電線不都是架在天上，或者埋在土裏嗎？他又不會飛。」

「會飛的電不死。」韓亮說，「麻雀站在電線上也沒事，這個初中物理你沒學過？」

「別扯遠了。」我把話題拉了回來，說，「小腿中段，大約距離腳底板 30 厘米的位置，我們設想一下，這個位置的橫行電線，還是赤裸的、有電的橫行電線，會是甚麼？」

「會是甚麼？」大寶呆呆地重複道。

我還沒來得及回答，解剖室的大門「轟」的一聲被推開了，一個女人出現了在門口。女人 40 歲上下，衣服雖然都是名牌，但就算是我這樣的時尚門外漢，也能看出衣服搭配得很不協調，應該是胡亂套了件衣服就出門了。女人非常矮小瘦弱，感覺也就 40 公斤的樣子，削尖的下巴和突出的顴骨，看得出她真的是瘦得皮包骨頭。她不僅瘦弱，還面色蠟黃，眉間有一條深深的豎形皮膚皺褶，說明她以前就經常皺眉，導致總是面帶苦相。她身邊跟着一個二十來歲的小姑娘，身上還紮着圍裙，雙手緊緊地挽着女人的右臂，像生怕她摔倒了一樣。

女人的全身都在顫抖着，臉頰上的雞皮疙瘩隔着老遠都看得清楚。她一路衝到了這裏，卻在解剖室的門口愴然停住了，站了許久，就是不挪動步子，無意識地搖着頭。而她身邊的小姑娘則早已滿臉淚水，抽泣着。

「家屬，來認屍。」一名民警一邊揮手讓身後的女民警上前扶住女人，一邊走到我們身邊，低聲和我們說道。

我點了點頭，示意大家把解剖室中央的解剖台讓開，給家屬留出靠近屍體的通道。女人依舊不挪步子，嘴裏喃喃道：「不，不可能，不是的。」

「辛女士，您看一眼吧。」女民警向前邁了一步。

女人被身側的民警和小姑娘架着，慢慢向解剖台靠近。

屍體還沒有解凍，一根冰棒似的僵硬地躺在解剖台上，皮膚上還

都覆蓋着薄薄的冰霜。

「不，不是的。」女人的聲音像是從喉嚨裏擠出來的。

「您看仔細了。」我站到解剖台邊，用毛巾擦拭着屍體面部皮膚附着的冰霜，說道。此時我心裏慶幸，幸虧之前把屍體的頭顱和軀幹仔細地縫合到了一起，好歹也算沒有讓屍首分離的慘狀給家屬造成更大的心理傷害吧。

當我手裏的毛巾離開了屍體的面部，附着的冰霜就全部擦拭乾淨了，一張稚嫩的少年的臉出現在了眼前。

女人突然一個踉蹌，當場翻起了白眼。

「哎——注意，你沒事吧？」女民警使勁把女人架住。

「不，不可能，這怎麼可能？我在做噩夢，對，是噩夢。」女人並沒有暈厥過去，但她瘦弱的身體此刻仿佛有千斤重般直立不起來，整個匍匐在身邊的兩人身上，口中還喃喃不止。

她身邊的小姑娘臉色一會兒白一會兒青，終於忍不住哭喊起來：「天啊，這真的是南南，是南南……南南你怎麼了啊？你醒醒啊！你媽媽來看你了，你快醒醒啊！」

小姑娘的哭喊聲，在整個解剖室裏回蕩着。我們見慣了這樣的場面，但是每次看到這種撕心裂肺的痛，也總是會牽動着我們同情的神經。

民警對我使了個眼色，意思是身份基本確定了。我點點頭，揮手說：「外面有休息室，等她們情緒平復一點，再坐車。照顧好她們吧。」

一行人緩慢地離開了解剖室，留下女人神經質似的低語和小姑娘的哭聲。

我們心裏很不是滋味，良久都沒有人開口說話。二土坡的少年男屍身份確認了，對案子來說是個很大的進展。但目睹一個母親的肝腸寸斷，我們依然很難立刻回過神來。

過了好一會兒，大寶才抬起頭來，問我道：「對了，你剛才沒說完，這種電擊情況，會是甚麼？」

「在距離地面三十多厘米的地方架設電線，而且是裸露的電線，一

般都是獵人幹的。」我也整理了一會兒情緒，回答道。

「獵人？」大寶沒反應過來，「賞金獵人啊？」

「啥賞金獵人。」我說，「有一些山裏的住戶，會在山坡上用架設電網的方式，來獲取獵物。真獵物，就是野生動物。」

「這也行？」大寶瞪大了眼睛。

「當然是法律不允許的。」我說，「可是，就是有人這樣幹啊。」

「你的意思是，這是個意外事件？」林濤插話道。

「這我不知道。」我說，「我只知道，一般架設這個高度的電線，都是幹這個的。這種方式用來殺人，實在是太不保險了。一來兇手不可能知道被害人會選擇甚麼樣的路線，二來這種方式很有可能誤傷其他人。對付一個反抗能力並不強的中學生，不可能選用這麼不保險的殺人方式。」

「是啊，從犯罪心理的角度來看，只要是預謀犯罪，兇手一定會選擇最穩妥的殺人方式。」林濤說，「這種手段顯然是最不保險的，不合常理。」

「如果是意外……那究竟是誰把屍體扔河裏的？」大寶問。

「如果電網是你拉的，為了電幾隻野獸，沒想到卻電死了一個人，你怎麼辦？」我問。

「報警啊。」大寶說。

「報警？你這可是涉嫌了『以危險方法危害公共安全罪』，而且造成了人員死亡啊！」我說。

「哦，是啊。」大寶翻了翻眼睛，說，「怕擔責，棄屍滅跡是最有可能選擇的手段。」

「看來，最大的可能，這不是命案了。」韓亮說。

「不是故意殺人案。」我說，「卻是命案！『以危險方法危害公共安全罪』，也是重罪。即便是有過失的情節，但畢竟導致了人員死亡，怎麼不是命案了？」

「那怎麼去查呢？」林濤問。

「你電話通知一下陳詩羽和程子硯。」我說，「這個案子想破，還是得從第一現場入手。」

「第一現場不好找啊。」大寶說，「上一宗案子，是有『墜橋』的分析，所以找到了第一現場。現在這個，上游都是山區，哪裏都能拉

電網啊！出了事，電網肯定也撤了，去哪裏找？」

「所以，得讓程子硯跟着。」我説，「現在死者的身份清楚了，查找死者的行為軌跡就比較容易了，沿着他的軌跡找，在發現屍體的地方向龍番河上游的範圍內，總能找到他有可能去的地方。」

「對了，別忘了，還有鞋底的櫻花瓣！」韓亮補充道。

「是的，找有櫻花的山區。」我説，「第一現場一定距離民宅不會太遠，因為電網是要從民宅裏取電的。總不能為了架設電網，買個幾公里長的電線。所以我覺得，第一現場距離民宅最多也就一百幾十米。還有，這個民宅應該遠離人群密集的村落，否則在經常有人經過的地方，他也不敢隨便拉電網。有了這麼多線索，我覺得找到第一現場的概率還是挺大的。」

「依你所説，找到了第一現場，那也就破案了。」林濤拿出手機，説，「因為這就是兇手所住的民宅啊。」

「嗯，我們得先了解一下死者和他家人的情況，做到心中有數。」我説道。

「我再量量這個電流斑。」大寶一邊説，一邊對死者小腿部位的電流斑的位置再次進行了測量。

「老方那邊，組織病理學只會使用一小部分皮膚組織檢材吧。」我問道。

「嗯，我去看了，就一個指甲蓋大小。」大寶説。

「那太好了，還有很多電流斑的皮膚可以進行進一步檢驗。」

「還要檢驗甚麼？已經確定是電流斑了啊。」大寶一臉迷惑。

我笑了笑，轉頭看着大寶説：「不要把思維限定在自己的專業裏！假如我們找到了那一處民宅，那我們怎麼去認定這個民宅的主人就是犯罪嫌疑人？」

「啊？」大寶顯然沒想到這個問題，一時愣住了。

「換句話説，假如我們能找到電擊器和電線，又如何認定就是這個電擊器和電線惹的禍呢？」

「電線上，找死者的DNA？」

「電擊作用會產生熱，即便在電線上留下燒灼的微小皮膚組織，也難保這些細胞沒有因為熱作用而毀壞啊。」我説，「萬一就是做不出DNA了，怎辦？」

「所以……你要在我們提取的皮膚組織上，找電線上的東西！」大寶恍然大悟地説，「微量物證！」

「對。」我説，「既然電擊作用會產熱，所以在電流斑皮膚上，一定可以找得到金屬元素，如果皮膚上的金屬元素和電線的成分相同，就可以做認定了。因為燒灼後金屬元素會和皮膚融合的，所以即便經歷了浸泡，也不可能消失。」

「我這就給老方打電話，讓他把剩下的皮膚檢材送去理化檢驗科。」大寶跳着脱下了解剖服。

「我們呢？」林濤問。

「我們去專案組，一會兒偵查部門針對死者和其家屬的背景調查，就會匯總過來了。」我説，「既然明確了是刑事案件，我們就要把案子當成故意殺人案件來辦。」

大寶打完電話後，我們把凍硬的屍體重新推回了冰櫃，然後驅車趕往龍番市公安局刑警支隊，估計支隊的大會議室裏，此時正在開專案會研究下一步工作呢。

果然，一進會議室大門，就看見市局的董劍局長此時正在會議桌邊正襟危坐，見我們進來，他指了指對面的座位，説：「你們坐，有一組人，配合總隊重案科沿河岸尋找去了。」

陳詩羽就是總隊重案科負責這個案子的人，她此時已經開始調查了。

「怎麼樣，現在有甚麼線索嗎？」我剛坐下身來，就急着問道。

「讓我們的主辦偵查員，先把死者和其家庭情況給你們介紹一下吧。」董局長指了指身邊的一個偵查員。

據主辦偵查員介紹，死者名叫凌南，今年 15 周歲，是龍番市第二十一中學九年級三班的學生。也就是説，還有大約三個月的時間，他就應該要參加中考了。

我們在解剖室裏遇見的瘦弱女人，是凌南的母親，辛萬鳳，今年 42 歲。她的父親辛強是二十世紀末龍番市的著名企業家。辛強白手興

家，從一個文具店開始，慢慢開始經營連鎖店。大約 15 年前，辛氏集團就走上了發家之路，先後涉及教育、餐飲、娛樂、旅遊等領域，一度風生水起。但是辛萬鳳和那些富家女不同，她是經歷過苦日子的。她沒正經上過甚麼學，初中畢業後，就去一所技校混了個文憑，然後進入父親當時的公司工作。因為學歷不高，辛萬鳳一直在一些可有可無的崗位上輪換。後來辛強撮合了辛萬鳳和自己的「得意門生」凌三全結婚，並生下了凌南。凌三全一直在辛氏高層工作，在辛氏集團組建並走上正軌後，可謂收入不菲。因為有了充裕的物質條件，大約在凌南小學三年級的時候，為了凌南的學習，辛萬鳳就辭去了工作，專職在家照顧凌南。

三年前，辛萬鳳的父親去世，凌三全接任集團的董事長，而集團的主要業務是餐飲、娛樂、旅遊和教育。可惜，凌三全似乎沒有興旺家族企業的運氣，在他接手企業後，疫情來了。去年國家出台了「雙減」政策，辛氏集團旗下的多家課外輔導補課機構緊急轉型，但入不敷出。據說，辛氏集團的總資產，從凌三全接手的時候到現在，萎縮了 90%。

「『雙減』政策是甚麼來着？」林濤好奇地問道。

「是國家在去年 7 月份出台的一項政策，希望有效減輕義務教育階段學生過重作業負擔和校外培訓負擔。」大寶說，「對這些義務教育階段的學生來說，校內不會有太多的作業，校外不允許學科類培訓機構予以補課，國家保證孩子們週末、節假日的休息。」

「你這麼早就開始關注教育領域了？」林濤擠着眼睛說道。

「也就是說，以前週末、節假日，孩子們都會被送去補課，很多都是一節課接着一節課，比平時上課的時候還累。」我補充說，「現在不准週末、節假日補課了，那這些教育機構就沒法補課了，於是業務量大減。」

「是啊，據說查得非常嚴格。」主辦偵查員說，「絕對是動真格的了。」

「這是好事啊！孩子們太累了！哪有甚麼童年？」林濤說，「之前週末和節假日都要補課？那可比我們小時候累多了。」

「沒辦法，人口眾多，競爭激烈。」大寶聳聳肩膀，示意主辦偵查員接着說。

不知道是因為想要重新振興公司，還是因為「敗家」而導致夫妻關係破裂，凌三全在兩年前，就已經不在家裏住了，平時住在公司裏，偶爾回家。凌南的飲食起居和課業輔導，幾乎都是由辛萬鳳以及家裏的保姆桑荷負責。桑荷就是那個跟在辛萬鳳旁邊的小姑娘，今年23歲，從辛萬鳳老家鄉下出來打工的。據查，這兩年凌三全並沒有緋聞之類不良事件的跡象。辛萬鳳和凌三全也沒有鬧過離婚，除了不住在一起，周圍人看起來，是很正常的夫妻關係。而且經過一大圈週邊調查，確定凌三全和辛萬鳳都沒有甚麼突出的社會矛盾關係。

　　這些調查的結果，也符合凌南的死亡是一宗意外死亡事件，而不是故意殺人案的性質。

　　但根據保姆桑荷的描述，他們家這個年過得非常不好。

　　一來是因為凌三全的公司在持續萎縮，二來是因為凌南的中三上學期期末考試考得不好。所以辛萬鳳整個寒假都格外關注凌南，動不動就哭哭啼啼、唉聲歎氣。究其原因，保姆桑荷認為是凌南這次期末考試的總成績被劃分為 A- 類別，讓辛萬鳳焦慮不已、夜不能寐。她認為凌南現在成績下滑，如果在最後一個學期不使勁，可能就考不上重點高中了。

　　「A-？聽起來，不是挺好的嗎？」林濤又好奇地問道。

　　主辦偵查員舔了舔嘴唇，給林濤科普了一下學校成績檔次劃分，究竟能夠說明甚麼。

　　龍番市為了盡可能減少「學區房」對房價的影響，淡化「學區房」的概念，所以實施了所謂重點高中「指標到校」的錄取政策。除了極少數分數很高的學生可以直接被重點高中錄取之外（稱之為「統招生」），重點高中其他的錄取名額，會被拿出來平均劃分到各個中學。大約每個中學可以有 11% 的學生上省重點高中。簡而言之，以第二十一中為例，中三級一共有 1,000 名學生，其中可能只有 10 個人的中考成績可以夠上「統招線」，而除了這 10 個人之外，排名靠前的 110 名學生，也可以上省重點高中。這樣的政策，就把全市的初中生競爭，變成了各個初中的內部競爭，也就淡化了哪個中學好、哪個中

學差的觀念。因為初中錄取是根據戶籍所在地就近錄取的，這就緩解了家長都把孩子往教育品質高的初中送，導致該初中附近的居民區房價水漲船高的現象發生。

在學校內部的排名涉及孩子能不能夠上重點高中，所以初中的孩子從中一開始，就幾乎是一個月考一次試，而且每次都有詳細的排名。家長也會通過這個排名的先後，來判斷孩子在學校的成績檔次。再以第二十一中為例，前 120 名，是可以上省重點高中的；前 240 名可以上次檔——市重點高中。因為現在普通高中錄取率在下降，只有 55% 的初中生可以上高中，而其他的只能去職業技能學校，所以前 560 名是可以上普通高中的，剩下的只能去上職業技能學校了。可見，排名順序，直接決定了孩子的出路。

第二十一中，地處龍番市郊區，這個區域環境比較複雜。學區內，有商販集中的社區，也有富人的別墅區，還有政府部門的宿舍，甚至有一些城鄉接合部的務農人員戶籍也屬於這個學區。這就導致了生源組成也很複雜。有些家長非常重視孩子學習，孩子成績就會比較好；而有的孩子是留守兒童，學習成績無人問津，如果缺乏自律就會導致成績較差。總之，這個學校的競爭並沒有市中心幾所初中的競爭激烈。

而凌南的成績一直是在學校的 80 名左右，按這樣的道理來算，他上省重點高中應該問題不大。

可是在去年的暑期，國家的「雙減」政策下來了。有關政策要求，學校內的排名應予以取消，只准公佈成績檔次，而不准公佈具體排名。其實老師是掌握孩子的排名的，但是不能公佈、不能和家長說。

第二十一中的成績檔次劃分的原理是：A+ 是 5% 的學生，A 是 5% 的學生，A-、B+、B、B-、C+、C、C-、D+ 均為 10%，D 和 E 均為 5%。由此可見，學校中的 1,000 名中三級學生，A+ 和 A 都在 120 名之內，而 A- 這個檔次，是指 101 名至 200 名之間，只有一小部分在 120 名以內，也就是只有一小部分學生在能夠上省重點高中的序列之內。

凌南考了這個成績之後，辛萬鳳整日整夜愁眉苦臉，因為即使是 101 名，凌南也是有大幅退步的。據說，他主要是語文成績下降厲害，還沒能考及格。在還有幾個月就要中考的節骨眼上，成績出現大

幅退步，辛萬鳳的心情可想而知。所以，辛萬鳳從寒假開始，就對凌南加大了管束的力度。

據桑荷描述，辛萬鳳經常會悄無聲息地突擊檢查凌南在做甚麼，如果凌南不在認真學習，她就會苦口婆心地坐在凌南的身邊給凌南倒苦水。具體倒甚麼苦水桑荷不知道，只知道她總是説學歷有多重要，讓凌南不要走她的老路、吃她的老苦甚麼的。凌南是個特別乖的孩子，從來不和辛萬鳳頂嘴，無論辛萬鳳怎麼哭訴，凌南都點着頭、認真聽着。

正月十六，也就是 2 月 16 日，凌南開學了，可沒想到上課到 3 月上旬的時候，學校裏出現了一個疫情確診患者的密切接觸者。按照教育部門的要求，全校需要暫停線下教學 14 天，居家隔離觀察，孩子們都在家裏上網課。

發現屍體的前一天，是解除隔離後。沒想到，學校第一天恢復線下教學，就出事了。

事情要從上週三開始講。

據桑荷説，當天，辛萬鳳按照家長群的要求，去新華書店給凌南買學習資料，她從書店回來後的第一件事，就是突擊檢查凌南的房間，發現凌南並沒有在聽課，而是在畫畫。凌南平時非常喜歡畫畫，而且在繪畫方面非常有天賦，就連桑荷都認為凌南的畫作一點也不像是小孩子畫的，畫甚麼還就真的像甚麼。但是可能辛萬鳳認為畫畫會影響學習，所以一直非常反對凌南畫畫，每次發現都會很生氣。

這一次也不例外，辛萬鳳很生氣，又在凌南的房間坐了很長時間。桑荷躲在自己的保姆房裏不敢出來，但是隔着牆大概聽見辛萬鳳又是在哭哭啼啼地訴苦，説自己學歷低，過得不好。桑荷當時還納悶呢，她也學歷低，比辛萬鳳條件差太多了，也沒覺得自己過得不好啊！後來，桑荷在對凌南房間進行打掃的時候，才知道這次與以往不同，因為凌南的畫作被揉爛、撕碎後扔在垃圾桶裏，這是以前沒有過的。而且，第二天一早，凌南就把他的校服拿來給桑荷洗。校服的胸口上，有一大塊墨漬，只有可能是辛萬鳳動手，打翻了墨水才會弄髒

校服。可是墨漬是清洗不掉的，桑荷費了半天力氣，也沒洗乾淨。而過幾天學校就要開課了，開學是必須穿校服的，臨時買也來不及，當時還把桑荷急得夠嗆。後來凌南主動說，洗不掉也沒關係，沒人會關注他的校服。

據桑荷的描述，這就是凌南的性格。他是一個很乖巧、很聽話的孩子，成熟而寬容，心理上沒有任何問題，根本不可能因為和母親爭吵而去做一些過激的事情，更不會因此離家出走或者自殺。

果然，接下來的兩天，凌南並無任何異常表現。辛萬鳳看起來也都很正常，兩人之間雖然話不多，但也沒有再因為此事吵起來。桑荷本來以為這件事就這樣過去了，畢竟母子情深，不會因為這件事情出現甚麼關係上的裂隙。

可是凌南第一天恢復上課，辛萬鳳就忙活了起來。她在凌南的房間裏進行了全方位的搜查，並且在凌南小床的床墊下面，發現了凌南自己收藏起來的十幾幅畫作。辛萬鳳當時氣得臉都變色了，眉頭皺得老深，她甚麼話都沒說，就把畫作拿到了自己的房間。可能她是想等凌南晚上放學回來，再好好教育一番吧。

凌南平時中午休息時間很少，所以都是桑荷把飯送到學校門口（外人是不允許隨意進入學校的），凌南午飯後在學校簡單休息，就要開始下午的課業。案發當天中午，桑荷和平常一樣，去學校送飯給凌南。在送飯的過程中，桑荷出於好心，把辛萬鳳「查獲」畫作的事情告訴了凌南，希望他有個心理準備。當時，凌南就表現出了十分擔憂和焦急的神情。但是這個懂事的孩子，也沒有立即衝回家和母親理論，而是拿着飯默默回到了教室。

當天晚上，凌南沒有按時回家，辛萬鳳就着急了，到學校去尋找。奇怪就奇怪在，辛萬鳳居然找不到凌南的班主任。找到他們教務主任，居然被告知，他們班暫時沒有班主任。中三沒有班主任？那個邱老師呢？這讓辛萬鳳感覺非常憤怒。後來校長親自出面了解情況，經過一番波折，才得知，凌南在當天下午應該參加學校的語文「進門考」。而他們的班主任兼語文老師因為種種原因辭職了，所以學校臨時安排了一個年輕但對他們班一無所知的語文老師代課。凌南在考試前對代課老師說自己身體不舒服，要去醫院檢查。老師見他確實臉色發白，於是准了假。可沒想到，這是凌南在這世上留下的最後一句話。

得知凌南提前自主離校後，辛萬鳳去保安室看了監控，凌南確實是在下午 1 時 50 分獨自離開了學校，從而失蹤。其實這個時候，她應該立即報警。但是，她不僅沒有報警，也沒有去找校長，而是組織了自己的親戚朋友和一些父親公司的老員工沿途尋找，一直未果。直到三天後，偵查員經過學校的排查，發現了凌南的失蹤情節，這才認定了龍番河裏找到的屍體，就是凌南。

　　而到這個時候，凌南他們班剛剛上任的班主任，還不知道凌南失蹤。因為這個班主任接手班級才三天時間，人還沒有認全，也沒有學生告訴她有人失蹤這麼回事。

　　警方去查語文「進門考」試卷的時候，這個班主任才發現，全班 50 名學生，確實有 50 張考卷，而其中的一張，是白卷。

　　這張白卷，就是凌南的。

　　至於辛萬鳳為甚麼不報警，讓偵查員丈二和尚摸不着頭腦。詢問桑荷時，她說自己以為辛萬鳳報警了，只是警察不管。而問辛萬鳳為甚麼不報警，她卻只是呆呆地嘀咕着：「報警有甚麼用？報警有甚麼用？」

　　「這人不會是精神不太正常吧？」大寶皺起了眉頭說。

　　「從屍體現象和胃內容物來判斷，死者應該是案發前一天下午五六點鐘死亡的。」我說，「那時候，初中還沒放學，即便是辛萬鳳放學時發現凌南失蹤後立刻報警，那時候凌南也已經死了，救不了了。不過，可以最快速度找到屍源倒是真的，或者，可以通過尋找屍體而盡快破案。」

　　「真是關心則亂，她難道不知道孩子失蹤了，沒有比報警更好的辦法嗎？」林濤惋惜地說道。

　　「我們也向那些參與尋人的老員工核實了。」主辦偵查員說，「他們受到辛萬鳳的影響，都誤以為她已經報過案了。」

　　「可能是忙中出錯吧，都指望着別人報警，結果都沒報警。」林濤攤了攤手。

　　主辦偵查員點點頭說：「是啊，凌南的父親凌三全我們也查了，相

比於那些老員工，凌三全居然是最後一個知道這個悲劇的。」

「從調查的情況來看，這個案子還確實是在朝我們分析的方向發展。」我說，「離家出走，誤入山林，最後觸電身亡。」

「我們經過這麼一大圈調查，最後該排除的都排除了，剩下的，也是這種可能性最大，而且我們也是這樣懷疑的。」主辦偵查員說，「但是我們詢問桑荷的時候，這個姑娘一口咬定，凌南絕對不是會離家出走的小孩。人家都說這個年紀的小孩是最叛逆的，但是桑荷說，凌南是一點點都不叛逆。她在他家幹了幾年的工作了，從來沒見過他頂撞過辛萬鳳，更不用說甚麼離家出走了。」

「也許，長時間的沉默，積壓了太多的情緒，在這一刻爆發了？」我說。

「那也應該在得知自己的畫作被發現後，立即發作啊。」偵查員說，「為甚麼還等到下午上課時間，主動和代課老師請完假以後再離家出走？這不是多此一舉嗎？」

「是啊，你這樣一說，離家出走的可能性不大，那自殺的可能性更沒有了。」大寶說。

「也不會用這種方式自殺的，畢竟只是個孩子。」我沉吟道。

「而且初中生，是不允許帶手機、電話手錶等任何通信工具進學校的。」偵查員說，「這幾乎是龍番市所有初中都有的要求。」

「嗯，老師大都認為手機遊戲是精神鴉片。」董局長開口說道，「如果有通信工具，那恐怕好查很多。現在就是寄希望於有監控能拍到這孩子的行走軌跡。畢竟，學校和死者的家，都在郊區，監控設施不完善。」

「小羽毛和子硯，就在按照這個思路工作。」我說，「但我估計，工作量不小。」

「如果我是凌南，我會怎麼想呢？」林濤仰面看着天花板，喃喃道，「考試都不參加，急忙跑了，是為了趕時間救畫作，還是為了抗議？」

「為了趕時間，就是想回家；為了抗議，就是想離家，還是有本質不同的。」大寶說，「我覺得他不是離家出走，他應該是經過了一個中午的思考，決定在下午回家，找自己的母親理論，爭取拿回畫作。因為從他的性格分析，他是個理智的孩子，應該做出這樣的決定，而他又很害怕自己的母親，所以去和母親面對面談判，是需要一點時間讓

自己鼓起勇氣的。」

「我們沒辦法揣測他的想法。」我惋惜道，「總之，他交了人生中第一張，也是最後一張白卷。」

「如果真是這樣，他最終又沒有回家，那麼這中間究竟發生了甚麼，只有依靠子硯她們了。」林濤說，「沒事兒，我相信省、市兩級的偵查部門，可以在很短的時間內發現線索，從而破案。」

「是啊，必須的！」董局長的神情從惋惜變成了堅毅，說，「甚麼年代了，還私設電網！這種人不狠狠打擊，會有更多的人遭殃！」

我們勘查一組的六個人，派出去兩個配合市局的工作，剩下的四個人，坐着韓亮的車，往廳裏趕。近期積壓了太多傷情鑑定[1]的覆核請求，該好好梳理一下，盡快受理鑑定了。

可是坐在回程的車上，我卻接到了師父的電話。

「你們不要回來了，直接去汀棠市。」師父在電話裏說道。

「我們昨天才出差回來，這屍表檢驗加上開會，忙了一上午，午飯都不讓吃，又要出差？」我說，「我們是人，又不是驢。」

「你們要是驢，車我都不給你們派了，你們自己跑着去。」師父又說了個冷笑話。

可是我實在是不想再出差了，各種疲勞正在折磨着我。

「小羽毛和子硯上了二土坡那一宗專案，現在就我們四個人。」我繼續找理由。

「四個人怎麼了？四個人就不會辦案了？」師父訓斥道，「那當初就你和林濤兩個人的時候，怎麼辦案的？」

「能不能換勘查二組、三組去？」我央求道，「您總不能只逮住一隻羊剃羊毛啊。」

「二組在抗疫前線，三組信訪督導去了。」師父說，「你甚麼意思？以前出現場積極得很，現在愈老愈不想工作了？」

「想的，想的。」一直在旁邊豎着耳朵偷聽的大寶小聲道：「出勘現場，不長痔瘡。」

---

1 傷情鑑定：法醫工作中，有一項叫作「人體損傷程度鑑定」，簡稱「傷情鑑定」。法醫們會依據國家頒佈的標準，對傷者的損傷程度進行評定，評定的結果是法庭審案的決定性依據。

「再這樣出差下去，我家兒子就不認我了。」我知道反抗無效，只能悻悻地說道。

「你放心，遠香近臭，你總不回家，你家兒子才想念你。」師父意味深長地說道。小羽毛這會兒要是在車裏，怕是不會認同她父親的「歪理」。

「甚麼案子啊？」我知道無法反抗，乾脆就躺平了，一邊示意韓亮掉頭往高速口開，一邊問道。

「又一個年輕人死亡的事件，現在不清楚性質，有可能引起熱話。」師父簡短地說道。

「你看，我說吧，案件一來就來一樣的，又是年輕人。」大寶說。

「不會又是水裏的吧？」我問。

「不是，你別問了，自己去看看就知道了。」師父說完，掛斷了電話。

3

我們閃着警燈，在高速上跑了一個多小時，終於抵達了汀棠市的路口。汀棠市是我的老家，也是我法醫工作開始的地方。聖兵哥是我的法醫學啟蒙老師，可是因為需要解決職級問題，在我工作後不久，他就調去了別的部門。當時我覺得我們省又少了一個優秀的法醫工作者，感到無比痛心。

不過，前不久我聽說聖兵哥又被調回了刑警部門，現在是刑警支隊的政委，分管刑事技術工作。所以又能和聖兵哥並肩作戰，我還是蠻高興的。

果然，聖兵哥駕車正在高速路口等着我們。多年不見，聖兵哥也邁入了中年，臉上增加了許多皺紋，雙鬢也有了白髮。

「政委好！」我和聖兵哥熱情地打了招呼，然後坐上了他的車，引着韓亮的車，向汀棠市新開發的一片區域駛去。

現場距離高速路口很近，我和聖兵哥剛在車上互相敘述了這些年來各自的經歷，車就開到了，甚至連案情都還沒有說。

「你還沒說案情呢。」我跳下了車，看着這一片花團錦簇的社區，

洋房和高層鱗次櫛比，一看就是一個高端社區，估計房價可不便宜。

「目前看，自殺的可能性大。」聖兵哥說，「現在絕大多數人是這樣認為的。」

「自殺？」我瞪大了眼睛。

「畢竟是年輕人死亡的事件，而且還是個網路主播，容易引起炒作。」聖兵哥說，「目前看，絕大多數人認為是燒炭自殺的，只是我覺得還有一些疑點沒有解決。」

「燒炭自殺，是一種常見的自殺方式。」大寶說，「對了，以犯罪心理來說，兇手不會選擇不保險的方式來殺人，那老秦你說，燒炭的話，算不算不保險的殺人方式？」

「燒炭當然是保險的殺人方式，只要房間足夠密閉，被害者沒有反抗或自救能力，就是保險的方式。」我說，「去看看現場再說吧。」

「死者叫韓倩倩，今年剛滿 18 周歲，半年多前的高考，落榜了，現在也沒去上別的學，就在家裏當起了網路主播，自稱是顏值主播。」聖兵哥一邊引着我們進入高層的電梯，一邊說道。

我見聖兵哥按了 27 樓的按鈕，又看了看，這是一幢最高有 30 層樓的高層住宅，兩梯兩戶，電梯裏都有簡單的裝修，顯得電梯很明亮整潔。我又抬頭看了看電梯頂棚的角落，有一個閃着紅燈的攝像頭。

「網路主播真的賺錢嗎？不是說只有那些網紅，才能通過帶貨變現嗎？」大寶好奇道。

「據了解，她也掙不了多少錢，就是瞎玩，享受被網民吹捧的感覺和滿足一下虛榮心。」聖兵哥說，「因為她也不缺錢，她爸一個月給她三萬元錢生活費。」

「三萬！」大寶叫了起來，「作為打工仔，我很自卑！」

聖兵哥被嚇了一跳，笑着說：「別一驚一乍的，她爸是開公司的，家裏條件不錯。她還有個哥哥，在她爸公司裏任職，有的時候也會補貼她一些。」

「這是她自己的房子吧？」我看了看電梯的環境，覺得不太可能是出租屋。

「是啊，這房子是前兩年她爸給她買的。」聖兵哥說。

「一個月三萬元，還要補貼呢？」大寶嘀咕着。

叮一聲，電梯平穩地停在了 27 樓。

27 樓的樓道口已經拉起了警戒帶，2701 室的大門大開，裏面有幾個民警正「四套 [2] 齊全」地在屋子裏走動，我知道，這就是現場了。

我走到大門門口的樓梯間，指着樓梯，問聖兵哥：「這個樓梯間，有監控嗎？」

「有。」聖兵哥微笑着說道，「5 樓、15 樓、25 樓的樓梯間，都有監控。」

「那就好辦了。」我放下心來。不管案件是自殺還是他殺，只要樓道、電梯有監控，就把所有通道都監控到了，甚麼人在特定的時間上樓，排查這些相關的人，就會比較好辦。

「門鎖是指紋鎖，密碼也可以打開。」林濤蹲下來看看門鎖，說道。

「沒有撬壓痕跡，裏面的窗戶也都是關閉狀態的，所以這是一個封閉現場。」汀棠市局的痕檢員朝林濤點點頭，然後說道。

「看來又是個自殺。我們這不是白跑一趟嘛。」大寶嘟着嘴，說道。

「說了不要先入為主。」我拍了一下大寶的後腦勺，說道。

「今天上午 10 點鐘，死者韓倩倩的哥哥韓燎有事來找他妹妹，打電話沒人接，於是用密碼打開了大門，進來就聞到一股煙熏氣味，他立即去了主臥室，發現韓倩倩躺在裏面，身體都已經硬了，屍體旁邊有一個炭盆，裏面都是燒炭的灰燼。」聖兵哥說，「這個韓燎挺聰明的，立即退出了現場，關了房門，然後報警了。我們的民警得知可能是燒炭自殺後，就帶着儀器設備來了現場。經過檢測，韓倩倩所在的房間，一氧化碳濃度嚴重超標。」

「這是很好的證據。」我一邊說，一邊戴好「四套」，走進了現場。

這是一個大約 90 平方米的房子，裝潢成歐式的風格，家具也都非常考究，兩室一廳，所以客廳和臥室面積都不小。據說這個樓盤開盤的時候，創下了汀棠市歷史上的最高房價紀錄，一個 90 平方米的房子，總價三百多萬，這在一個小城市實在是難以想像。

不過，雖然房子很高檔，裝修也很用心，可是房子的主人卻並不愛惜。因為整個屋子裏，都凌亂地堆放着各種生活雜物。當然，一眼就能看出來，這並不是被人翻動而導致的凌亂，而是主人平時的生活習慣就很差。

---

2 四套：口罩、頭套、手套和鞋套。

客廳的大理石茶几上，堆放着各種外賣包裝盒和飲料瓶，沙發上堆放着髒衣服。次臥裏沒有擺放床，只有一圈大衣櫃，相當於是一個衣帽間，這裏的地面上也有很厚的灰塵。主臥室，也就是中心現場，裏面的寫字台上架設了直播燈、手機架等直播設備，桌子上堆放着各種化妝品，凌亂不堪。床鋪上鋪着可愛的卡通床單，算是這個家裏最整潔的地方了。

「嗨，看來買房子真的像是結婚。」大寶説，「婚前挑剔，婚後倒是夠寬容的。」

「還真是至理名言啊。」我一驚，大寶居然説了這麼深奧的話。

「屍體已經運走了。」聖兵哥把話題拉了回來，説，「現在估計到殯儀館了。」

「可是這個現場，實在是沒有甚麼好勘查的啊。」林濤説，「這麼亂，怎麼甄別痕跡物證？還有，這個地面，也都是各種足跡交雜在一起，也沒有發現痕跡物證的條件了。」

「至少是個封閉現場啊。」大寶拉了拉主臥室的窗戶，發現窗戶是從裏面鎖死的。

我走到床頭，發現床頭的地面上，擺着一個不銹鋼臉盆，裏面滿是灰燼，還有火星沒有熄滅。

「這個，要送去進行理化檢驗。」我説。

「是的。」聖兵哥説，「這個盆，是死者的洗腳盆，已經確定了。盆裏的炭末，已經取樣送去檢驗了，不過現在問題就是在這裏，死者是從甚麼途徑獲取這些炭的？這就是我剛才説的疑點。」

「不是網上買的？」

「不是。死者的手機該取證都取證了，也簡單分析了，肯定沒有買炭的記錄。」

「那到菜市場可以買到吧？」

「有經驗的同事説，能產生這麼大量的一氧化碳，説明燒的是非常劣質的炭。」聖兵哥説，「愈劣質的炭，燃燒愈不充分，愈會產生更多的一氧化碳。可是，這種劣質的炭，在城裏怕是不好買吧。還有，不管是不是劣質的炭，這個年代了，你知道去哪裏買炭嗎？」

大寶茫然地搖了搖頭。

「死者的身份背景可調查了？」我問。

「調查了。」聖兵哥說,「死者韓倩倩是一個愛炫富、虛榮心很強的小孩。從上高中開始,她就全身名牌了。哦,對了,剛才去的次臥,大衣櫃裏幾乎都是名牌的衣服和包。你看到的這些化妝品,也都是名牌。不過,雖然愛炫富,但這個韓倩倩不太喜歡和別人交際。說是在現實中,沒有甚麼好友啊、閨密啊甚麼的。幾乎每天都是在手機前面,要麼直播,要麼發各種自媒體,是個重度網癮患者。經過調查,她幾乎每天都待在這個房子裏,已經一個月沒有出過門了。吃東西,都是靠外賣;衣服髒了,就叫洗衣店的人來取。除了網路社會,她幾乎不和社會上的人打交道。可見,可以排除她的社會矛盾關係了。剛才說了,家裏所有值錢的東西,包括桌上的手錶和首飾,都沒有少了的跡象,也排除了侵財殺人的可能性。」

「性侵呢?」我問。

「呃,初步在現場看了看,沒有遭受性侵的跡象。」聖兵哥說,「也就是說,偵查部門,現在幾乎排除了所有他殺的動機。」

「那自殺的動機呢?」我問,「有嗎?」

「手機還在處理,我聽說,他們可能在手機上發現一些端倪,等有結果了,會告訴我。」聖兵哥說道。

「行吧,看來這具屍體解剖的任務不重。」我說,「關鍵是死亡時間。確定了死者可能的死亡時間,鎖定一個時間範圍,看看電梯和樓道的監控,基本就有個判斷了。難就難在,偵查部門能否確定死者的自殺動機,好給家裏人交代。」

「是啊,屍體上是沒有任何損傷的。」聖兵哥說,「要不,我們先去看看屍體?」

「你們去。」林濤趴在地面上,說,「我留下來,好好研究一下現場,看能不能找到印證她是自殺的證據。」

留下了林濤和韓亮,我和大寶跟着聖兵哥的車,直接驅車趕往汀棠市殯儀館。

經過了殯儀館大門口的牌坊,我又想起了自己在這裏當見習生的情景。真是時光荏苒、歲月如梭,一轉眼,我都是個「老法醫」了。

汀棠市公安局的法醫學屍體解剖室，在前幾年改造過一次。但是因為整體只有那麼小的一個平房，裏面即便裝修一新，還是顯得有些寒磣。不過那個綠色的走廊穹隆頂，雖然已經落滿了灰塵，但還是那麼熟悉而親切。

汀棠市局的兩名法醫，此時已經穿戴整齊，在解剖室裏開始新一輪屍表檢驗了。

「現場提取心血送理化了吧？」我説。

此時我的腦海裏，不禁想起了那個「小心臟綜合徵」的白領[3]，知道對這個天天吃外賣的人來説，心血理化檢驗十分重要。

「送了，不過我覺得現在理化的機器肯定得優先檢測現場的炭末。」聖兵哥説。

「炭末有甚麼好檢驗的？那是之後用來核對炭的來源時才能用到。」我説，「確保死者沒有遭受侵害，確保死者是一氧化碳中毒死亡，才是現階段的第一要務。給他們打個電話吧，炭末可以緩緩，心血常規毒物，心血碳氧血紅蛋白檢測，現在就要做。」

聖兵哥讚許地點點頭，拿出了手機。

我和大寶穿上解剖服，加入了屍檢的隊伍。

死者和我想像中完全不一樣，因為她一點也不像一個 18 歲的妙齡少女。過多食用重油重鹽的外賣，加上過早使用化妝品，讓她的皮膚上看起來像是已經三十多歲的人了。

在檢查屍體背部的時候，我和大寶合力，才將屍體側了過來。以我的經驗判斷，這個韓倩倩至少有 90 公斤重。

「我就想知道，她和我差不了多少，怎麼就能當顏值主播了呢？」大寶氣喘吁吁地説道。

「只要你願意，短片平台沒有醜人。」我説。

「美顏啊？」大寶整理好手套，開始去除屍體上的衣物。衣服很緊，從她臃腫的身上很難去除下來，於是大寶只用剪刀剪開衣服。

「是啊，你要是願意，你也可以去做個顏值主播。」我笑着説道，大寶趕緊搖了搖頭。

「房間是密閉的，又燒了炭，房間溫度高，所以通過屍體溫度無法

---

3 見法醫秦明系列眾生卷第三季《玩偶》（北京聯合出版公司，2021）「泰迪凶案」。

準確判斷死亡時間了。」大寶除去了死者的衣服，用肛溫計測了測死者的直腸溫度，可能是覺得數值較高，不具備參考價值。

「屍僵十分強硬，屍斑壓之褪色。」我說，「現在是下午 2 點鐘，估計也就是昨天晚上的事情。」

「屍僵最硬，是死後 15 個小時左右。」大寶說，「那這樣算，應該是昨晚 11 點鐘死的。」

「從燒炭開始，到死亡，還是需要一個時間過程的，因為一氧化碳濃度也是慢慢升高嘛。」我說，「讓我大膽推測的話，估計是晚上八九點鐘點燃的。」

「這也是個疑點。」聖兵哥說，「昨晚 6 點鐘之前，她還在直播。從直播的內容看，就是閒聊，但是心情似乎還挺好，不像是要去赴死的樣子。」

「這個不管，我們不能以己度人。」我說，「不能說我們覺得她不會自殺，她就不會自殺。現在重點要看昨晚 6 點到 11 點之間，那些電梯裏或者樓梯裏經過的人，每個都要查。畢竟如果真的預謀作案，也完全可以坐電梯到 26 樓，再爬一層樓上來，用以干擾警方的視線。」

「這個我們知道，已經在逐一排查了。」聖兵哥說。

我和大寶仔細檢查了屍體的表面，沒有發現任何損傷。屍體呈現出櫻桃紅色的屍斑，口唇和面頰也是櫻桃紅色的。從法醫毒理學的理論來看，她確實是死於一氧化碳中毒無疑了。

「屍表上一點損傷都沒有。」大寶長舒了一口氣，說，「如果是他殺，總要約束她，讓她不能動，然後慢慢吸入一氧化碳啊。」

「是啊，沒有附加傷，沒有受到侵害的依據。」我說，「不過，別忘了我們辦過類似的案子，還要排除常規毒物，才能下最後的結論。」

說完，我還是不放心地檢查了死者的會陰部。雖然處女膜陳舊性破裂，但是從會陰部的情況來看，她生前應該沒有遭受性侵。

「現場做了精斑預試驗，也是陰性的。」聖兵哥補充了一句。

「這樣看，確實不具備任何殺人動機了。」大寶說，「排除了仇、性、財，剩下的就是激情殺人了。可是誰會到人家家裏來激情殺人啊？」

「而且屍體上確實沒有傷。」我說。

「是啊，她是有反抗能力的，誰要是侵害她，她總會反抗一下的。」大寶補充說。

「哦，自殺動機來了。」聖兵哥看了看手機，説，「死者的手機，在當天晚上9點鐘左右的時候，有一筆異常出款。現在查到了，對方收款賬戶，是一個境外賭博網站。」

「多少錢？」我問。

「將近一百萬。」聖兵哥説，「死者賬戶餘額裏的所有存款，加上她綁定的信用卡可透支的額度，全部用完了。」

「肯定不會是搶劫案件的吧？」我問，「畢竟有出款。」

「確定是個賭博網站，在境外。」聖兵哥説，「總不可能是網站派人入境搶劫她啊。」

「那意思就是説，其實這個孩子是參與了境外賭博，輸光了所有的錢，所以自殺？」我問。

「看起來應該是這樣的。」聖兵哥説道。

「一個裸聊，一個網賭，唉，這些年輕人啊。」大寶歎了口氣。

我沒再説話，開始了解剖工作。

韓倩倩的內臟器官淤血，符合一氧化碳中毒內窒息的徵象。和屍表情況一樣，解剖胸腹部和頭部之後，我們沒有發現任何異常的情況。一切都是一氧化碳中毒的屍體模樣。

打開死者的胃部之後，發現她的胃內除了一些奶白色的液體之外，沒有任何食糜。這説明死者晚上並沒有吃飯。不過聖兵哥説，韓倩倩的生活毫無規律可言，心血來潮就開始減肥，一時興起晚上不進食也是很正常的一件事情。

「不是説，她天天吃飯都是點外賣嗎？」我問。

「是的，不過經過調查，她並不是每頓都點外賣。」聖兵哥説，「她經常一次點很多東西，吃不掉的放在冰箱裏，餓了再微波爐熱一下吃。據分析，她兩到三天點一次外賣。事發當天，一整天她都沒有點外賣，冰箱裏也有外賣食物。這和她晚上沒吃是吻合的。」

「如果心情低落，想自殺，不吃東西，也是很正常的。」大寶説，「所謂死亡前的直播很正常，可能只是她裝出來的正常狀態罷了。」

「行啊，現在就看偵查部門能不能從監控和調查上，徹底鎖死本案的性質。」我說，「我們的解剖就到這裏吧，天都快黑了，去現場看看林濤他們有沒有甚麼發現吧。」

我們重新回到現場的時候，天已經完全黑了下來。我又坐了一次電梯，發現電梯裏的光線很亮，只要有人乘坐，一定可以被攝像頭清楚地錄製下來。我又放心了一點。

林濤他們還在現場進行勘查，我走進現場問道：「怎麼樣？有甚麼發現嗎？」

「之前都說了，現場太凌亂了，就算是找指紋，也是指紋壓着指紋，不好甄別。」林濤說，「不過，我倒是發現了一個疑點。」

「疑點？」我剛剛放下的心，又懸了起來。

「你來。」林濤拉着我，走進了主臥室。

主臥室的辦公桌和床之間的空隙處，有一處污漬。林濤指着污漬說：「因為房間的地板是大理石的，有液體附着的話，不容易滲透下去，所以並沒有因為過了快 24 小時就徹底消失。你看，這很明顯，是有類似乳白色的液體潑灑在地面上的，沒人打掃，自己慢慢乾涸。我下午發現的時候，還沒有完全乾涸。」

「確定是乳白色的液體？」我問。

「確定，好像還有點泛褐色的樣子。」林濤說。

「那不就是奶茶嘛。」韓亮說。

林濤看着韓亮點點頭，表示認可。

「嗯，這個應該沒問題。」我說，「我們屍檢的時候，發現死者的胃內，除了乳白色的液體，甚麼都沒有。說明死者在死亡前，沒有進食，只喝了奶茶。」

「問題就來了。」林濤說，「我在現場找到了不少外賣包裝，其中還有兩三周前的外賣盒子，說明這些垃圾，她並不會及時清理。但是，我沒有找到任何一個奶茶的包裝。你說，這奶茶，如果是自己調製的，家裏應該有原料，可是沒有。如果是外賣的，必然要有包裝啊，可是也沒有！這奶茶，哪兒來的？」

「你的意思是説，有人送來了奶茶，然後死者喝了，還打翻了，最後那人把奶茶杯子又帶走了？」我説。

「我只是有疑問。」林濤説，「如果是死者自己扔掉奶茶杯子的話，她不扔其他垃圾，專門就扔一個奶茶杯子，這不合常理啊！」

我沉吟了良久，説：「如果這樣的話，那就要看心血的常規毒物檢驗了。」

見事情似乎有了變化，聖兵哥的面色也嚴肅起來，他説：「確實，還是要慎重一點，開始大家都覺得是封閉現場，其實不是。既然死者的哥哥能通過密碼進入室內，那麼假如其他人知道她家的大門密碼，也是可以進入的。所以，不算是封閉現場。」

「是啊，只有從裏面鎖死門窗的，才能算是封閉現場。」我點頭説。

「沒關係，好在監控條件良好。」聖兵哥説，「我一會兒就把所有的疑點都通報給偵查部門，讓他們認真看、認真查。不過，你們知道的，查監控、外圍調查都是需要時間的。他們今晚會熬夜，你們就不必了。陳總[4]説你們最近連續奔波，讓我提醒你們注意休息。既然我們的工作基本完成了，就趕緊去休息吧！也可以好好理一理順思路，等明天調查結果出來，也許一切都迎刃而解了。所以，大家不要有心理負擔。」

「怎麼會有心理負擔呢，不管是甚麼案子，都是有意思的。」大寶憨憨地笑道。

因為偵查和輔助檢查的結果都還沒有出來，所以我們暫時也無法做些甚麼，只能回到賓館。確實，如同師父所説，我們最近幾天一直在奔波，體力和腦力都已經透支了。所以我們在食堂吃完飯，回到賓館之後，幾乎都沒有互相交流，就各自呼呼大睡了。

可能是因為過度疲勞，我是一覺睡到大天亮。

自從加入了公安隊伍，這麼多年來，我的手機就沒有關機超過10分鐘，充電寶都是隨身攜帶。除此之外，我們還都有一個習慣，就是

---

4 編注：陳總就是前文提及過的秦明等人的師父陳毅然。

每天睡覺起來一睜眼，第一件事就拿起手機看看有沒有甚麼資訊。

這一天我也不例外，睜開雙眼，我就拿起了手機。手機螢幕中央有一行小字。

「起來後聯繫我，壞消息。」

是聖兵哥發來的微信。

我一骨碌從床上彈了起來，連忙撥通了聖兵哥的電話。

「甚麼壞消息？」接通電話後，我連忙問道。

「嗯，是理化方面過來的消息。」聖兵哥說，「經過一晚上的理化檢驗，結果出來了，炭末的檢測沒有甚麼價值。不過，心血裏檢出了氯硝西泮的成分。」

「氯硝西泮？」我驚訝道，「這是治療精神類疾病的藥物啊，是安眠鎮定類藥物的一種！這孩子，有睡眠障礙嗎？」

「沒有。」聖兵哥說，「她家裏沒有找到任何治療精神類疾病或者安眠鎮定類的藥物，經過詢問她家裏的人，也確定她從來沒有服用過這樣的藥物。」

「那就是外來的！」我說，「如果真的是外來的，那可就是一宗命案了！如果韓倩倩喪失了抵抗或者自救的能力，用燒炭的方式是完全可以實現殺人的目的的！」

說完，我和聖兵哥都沉默了。

我的大腦飛快地運轉着，想了一會兒，我說：「可是，死者的胃內沒有任何藥物碎片或者碎末，沒有任何食物殘渣，只有乳白色的液體。」

「是啊，氯硝西泮是一種起效很快的藥物，一般半個小時就會安睡。」聖兵哥說，「既然胃內沒有其他東西，那麼只有可能是把藥物溶化在乳白色液體裏服用的。」

「恰好現場有奶茶污漬，卻沒有奶茶容器。」我說，「細思極恐，恐怕真的要當一宗故意殺人的案子來辦了。」

和我同屋的大寶此時睡眼惺忪地坐了起來，說：「甚麼？故意殺人？」

「那監控那邊呢？」我連忙問道。

「監控那邊也是看了一夜，沒有發現甚麼可疑的人。」聖兵哥說，「可以確定，死者昨天一天沒有下樓，也沒有人去 27 樓。」

「你都説了，樓梯間只有 25 樓有監控，如果有人坐電梯到 26 樓，爬一層上去也是可以的，坐電梯到 28、29、30 樓，下幾層也是可以的。」我説。

「這個我知道。」聖兵哥説，「這些情況我們都考慮了，只要有可能繞過監控的情形，我們都排查了。符合這個條件的，包括外賣員在內，11 個人。這 11 個人的背景連夜都調查完了，偵查部門認為他們都沒有作案的可能性。」

「這個不一定靠譜啊！」我説，「可惜，現場沒有提取到物證。」

「提取到了，林濤提取到了，現在我們市局的痕檢部門正在對從這 11 個人密取來的指紋，進行比對。」聖兵哥説，「如果有結果，我第一時間通知你。」

「我一會兒就去局裏。」我説完，連忙起床洗漱，然後拉着還有些迷糊的大寶，去隔壁敲響了林濤和韓亮的房門。

房間門敲了有五分鐘，林濤才搖搖晃晃地打開了門。

「你甚麼時候提取到的指紋？昨晚我怎麼沒聽你説？」我問他。

「凌晨提取到的。」林濤打着哈欠，説，「你們的門怎麼都敲不開，我心想就今早告訴你吧。」

「你凌晨的時候，就知道這是一宗命案了？」我問。

「是啊，3 點鐘的時候，聖兵哥告訴我的，當時我正在現場。」林濤一邊用手指梳理着凌亂的頭髮，一邊打開了筆記型電腦。

「你們私自去加班，也不叫我們啊？」大寶説。

林濤看着我們一臉疑惑的表情，哈哈一笑，打開了電腦上的一段視頻，説：「你看看，這個主播的直播內容。哦，你見過屍體，別覺得不是她，就是美顏的效果，這人就是死者韓倩倩。這是韓倩倩的短片賬號，直播有重播。昨天晚上回來，我就好奇，於是就打開了她最後一段直播看看，結果看出了端倪。」

「甚麼端倪？」我問。

「你看，她這是在她的房間對吧？」林濤指着螢幕説，「你看她後面的窗簾，是不停擺動的，這説明這個時候，她房間的窗戶沒有關。」

「你説兇手從窗戶爬進來的？」大寶瞪大了眼睛。

「不不不，27 樓，這個高度，難度太大了。」林濤説，「我的意思是説，我們看現場的時候，窗戶是鎖死的。」

「那肯定的啊。」我説，「為了保證一氧化碳的濃度足夠，必須要關閉窗戶啊。不管是自殺還是他殺，都必須做這件事。」

「我不是這個意思。」林濤説，「我之前在現場的時候，兩眼一抹黑，因為現場太亂了，不知道該從哪裏提取指紋，才有價值。但是你想想啊，如果真的是他殺的話，關窗的動作，肯定是兇手做出來的啊。那麼，在窗戶上尋找指紋，豈不是一個捷徑？如果窗戶上只有死者的指紋，那甚麼都説明不了。但如果窗戶上有新鮮的其他人的指紋，不就説明問題了嗎？」

「痕檢的思維和法醫的思維果然是不一樣的！」我讚歎道，「所以，你也一直懷疑死者可能不是自殺？」

「不都説了嘛，炭的來源搞不清楚，現場應該有的奶茶杯子又不見蹤影。」林濤説，「我當然有很大的疑心了。」

「所以，你找到了其他人的新鮮指紋？」大寶搶問。

「是的。」林濤説，「我提取了幾枚指紋，其中有一枚右手聯指指紋，不是死者的。我當時就興奮了起來，當時是凌晨 3 點，我正在考慮要不要打電話給聖兵哥，他就來電話告訴我理化結果了。所以啊，我覺得這就是一宗殺人案件，而且兇手就是這個指紋的主人！」

「精彩啊！」我哈哈一笑，説，「偵查那邊經過排查，也鎖定了只有 11 個人有可能避開監控來到死者家裏。現在正在逐一核對。」

「説不定，你再讓我睡一會兒，案件就破了。」林濤又打了個哈欠。

「別睡了，你不想知道破案後的答案嗎？」我拉着林濤説，「快點洗漱，我們去局裏，堅持一下，很快就破了。案件還有很多問題沒有解答呢。」

「甚麼問題？」林濤説。

「現場是和平狀態的，那麼兇手是怎麼進入現場的？他怎麼會有死者家的密碼？而且死者為甚麼不反抗？」我説，「還有，兇手如果用安眠藥放倒了死者，那他是怎麼用死者的手機給境外網路賭博網站轉錢的？」

「韓倩倩都被放倒了，直接用她的指紋啊。」林濤説。

「這麼大一筆錢，除了指紋，還得要密碼和手機驗證碼吧。」我説，「他得知道死者的手機支付密碼才行啊。」

「這 11 個人，沒有死者的熟人嗎？」林濤問。

「據聖兵哥説，這11個人從調查來看，都和死者沒有任何社會關係。應該都是毫不認識的人。」我説。

「我還以為又和那個白領的案子一樣呢。」大寶説，「外賣員作案。」

「11個人中，也有外賣員，可是死者也沒有點外賣啊！調查説，她一整天都沒有點外賣。」我説，「所以和那個白領的案子肯定是不一樣的。」

「嗯，前面幾天也沒點過奶茶。」韓亮也起了床，説道。

「所以，這裏面肯定還是有問題的。」我説，「我很急切地想知道兇手是用甚麼手段來作案的。以前都是我們分析好作案的手段，才破案。這一宗案件，看來是要等到破案後，才能知道作案的手段了。」

我這麼一説，林濤和韓亮也來了精神。他們顧不上熬了一夜的辛苦，連忙起床洗漱，和我們一起驅車趕往刑警支隊專案組會議室。

| 5 |

專案組會議室裏，聖兵哥正皺着眉頭看着桌子上的文件。而汀棠市局的年輕痕檢員，正站在聖兵哥的身後，和他説着甚麼。

「怎麼樣？」我開門見山地問道。

聖兵哥黑着眼圈，抬眼看了看我，説：「又是壞消息。通過指紋，這11個人的作案可能都被排除了。」

「怎麼可能？」林濤最先跳了起來，説，「這指紋應該沒問題啊！我們民警進入現場都是戴手套的。死者的哥哥也説了進了現場後，甚麼都沒碰！」

「也比對了她哥哥的，不是她哥哥的。」聖兵哥説。

「那就奇怪了！」林濤説，「那這枚指紋是從哪裏來的？這指紋很新鮮，以我的經驗看，肯定是案發時間前後留下來的！」

「我也很納悶。」聖兵哥説，「痕檢部門核對了三遍，確定不是這11個人的。」

「會不會是監控有問題？」可能程子硯不在，我還是有點不放心。

「那就更不會有問題了。」聖兵哥説，「你也看到了，現場是個高

檔社區，攝像頭的品質都很好，電梯、樓道的光線也充足，這樣的監控條件，是不太可能搞錯人的。」

「難不成真的是從窗戶裏進來的？」我說，「27 樓啊！」

「那也不可能。」聖兵哥説，「現在高層建築都有防止高空拋物的監控鏡頭，能看到樓體外側的情況。有人攀爬的話，也是可以看得見的。可是，並沒有。」

「那就是死亡時間有問題？」我繼續設想着各種可能性。

「也不會，我們已經把調查的範圍放寬了五個小時。」聖兵哥説，「死者晚上 6 點還在直播，從這個時間點之後，我們都調查了。」

「那就只有是兇手先期潛入了現場。」我只剩下最後這一個推斷了。

「除了死者本人，最近幾天都沒有人坐電梯到 27 樓。」聖兵哥説，「她家對面 2702 室沒人住。如果是先期進入現場，還要繞過監控，是不是多此一舉了？」

「先期能先期到甚麼時候呢？」林濤説，「昨晚我研究了她的直播，她一會兒去客廳拿飲料，一會兒去衣帽間拿名牌包來展示，如果家裏有人，不可能發現不了啊。她家裝修的情況你也看了，沒甚麼地方可以藏人啊。就連衣帽間的櫃子，也是一格一格的，藏不了人啊。」

「那就奇怪了，一個大活人，就算是飛進來，也不可能不被發現啊。」我撓着腦袋説，「師父説了，實在想不明白，就去現場再看看。」

原本認為這只是一宗自殺事件，可沒想到各方面證據都證明這是一宗殺人案，而原本自信地認為即使是殺人也很容易破獲的案子，卻偵查無果，事情在向不好的方向發展，這讓我們很是鬱悶。

為了不錯過一切資訊，我們決定從這棟樓第一單元的 1 樓開始爬樓梯上到 27 樓。這對於我這個體重不輕、缺乏鍛煉的人來說，實在是一項難以完成的任務。好在並不要求速度，我們一層層地向上爬去。等到了 27 樓，我們幾個人幾乎都已經喘不過氣來。

「完了，刑警學院的老本，都還給學校了。」林濤擦着汗，讓已經坐電梯上來的派出所民警打開了現場大門，説，「我去看看現場。」

「現場你都擼了兩遍了，你還看？」大寶氣喘吁吁地説，「上面還

有三層樓呢，你就是不想爬了吧？」

「多看看總沒壞處。」林濤逃也似的鑽進了現場。

我歇了一會兒，拉着大寶繼續向樓上爬去。

果然，除了 25 樓有一個樓道監控之外，上面的幾層都沒有監控了。而且，社區物業還是挺負責的，樓道裏也打掃得乾乾淨淨，根本無法通過地面上的灰塵痕跡來判斷有沒有人、有多少人經過現場附近的樓道。

走到了 30 樓，我幾乎已經用盡了自己的全部力氣，而且因為毫無發現，心情也是低落到了極點。

「我們坐電梯下去吧？不用走下去的吧？」大寶更是喘不過氣來了。

「這還有個樓梯。」我指了指 30 樓仍繼續向上的樓梯說，「按理說，這應該是通向樓頂吧。」

「是通向樓頂的，但是你沒看見有鐵柵欄，還有門鎖嗎？」大寶說。

我走上前去拉了拉鐵門，確實，被鎖住了。

「不對，樓頂通道不應該鎖住啊。而且這個鎖都鏽成這樣了，還能用嗎？」大寶戴上手套，伸手拉動了一下鎖扣，居然打開了。

「原來是個壞鎖。」大寶說，「如果注意到，就能到樓頂。」

「樓頂，樓頂。」我的心中似乎閃過了一絲光。

「樓頂怎麼了？不坐電梯，總不能是坐直升機到樓頂啊！」大寶又鑽了牛角尖。

「不，走，上去看看。」我明明已經用盡的力氣，又恢復了很多，一把拉起大寶，三步並成兩步衝上了樓梯。

樓梯的盡頭，是一扇敞開的鐵門。

「真的可以到樓頂。」我說。

「你不懂了吧。」大寶說，「你們住洋房的，不知道我們住高層的人的生活吧？這個鐵門要是鎖上了，我們平時曬被子怎麼辦？高層窗戶外面是不准晾曬的，我們曬被子都是到樓頂曬。」

「我住的是破舊小房子！不是洋房！」我推開鐵門，走上了樓頂，跨過了樓頂上橫七豎八的各種管道，來到了另一扇鐵門的旁邊，使勁一拉，這扇鐵門也被我拉開了。

「你猜，這是甚麼門？」我笑着對大寶說。

「廢話，這一棟樓兩個單元，當然是第二單元通向樓頂的鐵門了。」大寶不屑地對我説道。

我依舊笑嘻嘻地看着他。

「哦！我知道了！兇手如果精心預謀的話，想要躲過監控最好的辦法，就是從第二單元上到樓頂，然後從樓頂來到第一單元，再下樓！這樣他就不會被第一單元的監控捕捉，而警方一般不會去查找第二單元的監控！」大寶拍了拍腦袋，瞪着眼睛驚喜地説道。

「既然事先準備好了奶茶和炭，當然是精心預謀的。」我説。

「果然！複勘現場就能破解謎題！」大寶跳了起來，跑下樓梯，去按電梯。

果然，偵查部門根本沒有想到會有從樓頂跨單元作案的可能性。這一個發現，讓偵查部門興奮不已。

第二單元的電梯監控很快被從物業處調取了過來，調整到了事發時間段，不久就在監控裏發現了端倪。

一個戴着黃色頭盔，看起來像是外賣員的男人，一隻手上拎着一個杯狀物，另一隻手上拎着一個塑膠袋，從第二單元乘坐電梯上到了30樓。奇怪的點就是：這個外賣員至此就消失了，並沒有像其他外賣員那樣，很快又坐電梯下樓。

監控視頻被16倍速播放着，一直過了三個小時之後，這個戴黃頭盔的外賣員，重新回到了電梯裏，坐電梯下樓。

不管從甚麼角度看，這個人就是我們要找的重點嫌疑人了。

「查一下外賣公司，我們有指紋可以進行甄別，不怕找不到他。」主辦偵查員興奮地説道。

「不，不一定是外賣員。」聖兵哥打斷他，説，「死者這一整天並沒有點外賣，為甚麼會是外賣員作案？不能説戴個黃色的頭盔，就是外賣員。」

「説得也是。」偵查員説，「那也好辦，現場附近的監控很多，我們有了嫌疑人的體貌和衣着特徵，不擔心找不到人。」

「你們快點抓人吧，我們還想知道，他是怎麼進入現場、怎麼用手機轉賬的呢。」林濤打了個哈欠，說道。

「你們說，會不會和那個白領案件一樣？主人讓他幫忙關門，而他故意留個門。」我說。

「不排除這種可能性。」大寶說，「但前提是，白領確實點了外賣，所以沒有戒心啊。但韓倩倩都沒點外賣，有人來給她送奶茶，她也不起疑心的？還讓別人關門？」

「畢竟年輕啊，沒心眼兒。」我說。

「管他呢，反正這人是跑不了了。」林濤說，「等嫌疑人到案後，一切都迎刃而解了。我受不了了，睏死了，我要睡覺。」

「是啊，這30層樓爬得，我終生難忘。」大寶揉着自己的小腿，說道。

「走吧，休息，等結果。」我也算是如釋重負，朝大家說道。

一覺睡了一整個下午，總算是恢復了體力。聖兵哥那邊也傳來了好消息。

兇手果然不是外賣員，而是汀棠大學的一名大學生。

因為師父要求我們盡可能跟蹤案件偵破後的情況，以提高自身能力，所以這一次，我們和聖兵哥一起旁聽了審訊。

故事要從半年前說起。

嫌疑人趙浩也是個重度網癮患者，平時不好好上學，人生的大部分時間都給了網路。除了網路遊戲，趙浩還喜歡在網上罵人。不負責任地謾罵、侮辱和人身攻擊，讓他不僅可以發洩自己在學校毫無存在感的鬱悶之情，還可以獲得極大的心理滿足感。

所以，趙浩會關注一些社會熱話事件，對政府部門攻擊抹黑；也會去飯圈，和那些明星的粉絲互罵。他和韓倩倩交鋒上，就是在飯圈。

韓倩倩是某明星的粉絲，在看到趙浩在網上侮辱這位明星後，不依不饒地盯着趙浩罵。趙浩當然喜歡這種對罵。可是沒想到，久在網路上廝混的韓倩倩掌握了更多的網路罵戰「技巧」，當兩人互相人身

攻擊到一定程度的時候，韓倩倩開始煽動網友「人肉」[5] 趙浩的身份。

雖然趙浩的具體身份並沒有被「人肉」出來，但是他曾經放在網上的照片被翻了出來。「黑瘦」、「矮小」、「醜陋」這些形容詞劈頭蓋臉地砸到了趙浩的身上。當然，與此同時，韓倩倩也發現了自己和趙浩都是汀棠人，所以還在網上說甚麼「沒想到汀棠市也有這種基因缺陷的人」之類的人身攻擊的話語。

趙浩身高只有 162 厘米，從小被人欺負，被人說是「小矮子」。所以，當韓倩倩用身高缺憾來攻擊趙浩的時候，就刺到了他內心最痛的點，因此，也喚醒了趙浩內心黑暗的一面。更何況，他也知道了韓倩倩居然和他生活在同一座城市。

從那一刻起，黑暗和仇恨充斥了趙浩的內心。他下定決心，一定要殺掉韓倩倩。當然，趙浩知道即便對方只是個弱女子，但靠自己這個單薄的體型，殺人行動未必能夠順利。所以，他就開始了自己長達半年的策劃。

韓倩倩在網路上「擊垮」趙浩後的兩天，她就把這件事忘到腦後了，然而趙浩心中的復仇之火，卻一直在燃燒着。

韓倩倩能人肉趙浩，趙浩更容易人肉韓倩倩。因為韓倩倩在網上最大的人設就是「炫富」、「口無遮攔」。通過觀看韓倩倩發佈在短片平台的所有短片和直播，趙浩除了對韓倩倩的真實長相不是很確定之外，對於她的其他資訊，都已經瞭若指掌了。甚至他還專門註冊了一個微信賬號，偽裝成韓倩倩的「忠實粉絲」，加上了韓倩倩的微信。

很多人喜歡用自己的真實名字來註冊各種平台的賬號，所以趙浩很容易就知道了韓倩倩的真實姓名和大致的年齡。不僅如此，韓倩倩為了表達自己對那位明星的喜愛，在網上公開表示，自己所有的密碼，都會以這位明星的生日來設置。而這位明星的生辰，是很容易查詢到的。

為了確保韓倩倩的密碼鎖也是用這六位數作為密碼，「忠實粉絲」通過微信多次試探韓倩倩。這個年紀太輕又毫無防備的姑娘，自己證實了這一個重要資訊。

韓倩倩喜歡炫耀自己的富足，當然也不會忘記炫耀她那房價全市

---

5 編注：「人肉」是「人肉搜尋」的簡稱，亦即網路起底。

第一的房子。她在影片裏不僅説了自己住在哪個社區，還説自己住在27樓，站在陽台看風景是最好的。雖然沒有説自己是哪一棟、哪一單元的27樓，趙浩也有自己的辦法。

案發前一個月的時間，疫情捲土重來，全省各地，其中包括汀棠市的中小學都暫停線下教學了。其他居民也都自發待在家裏，盡可能減少外出。為了減少感染風險，外賣也不能送進社區之內，只能放在社區門口的貨架上，由社區居民自己出門去拿。

趙浩知道，韓倩倩是一個靠着外賣才能活下去的人，所以他就專門去了事發社區，在貨架上的諸多外賣中，尋找韓倩倩的名字。這確實是一個好辦法，因為他只用了大半天的時間，就真的找到了韓倩倩的外賣，而外賣單上，韓倩倩的樓棟號和房號一清二楚。

這大半天的時間，趙浩的收穫還不僅如此，他還通過和保安的聊天，摸清了社區的監控設置，以及樓頂平台互通且沒有監控的情況。與此同時，他已經想好了自己作案的途徑路線，以及不被事發現場電梯監控拍攝到的辦法。

等到疫情結束，大家恢復以往的生活後，就是趙浩的作案時機了。

接下來，最後一個需要解決的問題，就是在韓倩倩的外賣裏下藥了。在這個問題上，趙浩也早就有所準備。因為韓倩倩曾在一段短視頻裏説過自己失眠了，最近都是靠安眠藥的幫助才能入睡。這讓趙浩又有了可乘之機。趙浩自己也經常失眠，醫生給他開的處方藥是氯硝西泮，於是他就在韓倩倩再一次聲稱自己失眠的時候，在評論區詢問她是不是吃氯硝西泮。實際上，韓倩倩根本沒有吃安眠藥的習慣。她説謊只是為了賣慘，從而吸引更多人的關注。於是，韓倩倩只是敷衍地回覆了一下，表示自己吃的就是這種藥。但這足以讓趙浩興奮不已，感覺自己有了機會。他認為，既然韓倩倩平時就吃這種藥，那他也下這種藥，警方就查不出來了。

按照趙浩的策劃，他原本想在單元門口，攔下外賣員，問是不是韓倩倩的外賣，然後冒領。結果他運氣不好，那一天韓倩倩並沒有點外賣。情急之下，趙浩在門口奶茶店，買了一杯奶茶，將氯硝西泮的溶解液注射到了奶茶杯裏，戴着自己早就準備好的黃色頭盔，帶着一袋從網路上買來的劣質木炭，從自己早就設計好的路線，來到了韓倩倩家門口。

他通過手機，見韓倩倩當時剛剛直播結束，就敲響了房門。韓倩倩對這個外賣員毫無戒心，只是說自己並沒有點奶茶。於是趙浩說，這是你剛才直播的時候，一個忠實粉絲送的。這個聽起來很荒誕，但是一直對自己很自信的韓倩倩沒有任何懷疑，她欣然接受了。

　　躲在門外的趙浩立即進入了韓倩倩的短片賬號主頁，假裝粉絲和她進行互動，可是半天也沒有得到韓倩倩的回覆，他看了看錶，覺得和網上說的藥物生效時間差不多了，於是決定進入現場。趙浩用明星的生日數字打開了房門，進入了室內，發現韓倩倩果真已經熟睡。他關閉了主臥室的窗戶，在已經熟睡的韓倩倩的床頭放了燒炭的盆，然後把自己帶來的炭點燃。

　　按照原計劃，他只需要關閉屋門離開，就完成了一個自己認為的「完美犯罪」的現場。他認為這個現場，足以讓警方對死者是燒炭自殺而深信不疑。

　　但是這個時候的趙浩，剛剛接觸網絡賭博，知道自己的本錢太少，不太可能賺大錢。而韓倩倩是個富二代，所以他抱着試一試的態度，看那個明星生日的密碼，是不是就是韓倩倩的手機支付密碼。他覺得，即便警方能查到轉賬記錄，也查不到境外賭博網站的內部賬號資訊。警方只會認為是韓倩倩網賭輸光了錢，自殺而死。他的這個轉帳，是一舉多得，既能給自己「充值」，又能給韓倩倩找個自殺的動機。

　　將韓倩倩所有可以轉賬的錢轉入了境外賭博網站上自己的賬號內後，趙浩想起被打翻的奶茶杯裏還有小半杯奶茶，可能會被警方發現有藥物成分，於是把奶茶杯揣進了自己的口袋裏，從原路離開了現場。

　　在審訊的同時，通過我們發現的作案途徑，警方調取了趙浩的清晰監控。通過指紋比對，也確定了他就是死者家窗戶上指紋的主人。同時，警方也發現了趙浩通過網路購買劣質木炭和購買氯硝西泮的確鑿證據。

　　案件完美偵破。

　　聽完審訊之後，大寶意猶未盡，說：「網路，真的可怕啊！」

「鍵盤俠，指的就是躲在鍵盤後面，肆意發洩着自己的情緒的人。」林濤說，「這兩個人都是鍵盤俠，都把網路當成了滿足自己虛擬欲望的工具，沒有理智、不講道德，最後雙雙在現實中成為失敗者。」

「我覺得，還是得把這種故事說出去。」我說，「一來是呼籲大家在網路上要和現實中一樣，要在道德的框架下約束自己的言行，要懂得思考、識破謠言，不要跟風帶節奏，不要肆意發洩自己的情緒，畢竟網路不是法外之地。二來，更要呼籲大家在網路上保護自己的隱私。韓倩倩的大門和手機密碼都能在網上公佈，這真是讓我大跌眼鏡。」

「是啊，網路時代，每個人都很難有隱私。」韓亮說，「不過，盡可能地保護好自己的隱私吧，總不會是壞事。」

「總之，是個悲劇。死者是個年輕人，兇手也是個年輕人。他們都很聰明，但是沒有把自己的聰明才智用到正道上。很可惜啊。」聖兵哥說，「案件破了，但我們要牢記紀律，就不喝慶功酒了。我們去吃碗慶功麵吧！」

我沒聽清聖兵哥後來說了些甚麼，因為我正專心致志地看着手機上小羽毛給我發來的信息。

「嗨，走甚麼神呢？」聖兵哥拍了一下我的肩膀，說，「說吧，家鄉牛肉麵的味道，要不要重溫一下？」

我抬頭看了看聖兵哥，充滿歉意地說：「這次恐怕不行了，晚飯來不及吃了，我們得趕緊趕回龍番。」

「鈴鐺催你嗎？」聖兵哥哈哈一笑，說，「這都天黑了，你們趕回去得幾點了？」

「不是。」我說，「不管幾點也得趕回去。因為龍番的二土坡案件，好像有進展了。」

第三案

五步必死

> 生命不可能有兩次，
> 但許多人連一次也不善於度過。
>
> ——呂凱特

1

我們的警車風馳電掣一般地趕回了龍番。按照小羽毛給的定位，我們直接把車開到了龍番市公交公司的大院裏。

雖然已經是晚上 7 點多了，但是公交公司的辦公樓裏，還亮着幾盞燈。

陳詩羽和程子硯正坐在總經理辦公室門口的長條凳上，一人抱着一杯奶茶，一邊慢慢喝，一邊聊着甚麼。

「我們晚飯都沒吃，你們居然還有心思在這裏喝奶茶？」林濤說道。

「居然還是一種品牌、一種口味的。」大寶看了看兩人的奶茶杯，說，「你們口味都一模一樣啊。」

「哈哈。」韓亮意味深長地笑了一聲。

陳詩羽白了韓亮一眼，說：「偵查員在裏面拷貝錄影呢。」

「等他們拷貝完了，我帶你們看。」程子硯說。

「奶茶有多的嗎？我都快低血糖了。」大寶說。

「沒有。出現場都不帶我們，還想喝奶茶。」陳詩羽說，「門口右轉，自己去買。」

「你心還真大，你能喝得下去嗎？」林濤皺了皺眉頭。大寶倒是毫不在意，真的朝公交公司大門口走去。

「為甚麼喝不下？」程子硯好奇道。

「因為我們剛剛去的這個案子，死者喝了一杯來源不明的奶茶，就被殺了。好像就是這個牌子的。」林濤如實說道。

「別噁心我，你說甚麼我都喝得下去。」陳詩羽說，「和法醫待久了，胃口都深。」

「不是故意噁心你，是真事兒。」林濤急着解釋道。

「別扯了，告訴我，發生了甚麼事。」我對程子硯說，「發現甚麼線索了？找到第一現場了嗎？」

「第一現場還沒有找到，不過應該快了。」程子硯比畫着說，「具體的，我在這兒和你說不清楚，得看錄影。」

因為拷貝和播放不能同時進行，為了讓偵查員盡快固定證據，我

們也只有等候偵查員拷貝完監控之後，再去看程子硯到底發現了甚麼。

低血糖的大寶倒是真的買了奶茶回來，不過他就買了一杯，而且還買了個雞腿，自己吧唧吧唧地吃着，走到了我們身邊。

「就買一份？你好意思嗎？」林濤瞪了一眼大寶。

「出門右轉。」大寶一邊嚼着，一邊説道。

「晚上不吃，減肥。」韓亮哈哈一笑，探頭向辦公室裏看去。

「有大學做過研究，如果平時不注重熱量攝入，只是晚上餓着，並不能減肥。」我説，「我深有體會。」

「那我去買了。」林濤站起身來。

「奶茶和炸雞，都是高熱量，吃一頓抵三頓。」我説。

林濤又猶猶豫豫地坐了下來。

「他們拷貝好了。」韓亮走進了辦公室。

程子硯立即放下奶茶，站起了身。大寶也丟掉雞骨頭，想在林濤的身上擦擦手上的油，林濤「啊」了一聲跳開了。

程子硯在電腦上一番操作，調出了一個錄影畫面。畫面裏，凌南背着書包，獨自一個人從學校大門走出來。他低着頭，但是腳步很快，甚至雙手還捏着拳頭。很顯然，他不是在猶豫中行走，而是心裏已經篤定了想法，朝着自己的想法行進。

「我先和你們説一下監控調查的進程。」程子硯説，「我們從學校門口的監控可以看見，事發當天下午 2：01，凌南從學校門口匆匆走了出來。你們看，因為當時學校門口沒有其他人，所以看得很清楚。他整個人看起來都是繃緊着的，顯然很不正常。他出校門後行走的方向，就是回家的方向。如果正常走回家的話，他需要 15 至 20 分鐘的時間。只可惜，因為地處郊區，這期間連續三個道路監控，都因為在檢修而無法使用。」

「也就是説，凌南走出了學校門口的監控範圍之後，就失去蹤跡了。」我説。

「對。」程子硯説，「一開始我們認為，他既然是朝回家的方向走，並沒有猶豫不決、選擇方向，所以他應該是要回家的，既然是回家，自然是因為那一些床墊下的畫作。按照他回家的路途，雖然中間壞了三個監控，但在第四個道路監控中，應該可以看到他的蹤跡。」

「可惜，並沒有。」林濤猜測道。

「對，看了很久，一直都沒有。」程子硯說，「所以我們就很奇怪，這中間，都是大路、商舖，白天人流量很大，不可能是我們分析的作案現場啊。那凌南在這期間，到哪裏去了呢？」

「中途的岔路，都分析了嗎？」我問，「有地圖嗎？」

「開始我們也分析了，但並沒甚麼用，不過我們又找到了新的線索。」程子硯說，「在偵查員們分析岔路走向的時候，我和小羽毛就沿着凌南回家的路線逛一逛，沒想到有了新的發現。我們發現，在這條路線上，有一個公車站，車站的頂棚掛着一個監控頭。所以，我們就抱着試試看的心態，開了介紹信來公交公司查監控，沒想到，還真查到了。」

程子硯打開一個影片，調整到對應的時間，說：「你們看，這就是公交公司的探頭。」

影片裏，走進了一個穿着校服的男孩，從體型上看，就是凌南無疑。凌南先是沿着人行道快步走着，經過公交月台的時候，突然像看到了甚麼，受到驚嚇，停下了腳步。然後他一個箭步向旁邊跳了出去，躲在了公交月台的看板後面。

「他在躲誰？」大寶也看出了端倪，眯着眼睛看着監控。

「應該是躲這個人。」程子硯指了指剛剛走進監控畫面的一個穿着運動衫的男子。

這是個瘦高個子，梳着分頭，戴着眼鏡，但面容看得不是很清楚。這個男人似乎並沒有發現凌南，而是徑直向公交站走來。

凌南一開始在公交站看板後面躲着，手扶着看板向外探視。當他看見這個男人徑直走過來的時候，似乎還想繼續躲避。可是公交月台是開放式的，他幾乎躲無可躲，因此顯得十分慌張。

正在這時，來了一輛 114 號公車，凌南像見到救星一樣，一個箭步就跳上了公車。而那個男人似乎從頭至尾都沒有甚麼異常，而是徑直穿過了公車站，走出了監控畫面。

「所以，監控看不到凌南，是因為他坐上了公車？」我問。

程子硯點了點頭，說：「好在現在公車上都有監控，所以我們就有跡可循了。」

程子硯又打開了一段影片，用 16 倍速播放着，說：「這輛公車的行駛方向，是向西走的，也就是說，愈走愈偏僻。公車最後的終點站

是山澗站，也就是龍番山腳下了。」

「嗯，車是沿着龍番河向上游走的，這個符合。」我説。

從監控中可以看到，凌南慌張地跳上了公車，車門就隨即關閉了。在車輛起步後，凌南和駕駛員説了幾句甚麼話，就找到一個座位坐下，然後看起來心情十分低落，低頭坐在座位上，過了一會兒，好像就睡着了。

「公車的駕駛員我們也找到了。」陳詩羽説，「給他看了這段錄影，他就想起來了。説是這個中學生上車後，駕駛員讓他出示健康碼，並付車費，他説自己沒帶錢、沒帶手機，以後補上。駕駛員見是個孩子，就讓他到後面找個位置坐下，因為車有些顛簸，免得摔跤。直到車輛開到了番西村，車上的人都下光了，駕駛員喊他，問他是不是坐過了站，凌南似乎才從睡夢中醒了過來，説沒有過站，於是在番西村這一站下了車。這一站是終點前面一站，也是現場上游的一站。」

「感覺事情都要連起來了。」林濤摩拳擦掌。

「番西村也有個挺繁華的小集市，畢竟是城郊嘛，和農村不太一樣。」程子硯説，「於是我們就趕到了番西村公交站，順着公交站在各個方向找到了很多監控，並且按照凌南下車的時間，一一排查，最終我們找到了凌南的蹤跡。」

「厲害！」我讚歎了一聲。

沿着幾個監控的畫面，程子硯基本上還原了凌南的活動軌跡。凌南在下車後，就來到了對面的公交月台，似乎想等一班公車，再折返回去。但等車來了之後，他又猶猶豫豫地沒有上車。過了一會兒，他像是下定了決心一般，一跺腳，沿着折返的路線向回走。

「我們分析，凌南可能是因為自己沒有錢、沒有手機，所以不太好意思再坐車回去了。」程子硯説。

「按照駕駛員説，他不僅沒有怪凌南沒錢，反而還關心他。」大寶説，「凌南應該不害怕再坐一次『霸王車』啊！」

「監控沒有聲音，剛才説的只是駕駛員的一面之詞。」程子硯苦笑了一下，重新調回駕駛員和凌南説話的場景，説，「你看看駕駛員的表情，顯然不是關心他。駕駛員雖然沒有把凌南趕下車，但是肯定説了難聽的話，並不像他自己交代的那樣。」

「是啊，出了這事兒，這駕駛員也戰戰兢兢，肯定害怕自己的言語刺激了凌南，自己要擔責任。」林濤無奈地搖搖頭。

「所以，凌南可能是被羞辱了。」陳詩羽說，「這樣的富家公子，恐怕從小就沒有因為錢被人家羞辱過吧？這也是他沒有選擇重新乘車回家的原因。如果他重新乘車回家了，也許現在甚麼事也沒有。」

韓亮打斷道：「不過也有點奇怪，凌南不是急着回家救畫嗎？為甚麼上了車就睡着了呢？」

大寶笑了：「這好解釋，凌南怒氣衝衝地出了校門，先是被甚麼人嚇了一跳，逃上公車，然後又被司機罵，情緒一下子就變成了沮喪。這時候，公車搖搖晃晃的，嘎嘎吱吱的聲音像搖籃曲一樣，車上又沒有多少人，這不很容易就犯睏嘛——韓亮你不是自己開車就是坐私家車，從來沒體驗過公車吧？」

「確實有些道理，人在激動、憤怒之後，一旦冷靜下來，就會產生疲憊感，睡着也無可厚非。比如我們全身心投入案件偵破，回程的路上總是都在睡覺，就是這個道理了。」我深以為然，又問道，「這裏距離凌南家，有多遠？」

「也不是特別遠，我用導航查了一下，大約七公里，步行一個小時50分鐘就行。」陳詩羽說，「這時候是下午，大白天，如果他真的能夠走回去，也沒甚麼大事兒。問題是，這裏不像是城裏容易辨別方向，還有人可以問路。這條路線上，有不少人跡稀少的地方，而且路也不直，還有很多岔路，不容易分辨方向。」

「所以他迷路了。」我歎了口氣，說。

「是啊，關鍵問題是路牌的問題。」程子硯說，「因為是城郊，監控不可能無縫對接，不可能追蹤凌南的軌跡。所以，我和小羽毛繼續試了試，從番西村公交站，向回走。」

「你們是真強！」林濤說。

「我們一邊看導航，一邊看路牌，找到了可能存在的問題。」陳詩羽打開手機，調出一張照片，說，「按照導航，凌南如果繼續沿着大路走，是能回到市裏的。但是在這個路口，有個路牌，上面指示了『市區』的方向，可是路牌年久失修，居然因為路牌杆的轉動，導致『市區』的指示牌指向了進山的方向。後來我們調查了，這個路牌壞了好幾年了，只是大家都認識附近的路，也沒人報修。」

「我的天！可見公共設施的維護有多重要！這是血淋淋的人命啊！」大寶驚叫道。

「所以凌南應該是沿着這個路牌走上了小路，進了山？」我問。

「是的。」陳詩羽把手機導航放大，說，「我們分析了一下地圖，進山後，就不好找了，很容易迷路。但是根據你們屍檢時發現的線索，有櫻花的區域，可能只有兩個區域。而只有一個區域，附近有人住。」

「所以這裏是嫌疑最大的地方？」我問。

「對！」陳詩羽說，「而且我們設想了一下，如果凌南真的是在這個區域被電擊致死，電擊器的主人很有可能會騎車沿着這條小路，來到番西村的村口，也就是龍番河邊。這裏人跡也很少，如果是晚上，根本沒人。」

「在這裏把屍體扔進河裏，會沿着河流向下游漂流，在二土坡的位置擱淺，也很正常了。」林濤湊過去，滑動着陳詩羽的手機螢幕，看着現場的地理位置。

「這人也是，費這麼大勁，還要移屍拋屍，直接扔山裏，誰也不知道啊。」大寶質疑道。

「不管怎麼樣，偵查部門現在的調查如何？」我問。

「現在幾名偵查員正在定位，尋找櫻花樹、尋找田地附近有零散住戶的具體位置。」陳詩羽話還沒說完，電話就響了起來。

她接完電話，說：「走吧，可能找到了！」

我們坐上了韓亮的車，開了大約 10 公里，來到了番西村附近的一座小山下面。

「車開不上去了，走上去吧。」來帶路的民警示意我們下車，然後跟着他沿着山間小道，向山上爬去。

路上，民警介紹了調查的情況。

根據「有櫻花」、「田地附近有零散住戶」的條件進行排查，民警很快就發現了這一戶獨居的村民。當事人叫胡彪，男，31歲，未婚，父母雙亡，一個人生活。他家的土地一直都是在山裏，主要是種茶，

也有一大塊地是種蔬菜。隨着政府「移民建鎮」政策的深入開展，他的鄰居慢慢地都搬去了鎮子裏生活。但是性格內向的胡彪一直不願意搬，首先是因為他平時就不愛與人打交道，其次也是因為不願意遠離自己的茶葉地。

經過初步調查，警方暫時沒有掌握胡彪架設電網的證據，搜查了他的家裏，也沒有找到電擊器。目前當地派出所因胡彪前幾天參與賭博，將他暫時行政拘留了。

「不可能搜不到。」我說，「上警犬搜。」

「是的，我們考慮過了。」民警說，「當地派出所就配備了警犬，目前正在胡彪家和他家田地附近進行搜索。」

將警犬隊的警犬和訓導員下降到最基層，是龍番市局最近在做的一項試點工作。原本警犬只是在警犬基地訓練加待命的機制，變成了現在到各個派出所、基層刑警隊以實戰代替訓練，同時也可以最大限度發揮警犬的效能。

尤其是這種轄區面積大的農村派出所，人少事多。警犬到了之後，還真派上了不少用場。那些酒後鬧事、打人的醉漢，以前即便是員警來了，也依舊有恃無恐，該怎麼鬧還是怎麼鬧，可是看到警犬來了，頓時會收斂不少。如果哪家孩子貪玩跑丟了，以前全靠人力在山裏尋找，現在則有了這個好幫手，找得也快。

沒有想到，在這種重大刑事案件中，派出所的追蹤犬也就近發揮出了作用。在我們爬了半個多小時山後，看見幾名民警和一條威武的德國牧羊犬正在田地裏慢慢地邊走邊搜尋。

「你每次看到警犬，不都有惺惺相惜的感覺嗎？不都會去騷擾一下牠嗎？」我見大寶老老實實地跟在我後面，於是說，「今天怎麼這麼低調？」

「這個，德牧，太大，算了，算了。」大寶不好意思地撓撓頭。

體型大，不影響嗅覺靈敏。這種山地裏需要細心和耐心的工作，「人形警犬」大寶就是完不成的。根據訓導員的引導，我們來到了田地邊緣的一個區域。

「剛才警犬在這裏有反應。」訓導員指了指地面，說道。

我點點頭，示意大家都打開強光手電筒，照射這一片區域，讓林濤好尋找痕跡。

林濤和警犬一樣，趴在地上看了良久，說：「是的，這裏曾經長期放置了甚麼東西，後來被撤走了。你們看，土地表層的壓痕是有新鮮被擦蹭的痕跡，說不定就是電擊器的位置。」

「這一片是蔬菜地，對吧？位置也符合。」我說，「有一些農民為了防止野豬來拱菜地，會設置電擊器。」

「那為甚麼警犬會對電擊器有反應？」大寶怯生生地看了一眼警犬，問道。

「不是對電擊器有反應，是對人體氣息有反應。」訓導員說，「我們是以屍體的鞋子為嗅源的。」

「也就是說，死者很有可能在這個位置躺了很久。」我說。

訓導員點點頭。

「可惜，天氣乾燥，土地乾燥，看不出甚麼痕跡了。」林濤可惜地搖搖頭。

「對了，經過我們的分析，兇手很有可能是利用交通工具運屍的，他家裏有三輪車甚麼的嗎？」我問。

「我們剛剛把田地裏搜索完，現在一起去他家和他家院子裏搜一下。」訓導員說道。

我們一行人，走了 10 分鐘山路，來到了一個破落的小村落。據說，這就是胡彪家所在的位置。原本這個小村落住着五六戶人家，後來都響應政策搬走了，現在只有胡彪一個人住在這裏。其他的房屋都已經廢棄，有的時候山下村裏的人會躲到這些廢棄房屋裏賭博，派出所還來抓過兩次。

打開胡彪家的大門，先是一個有大約 100 平方米的院子。我一眼就看見院子的角落裏停着一輛三輪車。

「嗅。」訓導員對警犬下達了指令。

德牧收起自己的舌頭，對着三輪車嗅了嗅，然後坐了下來。

「有反應。」訓導員說。

「好！」我很興奮，拿出強光手電筒，對着三輪車的車鬥裏照射着、尋找着。

我知道死者的屍體上並沒有甚麼開放性創口，如果小腿處是電流斑，也不會有流血的現象，所以我尋找的重點是三輪車的夾縫處，能不能發現毛髮。果然，在三輪車鬥的拐角夾縫處，我用止血鉗提取到

了幾根被夾縫夾拽下來的毛髮，都有毛囊。我連忙把毛髮裝進了物證袋裏收好。

德牧並沒有因為發現三輪車有異樣而停止工作，牠鼻子貼着地面，沿着院子的側圍牆，繞到了屋子後面，在一堆有翻動痕跡的泥土附近，再次坐了下來。

「又有新發現了？！」我激動地說道。

這一處泥土周圍有很多雜物，甚至還有一些雜草的覆蓋，如果不是警犬，我們還真不一定能找到。

派出所民警也來了勁，從旁邊拿起鐵鍬，就開始挖。

這一挖不要緊，還真挖出了東西。

電擊器和一個書包。

「破案了！」大寶拎起了書包，興奮地說道。

「別急。」我也是強壓着激動的心情，從書包裏拿出了一本《道德與法治》課本，上面明確地寫着：九（3）班，凌南。

「行了，等檢驗結果出來，就是證據確鑿了。」我說，「電擊器上的電網送去進行理化檢驗，和死者的褲子上、皮膚上提取到的金屬物質進行比對，認定同一。我提取的幾根毛髮，也送去進行 DNA 檢驗，確定就是凌南的頭髮。再加上他在自己家院子裏藏的死者書包和電擊器，加上現場泥土的痕跡，已經是完整證據鏈了。」

「好的，我們這就把胡彪移交給刑警隊，轉刑事拘留，開始立案偵查。」派出所民警說，「這個可以構成『以危險方法危害公共安全罪』了吧？」

「還有『侮辱屍體罪』。」大寶說。

「那我們就等着審訊結果了。」我說。

第二天一早，案件偵破的捷報就傳來了。

前一天夜裏，龍番市公安局和省公安廳的實驗室燈火通明，技術員們一起對我們從現場、屍體上提取回來的各種檢材進行了通宵的檢驗。在一大清早的時候，各項檢驗結果都先後出爐，和我們之前的預

想是一模一樣的。也就是説，證據已經形成了一個完整的證據鏈了。

　　當然，在這麼多物證檢驗結束之前，因為在胡彪家找到了關鍵證據，所以他自己也就交代了事情的全部經過。

　　據胡彪交代，他家很偏僻，沒人來，但是他家的田地，尤其是那一塊蔬菜地，經常被野豬侵襲，讓他苦不堪言。為了防止野豬侵襲，順便打幾頭野豬賣錢，他就從鎮裏搞來了電擊器和電網。

　　這個電網已經架設了一個月了，還電死了三頭小野豬。可是沒想到，他這個偏僻的田地附近，居然突然出現了一個孩子。那個孩子出現的時候，胡彪其實已經發現了，但是他想喊的時候，已經來不及了。

　　孩子在被電網絆倒之後，就再也沒有爬起來。胡彪知道，出大事了。野豬都是碰一下立即死，更何況一個小孩子？

　　在電死凌南後，胡彪知道自己犯法了，他仔細觀察了凌南的衣着打扮，知道他應該不是本地的孩子，於是心想警方怎麼找，也不可能找到他家裏來的。所以他沒有去自首，而是選擇了毀屍滅跡。

　　最開始，胡彪想把屍體、電擊器一起掩埋在山裏，可以説是神不知鬼不覺。但是當他扛着鋤頭準備挖坑的時候，他突然想起前不久員警牽着警犬來舊房子抓賭的場景。他知道，警犬的嗅覺靈敏，如果他的地裏埋着一個人，肯定會被發現。如果把屍體運到深山裏去呢？那也容易被發現，畢竟電視裏放的警犬，可都是不一般。

　　不如把屍體拋進龍番河，屍體會隨着河水漂走，等到被發現的時候，早就距離他家十萬八千里了。這是胡彪想出的最好的匿屍辦法了。做出決定後，胡彪趁着夜色，用三輪車把屍體拖到河邊遺棄，同時扔下去的還有凌南的書包。不同的是，屍體入水就沉了，看不見了。但是書包一直漂浮在水面上，沉不下去。胡彪知道，平靜的河面漂着一個書包，太容易被人發現疑點了。於是他重新把書包撈了上來，回到家裏，在院子後面挖了個小坑，將凌南的書包和電擊器埋了起來，企圖逃避偵查。

　　他萬萬沒有想到，警犬不僅找得到人，也找得到書包。

　　不僅如此，警方還對胡彪的社會關係進行了細緻的調查，確認了他架設電網還真的是為了電野豬的，也有很多人證明他這幾天有用野豬換錢的經歷。同時，警方也確認了胡彪最近一段時間除了賣野豬，就沒有和其他人有過任何聯繫了。

事已至此，凌南死亡案的案件就是事實清楚、證據確鑿了，沒有任何疑點和漏洞。

　　「這真是一個悲劇，居然真的上演了『一步錯、步步錯』的慘劇。」我痛心疾首，說道。

　　「是啊，為了躲避一個人，就不知不覺走向了鬼門關。這真的是不徹查的話，根本就不敢相信的結局。」程子硯也說道。

　　「就跟老秦在跳河那個案子裏說的那樣，如果排除了其他所有的可能，剩下的一個可能，即便再不可思議，那也是真相啊。」林濤說。

　　「不管怎麼說，我們還是要搞清楚凌南躲避的那個人是誰。」我說，「至少得給家屬一個交代。」

　　「這個工作也在做。」程子硯說，「面部不清楚，但是可以通過身形和步態來進行識別。只要能找到對這個人很熟悉的人，就肯定能認出來。」

　　「認出來又能怎麼樣？」大寶說，「總不能去找這個人麻煩吧？這個人也是無辜的。」

　　「我們都知道他是無辜的。」我說，「但是我們需要更多、更完善的調查，來確證他就是無辜的。搞清楚他的身份，是第一步。」

　　「嗯，這都是這個案子的掃尾工作了。」林濤說，「用以進一步補充和驗證我們之前的勘查和調查結論。」

　　「總之這個人肯定是沒有問題的。」大寶反駁道，「之前都說過，只要是不保險的殺人方式，一般預謀殺人都是不會選擇的。這事兒的整個過程，那可不是用一個『不保險』就能形容得了的！那是處處巧合，導致了悲劇的結果。」

　　「是啊。」陳詩羽附和道，「真的是一系列巧合。從遇見那個人開始，就是巧合；來了公車，是巧合；凌南在車上睡着了，是巧合；遇見刺激凌南的司機，是巧合；下車不願意重新坐車，是巧合；走路遇見錯誤的指示牌，是巧合；進山碰見了電網，又是更大的巧合。沒有人能夠操縱這麼多巧合來完成一個殺人的動作。而且，看一下凌南碰見那個人的影片就知道，那個人都沒有注意到凌南。」

　　「是，凌南遇難之前的全程，我們都有所分析了。刑警隊也整理好了相關的材料，會在進一步核實證據、完善證據鏈、完成檢驗報告之後，通報死者的家屬。」我說，「如果這個人的身份能查清楚，一起通

報，說明原因，那更好。畢竟凌南上公車的始因是遇見了這個人嘛。」

我繼續說，「不管怎麼說，這一宗雖然是刑事案件，但也算是一種意外。這樣的案子是最難的，不過我們就是最強六人組，最難的案子依舊破了，逝者也可以安息了。」

「估計等把這麼多基礎工作做好，通報家屬應該得兩三天之後了吧？」大寶問。

「是啊，警方肯定要完善工作才會通報嘛，兩三天算是快的了。」我說，「希望別再出現這些稀奇古怪的案子了。」

「停停停！打住！」大寶上來摀住了我的嘴。

過了兩天，已經 4 月初了，天氣漸漸轉暖，萬物漸漸復蘇。但是，法醫們比較不喜歡的夏天又慢慢走近了。我們等候了兩天，就在警方已經準備好了材料，向家屬通報事實的時候，我們又接到了指令。

彬源市出事了。

這個山區的小城市，因為人口稀少，很少有重大刑事案件的發生。上一次去彬源市出現場，還是「口縛紅繩」[1]的男孩的案件。

和上一次發生在別墅區裏的案件不一樣，這一次的案件發生在山裏。

彬源市一中的一名中一學生，叫夏中陽，男孩，今年剛剛滿 13 周歲。兩天前的晚上 9 點鐘的時候，他的母親突擊檢查他寫作業，卻發現他正在打遊戲。原本正在讀初中的夏中陽是不應該有手機的，學校明確不能給孩子手機。但是因為他週末需要去補課，距離較遠，得由他父親接送。為了能保持聯繫，所以他父母還是給了他手機，但要求他發誓不能玩遊戲。

小孩的誓言很難算是誓言，所以當夏中陽獨自擁有一個安靜的私人空間的時候，手機遊戲強烈地誘惑着他。

於是他偷偷下載了遊戲，趁着母親在外面看電視的時候偷偷玩了

---

1 見法醫秦明系列眾生卷第三季《玩偶》（北京聯合出版公司，2021）「口縛紅繩」一案。

起來。可能是因為太過投入，所以當他母親打開他的房門的時候，他都沒有發覺，於是被當場抓住了。

可能是他母親當天心情不好，她不僅上前沒收了手機，還狠狠打了夏中陽兩巴掌。

兩巴掌似乎嚴重刺激了夏中陽的自尊心，他和母親大吵了一架，說是自己必須有手機，沒手機的話，補課之後聯繫不上父親就會迷路。

他母親也在氣頭上，於是說，迷路就迷路，走丟了正好，省得讓父母天天操心。

於是夏中陽摔門而出。

他母親見這麼晚了，夏中陽又真的跑出去了，瞬間消了氣。因為她當時穿着睡衣，於是趕緊披上一件外套，立即跟着追了出去。只可惜，可能是天黑而且岔路多，他母親沒能追得上夏中陽，甚至連他的背影都沒有看到。

孩子一直在自己的羽翼下成長，離家出走這可是第一次。他母親頓時沒了主意，打電話讓正在外面工作的丈夫趕了回來。兩人知道未成年人走失，是可以立即報警的，於是他們報了警。

當地轄區派出所非常重視，立即組織警力對夏中陽進行搜尋。只可惜，當地的地形非常複雜，派出所的三名民警、三名輔警再加上夏中陽的十幾個親戚，有的分頭看監控，有的搜尋他常去的地方，卻一直沒有下落。

搜尋工作持續了一天兩夜，都沒有進展，派出所於是請示了警犬隊，帶來了兩條追蹤犬。終於在這一天的清晨，在一座山裏，發現了夏中陽。只可惜，年幼的夏中陽此時早已經沒有了呼吸。

當地法醫趕赴現場後，發現夏中陽的一側臂膀高度腫脹、淤血，就像是被汽車碾過了一般。可是，在那種深山裏，並沒有能通過汽車的通道，法醫一時對死因沒了判斷，於是在第一時間打電話請求省廳予以支援。

「又是在山裏！」大寶在韓亮的車裏瞪大了眼睛，說，「真的是一發案就發一種類型的。小孩子，在山裏出事。你說，這回不會又是電擊死甚麼的吧？」

「電擊死怎麼會導致一側肢體高度腫脹加淤血？」我的沉思被大寶打斷了，說道，「而且，哪有那麼巧的事情，也沒有那麼多人敢違法拉電網啊。」

「高度腫脹、淤血，會是個甚麼樣子的？」林濤問。

我搖搖頭，説：「我也不知道。現在看到的，只是內部傳真電報裏關於損傷的簡單描述，具體是甚麼樣的，還得去現場看。」

「看來又要爬山嘍。」林濤用肩膀撞了下大寶，説，「經常爬山，也不長痔瘡，對吧？」

大寶似乎沒心情開玩笑，沉思着説：「山裏，最常見的就是虛弱致死[2]啊！要麼就是遭遇了野獸，但不管是哪一種，都不會只有一側肢體腫脹淤血啊。野獸攻擊了人，沒道理不去啃噬屍體啊。」

「別瞎猜了。」我説，「看傳真電報上説，雖然這座山很大，但是屍體的位置並不深。從盤山公路的路邊步行進去，也就 10 分鐘的時間。哪有野獸敢跑馬路邊上來。」

上午 10 點鐘的時候，我們下了彬源市的高速路口。我給當地的錢法醫打了個電話，問具體的位置。

「屍體已經運去殯儀館了。」錢法醫的電話背景音很是嘈雜，「死者的母親情緒非常激動，我怕對屍體造成二次損壞，就讓殯儀館的同事把屍體先運走了。所以，你們是直接去屍檢，還是來現場看看？現場在山裏，附近也沒有甚麼可查看的痕跡物證。」

「那也得先看看現場，畢竟需要感受一下現場的環境究竟是怎麼樣的。」我説。

「對，先看現場。」林濤在一旁附和道。

「那行，我給你們一個導航位置。」錢法醫説，「你沿着盤山公路開進山，路邊停着好幾輛警車的地方就是了。我在那裏等你們。」

我們的警車按照導航的指引，離開了公路，進入了一條不寬的盤山道，又開了二十多分鐘，就看見幾輛閃着警燈的警車停在路邊，而錢法醫正戴着手套，站在警車的旁邊。

「你們看我們這地方吧，要麼就沒案子，一有案子就是稀奇古怪的。」錢法醫抱歉地笑笑，説，「辛苦你們跑一趟了。好在現場不遠，不需要爬多少山。哦，對了，死者的父母已經被派出所送回家了，情緒很是激動。」

「那是肯定的。」我深表理解。

---

2 虛弱致死：人因為過度疲憊、饑餓、脱水或水電解質紊亂等原因導致的死亡。

從停着警車的路邊向山裏走，根本是沒有路的。但是警員、殯儀館工作人員和死者家屬來了幾十個人，硬是把山體上踩出了一條小路。小路的周圍有很多荊棘，錢法醫一邊在前面開道，一邊引着我們向山裏走。

　　「死者父母是甚麼人啊？」我見閒着也是閒着，於是問道。

　　「城裏的人。」錢法醫說，「哦，你們下高速後也看到了，從盤山道下去，向東走五公里，就是城裏了。他們家就住在那裏。死者的母親張亞是一個國企的職員，父親夏強是前不久一個爆雷的 P2P 公司的業務員。」

　　「P2P？『爆雷』[3]？甚麼意思？」大寶對這些詞有點茫然。

　　「就是網路借貸的公司。」錢法醫解釋道，「中國人有積蓄的習慣，可是存下來的錢，放在銀行裏，有些人又嫌利率太低。這些公司的業務員就會利用自己的關係，找一些人，用公司的名義和較高的利率來集資，然後再去做投資。雖然利率高了，但是風險大了。這不，夏強的公司，前一段時間就因為資金鏈斷裂，爆雷了，沒錢了，老闆也跑了。借款的老百姓可不能容忍自己血本無歸啊，都會紛紛去找業務員。」

　　「法律途徑不能解決嗎？」大寶問。

　　「可以解決啊。」錢法醫說，「但是這種案子實在是太多了，判決程序要走很長時間，比如涉及刑事犯罪的，還得『先刑事、後民事』的順序，老百姓可等不及啊。而且，就算判決下來了，執行也是個難題呢。所以，既然業務員會以個人的名義給借款人寫擔保，老百姓自然也會去找業務員的麻煩。可是這些業務員哪有那麼多錢還，所以就四處躲着唄。這個夏強，和警方說是在參加一個甚麼培訓班，所以最近銷聲匿跡，但大家都知道，他其實就是在躲債。」

　　「兒子死了，這才跑出來。」大寶點了點頭，說，「看來我們沒有積蓄的，也就沒有煩惱了。」

　　說話間，我們就來到了現場。

---

3 編注：爆雷，是內地網絡用語，意思與「爆煲」相近。

3

現場已經被警戒帶圍了起來。

「這地面條件，啥也看不出來啊。」林濤失望地説道。

地面都是雜草，還有一些荊棘和灌木，地面土壤很堅硬，所以也不可能留下甚麼痕跡。

「喏，屍體就躺在雜草裏。」錢法醫説，「要不是動用了警犬，怎樣找也找不到這裏啊。」

我順着錢法醫的手指看去，地面上有一堆雜草呈現出倒伏的姿態，隱約可以看得出來被壓塌的雜草是一個人形的模樣。人形的周圍，還有很多灌木和枯枝，我蹲在地上仔細看了一遍，發現灌木和枯枝都沒有明顯的折斷的痕跡。

「這現場，我們已經搜了好幾遍了。」錢法醫説，「本來還説能找到個甚麼遺留物或者足跡的，現在看，沒戲。」

「孩子有隨身物品嗎？」我問。

「甚麼都沒有。」錢法醫説，「手機不也被收了嘛。」

「你説，有沒有可能是自己跑到這裏來的？」我問。

「偵查部門覺得是有可能的。」錢法醫説，「他家離山裏比較近，小時候夏強經常帶他來山裏面玩。他畢竟還是個小孩子，認為躲在這裏沒人找得到，是有可能自主跑過來的。」

「哦，那就要看死因了。」我説，「死因決定了性質。」

「是啊！現場就這樣，除了一個被屍體壓塌的人形輪廓之外，啥都沒有。」錢法醫説，「我們會繼續安排人搜現場和搜周邊，但是能找到線索的可能性不大。」

「不一定是命案，現在急着找線索還沒用，重點還是要先搞清楚死因。」我説，「林濤，你留下來配合當地同事進行搜索，小羽毛和程子硯你們去研判一下錄影片段。我們去解剖室，先明確死因再説。保持聯繫。」

分工完畢，我和大寶坐着錢法醫的車，趕赴彬源市殯儀館。此時，我還是信心滿滿的，無論多疑難的案件，死因問題我相信自己都一定是有能力解決的。

※

屍體已經停放在解剖台上了，衣服都已經除去。當看到屍體的那一刻，我忍不住揉了揉眼睛。畢竟，我也是第一次看到這種狀態的屍體。

屍體並沒有腐敗，很瘦小，畢竟是個小孩子。除去他左側的胳膊之外，其他部位看上去都是很正常的。但因為左側胳膊格外異常，使得整個屍體看起來都是異常的。

左側胳膊高度腫脹，厚度甚至超過了胸腔。整條手臂都呈現出暗紫紅色的顏色，上面還有青紫色的血泡和乳白色的水泡。如果不看整具屍體，而是單單看這一條手臂，就和恐怖片裏的喪屍差不多了。因為手臂的高度腫脹，感覺就像是赤裸的屍體左臂上套了一個紫紅色的棉襖袖子。

「我的天！」我驚叫了一聲。

「這樣的情況，我們也是第一次見。」錢法醫說。

我連忙穿好了解剖服，說：「奇怪就奇怪在，似乎就是單純的腫脹和淤血，表皮完全沒有損傷。」

「雖然胳膊上有很多血泡和水泡，但確實，沒有發現甚麼輾壓痕跡或者挫傷痕跡。」錢法醫也連忙穿好了解剖服。

我用手按了按屍體的左臂，能感覺到他的皮下軟組織內可能充滿了血液，按起來就像是按在一塊吸滿了水的海綿上。

我觀察了一下淤血的範圍，從左側的腋窩開始，一直到各根手指，整條左側胳膊幾乎沒有完好的地方。左側的腋窩處，淤血狀況開始減輕，到胸壁的位置就幾乎看不出淤血狀態了。如此大面積、均勻的淤血狀態，顯然不是外傷可以形成得了的。

大寶和錢法醫一邊對屍表進行拍照固定，一邊對屍體狀態進行常規核對總和描述記錄。我見屍體表面幾乎看不到任何損傷，於是拿起他的右手仔細端詳着。

也不知道是不是燈光的原因，我覺得屍體的右側手腕部位顏色有一些不一樣的地方。於是我趕緊從器材櫃裏找出了酒精，用酒精擦拭他的右側手腕。

酒精可以帶走皮膚內的水分，讓皮膚更薄，更容易顯現出皮下或者皮內的出血狀況。我這麼一擦，果然有一條隱隱約約的青色痕跡暴露出來。

　　「屍體的手腕部位似乎有一些輕微的損傷。」我說，「這個位置的損傷，有可能是約束傷啊。」

　　「沒那麼誇張吧？」大寶說，「這個小孩兒，看起來又不是外傷或者窒息致死的，別人約束他幹啥啊？小孩子毛毛躁躁的，身上有一些磕碰傷很正常的。」

　　大寶說的也有道理，我就不再糾結手腕上的損傷。

　　「口唇、牙齒、鼻部都正常，眼瞼沒有出血點。」大寶一邊檢驗一邊說，「全身未見任何損傷痕跡，窒息徵象不明顯，基本可以排除機械性損傷和機械性窒息致死。」

　　「解剖吧。」我見大寶已經按操作規範提取了相應的物證檢材，便拿起了手術刀，「一」字形切開了屍體的胸腹腔皮膚。

　　還沒有等到把屍體胸壁皮膚和皮下組織進行分離，我就從手術刀切開的皮膚裂縫中看到了有出血的痕跡。

　　「不對啊！這胸壁皮膚完好無損，為甚麼皮下組織會有出血？」我說完，連忙開始分離胸壁的皮膚。

　　分離完皮膚，充分暴露出了胸大肌之後，我們才發現，死者的整個左側胸大肌肌肉內全都是出血。

　　「我的天，這麼大面積出血？皮膚還沒傷？」大寶有一些意外。

　　「這可能就是我以前經常說的『隔山打牛』功吧？」我苦笑着說道。

　　「那不都是胡扯的嗎？」大寶說。

　　「不，不對！」我說，「胸大肌的出血是和左側手臂的淤血相連的！只是左側手臂的出血情況嚴重，而胸大肌出血較少，沒有在皮膚上表現出來而已。」

　　「所以，左側手臂，也是皮下組織出血，大面積出血。」錢法醫沉吟道。

　　我像是想起了甚麼，連忙停止了對屍體的胸腹腔的解剖，轉而檢驗那一條因為大面積出血而導致高度腫脹的手臂。

　　就像切開一塊吸滿了水的海綿一樣，手術刀一劃開屍體的左側手臂，就有烏黑色的血液流了出來。而皮下的肌肉組織已經看不出肌纖

維的形狀，整個視野裏都是黑乎乎的一片。我知道，這並不是因為出血污染了視野，而是肌肉組織發生了壞死！

如此大面積的肌肉組織壞死，基本印證了那種我只在教科書上看到，而沒有實踐經歷過的死因。

我連忙從勘查箱裏拿出了放大鏡，從屍體的左側腋窩開始，一點點地向手掌的方向觀察皮膚的狀態。很快，我就在死者的肘窩的位置，發現了兩個很細小的洞。因為這兩個小洞正好是在一枚大血泡上，所以如果不是非常仔細地觀察，根本就不可能被發現。

「糟糕！」我暗叫了一聲，連忙脫掉手套，從口袋裏摸出手機，撥打了林濤的手機。

「怎麼了？」林濤似乎仍在爬山，氣喘吁吁的。

「快，集合所有同事，撤回來，不要搜了。」我說。

「怎麼啦？」林濤可能是覺得我的語氣過於急切，不太正常，於是問道。

「死者是被毒蛇咬死的！五步蛇！你們搜尋的現場有五步蛇！」我叫道，「你們沒有任何防護設備，五步蛇的保護色又很好，肉眼根本發現不了！太危險了！趕緊撤！」

「哎呀，我的天！」林濤嚇了一跳，連忙掛斷了電話。估計他開始指揮大傢伙兒向山下撤離了。

「五步蛇？」錢法醫和大寶一起瞪着眼睛看着我，見我掛了電話，異口同聲地說道。

「對，尖吻蝮蛇，俗稱五步蛇。」我說。

「這種蛇，我們這種山裏不多見吧？我工作這麼多年，從來沒見過。」錢法醫說。

「幾個原因。」我說，「一來是這種蛇不多見，是國家瀕危二級保護動物。二來是人被這種蛇咬傷後，多半是能救回來的。雖然牠被稱之為『爛肉王』，被咬傷後，救治不及時，會導致大面積肌肉壞死從而截肢，但是致死的不是特別多見。」

「五步蛇，不是說被咬傷後走出五步就死了嗎？」大寶說。

「那是誇張的説法。」我説,「書上説,叫這個名字,可能是因為這種蛇比較懶,只有你進入牠五步之內,牠才會咬人。還有就是,進入五步之內,你才有可能發現牠,因為牠的保護色,確實很難被注意到。但是,牠的致死率並沒有那麼高,好像有文獻記載只有百分之十幾。」

「百分之十幾還不高啊?」大寶問。

「因為五步蛇的蛇毒主要是血循毒,和其他毒素相比,致死率真的不算高了。」我説。

毒蛇的毒,常見的分類有神經毒、血循毒等。神經毒的毒性都會比較強烈,而且不容易被發現或者重視。也就是説被含有神經毒的毒蛇咬傷,可能當時並不感到嚴重,所以並不會重視,等到發現身體有異樣的時候,就來不及搶救了。而血循毒主要是讓傷口處的肌肉組織壞死,毒素進入血液循環後,會隨着血液回流向全身擴散,導致肌肉組織大面積壞死,從而累及各臟器,引起呼吸系統功能衰竭,最後導致死亡。這是需要一個擴散過程的。不過,因為血循毒內有大量溶血毒素,被這種毒蛇咬傷後,傷口處會流血不止,即便是壓迫止血[4],也達不到止血的效果。所以一般傷者都會及時就醫,被搶救過來的概率也就大了很多了。

「那五步蛇,究竟多長時間能導致人死亡啊?」大寶接着問。

「書上説,如果不進行任何救治,有可能在五個小時到幾天之內死亡。」我説,「蛇毒致死也一樣,是有個體差異的,有蛇的個體差異,也有被咬傷者的個體差異。」

「這就牽扯到死亡時間的問題了。」大寶説。

我點了點頭,説:「其實五步蛇的蛇毒半數致死量,也就是 LD_{50} 並不高,好像有研究説,五步蛇的 LD_{50} 高達 9.2mg/kg,也就是説,對於一個 50 公斤的人來説,五步蛇需要排出 460 毫克毒素,才能把人毒死。」

「這孩子應該沒有 50 公斤。」大寶説。

「我剛才説的蛇的個體差異,就包括牠的毒牙位置和單次排毒量。」

---

4 壓迫止血:在傷口局部壓迫出血的小血管和滲血的組織,以達到止血的目的。壓迫止血可有三種方法,即指壓法、包紮加壓法和填塞加壓法。

我説，「很多蛇的毒牙長得比較靠後，不容易咬人，咬上了，也很難把所有毒液都注射進人體。但是五步蛇不一樣，牠的毒牙比較別致，只要咬上了，就一定能把所有的毒液全部注射入人體。而且，五步蛇的單次排毒量是所有毒蛇中排名靠前的，牠甚至可以一次排出 400 毫克的毒液。」

「這樣算，足以致死了。」大寶説。

「確定死者的死因是意外被五步蛇咬傷，這很簡單。」我信心滿滿地説，「我們提取傷口附近的軟組織，進入理化檢驗，可以輕鬆檢驗出五步蛇毒毒素的成分。」

「你説了這麼多，説得我汗毛都立起來了。」錢法醫説，「我們經常會出山裏的現場，誰知道會不會遭遇五步蛇？如果真的被五步蛇咬着了，該怎麼辦啊？」

「不用緊張。」我看錢法醫緊張的表情，笑了笑，説，「既然是血循毒，那麼血液循環愈快，擴散得就愈快。所以在被五步蛇咬傷後，千萬不能過於激動、緊張，或者急速奔跑。應該立即用繃帶、繩子在傷口的近心端進行捆紮，然後撥打 120[5]，及時就醫。如果不具備及時就醫的狀況，在傷口處，忍着痛，用燒灼的方式，摧毀毒素，因為毒素是蛋白質，蛋白質在高溫下可以變性。但這只是現場急救的措施，還是得盡快就醫。只有到了醫院，注射抗毒素血清，才能挽救生命。」

「那我不認識五步蛇啊。」錢法醫説。

「就是那種頭部三角形的蝮蛇。」我想了想，説，「其實被蛇咬傷後，教科書的自救方法，應該是用工具拍死蛇，然後帶着蛇去醫院。醫生知道了是哪種蛇，就會選擇相應的抗毒素血清。救治及時，就可以痊癒了。而如果耽擱治療，我剛才説了，輕則截肢，重則喪命。」

錢法醫擦了擦額頭上的汗珠。

「看來，這是一場意外的可能性大了。」大寶説，「小孩子亂跑進山，這樣的危險是很多的。你看我剛開始就猜對了，蛇也算野獸。」

我沒理大寶，開始繼續對屍體進行解剖檢驗。

死者的內臟都有明顯的淤血痕跡，這更加證明了死者應該就是中毒致死的可能性。現在，只需要理化部門確定咬傷部位軟組織內有五

---

5 編注：120 為中國內地的急救電話號碼。

步蛇毒素，就可以確定這宗案件的死因和死亡方式了。我也感覺輕鬆了不少。

大寶說得對，法醫還需要對死亡時間進行判斷，從而進一步驗證死者的死亡方式。

因為死者的屍僵已經開始緩解，說明已經死亡24小時以上了，所以通過屍體溫度下降的方式來判斷死亡時間已經不是很準確了。但是死者進食的時間很確定，所以利用胃腸內容物來判斷死亡時間成為這一宗案件的黃金指標。

死者的胃已經排空了，我們只能清理死者的小腸，利用小腸內容物的遷移距離進行死亡時間的推斷。這個課題，我已經和師父研究了十幾年，實踐利用數量已經達到了五六百起，所以經驗豐富。

死者小腸內容物的末端，在距離十二指腸大約一米的位置，說明死者是末次進餐後七個小時死亡的。

「死者是晚上6點鐘在家吃飯的。」錢法醫說，「這個查實了。」

「那麼，他應該是今天凌晨1點鐘死亡的。」大寶掰着手指頭算了算，說，「你剛才說，被五步蛇咬傷後，死亡應該是五小時至幾天之內，對吧？」

「文獻上是這樣寫的。」我說。

「那他有點來不及吧？」大寶說，「就算9點鐘離家，以最快速度跑到現場也得一個多小時，10點多鐘被咬傷，凌晨1點就死亡，就兩個多小時？」

「文獻上記載的，只是大概率的事件。」我說，「因為個體差異，說不定死者的耐受力差，或者蛇比較大，排毒量多？」

我一邊說着，一邊沉吟着，感覺不太能說服自己。

「是啊，這孩子估計也有三四十公斤。」大寶說，「如果碰見條大蛇，可能死亡會比較迅速吧。回去我來查查，最大的五步蛇，單次排毒量能達到多少。」

「所以，這案子差不多能結了。」錢法醫說，「現場也確實甚麼都沒找到，連搏鬥的痕跡都沒有。」

我聽錢法醫這麼一說，立即抬頭看着他。

「怎麼了？」錢法醫疑惑地問。

「沒事。」我說，「我得理順一下，把照片都給我拷貝回去，我下

午在賓館裏，好好研究一下，順便等候理化部門的檢驗報告。」

「那，專案組？」錢法醫問。

「專案組不撤。」我説，「等我們確定了死因和死亡方式後，再説。」

「好的，收工。」錢法醫拿起了針線，開始縫合屍體。

回到賓館，我心事重重。

我想起了我們省有一個縣級公安機關的法醫，叫王興。因為他的工作地區是南部的山區，經常會遇見蛇咬中毒的案件，加之南部山區又是五步蛇頻繁出沒的地區，所以他在人被五步蛇咬傷的研究領域，頗有建樹，甚至當地的蛇毒研究所也有他的一席之地。我之前看到的那麼多關於五步蛇蛇毒的文獻，也幾乎都是他寫的。

這案子表面上看起來，確實就是一個普通的人被蛇咬中毒致死的意外事件。但是不知道是因為現場還是屍體，總有一種説不透的古怪，讓我放心不下。為了保險起見，我決定還是尋求「蛇毒專家」王興法醫的幫助。

我帶着全套案件資料，來到了彬源市公安局刑科所，用內網電腦，把資料發給了王興法醫。

過了大概半個小時，我就接到了他的回話。

「怎麼樣，興哥？」我用最快的速度接通了電話，問道。

「從照片上看，可以斷定，這就是最為典型的五步蛇毒毒素中毒死亡的屍體現象。」王興既然下了結論，那就説明這件事情板上釘釘了。

我長舒了一口氣，看來自己沒有判斷錯。

「不過，從你發的照片上看，那兩個咬傷的窟窿，是不是小了點？」王興話鋒一轉，説，「距離嘛，倒確實差不多，應該和五步蛇毒牙之間的距離差不多，就是洞眼太小了。有多深啊？」

這一問，把我問愣住了。

「你看不出深度，也很正常。」王興接着説，「五步蛇毒的毒液有很強烈的溶血作用，咬傷部位的軟組織都會壞死得很嚴重，所以你無

法看出深度也很正常。但是我不知道是不是照片上的差異，這兩個孔洞大概直徑多少？」

「直徑 0.5 毫米。」這個我很清楚，因為是我進行測量的。

「那就太細了。」王興說，「毒蛇的毒牙是圓錐形的，如果咬得淺，毒液注射就不會那麼充分，如果咬得深，孔洞就不會那麼小。」

「是啊，那是怎麼回事呢？」我思索着。

「衣服上的洞呢？」王興說道，「這個季節，不會穿短袖的吧？」

我這才想起，這一宗案件，我並沒有仔細尋找衣服上的痕跡。我仔細地回憶着，王興後來說的話，我似乎都沒有聽進去。就聽見他說了一些甚麼「提煉」、「藥用」之類的字眼。

掛斷電話之後，我拉上大寶，重新趕到了殯儀館的解剖室，從物證櫃裏，拿出了死者的全套衣服。

「你想想，龍番市二土坡的那個案子，死者隔着衣服被電擊，皮膚上有電流斑，衣服纖維也就有被熔化的痕跡，只是因為被水浸泡得不那麼明顯罷了，但確實是很明確的。」我說，「可是，你看這個死者的袖子有洞嗎？」

死者穿着一件長袖 T 恤，可能是因為他的手臂高度腫脹，導致軟組織和衣服緊緊貼合，所以衣服無法從手臂上褪下來。錢法醫他們是用剪刀沿着袖管剪開衣服，這才去除了衣服。

我把長袖 T 恤復原成原來的樣子，觀察着肘窩的位置。這個位置就對應了死者被咬傷的位置。

「沒有洞。」大寶說，「但是有一種可能，就是死者因為跑熱了，把袖管撸起來了。」

「蛇一般不是會咬腿嗎？和電網電到人，一般都電到腿一樣。」我說。

「誰說的？」大寶說，「蛇有的時候盤在樹上，如果登山扶着樹的話，是有可能驚動到蛇，然後咬到胳膊的好吧？」

「搞得好像你被咬過似的。」我嘀咕着，但心裏覺得大寶分析得有道理。

我又整理了一下死者的衣服，發現他的 T 恤和黑色的休閒褲上有很多血跡，只是因為衣服、褲子的顏色都深，所以血跡黏附在上面，不容易被發現。我們之前在解剖的時候，並沒有注意到這些血跡，所

以對衣物檢驗沒有引起足夠的重視。

「有血跡很正常嘛，你都説了，傷口處會血流不止。」大寶見我在觀察血跡，於是説道。

「我知道。」我説，「雖然傷口很小，流血量不會特別多，但是⋯⋯」

「但是甚麼？」大寶瞪大了眼睛。

「不對啊！我們得去現場！」我説。

「你都讓林濤回來了。」大寶説。

「我們穿上防護服，防止被蛇咬，但也要去。」我説。

天色已經漸漸暗了下來，但是急切的心讓我克服了對蛇的恐懼。我和林濤、大寶穿着厚厚的防護服，重新回到了現場的山野裏。

現場還是被警戒帶圍着，中心現場還是平靜的模樣。

我蹲在地上看了良久，抬頭對疑惑的林濤和大寶説：「兩個問題。一、死者既然血流不止，衣服上都黏附了那麼多血跡，現場為甚麼一點血跡也看不出來？」

「血流不止？」林濤不了解五步蛇毒的情況，説，「他身上不是沒傷嗎？哪來的血？」

「有傷，很小而已。」我説，「但是因為毒素影響，也會流不少血。」

「這我不知道啊。」林濤説，「不過可以保證，中心現場我篩查了幾遍，絕對沒血。」

「問題二，被五步蛇咬傷後，因為會發生肌肉壞死，這是一個很痛苦的過程。而這個過程中，死者當時的意識還是有的，他為甚麼不掙扎？」我説，「即使不去及時求助、就醫，也會掙扎吧？可是倒伏的雜草和灌木，沒有折斷的痕跡，顯然沒有掙扎的過程。」

「你想説甚麼？」大寶問。

「不掙扎，沒有血。」我説，「只有可能死者是在別的地方中毒、死亡後，才被移動到這裏來的。」

「移屍？」大寶不解地説，「凌南那案子，是因為胡彪私拉電網不

小心電死了他，為了躲避責任才拋屍。難不成這個案子，是有人飼養五步蛇，咬死人了怕擔責？」

「不要合併同類項。」我說，「這兩個案子是兩碼事。走，專案會快開了，我們去看看影片部門有甚麼發現沒。」

當我們走進專案組會議室的時候，發現會議室裏一片祥和的景象。

理化檢驗報告已經做出來了，確定死者的死因就是五步蛇毒中毒而死亡。絕大多數人，都已經認定了這是一起孩子離家出走、進山、遭遇毒蛇的意外事件。

程子硯此時已經坐在了會議室裏，說明她已經有所發現，或者不可能發現甚麼了。

「在我們法醫部門下結論之前，我想先聽聽影片部門同事的結果。」我說。

彬源市公安局分管刑偵的趙局長點點頭，示意程子硯先說。

程子硯說：「我們對死者離開家之後所有可能途經路口的監控都進行了調取、觀察，沒有看到死者夏中陽的蹤跡。」

果然，影片部門是甚麼都沒有看到。

「也就是說，死者很有可能是從沒有監控的岔路走的。」我說。

「我覺得不太可能。」程子硯說，「監控很零散，也許組成不了完整的軌跡，但是想完全繞開所有監控，那必須是要有預謀、有「踩線」的。」

「那你們是甚麼結論？」我問。

程子硯說：「這種情況，比較多見的是，出了門不久，還沒走到第一個監控的範圍之內時，就叫車走了。」

「叫車？」我說，「他甚麼都沒有帶，沒錢怎麼叫車？」

程子硯聳了聳肩膀。

我低頭沉吟了一會兒，說：「我覺得，這是一宗殺人案件。」

會場先是一片沉寂，隨即開始嘈雜了起來，顯然，大家不太相信我的判斷。

「安靜一下，聽一下秦法醫怎麼說。」趙局長顯然也是不太相信。

「我的主要依據就是，雖然可以確定死者夏中陽的死因就是五步蛇毒中毒死亡，但是，這個現場不像現場，咬痕不像咬痕。」我簡短地說道。

說完，我打開投影儀，把現場過於平靜、絲毫沒有血跡的疑點，死者沒有任何求救的動作的疑點，以及死者肘窩裏咬痕過於小的疑點，陳述了出來。

「就這幾點，是不是武斷了些？」趙局長半信半疑。

「還有就是影片部門找不到夏中陽，這也是不好解釋的。」我說，「還有，死者的肘窩位置對應的衣服是沒有咬痕的。爬山把袖子擼到肘窩之上，又恰巧被蛇咬了肘窩，這也有點太過巧合了。」

「照你說，是怎麼回事？」主辦偵查員問。

「我覺得，肘窩的損傷，不像是咬傷，而像是……」我說，「注射！」

「你是說靜脈注射？」趙局長問。

「不。」我說，「如果是靜脈注射，那恐怕很快就死亡了。只需要普通的肌肉注射，也一樣能達到這樣的結果。[6] 我是有依據的，據我了解，五步蛇是有藥用價值的，所以也有人提煉五步蛇的毒素。如果有人居心叵測，搞來了高濃度的五步蛇毒，這就是殺人的利器。只不過，這種殺人，需要進行一系列的偽裝：比如需要兩個針孔來冒充牙印，比如需要把屍體毫無痕跡地運到山上。畢竟在城市裏被五步蛇咬死，這就太荒誕了。」

「所以，你可以還原出大致案情嗎？」趙局長的神色凝重了起來。

「是的。」我說，「我分析，很有可能是有人想要對他們家人下手，於是駕車在他們家門口等候。結果碰巧遇見了孩子自己跑了出來，算是天賜良機了。兇手很有可能與孩子是熟識的，於是騙他上了自己的車，開車離開。這也能解釋，為甚麼張亞披上一件衣服就追了出來，

---

6 靜脈注射，就是要把針插到血管裏（如「吊鹽水」）；肌肉注射，就是直接把針插到肌肉裏（如打疫苗）；靜脈注射會比肌肉注射吸收得更快。

結果根本就沒看到夏中陽的身影了。」

「嗯。」趙局長點了點頭。

「這個時間應該是晚上 9 點鐘左右。」我接着说，「兇手開車拉着夏中陽到了一個偏僻的地方，就開始用暴力的方式，撩起他的袖子，給他注射五步蛇毒素。這也是我在死者右手腕發現了可疑約束傷的原因，他的左手因為高度腫脹、淤血，所以即便是有更嚴重的約束傷，也看不出來了。死者畢竟只是個小孩子，很瘦弱，肯定不是一個成年人的對手，所以就被注射了毒素。注射毒素後，夏中陽會有出血不止和疼痛的表現，會掙扎、呼救。只可惜，是在別人的車裏，而且在偏僻的地方，所以並沒有人發現。晚上 9 點鐘左右注射毒素，到凌晨 1 點死亡，這也符合五步蛇毒素致人死亡的時間過程。」

「四個小時，嗯，差不多。」大寶低聲道，「成年人最快要五個小時死亡，這是小孩子，四個小時差不多。」

「而且注射的毒素量，肯定比一條蛇的單次排毒量大。」我補充道，「在確認夏中陽已經死亡後，兇手又開車進了山，把屍體扔在了山裏，偽造成一個意外被蛇咬中毒的現場。這也是現場離公路邊比較近、現場又平靜無血跡的原因。」

「聽起來，匪夷所思，但是又合情合理。」林濤點評道。

「如果真的像你說的那樣，案件倒是不難偵破。」趙局似乎還是有些不放心。

「我覺得我說的應該不會錯。」我倒是自信滿滿了，说，「首先說說車輛，這孩子只是生氣離家出走，而不是有目的地去哪裏，那麼他出門就叫車的可能性幾乎為零，更何況他知道自己沒有錢。如果和影片部門的同事們說的一樣，是有車輛帶他走的，偶遇的概率太小，最大的可能就是本身就在門口蹲點「踩線」的車輛。13 歲的孩子，已經有足夠的認知能力了。不管他多麼生氣、多麼激動，也不至於隨便上人家的車。就算是生氣、激動，上了別人的車，別人也沒有理由害他啊。他一沒錢、二沒社會關係，會殺他的，只有可能是他父母的仇人。既然不是圖財，而是報仇，那麼一定是熟人。」

「所以，按照你的思路，我們現在只需要注意排查當天晚上有可能經過死者家門口的車輛就行了。」趙局長說，「哪些車輛的車主和死者的父母有關係，就重點排查。」

「對，我覺得他父親熟人的可能性大。」陳詩羽說，「按前期調查的情況來看，死者父親夏強因為作為擔保人借了很多人的錢，最後上頭的公司爆雷了，許多人這一年多來，都在尋找他的下落。他說是出去培訓，實際就是躲債去了。不排除有那些被『借』得血本無歸的人，會因財生恨，用殺死他家人的方式報復他。」

「嗯，有道理。」主辦偵查員在筆記本上唰唰地記着，「這個還需要影片部門的同事打頭陣，摸出了線索，我們來辦。」

「搜索證據，也比較簡單。」我說，「第一，五步蛇毒素不是一般就能隨隨便便獲取到的，他必須有這個獲取的途徑，比如網路，這樣就勢必會留下痕跡，無論怎麼掩蓋也是無法匿跡的。第二，我剛才說了，兇手在給死者注射了五步蛇毒素後，應該把死者滯留在一個他無法逃脫、自救的環境裏，那麼最大的可能就是在車裏。既然五步蛇毒可以溶血，可以讓傷口處流血不止，事實也證明死者的衣服上黏附了不少血跡，這就說明，在車裏不斷掙扎的死者，一定會在兇手的車裏留下血跡。無論他事後怎麼清洗，我們都能夠發現潛血的痕跡，這就是鐵證。」

「明白了，我們先摸出人來，然後首先扣押他的車輛。」主辦偵查員收起了筆記本。

佈置完一切，我們一起回到了賓館。我在房間裏，腦子裏又過了一遍案件的分析經過，覺得沒有甚麼疏漏了，這才滿懷着信心和期待，睡着了。

和偵查員說的一樣，既然有了這麼多條件，案件破獲起來也就快了很多。經過一夜的奮戰，對可疑的 17 輛車進行進一步甄別後，偵查部門最終鎖定了一輛白色的 SUV，認為這輛車的運行軌跡，和我們推斷的軌跡相同。更重要的是，這輛車的車主就是夏強曾經的「客戶」之一。

在我們清早起床的時候，偵查員們已經依法對 SUV 的主人，馮將，進行了刑事拘留。因為在他的白色 SUV 的後排座上，發現了不少潛血痕跡，經過血痕預試驗，確認了屬於人血。

雖然 DNA 鑑定正在進行，但是馮將在被捕後，就立即崩潰了，幾乎沒有抵抗，就對自己預謀殺人並偽裝現場的犯罪行為供認不諱了。

　　其實這個案子的偵破過程對於警方來說是一點也不難的，難就難在死亡方式的判斷。這一點，對於預謀犯罪的馮將來說，心裏是非常清楚的。他知道，他所做的一切，都是為了誤導警方認為這只是一宗普通的五步蛇咬傷致死的意外事件。一旦警方識破了這是一宗命案，他必然是逃無可逃的。

　　馮將其實和夏強是表兄弟的關係，而且從小一起長大，關係不一般。

　　夏強當上「業務員」之後，首先想着得從親戚朋友開始下手，最先選擇的就是馮將。馮將礙於情面，半信半疑地把自己的 50 萬元存款放到夏強公司之後，公司果真如同夏強說的那樣，每個月給馮將 5,000 元的利息。馮將一看，覺得這確實是一個賺錢的好方法。於是馮將去找了自己所有的親戚朋友，弄來了將近 500 萬元的存款。在夏強書寫了擔保書之後，馮將把這一筆鉅款交給了夏強。

　　開始幾個月，很正常，夏強每個月給馮將 55,000 元的利息，馮將會把四萬元的利息交給集資的親戚朋友，自己則吃了剩下的利息。可是幾個月之後，夏強突然不給利息了。馮將找他詢問，他則說是公司資金周轉困難，需要緩一緩，但肯定是安全的。

　　就這樣拖延了兩三個月之後，夏強突然就失蹤了。

　　馮將的親戚朋友們都來找馮將要錢，這個「二級業務員」頓時也沒了辦法，因為他甚至都無法聯繫上夏強的公司。後來馮將想盡了一切辦法，去公安局報了案，公安局也立案偵查了，但是問題出在夏強的公司，所以得先調查他公司法人的犯罪行為。馮將又去法院，用夏強的擔保書進行民事訴訟，法院卻告訴他要「先刑事後民事」的原則，得等到公司違法犯罪的行為查處結束後，再進行民事訴訟。

　　然而，親戚朋友們可等不了那麼長的訴訟期，天天找馮將的麻煩。馮將聯繫不上夏強，情緒處在了崩潰的邊緣。在被逼到無路可走的地步的時候，他決定殺人報復。

　　既然找不到夏強，馮將就決定報復他的老婆孩子。可是，殺人償命他是知道的，於是他就設計了這麼一出偽裝意外的戲碼。

　　他從黑市購買到了五步蛇毒素，裝在注射器裏，尋找下手的機

會。他知道，他殺完人，還得把屍體移去山裏，才能做到天衣無縫。於是，他就設計如何把自己的表侄騙上自己的車，如何作案，又如何拋屍。

沒有想到，在進行「踩線」的過程中，夏中陽居然自己送上了門來。

他見夏中陽跑出了門，立即把他喊到自己的車上，就這樣開車走了。他從後視鏡裏看着自己的表嫂追了出來，於是向夏中陽詢問事情的原委。他裝作一副支持夏中陽的樣子，說自己在郊區有個住處，可以暫時讓夏中陽住幾天。夏中陽正在氣頭上，準備消失幾天，讓自己的父母着着急，於是就欣然答應了。

沒有想到，在郊區等待他的，並不是溫暖的住處，而是一支裝滿五步蛇毒素的注射器。

聽完了審訊，我的後背冒出了一身冷汗，這樣的作案手段實在是太惡劣了。不過，這個案子對我也有很大的鼓舞，因為無論手段再怎麼惡劣，再怎麼周密，其實都會有很多無法藏匿的線索。這也就是「魔高一尺，道高一丈」的真正含義了吧！

同時，這案子也讓我想到了「死亡教育」的重要性。我們國家幾千年的傳統文化觀念裏，對「死」字都是忌諱得很的。在我小時候的記憶裏，只要是逢年過節，我千萬不能説「死」字，否則會被掌嘴，認為不吉利。其實，不説「死」，就不用死了嗎？這種傳統的文化觀念，讓我們的孩子從小缺乏死亡教育，對於生命的可貴認識不足，對於可能面臨的危險認識不足。

比如，離家出走本身就是一件非常危險的事情。從我們法醫的經驗來看，離家出走導致死亡的事件可不少。畢竟是小孩子，不懂得如何面對危險、處置危險。在我的職業生涯中，遇到過的因為離家出走而死的孩子不少，有在山裏遭遇野獸的，有在荒涼偏僻的地方凍死、餓死的。當然，也有這種在某個地方，被一個別有用心的人等待着取他性命的。

雖然説現在毒蛇並不多見，但是在這種山區裏，總是有遇見毒蛇

的概率的。這個案子中，即便是沒有人要害夏中陽，説不定夏中陽也會因為真的遇見毒蛇而喪命。

所以，從小教育孩子警惕危險、珍惜生命是有多重要啊！當然，作為父母，我們也要善於關注孩子的情緒，及時發現叛逆期孩子有可能出現離家出走的傾向。及時發現、及時疏導，多溝通、多理解，這才是最好的教育之道吧。

在回程的車上，我不停地思索和歎息着。緊張的情緒，在破案後得以緩解，就像凌南上了公車就立即睡着了一樣，隨着車輛的行駛，我們所有人都陷入了沉睡。直到臨近高速公路收費站，我們才被減速帶給顛簸醒來。

「我夢見凌南了。」程子硯突然嘀咕了一句，「和夏中陽不一樣，凌南倒不是主動離家出走。可是他被動出走，也遭遇了同樣的死亡悲劇，太可憐了。」

聽到這兒，我似乎想起了甚麼，於是回頭問道：

「對了，凌南那個影片裏遇到的人，究竟是誰啊？」

第四案

網暴遺言

"

柔軟的舌頭可以挑斷一個人的筋骨。

——小說《慾望山莊》
（*Here on Earth*）

"

1

「這，真的不是我們洩漏出去的。」我一臉委屈地說道。

我們幾個人站在師父的周圍，師父氣鼓鼓地坐在辦公桌後面。

「調查清楚了，這個短片 ID 賬號的歸屬人，是公車集團的工作人員。」陳詩羽亮出手機給我們看，說道。

「即便是他們洩漏出去的，你們也有責任。」師父說，「為甚麼不讓辦案單位走法律手續，第一時間封存影片？公交公司的人，又沒有紀律約束，他們有可以吸引眼球的影片，自然會發佈出去，吸引粉絲。」

「我們通知辦案單位了，可是在這個時間點之前洩漏出去，我們沒有想到。」我辯駁說。

「甚麼都是流量，現在的人真是為了博眼球甚麼都做得出來啊。」大寶說。

「就是啊，我懷疑他們在封存之前故意做了備份。」林濤也是一臉委屈，「我們能有甚麼辦法？」

「總是強調客觀理由，不找自己工作的毛病。」師父瞪了一眼林濤，說，「這案子，雖然從刑偵角度已經查實了，但是作為熱話事件，還得繼續工作。」

「這些所謂的輿論熱話事件，得浪費多少社會資源。」大寶嘀咕了一句。

「這是對老百姓負責！」師父斥責道，「去吧，繼續查實，查到滴水不漏，做到充分的心中有數。你們現在調查的名頭，是省廳派出的調查組，負責對所屬地公安機關進行指導和監督。需要甚麼程式、手續，都去找秘書科直接辦。」

我們幾個悻悻地走出了師父的辦公室。

從上一宗案件現場回來，我們就發現了網上出現了輿情。

影片是一個帶貨短片博主發出來的，文案是要為這個冤死的孩子

的父母「尋求真相」。影片記錄了大約三分鐘的過程。這個過程是在龍番市第二十一中學門口發生的，學校的照片很清晰。辛萬鳳捧着凌南的遺像，和一名壯碩的男子——應該就是她的丈夫凌三全，一起出現在影片中。他們的對面，有兩名可能是校長的人，正在努力勸說着甚麼。一開始，辛萬鳳一臉憔悴、弱不禁風，捧着遺像，頭向一側歪着，似乎隨時都有可能倒下。因為距離遠，聽不見校長在絮絮叨叨着甚麼。突然之間，不知道校長的哪句話刺激了辛萬鳳，她猛地一下爆發了。她幾乎跳了起來，雙眼圓瞪，一邊緊緊地摟着遺像，一邊連聲喊道：「你們讓他出來！他出來給我兒子跪下道歉，我就相信他是無辜的！他既然不敢出來，他就是心虛！我兒子就是給他害死的！他瞞得了警察，瞞不了我！」

校長在辛萬鳳的步步緊逼之下，不得不一邊向後退去，一邊解釋道：「他現在真的不在我們學校了。」

「這種謊言你拿出來騙誰？！」辛萬鳳指着校長，氣得發抖，連手中的遺像都晃了一下，差點要掉下地。

影片裏的凌三全四十多歲，國字臉，濃眉大眼，看上去就是個老實人的模樣。他的雙眼紅腫，一直在辛萬鳳身後沒有說話，此時見狀，立即搶前一步，想要接住辛萬鳳手中的遺像。可是他伸出去的手，甚至還沒有碰到遺像，就被辛萬鳳揮動手臂給擋開來。他尷尬得不知道該將雙手放在哪裏，只能再次退到了辛萬鳳的身後。

「我們可以協調他過來，但是這件事情，他也很無辜啊！」校長說。

「無辜？你們居然把一個始作俑者說成是無辜？你們真行啊！」辛萬鳳的聲音很尖厲，哪怕拍攝者離她還有一定的距離，聽者都能從影片裏感受到刺耳，「你們叫他出來，下跪道歉！」

影片前前後後就只有這麼多內容，其實看不出案件的任何情節。

這一段影片，被人放到了網上。起初，並沒有太多人關注。但是，在深夜時分，這位主播又發了一則短片，突然就爆了。這則短片就是凌南在公交月台躲避那個不知名的男人，最後上了開過來的公車的影片。影片還配了有引導性的文字：「龍番二十一中被害者凌南，遭遇兇手、躲避兇手的全過程。」

經查，這則影片是公交公司的職員賣給這名主播的。當天晚上，在我們去公交公司拷貝影片之前，該職員對這則影片就留了心，提前

做了備份。在網上看到辛萬鳳大鬧學校的影片後，他聯繫了發佈影片的主播。一個要流量，一個要錢，一拍即合。

警方在發現這則輿情後，立即發佈了警方通告，告知網友該案目前正在偵查階段，犯罪嫌疑人已經落網，是一起私拉電網致人死亡、「以危險方法危害公共安全」的刑事案件。

可是因為公交公司的影片，網友們大多不願意相信警方的通報，認為很顯然凌南是在躲避危險人物，而這個危險人物很有可能就是殺害凌南的兇手，這和意外觸電網而死亡的情節明顯是不符的。所以很多人發帖評論，認為警方在作假，在掩蓋甚麼。

有了這個風向出來之後，各路謠言就如雨後春筍一般，不斷地往外冒了。

有的人用曾經在網路上出現過的成年人虐待未成年人的影片冒充本案的當事人受害影片，有的人則用網路劇裏的截圖來冒充當事人被屍檢時候的照片，甚至還有「目擊者」出來現身說法表示自己目睹了凌南被害的慘狀。雖然後來這些言論經過調查都被確證屬於謠言，但是謠言造成的影響已經出去了，很多人對於「凌南被人虐待後砍頭慘死」深信不疑。所以大量網友針對警方，尤其是針對法醫的鑑定結果產生懷疑。

「難道，我們就一點辦法也沒有嗎？」大寶走出了師父的辦公室，垂頭喪氣地説。

「造謠容易、闢謠難。造謠者只需要心裏設計個劇情，網上找一段類似的短片就可以了。但闢謠是要『證否』，這就需要比較複雜的過程了。」我説，「如果能找到謠言的源頭還好，如果就只是陰陽怪氣地暗示警方作假，你又該如何證明自己沒有作假？」

「所以，不應該打擊謠言嗎？」林濤問。

「當然會打擊！」我説，「網路不是法外之地，據説造謠的人，該拘的都拘了，該警告也都警告了。但是，謠言的影響已經出去了。總之，以後我們還是要提高輿情意識吧，當天我們在公交公司討論這段影片，確實是不對的，隔牆有耳啊。」

「這些人天天吵着要凌南的全部監控，還要警方公佈本案的證據，甚至要看凌南的屍檢照片。」大寶搖搖頭，說，「我看不行就公佈出去，我們憑甚麼被這樣抹黑。」

「你是法醫，受點委屈算甚麼？你忘了我的『堂兄事件』[1] 了？」我拍了一下大寶的腦袋，笑着說，「我們法醫，應該知道甚麼是尊重死者。把死者的解剖照片放出去？死者就沒有尊嚴了嗎？還有啊，無論是《刑事訴訟法》還是《未成年人保護法》都有規定，涉及未成年人個人隱私的資訊，要予以保護，不能隨意發佈。如果是意外事件也就算了，凌南的這個可是刑事案件，刑事案件的證據公開不公開，可不能拍腦袋想，要依法。」

「是啊，總不能為了平息輿論就違法，這是原則。」林濤贊同道。

「可是看到網上那些人，明明信了謠言，還標榜自己是為了『正義』，真的好氣人啊。」大寶鬱悶地説。

「其實吧，網路上的人，有的還真的是出於心中的正義感和同情心，只是他們被謠言蒙蔽了雙眼罷了。」我説，「不過，也有不少人，他們已經有了預設的立場，引用謠言不是他們真的信了謠言，而是試圖用謠言來證明自己預設的立場。由此可以看出，他們需要的，不是事實與真相，他們另有目的。這些人的『正義』，不過就是幌子罷了。要知道，不尊重科學、不尊重事實與真相的所謂『正義』，根本就不是正義。」

「嗯，未知全貌，不予置評。」韓亮總結道。

「也許我們是被潑了髒水，但是沒關係，我們始終尊重事實與真相，始終堅持追尋正義。不管造謠者怎麼歪曲、捏造事實真相，也動搖不了我們堅持正義的決心。」我説，「如果我們連這些阻礙都克服不了，那可幹不了法醫。」

「看着吧，接下來，還會有新的謠言，説殺人兇手的爹或娘是甚麼甚麼有權有勢的人，所以警方要包庇，要掩蓋真相。」陳詩羽冷笑了一聲，説道，「套路都是一樣的，造謠者得給謠言找一個恰當的邏輯。」

---

1 堂兄事件：當年不到 30 歲的秦明曾被人造謠是一個四十多歲當事人的「堂兄」，被誣陷「辦案徇私」。從此，秦明就多了一個「堂兄」的外號，出處見法醫秦明系列萬象卷第二季《無聲的證詞》（江蘇鳳凰文藝出版社，2019）。

「都甚麼年代了，難道還真的有人相信『隻手遮天』這一說？」大寶說。

「就是啊，現在對我們公安隊伍要求這麼嚴格。哪怕是工作中一個小的瑕疵，都要遭處分，更何況刻意作假？那可是天大的事兒。」林濤說。

「問心無愧，清者自清，做好自己的工作就行了。」我說，「不過，辛萬鳳做的一切，我們都是可以理解和同情的。確實，學校沒有盡到管理的責任。」

「他們當時正好處於沒有班主任的狀態，這事兒也真是趕上了。」大寶道，「對了，凌南為甚麼對一個辭職的班主任這麼害怕，這一點還是需要我們調查清楚的。」

其實在我們從上一宗案件回來的時候，就已經通過比對，確定了凌南在公車站躲避的男子的身份，他其實就是凌南的前班主任 —— 邱以深。邱以深，今年 31 歲，單身，住在距離學校三公里外的丁集鎮。邱以深是語文老師，從七年級 [2] 開始就以班主任的身份帶着凌南他們班到了九年級。沒想到在九年級最後的一個學期開學後不久，就主動辭職了。

在網路輿情爆發之後，為了以防萬一，警方針對邱以深進行了全面細緻的調查。首先，警方並沒有發現邱以深和凌南之間存在甚麼矛盾關係。其次，邱以深在事發當天，是從家裏路過學校去參加一個同學聚會的，他壓根就沒看到凌南。邱以深整個下午和晚上都在和同學聚會，這一點無論是從多份口供還是監控中都能明確他的不在場證據。最後，警方為了防止邱以深和胡彪之間存在某種關係，還專門進行了調查，經過深入的調查，確認胡彪和邱以深之間沒有任何關聯，屬於八竿子打不到的兩個人。

因此，網路上「月台神秘男殺死凌南」的陰謀論，就被徹底查否了。警方又發佈了公告，為了保護邱以深的權益，並沒有公佈他的身

---

2 編注：七年級，相當於香港中學一年級。

份。只是説「月台神秘男」的身份已經查實，並且經過充分調查，完全可以排除這個男人殺死凌南的可能性。

可是，網友們不知道凌南的死亡過程是諸多巧合湊在一起導致的，加上警方沒有公佈神秘男的真實身份，同時還有造謠者的煽動，導致大家對警方的這份通報依舊不滿意，仍認為是有人在掩蓋真相。

「幸虧警方沒有公佈邱以深的身份，不然他得被網暴死。」林濤説，「我覺得，不管班主任辭職沒辭職，小孩子害怕老師這就是天性吧。而且，這也是邱以深辭職後的第一個工作日，凌南不一定知道自己的班主任辭職了吧？在翹課路上遇見了老師，這樣躲避，很正常吧。」

「是的，偵查部門認為很正常。」我説，「但也不排除有其他的隱情。所以，既然師父要求我們查漏補缺，那麼我們就繼續去查，看看深層次的原因是甚麼。」

「不管他為甚麼躲避老師，這對案件本身沒有影響吧？」大寶説。

「對案件本身確實沒有影響，但是我們不做到心中有數，又該如何面對輿情呢？」我説，「宣傳部門肯定是需要我們更詳細的案情報告的，他們也要應對。」

「所以，關於凌南和邱以深是否有深層次的關係，我們還是要去了解一下的。」陳詩羽説。

我點了點頭，收拾好材料，説：「走吧，我們去學校走一趟。」

因為管理嚴格，進學校就讓我們費了半天的力氣。當我們好不容易進了學校，又在校長室門口吃了閉門羹。也確實，鬧了這麼大的輿情，又被警方調查了好幾輪，學校的教職工自然產生了抗拒心理。

好不容易等到中午，見到了校長，他也不願意和我們多説甚麼。好在程子硯拉起了關係，説自己就是二十一中畢業的，這才讓校長打消了對我們的抗拒心理。

看來師生關係是一種很長久的親近關係，校長居然和我們吐露了沒有和偵查員們吐露的資訊。

原來，邱以深利用寒假假期，開辦了一個小型的補習班。但是

「雙減」政策是明確不允許有這種補習班存在的。邱以深被一個匿名電話舉報到了教育局，教育局整個寒假都在重點查辦非法補習班，所以立即組織人手進行了核實。經過核實，確定邱以深確實開辦了補習班。於是，在停止線下教學的那兩週時間裏，教育局電告了學校，要求學校嚴肅處理邱以深，並以學校的名義書面向教育局報告。

按照相關的處罰規定，邱以深應該被學校開除。可是，校長考慮到邱以深年紀比較輕，在學校的表現一直非常好，所以想了個折中的辦法，那就是勸退邱以深，並保留他的教師資格，而對教育局報告則用了「辭退」二字。這樣的話，並不影響邱以深持證再就業。

從校長辦公室出來，我們更是對凌南班上暫時沒有班主任的情況有了充分的了解。

「補個課，居然丟了工作，這有點狠吧？」大寶說。

「好像都是這樣辦的。」林濤說，「不然補課屢禁不止，『雙減』政策就落不到實處。」

「我就想不通了，不讓補課就不補吧，為甚麼還要頂風作案啊？」大寶問。

「讓我猜猜，應該是『家長焦慮症』引起的吧？」韓亮哈哈一笑，發動了汽車。按照程序，我們下一步要去教育局，繼續核實邱以深被舉報的事宜。

「還有這種病？」大寶說，「也算精神病嗎？」

「說是精神病那就誇張了，不過『家長焦慮症』真的是廣泛存在於中學生家長心中。」韓亮說，「畢竟無論是中考還是高考，都是競爭機制的，就像大家經常說的『千軍萬馬過獨木橋』，過去的，就過去了。過不去的，就得留下。之前說的甚麼指標到校，前百分之多少能上重點高中、又有百分之多少能上普通高中，這就說明了一切啊！這種競爭機制，真的很殘酷，很激烈。所以啊，家長一方面希望自己家孩子進步，另一方面生怕被別人家孩子趕超，就造成了『家長焦慮症』。原來都有補課，現在不讓補了，肯定生怕自己的孩子學習跟不上。同時呢，又害怕別人家的孩子在偷偷補課，趕超了自己家孩子，所以一般家長都會想方設法地去打聽哪個老師帶課，有的則會勸導老師帶課。這些事兒啊，我每次回老家過年的時候聽他們聊，都聽到耳朵起繭子了。」

「勸老師，老師就帶啊？」大寶好奇。

「我覺得老師的心理應該挺複雜，尤其是這種只帶自己班孩子的老師。」韓亮說，「一方面，老師們之間也有競爭，他當然希望孩子能多拿出一點時間用在學習上、用在自己這門課上。另一方面呢，畢竟補課的收入可不少啊！尤其這種一對一、一對二的小班，一節課一個半小時就至少 1,000 元吧。你想想，一個寒假上 10 節課，多少錢了。如果多帶幾個班，每個班 10 節課，多少錢？所以，還是有誘惑的。」

大寶嚇了一跳，吐了吐舌頭。

「校長說，孩子們都知道班主任的離職原因，那就說明凌南也知道。」我打斷了大家對於「家長焦慮症」的討論，說，「那凌南為甚麼還要躲着班主任？」

說話間，警車已經開到了區教育局的大院。

拿着介紹信，辦理完手續之後，我們就到了專門負責落實「雙減」政策的部門。這個部門是「雙減」政策之後成立的專門部門，叫作「校外教育培訓監管科」。我們和這個部門的主要負責人王科長亮明瞭來意。

王科長很是配合，找出了當時的舉報記錄，甚至把舉報電話號碼給了我們。

「讓後台幫忙查一下機主身份。」我把號碼給了陳詩羽，低聲和她說道。陳詩羽接過字條，走出了辦公室。

「對於國家政策，我們市、我們區執行得是非常嚴格的，像這種舉報，有舉必查，查實必究。」王科長口若懸河地向我們介紹他們的豐功偉績。

我們一個個都微笑着，請王科長幫助我們把這一宗舉報案件的全套調查材料都複印給我們。

不一會兒，陳詩羽在門口招了招手，示意我們出去，一臉凝重地說：「手機號碼歸屬人查清楚了，凌三全，男，44 歲，龍番市辛氏集團有限公司董事長。」

我們一起瞪大了眼睛。

陳詩羽點了一下頭，說：「嗯，是的，凌南的父親。」

我思忖了一會兒，重新走回了辦公室。

「我想請問一下，這種舉報，你們會通報學校是誰舉報的嗎？」我問。

「那怎麼可能？保護舉報人這個基本常識我們都是有的。」王科長說，「再說了，你們能查得到手機歸屬人，我們又查不到，我就是到現在，也不知道舉報人是誰啊。」

「我的意思是說，舉報人的號碼，你除了給我們，還會給其他人嗎？」我接着問。

「沒有，絕對沒有！這是我們的工作紀律。你們要不是拿着介紹信來，我連你們也不給。就是這個被處理的老師，我敢打一百個包票，他也不知道是誰舉報的。」王科長發誓賭咒一般說道。他自然清楚，如果因為他的洩漏而讓人產生報復，他也難逃責任。

致謝之後，我們走出了教育局。

「小孩子不能用身份證辦理手機號碼，所以這個手機號碼雖然是凌三全的名字，但肯定是凌南用的。」韓亮一出門就說道，「家長只會主動要求老師給孩子補課，怎麼可能會主動去舉報？只有可能是孩子不願意補課，被強迫去上課，不得已才舉報。」

「那為甚麼要等到寒假補課結束才舉報啊？」我翻着從王科長那裏拿來的資料影印本，說道。

「這就不好說了，也許是某件事情刺激了他唄，畢竟這個年齡段的孩子處於叛逆期，容易被人惹毛。」林濤說。

「凌南不是沒手機嗎？有手機他也不會走迷路啊。」大寶問。

「那是上課的時候，學校不允許帶手機。」陳詩羽說，「寒假的時候，尤其是出門補課，為了方便接送，肯定有手機。夏中陽不就是有手機？為了方便補課接送？」

「哦，也是。」大寶點着頭。

「教育局查實了邱以深在寒假期間，帶了三個班，每個班二到五個孩子不等。每個班，在寒假期間開課 10 次，這些孩子都是邱以深自己的學生。」我一邊看資料，一邊說，「這都是邱以深自己交代的，他還主動上繳了補課所得三萬元。」

「凌南是哪個班？」林濤問。

「凌南和一個叫段萌萌的女孩子在一個班，一對二的，每節課每人400元。」我說，「如果想知道凌南為甚麼舉報邱以深，那就要去問邱以深本人或者段萌萌了。但從這個調查材料看，邱以深完全不知道是誰舉報的。剛才王科長也是這樣說的。」

「不管他知道不知道，反正凌南死亡的事件，不可能和他有任何關係，這都是查實了的。」林濤說。

「是啊，說是這樣說。但是如果網友知道神秘男是被凌南舉報過的人，會怎麼想？」我說，「他們會相信這就是凌南愧對邱以深，所以躲避他的原因嗎？不，他們只會更加覺得邱以深有殺人的動機。所以，這事情，真的沒法通報。因為無論你通報得多完善，都會被質疑，更有可能讓這個無辜的老師遭受嚴重的網暴。即便你把所有的證據公開，也有很多人不會去看，不會去理解。」

「但至少我們做到了心中有數啊，知道凌南為甚麼要躲邱以深了。」大寶說，「師父不是說做到心中有數就行了嘛。發不發通報，那也是宣傳部門的事情啊。」

「宣傳部門的工作也面臨諸多挑戰。現在是網路化時代，人人都是自媒體，任何事情都可能被發佈，並變成輿情。更何況人命關天的大事。」韓亮感歎道。

話音剛落，電話鈴聲響起。

「青鄉，有個熱話的當事人，可能是自殺了。」師父的聲音，「你們馬上趕過去看一下。」

「那凌南死亡事件？」我問。

「你把現有的材料先報給我和宣傳處。」師父說。

「好的。」我掛斷了電話，撓撓頭，「怎麼回事啊，又是熱話輿情，又是疑似自殺案，我們最近怎麼總是遇到這類案件啊。」

「真的是。」林濤也忍不住感慨道，「以前我們出的現場，都是大案、要案、難案，現在這類案子少了，我們出的大多都是自殺的、意外的、簡單的刑事案件現場，都是怕引起輿情。以後把我們勘查組劃歸到宣傳處下面管着吧。」

「哎，換個角度想，重案少了，至少也是好事。」我安慰道，「這個段萌萌，要等我們回來再去找她談談了。」

2

「這個案件的前期情況，看起來還挺複雜的。」大寶在路上翻看着案件資料，說。

因為案件發生前，這件事並不涉及法醫，所以我們對此事還真是一無所知。原來，在一個月前，一個短片賬號突然火了起來。簡單說，影片內容就是一對母子表演的反轉搞笑段子。這種以家庭生活為表現形式的反轉搞笑段子曾經火極一時，後來可能是創意都枯竭了，拍攝的人便越來越少。而這對母子的影片，劇情編得還挺有新意，總是能在結尾的時候博得網友的一笑，加上在濾鏡之下兩人的顏值還頗高，所以瞬間就火了起來。可是，好景不長，人一紅，就會引來網友的好奇心。有人扒出了這對母子以前的影片和照片，發現他們家境殷實，兒子小賈還在上高中，才16歲卻已經有了價值數十萬元的摩托車。因此，網上質疑的聲音就出來了，畢竟不滿18歲，是不可能擁有摩托車駕照的，涉嫌無證駕駛。於是網友紛紛吐槽青鄉市的交通管理部門職能缺失。

在產生輿情之後，青鄉市公安局依據影片裏的摩托車號牌進行了調查，確實發現了不少上路的監控，但是駕駛人佩戴頭盔，所以無法辨認。經過調閱檔案，路面交警也確實沒有處罰過當事摩托車。畢竟街上那麼多摩托車，交警不可能每個都臨時檢查過，也不可能透過頭盔一眼看出這是無證駕駛。同時，對當事人小賈進行詢問，他和他的母親都堅決不承認曾駕駛過摩托車，小賈聲稱摩托車的歸屬人是其母親，而沒有摩托車駕照的母親也沒有開過，只是借給別人開。

而小賈的賬號裏，只有騎跨摩托車、擦拭摩托車的影片，並沒有其駕駛影片，依舊沒有證據可以證明當事人曾駕駛摩托車上路。因此，警方無法對當事人進行處罰。「無證據證明」的警方通報發佈後，網民認為當事人是有錢人，所以買通了交警部門不予處罰。交警部門百口莫辯，也不可能向網民說明辦理案件時的證據的關鍵性。

儘管警方無法找到證據處罰小賈，但有些網民找到了「制裁」這對母子的捷徑，他們「人肉」出了小賈母子的真實身份資訊，還找出了小賈母親和一個年輕男子的不雅照片。於是輿情開始再次升級，不

少網友認為小賈母親四十多歲，卻包養「小鮮肉」，還能買通公安機關，肯定涉黑涉惡。公安機關立即啟動調查程式，經過調查，小賈母親並沒有涉黑涉惡的證據。可是，無論怎麼通報，網民們就是不信。無數網民用惡毒的語言咒罵、譏諷、嘲笑這對母子。

就在這個當口，出事了。

小賈留下一份遺書後離家，他的屍體最終在青鄉市郊區的一條省道[3]上被發現。

「當雪崩發生的時候，沒有一片雪花是無辜的。」大寶咬着牙說道，「就有那麼些人，躲在鍵盤後面為所欲為，只圖自己爽嗎？」

「如果他真的無證駕駛，是他有錯在先啊。」韓亮一邊開車一邊說道。

「就算是錯了，也就是個行政處罰。」大寶立刻反駁說，「可是『人肉』資訊，曝光隱私，導致人死了，這還不嚴重嗎？」

「嚴重，嚴重。」韓亮無奈地笑了笑，說道。

警車開了兩個多小時，終於到了青鄉市，也就是大寶的老家。大寶輕車熟路，帶着我們直驅案發現場。

此時已經上午11點鐘，距離事發已經過去了四個小時。

雖然現場還停着三四輛交警的警車，但是為了保證省道的正常通行，屍體已經被交警部門送去了殯儀館，地面上只留下了一小攤血跡。

距離血跡五米的地方，倒着一輛深藍色的摩托車，光滑的漆面、獨特的造型，和車身側面那個大大的名牌標誌都能看得出，這輛摩托車價值不菲。

摩托車的後方路肩上停着一輛紅色的豪車，轎車駕駛室門開着，一個四十多歲的女人正坐在駕駛室裏哭泣，車外站着的一個交警正在和她說着甚麼。

來的路上，我們都看過小賈母子錄製的反轉搞笑影片，雖然美顏得有些過分，但是從五官上，還是能大致認出這對母子的。眼前的女

---

3 編注：省道是中國省級幹線公路的簡稱。

人，應該就是小賈的母親。

青鄉市公安局的刑警部門主管都沒有抵達現場，在現場的都是交警部門的人。刑警部門只有市局的孫法醫在現場，正蹲在地面上看血跡。見我們來了，孫法醫熱情地走了過來，說：「我們的情況報告寫得比較詳細，前期情況，你們大致都是了解的吧？」

我和孫法醫握了握手，點頭說道：「死者叫賈天一，16 歲，青鄉市一中的高二學生。他媽媽叫賈青，45 歲，青嘉物流的老總，就是豪車裏的那位，對吧？」

「是的。」孫法醫點點頭。

「我看情況報告說，死者是留下遺書以後離家的？」我說，「你確定是自殺嗎？為甚麼現場都是交警？」

「可能是利用交通事故的方式自殺吧，這也只是初步的認識。」孫法醫說，「一來是有遺書，二來他平時駕車應該都是戴頭盔的，這次沒有戴，死者的傷也不像是撞擊形成的，而是輾壓形成的。」

「輾壓？」大寶瞪大了眼睛，說，「你是說，賈天一是臥軌，哦不，臥路的？」

孫法醫被「臥路」這個詞弄得哭笑不得，說：「現在還不清楚，大致是這樣推斷的。」

「我去問問賈青吧。」我見屍體已經運走了，於是準備在當事人這裏了解一些情況。

走到豪車的旁邊，交警正好在詢問賈青事情的經過，我便也一起旁聽。

賈青抽泣着說：「最近兩天，我就覺得天一不太正常，天天看手機。我告訴他，那些網民的話別理，愈理他們會愈來勁。可是天一不聽啊，一有空就會看手機、刷評論，然後也不太理我了。你們知道嗎？我們關係很好的，一直都是像朋友那樣處母子關係的，他從來沒有像這次這樣不理我。」

「你認為他不理你的原因是甚麼？」交警有些明知故問。

「還不是那些網民找出來一些照片，他覺得我給他丟人了，說是在

學校都抬不起頭。」賈青說，「我告訴他，你能承受得了網民的追捧，就要能承受得了他們的謾罵，這兩者是相輔相成的。」

我暗自點了點頭，眼前這個女子，內心果真是很強大的，難怪企業做得很成功。

「我想讓他理解我，我和他爸爸離婚10年了，這10年來，我含辛茹苦，一邊撫養他，一邊自己創業，能有今天的成就實在是建立在血淚之上啊。」賈青說，「可我不僅僅是個母親，我也是個女人啊，我也會寂寞啊！可是，這些話怎麼和兒子說出口呢？」

「你談戀愛，他怎麼就抬不起頭了？」韓亮插嘴道。

賈青抬頭看了看韓亮，有些不好意思地說：「主要是我那個男朋友，只比天一大五歲，天一可能無法接受。」

「那又怎樣？」陳詩羽不忿地說道，「男人找女朋友就能找比自己小幾十歲的，女人找比自己小的男朋友就不行？」

「是啊，怪我沒有和他溝通。」賈青說道，「是我自己覺得羞恥，才一直沒有告訴他。以至於事發之後，他心裏無法接受。我現在很後悔，如果當時就和他溝通，像其他事情一樣，他是個懂事的孩子，一定會理解我。」

「你已經做得很好了。」我安慰道，「很少有家長能和孩子保持很好的溝通的，尤其是這種事情，作為母親，恐怕確實難以啟齒。」

「有顧慮是正常的，不管你男友是多大年紀，你要把男友介紹給兒子認識，就等於邀請他進入你們母子倆共同的生活，這種大事，你再謹慎一些也是沒問題的。」陳詩羽說，「只是你還沒做好心理準備，就被網友先曝光了，這不是你的錯。」

「不，一切都是我的錯！」賈青痛心疾首地哭了一會兒，說，「最根本的原因，是我不該溺愛他，按他的要求給他買摩托車。我之前沒敢承認，這摩托車雖然是在我的名下，但確實是天一在騎，你們之前調閱的戴頭盔騎車的影片，也都是天一。我錯了，我一念之差，騙了警員，結果引來了更大的網路風暴。沒有摩托車，就不會有今天的事情；沒有說謊，天一也不會遭受那麼多網路上的攻擊。他沒有駕駛證，我早就該想到會有今天的事情。我一點交通安全意識都沒有，是我害死了天一⋯⋯」

「既然你承認了，作為監護人，你還是要接受行政處罰的。」交警

說道，「雖然我們很同情你們，但情是情，法是法。」

大寶顯然有些惻隱，說道：「也不是你一個人錯，那些好事的網民也有錯。」

「不怪他們，是我害死了天一……」賈青說完，又掩面哭泣了起來。

我也動了惻隱之心。眼前的這個女子，雖然之前說謊騙過警員，企圖逃避處罰，但她在失去了唯一的孩子後，能直面自己的問題和過失，這樣的理性和勇氣真的十分難得。

等了一會兒，賈青的哭聲漸止，我接着問道：「能麻煩你把事發的經過原原本本和我們再說一遍嗎？」

賈青用紙巾擦掉眼淚，點了點頭，說：「之前的網路事件，我想你們都應該知道了，我剛才也說了，天一最近兩天很不正常。其實深陷那些負面評論中，就會產生焦慮，而且越來越嚴重。照片剛剛被爆出來的那兩天，我也是天天晚上睡不着，但是我走出來了。可是，天一還小，他的精神和心靈根本無法擺脫那些網民的糾纏。」

我設身處地地想了想，覺得她說得很有道理。我們勘查組曾經也討論過，在日常工作中，我們也見到過因為遭受網暴而自殺的案件，有的時候我們會對自殺者很不理解。被網路上一些毫不認識的人攻擊，又不傷及皮毛，為甚麼要放棄自己的生命？其實那只是因為我們沒有處於網暴的旋渦中心罷了。如果網暴發生在我們身上，哪怕心理強大如我們這些見慣死亡的人，也不敢保證自己能及時調整好心態。被數千甚至數萬網暴者糾纏、謾罵、詛咒、譏諷的感受，不設身處地，可能根本無法體會。有句話說得好「不知我的苦，別勸我大度。」現在想想，還真是有道理的。

「昨天晚上，我在公司加班到很晚，大概是凌晨 2 點鐘到家的。」賈青接着說道，「回到家我就發現天一不在家裏，而我的梳妝檯上有一封天一留下的信。」

說到這裏，賈青又開始泣不成聲。她顫抖着從隨身的小包裏取出一張紙條，遞給了我們。

我展開了紙條，見上面寫着：

「我已無法立足於世，來世若然你自重，再做母子。」

這語氣老氣橫秋，如果不是字體幼稚，很難看出這是出自一個高二學生之手。

又等了一會兒，賈青的情緒穩定些，我問道：「所以，你認為他是去自殺了？」

「是的。」賈青說，「他的手機和頭盔都沒帶，但是摩托車騎走了。他以前從來不會不戴頭盔去騎車。我覺得他有可能用車禍的方式來報復我，於是我就立刻去派出所報了警。民警很負責，陪着我一直找監控，後來發現天一在 112 省道的路口駕車上了省道。那個時候，天已經亮了。派出所聯絡了交警部門，在省道上進行尋找，早上 7 點在這裏找到了，可是，可是一切都晚了。」

我轉頭看了看這條省道。雖然是省道，但是因為有距離更近、更好開的高速公路，所以這條路上的車輛也不多，路面年久失修，有些坑坑窪窪，不能排除是駕駛摩托車速度過快而導致的單方事故。

「目前看，和戴不戴頭盔沒關係，頭上完全沒傷。」孫法醫在一邊小聲地和我說。

我點點頭，讓交警繼續詢問，而我和林濤走到了摩托車旁。

「我去交警隊看看影片。」程子硯說。

「我陪她。」陳詩羽說。

也不知道從甚麼時候開始，這兩個人關係這麼好了。

我點頭讓她倆先去，自己則蹲下來看摩托車。

孫法醫說：「交警事故勘查大隊的痕檢員看過了摩托車，只有一面的車漆有刮擦的痕跡，符合車體倒地後，和地面摩擦所致。整車沒有任何撞擊的痕跡，可以排除是車輛撞擊導致事故發生的可能性。」

我轉頭問交警的痕檢員，說：「那你們的意思，事故是怎麼發生的？」

「有兩種可能。」痕檢員豎起了兩根手指，說，「一、死者在駕駛過程中，見後方來車，故意將摩托車傾倒，自己摔出去後，被後車輾壓。二、死者因為車輛經過不平路面時，不慎摔倒，恰好被後車輾壓。你看，屍體和摩托車相距只有不到五米，這說明他騎車的速度並不是非常快。這種車速因為路面情況導致摔倒的可能性不是很大，加之他又遺留了遺書，所以我更加傾向於第一種可能性。」

「為了自殺，故意傾倒？」我沉思了一會兒，搖着頭，說，「這得算好後車和他之間的距離，還得正好摔到路面中央，還得保證後車來不及剎車。和殺人案一樣，自殺者也會選擇保險的自殺方式，我總

覺得這種可能太不保險了。」

「而且輾壓他的車輛還逃逸了，這也太巧合了吧？」大寶說，「如果是自己故意傾倒，後車軋了人，肯定會報警的，不會逃逸，因為司機也知道警方是可以調查清楚的，沒必要逃逸成全責了。」

「死亡時間呢？」我問孫法醫。

「測了兩次屍體溫度，兩次之間相隔一小時，所以可以推斷大約是凌晨3點出的事。」孫法醫說。

遇見剛剛死亡不久的屍體，法醫會在現場相隔一小時測量兩次屍溫，根據一個小時下降的屍體溫度，結合第一次測量的屍溫和正常體溫的差距，就可以比較精確地推算死者的死亡時間了。

「那時候天很黑。」我轉頭看了看摩托車，因為我想起了年輕時候遇到的「死亡騎士」[4]的案件。

「車燈是開着的。」痕檢員連忙說道。

我點點頭，說：「車燈開着，大半夜的，過往車輛還注意不到這地面上有具屍體？至少該報個警吧？畢竟他在那裏躺了四個小時。」

「這路上，過往車輛就是很少啊。」痕檢員說，「當然，我們的民警已經在看路口影片了，具體線索應該很快就可以摸出來了，找到逃逸司機和目擊者，估計情況很快就清楚了。」

「估計子硯她們到了交警隊後，就有結果了。」林濤說道。

3

果真被林濤說中了，在驅車趕往殯儀館準備屍檢的路上，我就接到了程子硯的電話。

程子硯說，在她們趕到交警隊和先期已經在觀看影片的交警同事會合後不久，就發現了線索。

這一條省道還真是冷清，被高速公路取代之後，即便因為國家政策而取消了收費站，成了一條免費通行的道路，但是依舊很少有車主

---

4 見法醫秦明系列萬象卷第一季《屍語者》（北京聯合出版公司，2023）「死亡騎士」一案。

會選擇這條道路。可能是路況不是太好，又繞路費油的原因吧。

省道冷清，所以一路上的一系列監控攝像頭都因缺乏維護、年久失修而失靈了，好在上省道的路口的監控攝像頭是好的，除非是從岔路上省道，其餘都可以記錄。而岔道基本不能通行汽車，所以沒有漏檢的可能。

這條省道是天愈黑車輛愈少，所以晚間時分還陸陸續續有車上省道，但是過了晚上12點之後，車輛就極少了。凌晨1：30的時候，先是有三四輛車連續駛入路口，緊接着就是賈天一駕駛摩托車進入省道。之後的半個小時內，只有一輛銀色福士車進入省道，然後就沒車了。直到凌晨2：40，又有一輛藍色寶馬進入省道。從此一直到找尋賈天一的隊伍進入省道之前，只有凌晨4點多的時候，才又有兩輛車進入省道。

因為考慮到省道不太可能有逆向行駛的情況，所以交警認為賈天一前面的三四輛車是沒有肇事嫌疑的。而凌晨4點進入省道的車也沒有肇事嫌疑，因為那時候的賈天一已經死了。那麼肇事車的嫌疑就集中在銀色福士和藍色寶馬上了。銀色福士進入省道的時間和賈天一在省道行使的時間最接近，最容易發生事故，而藍色寶馬距離賈天一死亡時間最接近，因為從省道路口到現場的車程正好大概是20分鐘。所以，如果是銀色福士肇事，那賈天一就有可能受傷後在地上躺了一個小時才死；如果是藍色寶馬肇事，可能是賈天一立即死亡，但是在此之前他應該停車在路邊等候了一個小時。賈天一究竟是傷後一小時才死亡，還是之前休息了一個小時後被輾壓立即死亡，這需要法醫來判斷。

可是交警等不及。和辦理命案不同，交警根本不怕打草驚蛇，所以程子硯還沒來得及阻攔，交警就依次打通了那兩輛車車主的電話。

銀色福士的車主是個女性，她矢口否認了有這麼回事，她說自己的駕駛全程都沒有任何意外，更不可能軋到人。

藍色寶馬的車主是青鄉市研究院的一個教授，交警的電話一打過去，他就主動要求把車交給交警檢查。因為他說昨天累了一天，晚上開車迷迷糊糊的，好像在現場附近確實顛簸了一下，但是省道沒有路燈，他實在不確定是不是軋着人了。

為了進一步印證，交警還聯繫了凌晨4點之後進入省道的兩輛車

的車主。第一輛車的車主說確實看到路上躺着一個人，以為是流浪漢在那兒睡覺，罵了一句，沒理睬。第二輛車的車主就是撥打110報警的人。

交警讓藍色寶馬車主把車開到就近的交警隊，正好在我們趕往殯儀館的路上，所以我們決定提前先到交警隊見一見這個「肇事者」。

男人叫張冰，五十多歲，瘦瘦弱弱的，戴着眼鏡，一臉疲容。在我們趕到的時候，交警正在測試他的呼氣酒精，是陰性的。當然，如果他前一天晚上飲酒駕駛了，現在也不一定能測得出來了。

在交警隊隔壁的修理廠，藍色寶馬已經被吊機吊了起來，幾名交警正在車底檢查着。

「你說，自己開過去的時候，沒見到人？」我問道。

「我視力不太好，好像是有個甚麼東西，我沒留意。」張冰沮喪地說，「後來顛簸了一下，我當時就有點害怕會不會軋着人了。」

「你是說，你沒看到摩托車，或者說有摩托車摔倒？」

「沒有，那確實是沒有。」張冰說，「我沒有停車檢查，一來是知道有一些車匪路霸用道路上放假人的方式讓車輛停下來，然後搶劫。那麼黑的路，我實在是不敢停車。二來，我覺得也不太可能有人躺在省道中間。所以，有了僥倖心理。」

「車匪路霸都是很多年前的事情了，現在被我們重拳打擊，已經極少了。」林濤說。

「有警惕心也是對的。」我說。

「有發現。」修理廠裏的交警喊了一句。

我和林濤連忙趕了過去，見一個交警正拿着一張濾紙，上面有翠綠色的痕跡。

「血液預試驗陽性？」我問道。

「嗯。」交警拿着一個物證袋，說，「車胎夾縫裏，還發現了一枚指甲。」

「對，死者的手指被壓爛了，有手指缺失指甲。」孫法醫說。

「好的，去做個DNA就破案了。」林濤興奮地說。

「可是，還有些問題。」我說，「一來，為甚麼買天一會躺在路中間，是真的來自殺的？還是摔倒後起不來了？二來，藍色寶馬凌晨 3 點才能到現場，而買天一騎車應該在凌晨 2 點就到了現場，這中間一個小時，他在幹嗎？」

「那，還得認真查一查。」林濤贊同了我的觀點，說，「要不，你去看屍體，我還是去看看摩托車吧。我把具體情況通知一下小羽毛她們。」

交警則對我們的談話毫無興趣，對張冰說：「看來你的不祥預感還真是對的。你啊，視力不好，駕照年審怎麼過的？這樣開車不危險嗎？」

「其實也還好，就是晚上稍微有點模糊。」張冰說。

「稍微？連一個大活人躺路上你都沒看見！大活人旁邊還有輛傾倒的摩托車你都看不見！」

「哦對，好像是有貼着地面的燈光，我沒想到那是一輛倒在地上的摩托車啊。」張冰說，「他自己摔倒的，我不應該負主要責任吧？」

張冰應該很清楚，交通事故中造成人重傷或死亡，負主要責任的肇事者是需要被追究刑事責任的。

「你逃逸了，還不負主要責任？」

「我真的不是逃逸，我真的不知道！你看你們一來電話，我這不馬上就回來配合調查了嗎？」張冰手足無措地解釋着。

我也沒心思關心這個交通事故下一步怎麼處理，拉着大寶向殯儀館趕去。不管是不是交通肇事案件，死者的死因和損傷才是本案中最為核心的問題。也許只有通過屍檢，才能解答我心中的疑問，才能盡可能還原因為網暴而心灰意冷的買天一生命最後一段時間的真相。

當我們趕到殯儀館的時候，青鄉市公安局的兩位法醫已經開始了工作。屍體的衣物都已經被去除，眼前的解剖台上，年輕的買天一正安靜地躺在上面。

屍體的模樣看起來有些奇怪，主要原因是他的前肋骨骨折，導致了胸腔的塌陷，所以躺在那裏，胸前有些崎嶇不平的感覺。

「屍表檢驗做完了？」我一邊穿戴着解剖裝備，一邊說着。

「做完了。」喬法醫說道。

「屍表沒有奇怪的傷對吧？」我打量着屍體說道，「原本我還以為是車子軋到了頭，看來他頭上一點傷都沒有。」

「沒有奇怪的傷，也沒有約束傷、威逼傷[5]和抵抗傷[6]。車輛也沒有軋到頭。」喬法醫說，「頭面部和頸部都沒有任何損傷。車子是從他的左側手背開始，斜向上，軋過了他的胸腔，再從右側上臂軋過去的，前後輪的印記基本一致，說明軋過去的時候，死者沒有動彈。」

「兩個輪子都軋過去了啊？」我說，「他們找到肇事車輛了，衣服上的輪胎印，有比對價值嗎？」

「有的，剛才交警部門已經把衣服都提取走，去做輪胎花紋比對了。」喬法醫說道。

我點了點頭，說：「死者的輾壓傷很典型啊。」

輾壓傷是指車輛輪胎軋過人體後留下的損傷，不僅僅是我們認為的車輛重力向下導致的壓迫傷，還有輪胎在滾動時，向後的摩擦力作用在人體上形成的「延展創」。延展創就是人體的皮膚因為外力作用，產生了較大的張力，張力的力度大過了皮膚的承受能力，皮膚就會沿着皮紋裂開。這種裂開不是裂開一個很大的創口，而是形成很短的、但是很多條平行的小創口。

延展創對於法醫來說意義很大，可以明確這就是輾壓形成的損傷，而且根據創口有沒有生活反應，還可以判斷這種輾壓傷是生前形成的還是死後形成的，這對法醫判斷死者是死於交通事故，還是死後拋屍偽裝交通事故有重要作用。

眼前賈天一身上的延展創就有明顯的生活反應，這說明他確實是活着躺在那裏被車輛軋死的。如果可以排除他是昏迷狀態下被人放在路中間被軋死的話，那就可以得出結論，不管他是不慎摔倒還是主動自殺，他確實是自主造成了事故的發生。因為有遺書，且肇事司機堅決說沒有看到摩托車突然摔倒，那麼自殺的可能性就很大了。

---

5 威逼傷：指兇手控制、威逼受害者時，在受害者身體上留下的損傷。傷口主要表現為淺表、密集。

6 抵抗傷：指受害者出於防衛本能接觸銳器所造成的損傷。主要出現在受害者四肢。

要確認賈天一當時是否處於昏迷狀態，則要從三個方面進行檢查：一是看顱腦有沒有損傷，二是看有沒有窒息，三是看有沒有中毒（包括酒精）。死者的頭髮已經被剃除了，青色的頭皮上，並沒有任何損傷，那麼基本可以排除顱腦損傷導致昏迷。法醫們在現場進行勘查的時候，已經用注射器從胸口插入，抽取了一些心血送往理化實驗室進行檢驗，此時檢驗結果已經出來了，排除了常規毒物中毒導致昏迷的可能性，血液酒精濃度也是 0，這也基本可以排除中毒導致昏迷的可能性。倒是窒息這一塊，產生了一些爭議。

　　「我覺得有一點疑點。」喬法醫說，「死者還是有窒息徵象的，雖然輕微，但確實是存在的。」

　　「哦？」我警覺地翻開了死者的眼瞼，果然在雙側眼瞼之下黏膜內，都有一些散在的出血點。雖然不多，但是足以反映出死者生前是存在窒息的可能的。

　　「不僅僅是眼瞼的出血點。」喬法醫指了指死者的口唇，說，「你看他的口唇是青紫色的。」

　　「嗯，確實有窒息徵象。」大寶說。

　　「這很正常好不好？」孫法醫也已經穿戴整齊，走了過來，說，「你們說有窒息徵象，有窒息的可能性，那我問你們，他的口唇黏膜有破損嗎？」

　　喬法醫搖了搖頭。

　　「不僅口唇黏膜沒有破損，口周和鼻周也沒有任何淤血，說明不可能是摀壓口鼻導致的機械性窒息。」孫法醫說，「還有，頸部皮膚同樣沒有任何損傷。」

　　一邊聽着孫法醫說，我一邊把死者的頸部左右看了看，皮膚上確實沒有任何損傷。

　　「又排除了扼壓頸部或者縊、勒導致的機械性窒息。」孫法醫說，「結合現場情況，死者更不可能是溺死，也不可能是喝多了或者顱腦損傷後嘔吐導致的返流性窒息，更不太可能是吃東西哽住了導致窒息，也不會是頭上包着塑膠袋導致的悶死，更不會是體位性窒息。那你們說，他的窒息是怎麼導致的？」

　　「孫法醫的意思是說，死者的胸腔塌陷了，一定會有嚴重的血氣胸。」我向喬法醫解釋說，「這種情況下，也會導致窒息徵象。」

人體的胸腔是一種負壓的狀態，這樣才能保證肺部的擴張。當肋骨骨折的斷端刺破了胸膜，導致胸腔負壓狀態被破壞，這時候氣體就會進入胸腔，和因為骨折、胸膜破裂而產生的血液混合在一起，造成血氣胸。在這種情況下，空氣和積血、積液就會壓迫肺臟，導致肺臟無法正常擴張工作，引發窒息。如果不及時治療，就會導致死亡。

　　「是啊。」孫法醫說，「這麼明顯的問題，你們看不出來嗎？」

　　喬法醫不好意思地搖了搖頭。

　　「是的，這是窒息徵象最有可能的源頭之一了。」我很認同孫法醫的看法，看來這個輿論熱話引發的案件，果真很快就要定性了。

　　我拿起死者的手看了看，因為車輪的輾壓作用，他的三根手指的末端都粉碎性骨折，已經畸形移位了，皮膚也都被挫碎了，中指的指甲脫落了，和肇事車輛輪胎下面提取到的人體指甲的情況是一致的。

　　「好了，可以開始解剖了。」我說，「雖然情況大致清楚了，但是我們還是要認真解剖，扎扎實實地辦案，也給交警事故認定的同事提供強有力的證據支撐。」

　　「你不是說，為甚麼賈天一會在現場附近停留一個小時後，才被車軋嗎？」大寶問道。

　　「我後來想了想，既然沒有監控支援，我想我們恐怕也是搞不清楚的了，因為這個問題通過屍檢不能解決。」我說，「也許，他就是因為心情低落，在現場思考了一個小時，最終決定倒向馬路自殺吧。巧就巧在，恰好駕駛員眼神不好，不然應該是可以避開的。唉，可惜了。」

　　大寶撇撇嘴，憐惜地看了一眼屍體，拿起了手術刀。

　　死者的頭頸部沒有損傷，手指損傷很明確，不需要解剖，於是解剖重點就是死者的胸腔了。通過解剖確定死者有嚴重血氣胸，死因也就好定了。

　　大寶用手術刀「一」字形切開了死者的胸腹部，可以看到死者胸腔塌陷的地方，有明顯的塊狀皮下出血，這也說明輾壓的時候，死者是活着的。

　　當我們把死者的胸部皮膚、皮下組織和胸大肌分離開之後，可以看到他雙側的肋骨前面都發生了嚴重的骨折，骨折的斷端向內刺向了胸腔，這一切發現都在不斷地印證着我們從屍表檢驗得來的結論。

　　「看來至少有七八根肋骨都骨折了，而且還是嚴重的骨折錯位。」

大寶一邊說，一邊切開肋軟骨，然後分離胸鎖關節，把胸骨取了下來。

「不對啊，怎麼胸腔裏的積血、積液不多？」我有些驚訝，頓時有一種莫名的不祥預感湧上了心頭。

在日常工作中，這種肋骨骨折導致的血氣胸，有的時候能把肺臟壓縮到只有四分之一大小。然而，死者的胸腔內的積血和積液並不多，肺臟也並沒有嚴重縮小。這種表現，其實不足以致死。但如果賈天一不是這種原因死亡的，那會是怎麼死的呢？

這是法醫學的基本理論，所以當在場幾名法醫看到死者的胸腔之後，都愣住了。眼前的景象，和我們想像中的實在不一樣。

「這案子果真還是有問題的。」我一邊說着，一邊壓了壓死者縱隔中的心包。

「不對，這心包怎麼這麼硬？」我眼睛一亮，連忙用止血鉗夾住了心包的向下兩端，然後用手術刀「人」字形切開了心包。

這一刻我恍然大悟。

原來，死者的心包裏面，全都是血液。

人的心包包裹着心臟。當心臟發生破裂的時候，心臟內的血液就會湧出來，填滿整個心包，導致心臟的活動空間被限制，甚至無法跳動，最後導致死亡，這種死亡被法醫稱之為「心包填塞」。

但是心臟破裂通常伴隨着心包的破裂，道理很簡單，不戳破心包，又怎麼戳破心臟呢？然而賈天一就是這種情況，他的心包是完整無損的，但是心臟上破裂了一個大口子。

「這，這心臟破裂的口子不小啊！」大寶用多功能查體測量尺量着心臟上的破口，說，「左心室壁上有三厘米長創口！是不是和老方曾經說過的那個案子一樣？」

前不久，我們在辦公室裏，聽到我們廳負責法醫組織病理學檢驗的方俊傑說過一個案件。

一天晚上，一個男人酒後從酒吧裏出來，發現酒吧門口的花壇上，有一個年輕貌美的女子醉得不省人事，匍匐在花壇上酣睡。他左顧右盼後，發現周圍沒人，頓時色心大起。他假裝成女子的朋友，架起了女子，打了一個計程車，直奔賓館。在開房後，男子把女子仰面放在賓館的床上，然後猛地壓在女子身上，準備實施性侵。可是就這麼一壓，他發現女子似乎有了一些變化，身體瞬間軟了下去。幾分鐘後，還沒來得及實施性侵的男人，就發現女子呼吸心跳全無了。

　　根據現場的影片監控和賓館的開房記錄，警方很快把後來逃之夭夭的男子抓獲。在對屍體進行解剖的時候，也是發現女子的胸前有輕微的出血，而且心臟發生了破裂。其死亡原因，是突然被重壓，導致本來心室壁就比正常人要薄的心臟發生了破裂。

　　「心包填塞。」孫法醫一臉輕鬆地説，「汽車軋過去的時候，心臟正好在搏動，因為胸腔受壓，心臟的壓力也增大，這青少年的心室壁又比較薄，因為壓力作用就導致破裂了。交通事故中比較常見。」

　　我沒有孫法醫那麼輕鬆，仍是一臉凝重地問道：「心臟破裂絕對是致命傷，而且死亡過程會非常快，可能就是幾秒之內的事情。那麼請問，他死亡那麼快，窒息徵象又是怎麼來的呢？」

　　「對啊，既然血氣胸的跡象不明顯，也説明他死亡過程快，那麼他的窒息徵象是怎麼來的呢？」大寶補充道。

　　這麼一問，孫法醫的表情也立即不輕鬆了，取而代之的，是一臉茫然。

　　「這可就奇了怪了。」喬法醫説，「可是孫法醫剛才排除了其他窒息的可能啊。你們説，會不會是輾壓的瞬間，導致的短暫的窒息而產生的窒息徵象呢？青少年耐受能力差，所以表現得比較明顯？」

　　「不會。」我説，「我覺得窒息徵象還是很清楚的，這不僅不能用瞬間窒息來解釋，我甚至認為他是窒息了一小段時間，或者説是不完全窒息了一段時間，這才出現這種窒息徵象。如果是這樣的話，那會不會是因為窒息而產生了昏迷，最終被碾死呢？」

　　「先不考慮昏迷不昏迷的事情，他是怎麼窒息的？」孫法醫問道。

我雙手撐在解剖台邊，思考了一會兒，拿起了一把手術刀，説：「那就要指望它了。」

我用手術刀輕輕劃開了死者的頸部皮膚，暴露出了頸部的肌肉，然後按照頸部肌肉的解剖結構逐層分離了肌肉。結果和我們想的一樣，無論是淺層肌肉還是深層肌肉內，都沒有任何出血的跡象。

「他的頸部肯定是沒有遭受外力作用。」我説完，把手術刀從死者的下頜下伸進了他的口腔，沿着下頜骨下緣把下頜軟組織全部切斷。

這就是法醫慣用的「掏舌頭」的手法。

用這種辦法，我從死者下頜下取出舌頭，然後向下一拉，就取出了包括喉頭、食管和氣管的全部頸部組織。

「舌骨骨折？」大寶最先看到了被掏出的舌頭舌根下方的顏色變化。

「別急。」我攔住了想去檢查舌骨的大寶，先是用剪刀剪開了死者的喉頭部位，説，「一般情況下都是外力作用於頸部才能導致舌骨骨折，可是死者頸部是沒有受到過外力的，所以我們得看看喉頭部位有甚麼。」

「我們也見過交通事故導致舌骨骨折的，但是一般都會伴有下頜骨的粉碎性骨折啊。」孫法醫説。

「是的，因為舌骨是以半游離的狀態位於頸部，而且都在下頜骨內側，受到下頜骨的保護，沒那麼容易骨折。」我説着話，手上的剪刀已經剪開了死者的喉頭部位。

死者舌骨的後側，形成了一個較大的血腫，堵塞了大部分呼吸道。我隨即又剪開了死者的食管和氣管，裏面都有一些血跡。尤其是氣管之內，還有很多粉紅色的氣泡。

「真是『活久見』[7]啊。」大寶用胳膊推了推鼻樑上的眼鏡，説，「面頸部沒有損傷，喉頭卻有血腫，這我還真是第一次見，為甚麼啊？」

我用手摸到了舌骨的位置，然後沿着舌骨的上下兩側切開軟組織，把舌骨從喉部軟組織上分離了下來。果然，舌骨體的位置，有明顯的骨折，斷端還有一點錯位。

「舌骨骨折，斷端刺破了附近的黏膜組織，導致了一個血腫，喉頭

---

7 活久見：曾經流行的網路用語，是指「活的時間久，甚麼事都可能見到」。現多用於形容面對奇聞逸事時，當事人表現出的驚訝。

部位的血腫就容易堵塞呼吸道。」我說，「加之有血液流入了氣管，引發了嗆咳，喉部劇烈運動更加加重了喉頭血腫的嚴重程度，這就造成了死者的窒息徵象。這種窒息，我認為是有可能導致昏迷的。」

「喉頭血腫，就和喉頭水腫一樣嗎？」大寶問，「喉頭水腫倒是比較多見，比如嚴重的上呼吸道感染，或者過敏，都會導致喉頭水腫。有極少數人，因為過敏而導致非常嚴重的喉頭水腫，自己感覺到呼吸困難的時候，去就醫都來不及，就窒息了。」

「產生機理不同，但導致窒息的機理是相似的。」我說。

「現在問題不是骨折怎麼導致窒息的，而是這個死亡的源頭——舌骨骨折，是怎麼來的。」孫法醫仍在難以置信地檢查死者的頸部。

我們之前沒有出現失誤，死者的頸部確實就是一點損傷都沒有。

「頸部沒有傷，舌骨怎麼骨折？」孫法醫百思不得其解，說，「難不成是把手伸進喉嚨裏，從裏面施加的暴力？」

「你說得和恐怖片似的。」大寶瞥了孫法醫一眼。

此時，我也是百思不得其解，這類型的舌骨骨折，我也從來沒有見過。

我想了一會兒，說：「先別着急，既然有問題解決不了，我們先檢驗一下死者的背部吧。」

背部解剖不是常規解剖術式要求要進行的，但是在遇到疑難的案件或者屍檢中有解決不了的問題的時候，我們也會解剖背部。事實證明，在進行了背部解剖的案例中，都能夠通過背部解剖發現一些線索，有些線索甚至能夠直接明確死者的死亡方式。比如在我剛參加工作不久遇見的一個中年人死亡案，就是因為沒有第一時間背部解剖，而把一個高墜意外當成了命案偵查了很久。[8]

在我們用手術刀從死者的枕外隆突開始，同樣用「一」字形的切口劃開死者的背部皮膚後，我們意外地發現死者的項部肌肉有一些出血。

---

8 見法醫秦明系列萬象卷第二季《無聲的證詞》（江蘇鳳凰文藝出版社，2019）「致命失誤」一案。

「項部有出血！」大寶說，「不過也不對啊！項部受力，怎麼也不可能導致頸部前面的舌骨骨折啊。」

「先看看項部的損傷形態再說。」我小心翼翼地分離了項部的軟組織，觀察皮下組織的出血狀態。

死者項部有一條橫行的皮下出血，寬度大概二厘米，這明顯是項部和有棱邊的物體作用所致。項部的皮膚上沒有任何擦傷，這也說明這個有棱邊的物體表面是很光滑的。不過，項部撞了一下棱邊，也不能解釋舌骨骨折。

解剖完背部，我們依舊是丈二和尚摸不着頭腦，找不出舌骨骨折的機理所在。於是，我們只有帶着疑問，開始對死者的顱部進行解剖。

因為死者的頭髮被剃除之後，頭皮上看不出任何損傷和出血，所以我們認為死者的頭部應該是沒有受到過外力的。但是在切開頭皮後，卻發現青色的頭皮之下，居然有一團黑乎乎的凝血塊。

「啊？這怎麼也有傷？」大寶說。

「這是帽狀腱膜下出血，量不大，所以在頭皮外面看不出來。」我說。

如果我們按住自己的頭皮，會發現頭皮和顱骨之間有滑動，是因為我們有「帽狀腱膜」的結構。這層結構和顱骨骨膜疏鬆結合，所以一旦這之間的小血管破裂，就容易造成較大範圍的血腫，稱之為「帽狀腱膜下出血」。而這層結構內的出血，和頭皮下出血的機理不同，很少會因為直接打擊而形成，一般都是因為被人抓住頭髮拉扯而導致。

「帽狀腱膜下出血。」大寶沉吟着說，「這怎麼越來越像是命案了？」

「命案？」孫法醫叫了一聲。畢竟現在命案越來越少，青鄉市這一年也沒發幾宗命案。

「是啊，故意傷害致死，不也是命案的一種嘛。」大寶說，「至少他是被人拉扯了頭髮，項部摔到一個棱邊上了。」

「那死因，或者說昏迷原因，其實和舌骨骨折密切相關，這種外力能導致舌骨骨折嗎？」孫法醫問。

此時我檢查完死者的顱內，沒有其他任何損傷，就示意喬法醫可以開始縫合了。而我一言不發地脫掉了一次性解剖裝備，走出了解剖室，拿出手機翻起論文來。

因為之前此案一直是按照交通事故來處理的，所以並沒有成立專案組，也沒有專案會。我唯有召集了我們勘查小組的全部成員，一起到青鄉市刑警支隊，找了他們劉支隊長，和當地刑事技術人員們一起討論一下這個案件。

　　我先是介紹了一下我們的屍檢發現，一波三折，讓在場的非法醫的技術人員們聽得莫名其妙一臉無措。

　　我看着大家迷茫的表情，笑了笑，說：「這種舌骨骨折，我以前也沒有見過。但是這個世界上，有很多類似的經歷都在不同的時間和地點重複發生，這可能就是論文的價值。我找到了一篇論文，作者就遇見了和我們一模一樣的困惑。後來，他通過請教一些醫學和解剖學的專家，解答了這個問題。」

　　「真的有一模一樣的案子啊？」大寶好奇地坐直了身體。

　　「世界之大，無奇不有。」我說，「論文的作者分析，這種舌骨骨折的形成機理，是項部不斷地磕碰到某個地方，頭部過度後仰，會導致頸椎向前頂出。正常情況下，這種頸椎前頂，不會導致甚麼嚴重的後果，但是如果力量較大、後仰程度較大，再加上撞擊次數較多的話，就容易讓頸部肌肉過度緊張，限制了游離的舌骨的活動範圍，然後肌肉和前凸的頸椎一起作用於喉部的舌骨，作用力大於舌骨的張力，就會導致舌骨體骨折。你們發現沒，頸部直接外力導致的舌骨骨折一般都是舌骨大角骨折，而這種，是舌骨體骨折。這是因為作用力的方式不同導致的。」

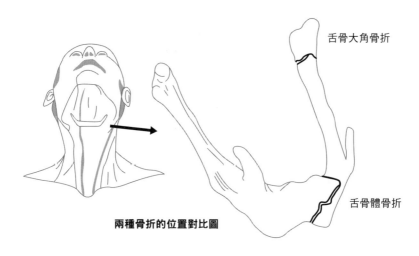

舌骨大角骨折

舌骨體骨折

兩種骨折的位置對比圖

大家還是一臉茫然。

「簡單說，到我們的案件裏，就是死者被人拽住頭髮向後拉，項部撞到了某物體的邊緣，頸部嚴重後仰。不僅如此，兇手還沒有停手，不斷地拉着死者的頭髮，用他的項部撞物體。」我說，「舌骨骨折後，形成喉頭血腫需要一段時間，而這段時間內，死者的喉頭血腫慢慢加重到一定程度後，死者會感到窒息，最後昏迷倒在路上，被過往車輛輾壓死亡。」

「兇手……」劉支隊沉吟道，「你說是命案？」

我點了點頭，說：「死者雖然是交通事故致死，但是如果沒有被車輾壓，他也一樣會因為喉頭血腫而窒息死亡。」

「這該怎麼界定啊？」大寶撓了撓頭，說，「究竟該誰負主要責任，兇手能用故意傷害致死判嗎？」

「量刑不是我們的職責。」我笑了笑，說，「我們的任務，是得先把兇手找出來。對了，林濤呢？」

「來了，來了，有新發現。」林濤滿頭大汗地跑進了刑警支隊會議室。

「我剛才說了那麼多，你原來都不在。」我說，「你有甚麼新發現？別說認為這是一宗命案，這我們已經知道了。」

「命案？」林濤吃了一驚，說，「沒有，我就是發現，死者的摩托車上，有問題。」

「為甚麼是命案，我一會兒告訴你。你先告訴我，摩托車有甚麼問題。」我問。

「在現場的時候，我們不是發現摩托車車身有和地面擦劃形成的損傷嘛。」林濤喝了口水，說，「當時認為是摩托車側倒，車身側面和地面摩擦，把漆面擦掉了，暴露出了漆面下的金屬色。其實，我們經過仔細觀察，發現摩托車的擦劃痕跡，並不是漆面刮掉，而是有銀色的漆面附着。」

「直接說結論。」

「就是摩托車是和一輛銀色的車輛刮擦。」林濤說，「我們覺得，應該是買天一駕駛摩托車和肇事車輛前面的銀色福士轎車刮擦，而不是自己摔倒或者自殺。不過，為甚麼是命案？」

我不着急回答林濤，而是轉頭問程子硯：「你們從影片來看，銀色福士車裏有幾個人？」

「就一名女性司機，沒有乘客。」程子硯說。

「那不可能。」我說，「她不具備控制、傷害賈天一的身體條件。畢竟賈天一 16 歲了，有一定的身體條件，而兇手應該體力遠超賈天一，或者有足夠的威懾力，因為賈天一連抵抗傷都沒有。」

「那會是怎麼回事？」大寶翻着眼睛說，「和福士車有刮擦，被寶馬車輾壓，中間還被人毆打了？福士車和寶馬車都只有一個司機，都不具備甚麼攻擊力，那會被甚麼人攻擊的？」

會場沉默了。

我沉思了一會兒，說：「你們有沒有想過，他為甚麼會騎車去省道？」

「那裏經常有人飆車，因為路上沒甚麼車嘛。」劉支隊說。

「可是他騎車好像一直都不快，不是喜歡飆車的人吧。」我說。

「那你是甚麼意思？」劉支隊問。

「我就在考慮，我們的重點關注對象，都是跟隨着賈天一進入現場的車輛。」我說，「因為道路不太可能逆行，所以大家下意識地認為只有摩托車後面的車輛才能對摩托車造成事故。但其實摩托車有的時候比汽車開得還快，我們為甚麼不去考慮考慮前面的車輛？我們是不是陷入思維定式了？」

程子硯似乎一驚，連忙打開了電腦。

不一會兒，她說：「果然，前面有一輛車也是銀色的，是一輛銀色的 Benz 大 G。」

「查號牌。」劉支隊命令道。

「看看車裏有幾個人。」我繞到程子硯的背後，看她在電腦上處理着監控截圖。

「四個人。」程子硯說，「都是男人。」

我的心裏似乎有底了，說：「讓交警再仔細問問那個銀色福士的車主，她說駕駛過程中沒有異常，但得搞清楚她駕駛過程中有沒有看到甚麼車子停在路邊。」

等了大約半個小時後，交警那邊傳來了消息。在得知自己毫無責任之後，福士車主也算是放下了心來，經過仔細回憶，她在省道上好像確實看到一輛很大的車停在路邊，但是她專心開車，沒留意車邊有甚麼異常。

我的心裏似乎更有底了。

「車牌還沒查到？」劉支隊嚴肅地質問道。

「查到了，查到了。」一名民警説，「我已經安排去抓人了。」

「抓人？」我沒想到幸福來得這麼突然。

「是啊，銀色大 G 的車主，叫周樂。」偵查員説，「一個遊手好閒的小混混。」

「這就抓人，是不是有些草率了？」我問。

「不草率，這個小混混沒甚麼本事，就是長得帥。他就是那個和賈天一母親拍攝不雅影片的男主角了。」偵查員説，「他是賈青的小男朋友，我們懷疑不雅影片也是他主動上傳的。哦，還有，他的車應該也是賈青給他買的。」

「所以，賈天一是看到了他的車，跟着他上了省道，故意擦蹭，引發糾紛，最後被他打死了？」我一口氣説完。

「目前看，應該是這樣。」偵查員説，「抓了人，檢查車輛，做漆片的鑑定比對，他賴不掉。」

偵查員有偵查員的專業，他們在抓獲周樂的時候，第一時間就提取了他車輛上的行車記錄儀。而這個能記錄聲音和圖像的小東西，給我們提供了最直接的證據。

結合記錄儀和周樂的交代，我們才知道，在網路熱話輿情發生之後，周樂一直是一副幸災樂禍的樣子，雖然他知道賈青是他的搖錢樹，但是他一直忌憚賈青的兒子，認為他會破壞自己長期不勞而獲的好事。但周樂畢竟是個小混混，不至於有殺人越貨的心思，看到賈天一被網友圍攻，他的心理已經獲得了足夠的滿足。在輿論進一步發酵之後，周樂開始起了自己的小心思，他手機裏有和賈青的不雅照片影片，他在考慮如果把這些東西放到網上，他的短影片賬號一定能吸引大量的粉絲，粉絲量達到一定的程度，就能變現了，到時候就算賈青甩了自己，自己也有繼續撈錢的資本。他是這樣想的，也是這樣做的。

不雅影片造成一定影響後，他確實收穫了很多粉絲，但也會接到一些騷擾威脅的電話，後來經過調查，這些都是賈天一打的。16 歲的

賈天一，一直以為自己是母親唯一親近和信任的人，沒想到母親竟然會和這種人發生親密關係，他感覺自己被背叛了，內心的委屈無處宣洩，只知道用這種惡作劇的方式來進行報復。

這次事件的開始，賈天一或許也是想用惡作劇的方式來進行報復，而他留下那封寫着「我已無法立足於世，來世若你自重，再做母子」的遺書，也可能是一時負氣的舉動，連他自己都沒覺得真的會喪失生命。

因為賈天一駕駛摩托車故意去擦蹭周樂的車的時候，他並不是抱着「同歸於盡」的想法去的，他擦蹭得很勉強、很小心。但是開車的周樂察覺到了，於是他踩了油門，超到了賈天一的前面，並且將摩托車逼停。

下車後，周樂帶着三個同車的小混混，四個人一起兇神惡煞地將已經停車的賈天一拽下了摩托。可能是因為害怕了，也可能是因為心虛，賈天一這時候嚇得瑟瑟發抖。這讓剛剛認出是賈天一的周樂，氣焰更加囂張。於是他就抓着賈天一的頭髮，把他的頭仰着撞到引擎蓋上。在這個過程中，賈天一有掙脫的欲望，頭部有抵抗，而周樂則抓着他的頭髮多次把他的頭壓到引擎蓋上。來回撞擊了幾次後，賈天一開始翻白眼了，周樂這才感到有些害怕，就鬆了手讓他走。可是此時的賈天一雙手捂着脖子，走路都走不穩，一直在路邊跟跟蹌蹌。

為了擺脫責任，見附近沒有監控後，周樂和其他三個人連忙駕車走了，後面的事情就不知道了。不過根據屍檢情況可以判斷，賈天一此時不僅是喉部劇烈疼痛，更是呼吸困難，他意識逐漸模糊，最後摔倒在馬路上。而此時，正好張冰駕駛的寶馬經過這裏，眼神不好的張冰沒想到地上躺着的是一個人，汽車無情地碾過了已經昏迷的賈天一的身體。

「你們說，如果張冰眼神夠好，看得出地面上有個人，及時報警求救了，那賈天一還有活的可能嗎？」林濤問，「那時候人已經昏迷了，送去搶救恐怕來不及了吧？」

「不一定吧，要是 120 有經驗，立即切開氣管，就有活的可能了。」大寶說。

「唉，討論這些沒意義了。」我說，「這案子有點複雜，張冰和周樂的法律責任該怎麼區分，恐怕需要法律界人士研究研究了。」

「我們都說，孩子任性，都是和家長溝通不善引起的。」一直在沉思的陳詩羽說，「但是根據調查情況，賈青和賈天一其實一直都是溝通得挺好的，是那種比較少見的朋友式的母子關係。」

「但是在這個事情上，這種朋友式的母子關係就失效了，因為孩子很難對母親的感情生活啟齒。」我說。

「我覺得很多人會把這案子歸咎於賈青，有人會說她溺愛兒子，有人會說溝通不善。」我繼續說，「其實，無論甚麼樣的家庭關係，都不僅僅是父母塑造的，而是需要父母和孩子一起來塑造。無論是父母還是孩子，都應該對對方有足夠的理解和寬容。我們不能把教育活動的責任全部歸咎給父母，因為所有教育活動的參與人都有責任。」

「孩子沒有父親，缺少父愛，會更加依賴於母親。」陳詩羽說，「當母親開始有了自己其他的情感生活的時候，孩子自然而然會出現抵觸的心理。再加上網路的推波助瀾，這種抵觸心理，很快就會變成敵對，甚至仇恨。」

「是啊，我們研究了賈天一的社交平台，網暴時期，他一直在為母親解釋，並用非常惡毒的語言咒罵周樂。仇恨的心理，可見一斑。」程子硯說。

「如果兩個人能做到真正心平氣和地交流，真正的無話不談，也許最後的結果就是：網暴的熱點終究過去，母子二人攜手度過，賈青能夠遠離小混混。」大寶說。

「那也太理想化了。」陳詩羽說，「有多少家庭能做到這樣？」

「大家都應該努力啊。」我說，「過去的就過去了。說到網路，眼前龍番市的這個輿論熱點該怎麼辦？謠言層出不窮，恐怕官方沒辦法逐一闢謠吧？」

「是啊，其實官方通報已經把凌南死亡案件的全部過程都詳細公佈了，但是因為有那個『躲避』影片，網友都不相信啊。」大寶說，「我真想把屍體照片發給網友，告訴他們凌南身上沒有傷，他沒有被人霸凌、虐待。」

「那你就違法了。」我說，「別總是糾結這個事情，我們把基礎工作做好，去問問為甚麼凌南會舉報他的班主任吧。」

「我們都已經查明白邱老師沒有作案的動機和時間，也沒有和過失致人死亡的嫌疑人胡彪有任何瓜葛。」大寶說，「我們還有查下去的必要嗎？那不是浪費時間嗎？不考慮邱老師的內心感受嗎？」

　　「師父說，得做到心中有數。」林濤插話說，「其實我也是覺得沒甚麼意義，但是現在就是這樣，輿論熱話的案件真的佔用了大量的警力和公共資源。」

　　「也不能這樣說，輿論監督本身也就是一種監督形式嘛。」我說，「都睡一會兒吧，到了地方，我們就去那個段萌萌家，問問她。這樣，對這案子，我們也算是仁至義盡了。」

第五案

虛擬解剖

66

人不是命運的囚徒，
而是自己思想的囚徒。

——富蘭克林‧德拉諾‧羅斯福
（Franklin Delano Roosevelt）

99

1

一大早，我們準備驅車趕回龍番。上了車，我就催促着小羽毛抓緊時間聯繫市局的辦案單位，看能不能由他們出面，讓我們見一面和凌南一起補課的學生段萌萌。

這件事情我一直記掛着，如果不從段萌萌那裏了解一下給他們補課的班主任老師邱以深的情況，我總覺得沒有完全貫徹落實師父的安排，也總覺得不夠完整。

輿論熱話案件的辦理，往往比命案的辦理更加複雜。命案辦理中，我們只需要「證實」，拿到充分的證據證明犯罪，就算是完成工作。但是辦理輿論熱話案件的時候，往往網路上會有大量的謠言、臆測和質疑，那作為公安機關就要想盡辦法去「證否」。證否可比證實難多了，比如你懷疑同桌偷了你的錢，找證據證明他偷錢有的時候不太難；但是你同桌懷疑你偷他錢，你要找證據證明你沒有偷錢可就不容易了。再以「二土坡案件」來說，證明胡彪是犯罪嫌疑人，這一點比較容易；但是證明邱以深不是犯罪嫌疑人那就比較難了。雖然我們知道凌南的案子有太多的巧合性，根本不可能是預謀殺人，因此也就不可能是合謀殺人，但是為了讓網路熱話案件的辦理不會出現瑕疵，這些能夠調查的事情，我們也盡可能想要調查到位。

所以，調查清楚邱以深的為人處世，調查清楚他對自己被舉報的態度，算是我們為「二土坡」這個輿論熱話事件調查做的最後一件工作了。

顯然大家也都想盡快結束這一宗案件的調查工作，後期對於輿情的處理，就是宣傳部門的事情了，而我們則可以順利結案了。

所以陳詩羽很快就拿起了電話，聯繫了辦案單位。她拿着手機，向辦案單位提出我們的要求之後，就沉默了，像是在仔細聽着電話那頭的敘述。她的表情逐漸凝重，眉頭像是擰成了一根麻花。

我的心裏暗暗覺得不妙，似乎有事發生。

陳詩羽掛斷了電話，低頭沉思了一會兒，像是在整理自己的思緒。

我倒是等不及了，問道：「怎麼了？出甚麼事了嗎？」

「段萌萌現在在刑警隊。」陳詩羽回答道。

我一時沒明白陳詩羽甚麼意思，追問道：「在刑警隊？甚麼意思？」

「好巧不巧，她媽媽昨天晚上去世了。」陳詩羽説道。

「去世了？」我大吃一驚，「為甚麼她在刑警隊？她媽媽是怎麼去世的？」

「説是意外。」陳詩羽説道。

「喲，那這種節骨眼上，不方便對她進行詢問吧？」林濤説，「她肯定傷心欲絕，沒法溝通其他的事情了。」

「甚麼意外？」我隱隱有種不祥的預感。

「説來你們可能不相信。」陳詩羽説，「又是電擊。」

「電擊？」車上其他五個人幾乎異口同聲喊了出來，韓亮更是踩了一腳剎車。

「別慌，好好開車。」我拍了拍韓亮的肩膀説，「真的有這麼巧的事情？」

「我説吧，一來案子，都來同類型的案子，這事兒就是這麼邪門。」大寶説。

我沉默了一會兒，説：「我覺得，我們還是去意外死亡的現場看一看吧。」

「可以的，現場現在仍是封存的。」陳詩羽説，「我讓他們發定位。」

我們跟着陳詩羽的手機導航，一路向龍番市南部的一個社區趕去。據説，段萌萌一家是兩年前才到龍番的，目前還沒有能力在這座城市購買房子，是暫時租住在這個社區的。這個社區算是全市的一個中檔住宅社區，由二十多棟 30 層的高層建築組成。高層建築外觀很不錯，但是進了社區感覺「髒亂差」，説明沒有好的物業管理。物管不負責，業主就不交管理費，至此形成惡性循環。我自己住的社區也是這種情況，正在考慮換房子。

「這社區如果有個好物業，估計生活環境能改善很多。」我説。

「你又感同身受了？」韓亮指了指大門口打瞌睡的保安旁邊貼着的一張紙，説，「喏，業主委員會要開會了，估計是要換物業。」

我們在社區門口停了車，我跳下車給保安老大爺出示了警員證，說：「能讓我們把車開進去嗎？」

　　「哦。」大爺睡眼惺忪地按了一下手中的遙控器，打開了閘門。

　　「對了，大爺，我們這大門口有監控嗎？」我順口問了一句。

　　「沒人交管理費，怎麼弄監控？都是擺設。」

　　我見大爺無意和我多說，於是點了點頭，重新上車向社區深處駛去。

　　龍番市局的韓法醫此時已經等在了樓前，指了指社區19棟1單元101室的門，說：「這就是段萌萌家，這棟樓一樓最東邊的一間。」

　　「怎麼沒有警戒帶啊？」大寶問道。

　　「一個非正常死亡，基本確定是意外，就不拉警戒帶了，怕引人注意，被人拍片發上網去造謠。」韓法醫說道。

　　「那你們現場還是封存的？」我問。

　　「沒有，現場基本看完了，準備交還給他們家人。」韓法醫說，「段萌萌和她父親都在派出所，一來是比較悲痛，二來是家裏剛剛死了人，不太敢回來住，所以主動要求在派出所待了一夜。」

　　「那我們進去看看吧。」我指了指房門。

　　「從段世驍，哦，就是段萌萌的父親，死者的丈夫那裏借來的鑰匙。」韓法醫揚了揚手中的鑰匙，打開了房門。

　　房間很整潔，物品擺放得整整齊齊，家裏的擺設也是一塵不染，和普通的家庭並無二致。跟隨着韓法醫的腳步，我們來到了次臥室，也就是段萌萌的房間。段萌萌的母親張玉蘭就死在這裏。

　　這個房間的擺設很酷，牆壁上貼着的是籃球明星的海報，櫥子上擺着的手辦也都是復仇者聯盟的。

　　「段萌萌是男孩？」大寶愣了一下，問道。

　　「女孩。」韓法醫哈哈一笑，說道。

　　「女孩喜歡籃球和復聯也很正常吧？」陳詩羽搖了搖頭。

　　大寶趕緊說：「正常，正常，我這是又先入為主了。」

　　「案發當時，段萌萌不在家，去隔壁社區的籃球場打籃球去了。」韓法醫說，「只有段世驍一個人在家。」

　　我用戴着手套的雙手拉開了次臥室的窗簾，露出了窗簾後面的推拉窗戶和窗戶外面看上去品質很好的不銹鋼防盜窗。

「防盜窗、門鎖都是好的。」韓法醫說，「而且，段世驍也就在客廳，所以是一個封閉現場，如果是謀殺，那唯一的嫌疑人就是段世驍。反正，外人是進不來的。」

「段世驍沒有嫌疑嗎？」我問。

「調查了一大圈，段世驍和張玉蘭的夫妻關係很好，張玉蘭性格比較弱勢，一直都是以丈夫唯命是從的，兩人很少出現衝突。兩年前，段世驍決定從森原市來龍番市工作，張玉蘭一句話都沒說，就配合進行工作調動了。」韓法醫說，「調查肯定是沒有調查出來任何矛盾點的，而且這種殺人方式，也是不可能的。」

「你是說，電擊？」我問。

韓法醫向我們介紹了一下前期調查的情況。

這個家裏，大事小事都是段世驍做主，但是對於女兒的教育問題，段世驍認為自己作為父親，打不得、說不通，還是應該由張玉蘭來管教。段萌萌此時正處於叛逆期，對於母親的管教甚是不服，經常是張玉蘭說一句，她就頂嘴十句。但是鑑於這些年來段世驍在家中的權威，段萌萌即使心裏不服，表面上還是不敢和他頂撞的。

段萌萌雖然聰明伶俐，但是玩心很重，學習成績在學校也只能算是個中等。初三上學期的期末考試，段萌萌的成績是 C+，也就是年級 500 名至 600 名之間。而現在出於政策的原因，每個中學指標到校，只有大約 55% 的學生能上普通高中，也就是說段萌萌這次期末考試，將來能上普通高中還是職業學校，都是個未知數。

這個成績讓段世驍大動肝火，畢竟女兒如果連普通高中都上不了，那他在職場都抬不起頭。段世驍一如既往的作風，就是把這些火發在了張玉蘭的身上。張玉蘭不敢和丈夫頂嘴，自覺也很委屈，就把這些火又轉到了女兒身上。段萌萌不服，在那個時候，母女倆就大吵了一架。兩頭受氣的張玉蘭無處發洩，就在一次去裁縫店做睡衣的時候，把心裏的苦惱和巧遇的凌南家保姆小荷說了。兩個人之前因為接送孩子早已熟識，所以也就聊了起來。張玉蘭聽小荷說，現在國家不讓假期補習了，成績下降的孩子沒補習可不行，她家女主人就已經在

幫孩子尋找家教老師了。被小荷點通了路子，張玉蘭連忙回家和段世驍商量。段世驍當時就拍板同意了寒假補課的提議，讓張玉蘭跟着凌南家一起找老師。

儘管段萌萌非常抗拒補課，但她拗不過父母的意志，最終還是去了。

寒假結束後，本以為可以正常上課，結果沒上兩個禮拜，學校又因為疫情停止線下教學了。在這個節骨眼上停止線下教學，段世驍和張玉蘭非常焦慮。段世驍當即決定，繼續找老師進行一對一的家教補課，衝刺過中考前這幾個月的時間。因為這個事情，母女倆又發生了一次爭吵，最終的結果是，段萌萌突然抱着個籃球跑了出來，説自己打會兒球去，就離開了家。

段世驍認為，因為這幾次關於補課的爭吵，母女二人的關係就一直沒有能夠恢復正常，彼此心中都存在芥蒂，到了昨晚更是徹底爆發了。

昨天晚上 8 點鐘的時候，家裏再次發生了爭執。

這一次，段萌萌的情緒非常激動。

「所以我要是像凌南一樣死掉，是不是你們就滿意了？」

她帶着淚光吼完，拿着籃球就跑出門去。

以前每次吵完，段萌萌都會這樣跑出去打球，大家已經習以為常了。所以也沒有當回事。可沒想到，這一個夜晚卻與眾不同。

段萌萌離家後，段世驍餘怒未消，他指責張玉蘭沒有好好管教孩子，張玉蘭不想跟丈夫爭吵，只是撫慰地説了句：「你也知道，她那個一起補課的同學死了，孩子壓力肯定很大，也沒心思補課。等她回來，我們跟她好好説説吧，別刺激她。」

張玉蘭有點擔憂孩子，但又不好出門找孩子，免得惹孩子更生氣，於是打算給孩子整理一下房間，還能逃開段世驍接下來可能針對她的指責。

見妻子去房間整理，段世驍有火沒地方發，只好轉而去對付白天積累下來的工作，一開始加班，他就不能分心，不知不覺就過了大約兩個小時。

接近晚上 10 點的時候，段萌萌抱着籃球一身是汗地回來了，可是

一進房間，就發出一聲尖叫。段世驍嚇了一跳，趕緊跑過去看，發現張玉蘭俯身在段萌萌的寫字檯上面，一隻手耷拉在寫字檯和窗戶的縫隙之間，已經沒有了知覺。

段世驍呼喚張玉蘭沒有回應，而且張玉蘭此時嘴唇已經青紫，於是他連忙撥打了120。醫生抵達後，確認張玉蘭早已沒有了生命徵象。

我看了看段萌萌的房間擺設，一張小床的旁邊，是一張寫字檯，寫字檯的後面就是窗戶。窗戶和寫字檯之間有 20 厘米寬的間隙，估計是為了窗簾可以正常開合而留出來的。房間很小，更沒有打鬥痕跡，無論怎麼看，都不像是殺人現場。

「所以，電擊是怎麼回事？」我問。

韓法醫說：「接到 120 的報警電話，我們就趕過來了。120 在搶救的時候，發現張玉蘭的右手手指、手掌都有明顯的灰白色的凸起，醫生都知道，那是電流斑。因為她是匍匐在寫字檯上，右手耷拉在窗簾縫隙裏的嘛，所以我們就把寫字檯移開，發現寫字檯的後面果真有一根電線。電線上有一段長約 10 厘米的外絕緣層老化的部分，裏面的金屬線都已經裸露出來了。」

「哦，所以這樣看，是張玉蘭在整理段萌萌房間的時候，為了清理這個窗簾間隙，把手伸了進去，結果那麼不巧，一把碰到了電線老化的那一截，被電死了？」我說。

「可是她不是沒有握着電線嗎？不都說被電了，就會被電線粘住，甩不開電線嗎？」林濤問道。

「我來給你科普一下。」大寶說，「所謂『被電了、甩不開電線』，是電流經過，會導致手指肌肉的痙攣，不是甩不開，而是不會甩。」

「這不是絕對的。」我說，「因為身體重力作用，身體後移，手脫離電線也很正常。不過此時可能電流經過心臟，已經導致心跳驟停了，如果及時發現，進行 CPR[1]，還是有救回來的可能性的，可惜了。」

---

1 CPR：即心肺復蘇，是針對驟停的心臟和呼吸採取的急救技術。這一整套技術裏包含檢查患者是否有呼吸、脈搏，對患者進行胸外按壓，給予人工呼吸等一系列操作。

「這也太湊巧了。」林濤此時已經鑽到了寫字檯底下，正在看那一根電線。

「電線你們不提取嗎？」我問。

「沒有，準備讓他們家人收起來。」韓法醫說，「不能再出事了。要是段萌萌調皮，把手伸進去，也有可能被電死。」

「不，這根電線我們是要提取的。」我說，「為了證據的完善，就要對這一截裸露的電線進行擦拭，並進行 DNA 檢驗。要知道，電擊是會導致接觸皮膚面灼傷，並把表皮組織留下一部分在電線上的。」

「哦，你是說，這上面發現了死者的 DNA，就是意外電死的確鑿證據了。」韓法醫說，「因為這樣的電擊，是不可能被用作預謀殺人的手段的，太不保險了，兇手不知道她會不會伸手進去，進去也不一定正好碰到這一截電線。而且，我們找痕檢部門的人看了，這一截裸露的電線，是正常老化，而不是人為破壞。」

「是的，確認就是老化，不是破壞。故意破壞電線電死別人，也不會把電線藏這麼深。」林濤的聲音從寫字檯底下傳了出來。

「屍體進行檢驗了嗎？」我問。

「檢驗了。」韓法醫說，「家屬其實對意外死亡是毫無異議的，我們現場勘查和初步屍表檢驗也都基本可以排除命案了。但是當時對段世驍的調查還沒有回饋結果，為了穩妥起見，支隊長還是決定對屍體進行解剖，還好，段世驍也同意了。」

說完，韓法醫從包裹拿出一個公安內網專用的平板電腦，遞給我說：「照片都在這裏，你們自己看一下。」

我接過平板電腦翻閱了起來。死者張玉蘭，四十多歲的樣子，正常體態，穿着一身居家服，身上沒有任何損傷，除了手掌中心的一條橫行的電流斑。電流斑也很典型，解剖見內臟臟器淤血、氣管內有泡沫等一系列屍體現象也都符合電擊死的特點。而且，通過理化檢驗等輔助檢查，也可以排除其他的死因。這案件看上去確實是萬無一失的，毫無問題。

「沒有任何損傷。」韓法醫又補充了一句，說，「對了，我們還提取了死者手掌電流斑附近的皮膚，一部分作為物證保存了起來，另一部分送去做了組織病理檢查，因為組織好固定，他們連夜做的，剛剛給了我消息，皮膚細胞柵欄狀改變，確定是電擊改變。這案件，可以說所有的檢查都全了，沒問題。」

「嗯，看上去確實沒問題。」我說，「但是這兩個案件，都是電擊死，未免過於巧合了。大寶不是說過，凡事反常必有妖嗎？」

「你是說和二土坡的案件？」韓法醫說，「這兩者沒有甚麼必然的聯繫吧？一個是學生，另一個是同學她媽，不算巧合吧？」

「雖然是同學她媽，但事發地卻是同學的房間啊。」我小聲說了一句。

「你肯定多慮了。」韓法醫說，「二土坡的案件，也是板上釘釘的。」

「這我知道，那案件確實是板上釘釘的，但是這案件，我覺得還是要進一步完善一下。」我說。

「行吧，我讓派出所再查一查。」韓法醫說。

我沉思了一會兒，說：「段世驍和張玉蘭的基本情況調查了嗎？」

「段萌萌的父親段世驍，40歲，連鎖房產仲介店長。原本在森原市工作，為了獲取更高的收入，他於兩年前調動到龍番市來當店長。幹仲介的，你們知道吧？工作很辛苦，每天面對不同人的挑挑揀揀，也是要受很多氣。所以他一上班就像是嗑了興奮劑，下班了，肚子裏這股子氣，就撒在了家人的身上。在家裏，他很強勢，有絕對的權威，說一不二。」韓法醫翻着筆記本，說，「段萌萌的母親張玉蘭，40歲，社區居委會工作人員。本來在森原市工作，還比較清閒，但到了龍番，加上疫情一來，讓本來清閒的社區居委會工作變得無比辛苦。張玉蘭回家就說自己的上司喜歡暗中刁難她，她每天不僅累，而且還受很多窩囊氣，回到家裏，還得看丈夫的臉色，過得挺不好的。一直以來，夫妻兩人，對段萌萌的學習，沒有太多的主意，都是參照着身邊人的做法。聽說別人補課，他們就要補課；聽說別人買甚麼教輔，他們就要買甚麼教輔。」

「這就是生活吧，家家有本難唸的經。」韓亮靠在門邊上感慨道。

「段萌萌這小女孩，還挺叛逆的，脾氣也很倔。」韓法醫說，「從去了派出所到現在，苦着臉，似乎還在生氣，看着不像傷心，一滴眼淚都沒掉。」

「總是和母親吵架，就連母子親情都吵沒了？」大寶說。

「不掉眼淚不代表不傷心。」陳詩羽說，「我覺得她只是想讓自己強硬起來，所以無論有多悲傷，都不會表現出來而已。」

「所以在作案時間這一塊，段世驍和段萌萌都沒有問題吧？」我問。

「是啊，封閉現場，除去家庭成員的嫌疑，才讓人放心。」陳詩羽補充道。

「段萌萌打了兩個小時籃球，這個找打球的人查實了。」韓法醫說，「偵查部門還調閱了段世驍公司系統平台的資訊，他在那兩個多小時裏，一直在系統平台裏修改房屋買賣合同，是線上文檔，一直在操作，沒有空檔期。」

「嗯，所以作案時間都是沒有的。」我放下心來，說，「那，我們想從段萌萌這裏了解一些邱以深，也就是他們原來班主任的情況，你覺得這個時候，合適嗎？」

「沒甚麼不合適的。」韓法醫說，「我帶你們去。」

2

因為昨天晚上段世驍還沒有被充分調查完，所以不能回家。而段萌萌則主動和民警提出自己也不想回家，所以派出所民警就安排段萌萌在派出所的「醒酒室」住了一宿。

現在的派出所大多都有這樣的設置，那些酒後鬧事的人，被帶回派出所，會在這種小房間裏關到酒醒。有的派出所醒酒室裏還配備有「約束毯」，就像睡袋一樣，把人卷在毯子裏，外面用約束帶約束起來，防止他酒後繼續鬧事或者自傷。

我們人太多，所以我提出由我和陳詩羽進去和段萌萌談。當到達派出所醒酒室的時候，見到段萌萌正裹着張約束毯在醒酒室裏睡覺。法醫不太了解這些基層派出所的裝備，見毯子外面寫着「約束毯」三個大字，還以為她發生了甚麼事。

「我們所醒酒室在地下室，晚上睡着冷，所以找了這個給她蓋。」一名女警也看到她裹着毯子的樣子，說，「估計是冷，不然不至於裹成這樣。」

聽到我們的聲音，段萌萌突然醒了，想要翻身下床，但因為毯子的質地比較硬，差點絆了一跤。

「慢點，姑娘，別着急。」我連忙扶住了她。

段萌萌雖然只有 15 歲，但是個子比我矮不了多少，她留着很短的頭髮，面色蒼白，下嘴唇還在微微地顫抖，用警惕的眼神看着我們。

「姑娘，是冷嗎？」女警走到房間牆壁上的空調面板處，看了看，說，「20 度，不冷啊。」

段萌萌還是裹着毯子，一副生人勿近的模樣。

「這兩位是省公安廳的叔叔阿姨，他們想找你了解點情況，你現在，可以嗎？」女警問。

「我媽呢？」段萌萌突然抬起頭問。這一問，她原本警惕的眼神裏，多了一些渴望，似乎渴望我們告訴她，這一切都只是一場噩夢。

陳詩羽走到段萌萌的身邊坐下來，拍了拍她的肩膀，說：「節哀。」

「不……不可能，她昨天還在和我吵。」段萌萌搖着頭喃喃，又猛地抬起頭來，眼神裏盡是哀求，說，「是不是你們串通好來嚇唬我的？別嚇唬我了好嗎？我爸說甚麼我都聽，還不行嗎？」

女警心有不忍，鼓了一會兒勁，說：「初步查明，是你房間有根電線壞了，意外觸電了。」

「意外觸電。」段萌萌低下頭，低聲重複着。

「事情已經發生了，人死不能復生，你已經不是小孩了，你應該去面對，對不對？」陳詩羽柔聲說道。

「都是我害死了我媽，我不去打球，她就沒事了，對嗎？」段萌萌的眼睛裏是一汪悔恨。

之前韓法醫說她一滴眼淚都沒流，那只是她不願意相信已經發生的事實罷了。不過，她的問題我們沒法直接回答。

「這是一場意外，不是你的責任。」陳詩羽說。

「你們真的不是騙我的？」段萌萌的淚水已經奪眶而出。

「姑娘，人生中就是充滿各種意外，也會有很多挫折和坎坷，有時候我們不得不面對最殘酷的答案。」陳詩羽說，「我知道，你一直都是個勇敢的女孩子，但這種時候，你不用逼自己勇敢。想哭就哭吧，哭多久都行，我們陪着你。」

段萌萌咬緊了自己的嘴唇，喉頭一抽一抽的，終於掐着自己的手指哭出了聲。她像是一隻孤獨的小獸，默默地嗚咽，我們坐在她的身邊，耐心陪着她無聲地宣洩着自己的悲傷。最後，她深深呼出了一口氣，好像咽下了所有的痛苦，抬頭迷離地問陳詩羽：「然後呢？我該怎麼做？」

陳詩羽把手覆蓋在她的手上，輕輕地說：「媽媽沒有了，你還有爸爸。你不是一個人。你還有很長的人生，你們要相互照顧。」

「不，我不需要他照顧，他也不需要我照顧。」段萌萌搖着頭，「從小到大，我只聽過他的命令，從來沒聽過商量的口氣。我媽沒了，我真的不知道怎麼和他相處。我不想回家，我可以跟你走嗎？」

段萌萌閉着眼睛，緊緊攥住陳詩羽的手。

陳詩羽也有些哽咽了。

「我小時候也怕我爸爸，不喜歡我爸爸。因為一年到頭也見不了他幾次，就像沒有爸爸似的。我和你一樣，每次好不容易見到他，他總是很嚴厲，總是用命令的口吻跟我說話，告訴我應該怎麼樣，不應該怎麼樣。原先，我認為在我爸爸的心裏，根本就沒有我，或者說，他壓根就不關心我。等我長大了，我才知道，他不是不愛我，而是不知道如何去表達。你們都失去了重要的人，如果再把對方推開，那缺掉的遺憾就沒有機會填補了……」

段萌萌沒說話，但顯然呼吸平穩了很多，似乎在靜靜消化着陳詩羽的話。

又過了好一會兒，段萌萌深吸了一口氣，重新抬起頭來，用手背擦去面頰上的淚水，說：「姐姐，你們來找我，還有別的事情想問嗎？」

「嗯，凌南的事情你知道嗎？」陳詩羽問。

段萌萌的臉上又出現了一絲痛苦的表情，她艱難地點了點頭。

「邱以深是你們的班主任，為甚麼被開除你知道嗎？」

段萌萌十指交叉握在一起，盯着前方的地板，沒有說話。

「那你告訴我一下，邱以深的為人如何？」

「雖然我語文很差，但邱老師是個好老師。」段萌萌說話了，「他上課很認真，業餘時間也給同學們補課，他經常說，想要學習好，就得不停地學習，不斷地灌輸，不懈地操題，所以對我們要求也很嚴格。我經常寫不完作業，邱老師也從來沒有責怪我、懲罰我，都是好言相勸。他後來被學校開除，我們都挺捨不得的。疫情之後開學，也就是凌南出事的那天上午，邱老師還來了班上，我還追出去和他說挺

捨不得他的。他說沒事，以後有緣還能做師徒。」

「你知道他為甚麼被開除嗎？」

「聽說是給我們補課。」

「那偷偷補課的事情，教育局是怎麼知道的呢？」

「我……不能確定。」段萌萌突然有些結巴。

「不能確定？」陳詩羽接着問，「那就是說，你也有猜測？」

段萌萌低着頭，慢慢搖了搖頭。

「好，我們加個微信，你要是想起來甚麼，及時告訴我。」陳詩羽看出了段萌萌對這件事的抵觸心理，沒有繼續追問，而是掏出了手機。

從派出所出來，陳詩羽對我說：「孩子是個好孩子，但我總覺得她有甚麼話沒和我們說。對了，來之前我調取了邱以深的詢問筆錄，我們辦案這兩天，辦案單位直接接觸了邱以深。」

「怎麼說？」

「通過與邱以深的直接接觸，可以排除他和二土坡案件有任何關係。」陳詩羽說，「我們偵查員的直覺一向很準的，更何況他確實沒有作案時間，也沒有作案動機。根據調查，邱以深是農村長大的，學習成績特別好，被稱為『卷王』。名校畢業後被分配在這個中學，一直認為刷題是應試教育最好的辦法，這一點和段萌萌說的一樣。對於凌南的事情，他向偵查員表達了愧疚。」

「愧疚？」

「是的，偵查員沒說，他就猜到是凌南舉報他的。」陳詩羽說，「開學後第一天，他確實去了學校，可是去他們班的時候，凌南藉故離開了，不在班裏，這時候邱以深大概就知道是他舉報的了。不過，他說一點也不怪他，他認為是自己逼學生逼得太緊了，所以學生才會產生逆反心理。後來聽說凌南出事了，他就一直在反思，『卷王』真的是褒義詞嗎？刷題、補課真的好嗎？如不是自己逼急了孩子，就不會有後來的意外慘劇，所以很愧疚。」

「嗯，這樣看，應該就是這樣了。」我點點頭說，「行了，這我們算是徹底放心了。」

「不，我總覺得，段萌萌還有甚麼話想說但是沒說出來。」陳詩羽說。

「對，我也有這樣的感覺，欲言又止的。段萌萌只是在隱瞞凌南舉報邱以深的事情嗎？我總感覺沒這麼簡單。」我說，「要不，你先和她

微信聊着，看能不能開導出來。」

「好的。」陳詩羽話還沒説完，就看見林濤從韓亮的車上跳了下來。

「邪門了，雲泰市發生了一宗強姦殺人案件！」林濤説，「嫌疑人不明確！」

「強姦殺人？」我有些驚訝，感覺很久沒有發生這樣的案子了。

「是啊！還是野外。」林濤説，「師父問我們還能不能跑得動。」

「我們這麼年輕，怎麼跑不動？我一口答應下來了。」大寶説，「出勘現場，不長痔瘡！」

雲泰市公安局的黃局長已經等候在高速路口了。因為現場距離高速路口比較近，所以我們決定在抵達雲泰後，先到現場去看一看。

黃局長一臉焦急，我知道是因為多年前的「雲泰案」實在是給他造成了嚴重的心理陰影，一旦發生疑似強姦殺人的案件，他總是會心事重重。

路上，黃局長和我們介紹了案件發案的情況。

事發現場是雲泰市一片新開發的區域，因為拆遷工作還沒有做完，所以開發商還沒有進場。這裏幾乎是一片廢墟，有一些談好的住戶已經搬離，原來的平房已經推倒；仍有幾戶沒有談好條件的，還在這一片區域裏住着。

因為是沒有開發的地段，所以周圍的配套幾乎是零，道路也沒有修繕，更不用説甚麼監控了。黃局長説，犯罪分子一定是熟悉這一片的環境，才選擇在這個城市的死角裏作案。只是，不太明白一個穿着時髦的年輕女性為甚麼會一個人到這麼偏遠的地方來。畢竟，這裏方圓五公里沒有通公交和地鐵，就連計程車都懶得來。

當然，這一切源於屍源還不清楚，否則對受害者的軌跡就會有一定的了解。

發現屍體的人，是仍住在這個區域裏的一個老太太。因為她的家裏沒有抽水馬桶，所以每天晚上都是用痰盂方便，早上就會到這片區域的一個沒人居住的角落倒痰盂。今天早上，老太太依舊向這個地方走的時候，遠遠地就看見一雙在陽光下閃着光的高跟鞋。

「是誰大清早的躺在這麼髒的地方？」老太太很是好奇，於是走過去看看。

一走近，老太太立即發現了不對勁，滿是青苔的骯髒土地上，側臥蜷縮着一個年輕的女性，長髮蓋住了側臉，但是可以看得見長髮上黏附的殷紅血跡。

「殺人啦！」老太太喊了一句，嚇得差點一屁股坐在地上，掉到地上的痰盂都不要了，連滾帶爬地跑回家裏，用手機報了警。

「這個區域，不是個社區，沒有圍牆，沒有監控，甚麼人都能來，對吧？」我說。

「是的。」黃局長從剛剛停下來的警車上跳了下來，帶着我們徒步向一片廢墟走去。

遠處，員警用警戒帶圍起了一圈圓形的區域，應該就是案發現場所在了。

這裏果真是很骯髒，地面上長滿了青苔，滑溜溜的，土壤也很軟，踩上去有一種隨時可能摔倒的錯覺。這塊區域上空的空氣裏，都彌漫着臭氣，我忍不住用胳膊揉了揉鼻子。幾名勘查員正在警戒帶內尋找着甚麼。

「你們來的路上，屍體已經運走了。」黃局長說，「現在在周邊搜索。」

「局長，甚麼都沒有，這裏的腳印實在是太複雜了，不太可能找出甚麼線索。」一名勘查員說。

黃局長點點頭，帶着我們走進了警戒帶，在圓形區域的正中間，有一攤血。血泊很小，只有一個巴掌大，但可以提示出屍體原來就是倒伏在這裏的。

「身上有開放性創口啊？」我說。

「是啊，在頭部。」黃局長說，「我之前看了一下，估計是硬物打的，創口內有組織間橋，旁邊有挫傷帶。」

屍體上如果有創口，法醫第一要務是分析創口是銳器創還是挫裂創。大多數情況下，比較好判斷。挫裂創的形成原理是，身體受到鈍

性物體的打擊，皮膚張力超過了承受度，最後撕裂開來，這樣的創口裏面有很多沒有被拉斷的神經、血管等軟組織，也就是組織間橋。而鈍器兇器的作用面一般大於創口，所以會在創口兩側形成皮膚挫傷，就像是給創口鑲了一個紅色的邊，被稱為「鑲邊樣挫傷帶」。

「打頭強姦？」我左右看了看，這裏還真的是人煙稀少，地勢廣闊，如果在這裏突然發難，受害人即便是有力氣呼喊，周圍的兩三家住戶也未必聽得見。

黃局長像是知道我在想甚麼，說：「周圍的住戶都問了，沒人聽見異響，也沒人見到過可疑的人，詢問了一圈，甚麼都沒有發現。」

「關鍵現場幾乎提取不到任何物證，主要看你們法醫了。」一名痕檢員走了過來，說。

「不一定，我一會兒和你們一起再找找現場，說不定有發現。」林濤不死心。

「你們說懷疑是強姦案件，有甚麼依據嗎？」我問。

「女孩穿着連衣裙和『光腿神器』。」痕檢員說。

「光腿神器？」我問。

「就是那種比較厚的肉色連褲襪，穿上以後感覺是光着腿的。」韓亮說。

「哦，這個天也快熱起來了，所以這個裝扮也很正常。」黃局長補充道。

「但是女孩的光腿神器被褪下來了，和內褲卷在一起往下褪的，褪到了臀線以下的位置。」痕檢員接着說道。

「以前的『雲泰案』就是這樣，把受害者壓迫至俯臥位置，褲子和內褲不用完全褪下，就可以進行強姦行為。」黃局長說，「所以看到這個場景，我就想到了過去的『雲泰案』，有點慌。」

「不用慌，水良都死了好多年了。」我笑了笑，說，「可是我記得你不是說，報案人發現屍體的時候，屍體處於側臥蜷縮的體位嗎？」

「這個我們還沒有仔細分析，有可能是強姦後殺人，體位也就會有一些變化。」黃局長說道。

「可是，這裏的土質這麼軟，如果發生劇烈的搏鬥，或者強姦行為，會在土壤上留下土坑啊。」我說，「你們發現了嗎？」

「沒有。」黃局長說，「雖然土壤很軟，但是這裏的雜物很多。」

我順着黃局長的手指看去，確實，這一片區域裏，有很多門板、塑膠布、蛇皮袋等雜物，還有幾塊地方都是密集的小石子。如果在這些物件或者石子面上進行強姦，確實有可能不留下任何痕跡。

「這附近，最近的監控有多遠啊？」程子硯小聲問黃局長。

「正在找，幾公里之內肯定是沒有的。」黃局長説，「而且這個地方比較特殊，開發商之所以看上這塊地，是因為地理位置四通八達，只要以後路都修通了，去哪條大路都比較方便。所以，附近通向這裏有很多種辦法，有的路上有監控，有的卻沒有，想正好從監控裏找到受害者或者兇手，那可是大海撈針了。」

「唉，這種毫無監控支持的案子，確實很少了。」程子硯輕聲歎了口氣，感慨道。

「別急，別擔心你無用武之地。」我笑了笑，安慰道，「等屍源查清，就可以順着她的行動軌跡來研判了。我覺得，這案子應該不難。」

「你有這樣的信心當然是好事。」黃局長説，「那我們現在去殯儀館？」

我點了點頭，留下了林濤、陳詩羽和程子硯，讓他們一邊勘查現場，一邊聯絡偵查部門，隨時給我們通報調查進展，然後帶着大寶一起，坐着韓亮的車，和黃局長一起，向雲泰市殯儀館趕去。

殯儀館內，新風空調和排風系統正在隆隆作響，圓盤狀的無影燈照射在解剖台上面那具年輕的屍體身上，把屍體的皮膚照射得慘白。

屍檢前的拍照和錄影工作正在進行，高法醫他們還沒有開始檢驗屍體。我心想我們來的時間正好。

「屍體呈蜷曲狀，屍僵在大關節形成，我們費了挺大力氣才把她掰直。」高法醫指了指屍體説。

怪不得屍體呈現出一種奇怪的姿勢，躺在解剖台上。

我先戴上了手套，試了試還沒有被破壞的肘關節屍僵，又抬眼看了看解剖室牆壁上的掛鐘，説：「現在是上午 11 點，如果按照全身屍僵 15 小時達到最硬來算，應該是昨晚 8 點鐘左右的事情了。」

「8點多，嗯，天黑了。」黃局長說道。

「拍完照了吧？先除去衣服吧。」我一邊說着，一邊轉身到隔壁更衣室穿解剖服。

我和大寶穿戴整齊後，重新回到了解剖室，發現高法醫他們正在赤裸的女屍旁邊，研究剛剛褪下來的衣物。

「發現甚麼了？」我問，「是覺得屍體上太乾淨了嗎？」

我剛才走進解剖室，就有這樣的感覺，屍體的衣服上確實沾了不少灰塵，但是很明顯，這些灰塵並不是從現場那種泥巴土壤上黏附上去的，即便現場有一些用小石子鋪墊的地面，但也不應該有這些灰塵。只有屍體的右側面黏附了一些青苔和泥巴，這和她右側臥位蜷縮在現場的情況是一致的。

很明顯，如果死者曾在現場躺着掙扎搏鬥，身上不可能這麼乾淨，如果死者被強姦的土地下方有塑膠布、蛇皮袋襯墊，則不會有這麼多灰塵，除非是塑膠布、蛇皮袋上沾有很多灰塵，可是我們在現場並沒有看到乾燥、可以沾灰塵的塑膠布和蛇皮袋。

這是疑點。

「不是。」高法醫說，「我們在看這個衣服的牌子，估計可以從這裏作為突破口尋找屍源。」

因為對現場勘查、屍體檢驗後，我們沒有發現任何被害人的隨身物品，就連手錶、首飾這樣的物品都沒有，因此無法立即尋找到屍源。法醫們也知道這一點，所以在通查屍體未發現身體特徵如痣、胎記、紋身等之後，決定從衣服下手了。

「沒有隨身物品，說明兇手也有可能是衝着搶劫去的。」大寶說。

我點了點頭，說：「我來看看是甚麼牌子。」

「還是我來看吧。」韓亮哈哈一笑，說，「你又不陪鈴鐺姐姐逛街，你能知道個啥？」

「難不成你知道？」我不屑地說。

韓亮低頭看了看，說：「這個品牌不便宜哦，好像很多白領都喜歡這個品牌，在龍番，這個品牌只有那麼幾家大型商場有，雲泰我就不知道了。」

「你還真知道？不愧是活百科！」我驚訝道。

韓亮微微一笑。

我看了看屍體，皮膚保養得非常好，臉上也有精緻的妝容，加上這一件衣服，是一名公司白領的可能性還是挺大的。

「把這資訊通報陳詩羽，讓她帶偵查部門的人去查。」我說，「找最近失蹤的白領，發現線索立即加急進行 DNA 檢驗。破案的最大突破口，就是屍源了。」

說完，我開始對屍體進行屍表檢驗。

屍體的皮膚很好，幾乎沒有任何瑕疵，也沒有影響法醫判斷的生理性或病理性缺陷，所以屍表檢驗的速度很快，結果是：死者的雙手腕有輕微皮下淤血，口唇有輕微損傷，掌根部還有一些輕微擦傷，除此之外，就只有頭頂部的一處挫裂創口了。其餘身體各部位，都沒有任何損傷。

包括會陰部。

因為懷疑是強姦案件，所以我們在對屍體表面其他部位進行全面檢查之後，着重對會陰部進行了檢查。

死者的處女膜陳舊性破裂，陰道擦拭物精斑預試驗陰性，也沒有見到任何可疑分泌物和損傷。

「戴套強姦？」大寶問，「畢竟死者遭受了約束手腕和捂嘴的過程。」

屍體手腕的輕微皮下出血和口唇黏膜輕微損傷，確實可以提示死者經受過這樣的過程。

「不，以我的經驗看，因為避孕套表面有大量的潤滑液體，所以即便是戴套發生性行為，我們依舊是可以有所判斷的，但是這個真沒有，不信你可以提取陰道擦拭物送到理化部門去確認。」我說。

「那，就是猥褻了？」大寶繼續猜測，「用手指甚麼的。」

「這個也沒法判斷，但至少有一點，死者會陰部是一點點損傷都沒有的。不僅僅是生前損傷沒有，就連死後的黏膜損傷也完全看不到。」我說，「說是猥褻，沒有依據支撐啊。」

「我剛才就在想，說不定兇手是為了搶首飾，把人打倒後，順便猥褻了一下，動作輕，沒留下傷。」大寶還在猜測。

我不停地搖着頭，否認着。

「死者也不是生理期，難道是犯罪中止？」大寶說，「比如正準備強姦，結果來人了，於是他就跑了。」

「不會。」我斬釘截鐵地說道。

「為甚麼不會？」韓亮也很好奇。

「因為現場是個移屍現場。」我説，「所以，不可能是路遇搶劫，因為路遇搶劫，完全沒有必要移屍。搶了東西跑了不就行了？何必多此一舉？」

「你怎麼知道？」大寶瞪大了眼睛，顯然粗心的大寶沒有考慮到這一層問題。

我把屍體上沾了灰塵卻沒有黏附青苔泥土的原因和大寶再重複了一遍，然後説道：「如果死者生前是自己走來的，必然要經過那一大片青苔泥地，不僅會在鞋子上黏附青苔，泥地裏也會留下她的高跟鞋足跡。而那種地方，一般不會有人穿着高跟鞋過去，所以我在現場的時候就安排林濤重點尋找高跟鞋的足跡，然後和死者的足跡進行比對。剛才，我已經把鞋子拍照發給林濤了。」

「如果是移屍現場，現在也很麻煩。」黃局長説，「不管是車輛還是徒步，都可以輕鬆躲過市區的監控。不過，既然移屍，有很大可能是熟人，這倒是給我們打了一針強心劑，比路遇搶劫案要容易破。」

「我説現場怎麼找不到任何蛛絲馬跡呢，原來不是第一現場，當然沒有了。」高法醫説。

「是不是熟人，還不能定論，因為移屍的動機有很多種，熟人只是比較多見的一種罷了。不管是不是熟人，總之我們找到屍源是第一要務，而順着屍體的軌跡找第一現場是第二要務，因為在第一現場可以發現更多的犯罪證據。」我説，「我們也不要太悲觀，假如第一現場是有監控錄影的，那豈不是省事了？」

「説得也是。」黃局長欣慰地笑了。

此時韓亮的手機響了起來。他看了一眼螢幕，説了句「林濤」，然後免提狀態接聽了電話。

「老秦在解剖吧？」林濤説，「我可以肯定，現場絕對沒有高跟鞋的鞋印。」

「知道了，果真是個移屍現場。」我説。

「那我們怎麼辦？」林濤問。

「休息吧，在拋屍現場搜查，是徒勞。」我説。

「不，也許兇手就是在附近殺人的，圖方便扔這裏了，我組織力量進行周邊搜查，不能浪費黃金時間。」林濤執拗地説道。

「也行，隨便你吧。」我説完，韓亮掛斷了電話。

在解剖室工作了一個小時，我們甚至都還沒有動刀，是因為大家可能比較清楚，死者的死因應該就是頭頂的這一下鈍器傷。頭部的挫裂口不大，但是透過滿是組織間橋的挫裂口，我們能看到下面的顱骨是有明顯的放射狀骨折的，這樣的損傷，結合屍體身上其他位置沒傷、沒有窒息徵象，基本可以斷定就是致命傷了。

「即使屍體上可能發現不了甚麼，我們還是要抓緊把屍體解剖工作做完，畢竟長官們還在等我們的基本判斷呢！」我說完，指了指屍體的胸腹部，示意大寶和高法醫對胸腹部進行解剖，而我同時對屍體重點部位 —— 頭部進行解剖，這樣可以提高工作效率。

「死者頭部的損傷位於頭頂部，可能是用鈍器從上至下揮舞打擊所致。」我一邊剃除屍體的頭髮，充分暴露創口，一邊說道。

「很正常，重物砸頭，一般都在頭頂部。」大寶說。

「嗯，下面顱骨粉碎性骨折，打擊的這一下子，力氣很大，說明兇手是個身強體壯的傢伙。」我說。

「那肯定的，這姑娘再瘦，也起碼有 50 公斤，能移屍，肯定是青壯年男性。」大寶說。

我用開顱鋸鋸開了顱骨，把整個顱蓋取了下來，果然，在挫裂口對應位置的硬腦膜下，有一大塊血腫。我小心翼翼地清除了血腫，發現對應位置的腦組織挫傷也很嚴重。很顯然，死者就是被打擊後，導致重度顱腦損傷而死亡的。

「死因是可以確認的。」我說，「腦組織損傷很重。」

說完，我小心翼翼地把腦組織從顱內取了出來。腦組織取出來後，我總感覺枕骨大孔裏面似乎有些不正常，可是又說不出所以然，而且位置太深，所以不好觀察。我用手指伸進枕骨大孔內探了探，也沒有摸出甚麼異常。

「哎呀！」大寶突然喊了一聲，嚇了我一跳，我連忙走過去看。

大寶指着死者肝臟的一個裂口說：「肝臟破裂。」

「肝臟怎麼會破裂？」我訝異道，連忙仔細觀察那一處很明顯的肝臟裂口。

肝臟位於右側季肋部，被肋骨完美地保護着，如果普通的外力打擊到肝臟的位置，只要被打擊人沒有肝臟腫大、硬化等疾病，還是很難造成肝臟破裂的。而且死者的肝臟破裂口在肝右葉上部靠近韌帶的位置，這個位置更加靠上方，不容易受傷。

　　「肋骨沒有骨折，上腹部皮下組織無出血，肝臟破裂怎麼來的？」我問。

　　「是不是大寶的刀誤劃的？這也正常。」高法醫說。

　　法醫在打開胸腔的時候，需要沿着肋軟骨切開肋骨，這個時候，確實很容易刀尖過深誤劃到肝臟。

　　「沒有，我甚麼時候劃破過肝臟？」大寶漲紅了臉否認。

　　「不會是誤傷的。」我說，「你看這個破裂口，和頭上的創口一樣，都是撕裂形成的，而不像是手術刀劃傷那般銳利。」

　　「這倒也是。」高法醫說，「可是，腹腔內沒有甚麼積血啊，死後傷才不會出血，生前傷，肯定有很多出血的。」

　　「難道是，人死了，兇手又在這個位置踹了幾腳？」大寶問。

　　「不太可能。」我說，「死者的裙子是白色的，薄薄一層，哪怕是死後遭受暴力，暴力程度能夠導致肝臟破裂，也一定會在裙子上留下足跡、在皮膚上留下死後損傷。但是你們剛才都仔細看了，並沒有。」

　　大家都沉默了。

　　我接着說：「別忘了，肝臟附近是有韌帶的，如果身體發生劇烈震動，因為肝臟的慣性震動，被韌帶拉扯，也有可能導致肝臟的撕裂傷。」

　　「那是甚麼情況才能造成這樣呢？」高法醫一臉疑惑。

　　我搖了搖頭，說：「老實說，我以前從來沒有看到過這樣的情況，所以我也不清楚，我得好好想想。既然肝臟破裂處幾乎沒有出血，懷疑是死後傷，那麼這一處並不是破案的重點，不會構成死因，死因還是重度顱腦損傷。」

　　「內褲褪下來，沒強姦，顱腦損傷致死，肝臟卻有個莫名其妙的破口。」大寶說，「這案子還真是匪夷所思啊！」

　　「沒關係，我們回頭好好想想。」我說，「知道死因、死亡時間和致傷工具就行了，先和專案組彙報一下，畢竟這個案子的重點是屍源的查找，找到屍源，也許一切都迎刃而解了。」

「那我們是不是要鋸下恥骨聯合來看看年齡啊？」大寶説，「屍僵強直，嘴巴都撬不開，也看不見牙。」

「來吧，鋸下來看看吧。」説完，我把電動開顱鋸遞給了大寶。鋸取屍體的恥骨聯合，我們一般也是用這個電動鋸。

「等等。」韓亮叫了一聲，説，「小羽毛來電話了。」

同樣，他把電話調整成了免提。

「我們剛才去了雲泰商城，找到了這個品牌，這個品牌在雲泰只此一家。銷售記得這件衣服是賣給他們店的一個常客。」陳詩羽急匆匆地説，「我們從店裏拿到了電話，聯繫這個顧客，可是接電話的是一個男的，這個男的説，是手機機主的同事，見電話在她寫字檯上響個不停，就接了。」

「甚麼意思？」我聽得莫名其妙，説，「那機主呢？」

「問題就在這裏，這個男的幫我們問了一圈機主的同事，確定這個機主今天上午沒有被任何人看見，可能沒有來上班，但是包和手機在公司，很是奇怪。」陳詩羽説，「我覺得機主很有可能就是死者，我和子硯正在往這個公司趕。」

掛斷了電話，韓亮説：「我也預感屍源要找到了，要不恥骨聯合就別鋸了吧。這姑娘看起來生前很愛美，給她留個全屍吧。」

我也贊同韓亮的意見，於是脫下了解剖服，和大家一起向市局的專案指揮部趕去。經過了兩個多小時的工作，各路人馬應該都已經有所收穫了。這案子我們法醫發揮的作用可能不大，所以我們需要根據各路人馬調查回來的情況，再決定如何提取相關物證。

屍源得到了突破，調查工作也就立馬跟上了。

當我們抵達專案組的時候，偵查部門的調查消息也就接踵而至了。

雖然 DNA 檢驗驗證的結果還沒有出來，但是通過對屍體照片的辨認，已經基本對屍源進行了確認。這名死者，正是文安集團銷售部的一名年輕白領。

死者梅梓，今年 24 歲，單身，大學畢業後，入職文安集團銷售部，現在已經工作了將近兩年。梅梓工作非常認真，每季度的工作績

效在公司裏都是名列前茅。她為人也非常忠厚，雖然話不多，但是對人彬彬有禮，在公司裏人際關係很好。

梅梓的父母都是雲泰農村的，不在雲泰市區居住，於是梅梓一個人在公司附近租住了一間大約 40 平方米的公寓。因為銷售工作需要一個很好的形象，且自己收入也不低，所以梅梓在穿戴上也很捨得花錢。不過，她每個月省下來的工資還寄回一半給父母家用。此時，林濤接報，已經趕赴她租住的公寓進行勘查了。

另一路對梅梓昨天軌跡進行調查的偵查員回報：梅梓昨天上午 10 點鐘準時到公司上班，後來一直在公司裏忙忙碌碌，公司員工都可以證明。直到下午 6 點半下班，公司員工紛紛下班，但是梅梓因為要做一個銷售策劃案，決定留在公司加班。經過對所有公司員工的調查，確定最後一個離開公司的，是人事部的一個女孩。女孩清楚記得，她離開公司的時候，大約晚上 7 點，梅梓依舊在工位上加班，此時公司已經沒其他人了，梅梓和她說，公司的燈自己會在離開的時候關閉，讓她放心。今天一早 10 點，公司員工來上班的時候，就沒有看到梅梓了。大家覺得她昨晚加班，可能是調休了，所以也沒在意，直到她檯上的手機響個不停，有員工才發現她隨身的手袋和手機都在位上，於是員工接聽了電話，才知道出事了。

「會不會就是在公司出的事啊？」大寶說，「你想，哪有回家連手機和手袋都不帶的？」

「不排除這種可能性。」黃局長說，「如果真是這樣就好了，因為她公司所在的大樓，只有一個進出口，進出口的監控錄影是無死角的，很完善。」

「不要高興太早吧。」我憂心忡忡地說，「在一個監控完善的地方強姦殺人，完事後還費盡心思把屍體運走到野外，這實在是多此一舉了。」

4

等待的過程很漫長，但是我沒有浪費時間，抱着個筆記型電腦，在看屍檢的照片。尤其是死者頭部的創口、肝臟的破裂口最吸引我的注意力。

天色將黑的時候，陳詩羽和程子硯一起回來了。

「怎麼樣？」黃局長笑眯眯地問道，看起來他似乎胸有成竹了。

陳詩羽倒是一臉茫然地說：「第一次遇見這麼奇怪的事情……」

黃局長的表情陡然嚴肅起來，說：「怎麼了？」

「是這樣的。」程子硯一邊打開電腦，一邊說道，「死者所在的公司，在文安集團自己建築的文安大廈裏面。大廈有17層，其中一樓是文安集團的前台大廳所在，是個挑高六米的大廳，除了前台和保安，沒有別人上班。二樓就是銷售部了，也就是梅梓的辦公室所在。我們可以看到梅梓從上午9：50進入大廈之後，除了下午1點到門口拿了個外賣之外，一直沒有離開大廈。而且我們已經確定了，大廈只有大門這一個進出口，一樓連窗戶都沒有，想出去必須從進出口的監控下面經過。問題來了，她是怎麼出大廈的呢？」

「她們二樓銷售部，沒有監控？」

「辦公室裏都是沒有監控的，樓道裏有，我們還沒來得及看。」程子硯說，「現在關鍵是她是怎麼離開大廈的？」

「會不會是被人用行李箱、垃圾車之類的容器帶出去的？」大寶問道，「我們以前也遇見過行李箱移屍的案件。」

「這個問題我們也考慮過了，所以我們想從監控中找到所有經過大門並且攜帶大型包裹、紙箱、行李箱的人。」陳詩羽說，「你猜怎麼着？一個都沒有！這是寫字樓，不是賓館，哪有人拖着大包裹、行李箱進出？都是帶着隨身小包或者公事包的。」

「那就奇怪了，難不成還是飛出去的？」林濤此時也從大門走了進來，說，「梅梓家裏勘查完了，甚麼線索都沒有。她確實是一個人獨居，沒有任何可能是同居人的物品。」

我拍了一下桌子，說：「對，有可能就是飛出去的。」

「你又沒個正經了。」大寶用手肘戳了我一下。

「我是正經地在說。」我嚴肅道，「你們沒有考慮過，死者是從二樓某個窗戶跳出去的嗎？」

「二樓確實有窗戶，但是，挑高六米啊！你跳跳看。」陳詩羽說。

「所以我現在要更改一下之前的死因結論。」我說，「死者不是死於鈍器打頭，而是死於高墜。」

「高墜？」所有人都驚叫一聲。

「是的，我一開始就懷疑是高墜傷。我們再溫習一下高墜傷的特點，外輕內重、一側為甚、損傷一次可以形成、內臟破裂處出血少。」我說，「再看看梅梓的損傷，只有一處頭皮的挫裂傷，但是傷口下方損傷嚴重，導致顱骨粉碎性骨折。肝臟雖然破裂，但是表皮沒有任何損傷，符合強烈的振動，肝臟因為慣性運動，使得肝臟的韌帶拉扯肝臟而形成裂口，裂口處出血很少。你們說，這不是高墜傷是甚麼？之所以大家都沒有往高墜這一點想，是因為受到了現場的誤導。現場一片廣闊，沒有高處，所以我們潛意識裏就認為這不可能是高墜傷。但大家都忘記了一點，從最開始，我們就確定了案發現場不是第一現場，而是移屍現場。既然是移屍現場，死者為甚麼不能是高墜死亡？」

「匪夷所思。」程子硯呆呆地聽着。

「高墜和摔跌一樣，形成損傷那一刻都是減速運動。」大寶說，「有對沖傷嗎？」

「如果摔在額部和枕部，一定會形成對沖傷。」我說，「但是死者是倒立位，頂部着地，受力點的對側是小腦天幕，怎麼形成對沖傷？」

「說得也是。」大寶說，「可是，死者的雙手腕是有約束痕跡的，口唇也有捂壓痕跡，這怎麼解釋？」

「和死者為甚麼內褲被褪下一樣，我也不知道是怎麼回事。」我說，「但是我剛剛想起來一個方法，可以進一步驗證死者的死因。如果死者的死因真的是高墜，我想我們可以從對她工作地點的窗戶進行勘查，來進一步發現線索。」

「甚麼辦法？」黃局長好奇道。

「去醫院，虛擬解剖。」我說。

「啊，要虛擬解剖？」黃局長面露難色。

所謂「虛擬解剖」，就是對屍體進行 CT 全身掃描，可以在電腦裏重建出屍體內部的影像。可是因為公安機關一般都不具備 CT 檢驗室，沒有設備就做不了，那麼就只有借助醫院的 CT 了。可是，每天都是給絡繹不絕的活人進行 CT 檢查的機器，怎麼能給死人進行檢查呢？如果哪家醫院用 CT 給死人檢查，估計一傳出去，這醫院就門可羅雀了。所以醫院對於公安機關這樣的要求，通常是拒絕的。這時候，就要看公安機關領導人的交際能力了，看他能不能說服醫院主管，偷偷地給這麼一次機會。

實際上，在對屍體進行 CT 檢查的時候，我們都會用多層防護包裹好屍體，絕對不可能污染 CT 機，但是畢竟中國人忌諱死亡這麼多年，對於這種事情還是相當抵觸的。

好在這個時間點，醫院已經下班，除了急診 CT，其他 CT 室都不工作了，這給我們提供了很好的機會。

黃局長大概花了一個小時軟磨硬泡，總算說服了雲泰市一院的院長，這個院長是黃局長的同學。

林濤和程子硯被我差去文安大廈分別進行現場搜尋和影片進一步偵查了。而我和大寶趁着夜色，用警車把包裹得嚴嚴實實的屍體運到了一院門診，又在多名便衣的掩護下，偷偷摸摸地把屍體用平車推進了 CT 室。

隨着 CT 機的啟動，很快電腦螢幕上出現了死者的頭頸部影像。

「頸椎壓縮性骨折？這倒還是挺少見的。」幫助我們操作 CT 機的醫生說道，「一般我們常見到的是因為年紀大骨質疏鬆，一屁股坐在地上導致胸椎或者腰椎壓縮性骨折的，這頸椎的壓縮性骨折，應該是怎麼受力的？」

「倒立高墜，頭朝下。」我說。

「哦，那就可以解釋了。」醫生恍然大悟。

我回頭看了看和我一起來的大寶，大寶一臉欽佩地看着我說：「又給你矇對了。」

「行吧，既然確定了是高墜死亡，那麼接下來就看林濤和程子硯的了。」我說，「走，我們也去文安大廈，看看他們發現了甚麼沒有。」

夜色下的文安大廈，在高聳的建築群中，並不出眾。但是文安大廈的周圍，則是燈火通明。四輛現場勘查車的頂燈，把文安大廈的四個面照得雪白。

我下了車，繞着文安大廈走了一圈，在走到文安大廈的背面的時候，發現一圈人圍在那裏。

我快步走了過去，發現人群中林濤正趴在地上。

「血！是血！提取回去做 DNA。」林濤的聲音在人群中冒了出來，

緊接着就是一片喧嘩的議論聲。

「找到墜樓點了?」我微笑着説道。

「嗨,你還真神了,你們法醫確定了死因,大大縮小了我們的勘查範圍。」林濤拍了拍我的馬屁,又站起身指了指上方,説,「你看,那扇窗子,就是大廈二樓銷售部女廁所的窗戶!她是從女廁所裏被扔下來的。」

「我的天,去寫字樓的廁所裏,公然猥褻殺人!」大寶説,「這簡直匪夷所思啊。」

「先別急着下結論,我們等等子硯她們的影片偵查。」我打斷了大寶,説。

「我問了,大廈裏面是一個『回』字形結構,四個角都有監控,但是壞了兩個。」林濤説,「我一開始還很擔心,但是既然出事地點是女廁所,那就好了,因為女廁所門口走廊的監控是好的。」

「我總覺得,這麼膽大包天,有點不可思議。」大寶繼續猜測,「你説,會不會是偷窺啊?」

「不管那麼多,既然在女廁所作案,我們就去女廁所看看吧。」林濤一揮手,引着我和大寶走到了二樓的轉角處。

「裏面有人嗎?警員辦案!」林濤朝裏面喊了一嗓子,低聲説,「長這麼大,第一次進女廁所。」

「是甚麼光榮的事兒嗎?」大寶奚落道,也喊了幾句。

確定裏面沒人之後,我們走了進去。

林濤很有經驗,率先走到了窗台邊,用多波段光源觀察着窗框,不一會兒,就説:「雙手四聯指指紋,非常新鮮。」

他興奮地摘掉濾光眼鏡,比畫着,説:「你看,這樣的姿勢,是趴在窗台上往下看的姿勢,你説誰閒着無聊在廁所裏看風景?」

「這個窗戶也太矮了。」我的關注點和林濤不一樣,我走過去比畫了一下,窗台只到我的腰間。

「是啊,這棟樓的窗台都很矮,很危險。」陳詩羽不知道甚麼時候走了進來,説,「我上去看了一下,為了防止意外,五樓以上的窗戶都是限制開合度的,只能打開 10 厘米。而二樓就沒有限制,其實這個高度摔下去也會死人。」

「關鍵是沒人會到窗戶邊上啊，除非自殺。」大寶指了指廁位，説，「廁位那麼遠，誰這麼閒？」

「關鍵就是這裏。」我説，「受害者身上是有約束和控制損傷的，如果是在窗戶邊上搏鬥，而且窗戶又開着，她很容易掉下去。」

「這個我剛才問過了，窗戶一直是開着的，為了散味道。」陳詩羽説。

「有了指紋，又有監控，這案子還怕破不了嗎？」我笑着説道，「走，去大廳等結果。」

其實在我們説話的時候，程子硯就已經發現了端倪。

從程子硯發現並提取出來的錄影可以看出：事發當天晚上，梅梓在晚上 7：40 左右，經過了樓道拐角的攝像頭，走進了女廁所。大約九分鐘之後，也就是 7：49，一名身材瘦弱的男子徑直經過攝像頭，也一路小跑進了女廁所。大約 10 秒鐘之後，男子衝出了女廁所，但是僅僅是走出了女廁所的門不到兩米，就又折返回去。再過了 40 秒鐘，男子又是一路小跑重新跑出了女廁所。

從這一段之後，就再也沒有看到梅梓走出女廁所的影像了。

「有監控，還真是清清楚楚啊。」大寶説，「這人顯然就是犯罪分子，是可以根據監控追蹤到他的吧？」

「可以的。」程子硯説，「我們重新核對了大廈大門的幾個監控。從正對正廳的監控可以看到，這名男子是 7：48 從大廈正門進入，沿着一側的樓梯上樓的。7：51，這名男子跑出了大廈正門。於是我們又調取了大廈大門口對外的監控，可以看到這名男子是騎着電動車到大廈門口停下的，拿下頭盔後，小跑進了大廈。但是離開的時候，是向大廈後面步行過去的。」

「大廈後面沒有監控，但是從行為軌跡，可以確定他的作案嫌疑。」我沉吟着説。

「是的。」程子硯説，「他在大廈後面待了大約五分鐘，然後又步行到前面騎走了自己的電動車。」

「有清晰的面部影像嗎？」林濤説。

「沒有。」程子硯説，「不過，案子很好破。這個男人之所以騎着個電動車，是因為他是個外賣員。電動車上有明確的外賣平台的 logo，所以也很容易排查了。」

「那就好，那就好。」林濤嘿嘿一笑，説，「排查到人，就把指紋拓過來，證據確鑿。我估計啊，明天早上我們就能回龍番了。」

「我覺得事情沒有那麼簡單。」我説，「如果是偷窺、猥褻案件，這個嫌疑人會這樣大搖大擺徑直進入女廁？而且怎麼會在那麼短的時間後就又出來了？」

「你是説，預謀殺人？」大寶問道。

「如果是預謀殺害梅梓，那也應該先去她辦公室找她才對啊！嫌疑人怎麼知道她在廁所裏？」我説，「從嫌疑人的行動時間和方向來看，他就是直接去的女廁。」

「這……」大寶的思維卡住了。

「沒關係。」我説，「我們就在這裏等，我相信嫌疑人到案之後會很快就交代的。」

「那是，指紋證據，不由得他不交代。」林濤信心滿滿地説道。

「不是這個原因。」我神秘一笑，走出了文安大廈。

在專案組會議室等了大約兩個小時，正當我們開始哈欠連天的時候，前方傳來消息，嫌疑人已經鎖定。

當警方找到他的時候，他就一邊説「我認罪」，一邊説「我冤枉」。

訊問工作還沒有開始，但是在抓獲後立即捺印的指紋，已經被帶回了專案組會議室。林濤從勘查包裏拿出個馬蹄鏡，趴在會議桌上仔細看了 10 分鐘，説：「就是他，沒跑了。」

「那就奇怪了，他到底是認罪呢，還是覺得冤枉？」大寶説，「這人不會有精神分裂症吧？」

「別急，訊問結果很快不就來了嗎？」我哈哈一笑，説道。

又等了一個小時，偵查員滿頭是汗地跑進了專案組會議室，陳述了這個名叫熊平的犯罪嫌疑人的供述。

熊平今年 20 歲，是個在校大學生，老家是雲泰市農村的，距離拋屍地點很近。他經常利用業餘時間勤工儉學，送送外賣來賺取生活費。根據偵查員對熊平的老師、同學的調查，只知道他性格內向，沒有談女朋友，平常在學校不引人注意，像是個透明人，但是絕對沒有過前科劣跡。

據熊平自己的供述，事發當天，他和往常一樣去利用下課時間送外賣。一直到晚上快 8 點的時候，他突然感到尿急，正好經過了文安大廈，他以前給這裏二樓的銷售部送過外賣，知道這裏有廁所，而且門崗也不太管外來人員。所以他就停好車，直接上了二樓。殊不知，在「回」字形的大樓結構裏，男女廁所在兩個不同的方向。而熊平則憑藉着印象，直接進了大樓北側的廁所，其實這裏是女廁所。

據熊平的解釋，廁所門口並沒有醒目的標識，他進去的時候還在奇怪，為甚麼這裏的廁所不是男女兩間呢。

進入廁所後，熊平直接拉開了一個廁位的門，結果當時一個年輕女性正蹲在裏面。四目相對，熊平感到十分尷尬，連忙向廁所外面跑去。可是這位女性卻以為遇見了色狼，於是在廁所裏大聲喊叫起來。熊平害怕被別人發現，萬一告到了學校，自己的學籍不保，自己從農村走出來的願望也就泡湯了。於是熊平又重新返回了女廁，而此時的梅梓已經從廁位跑了出來，連褲子還沒有提上來。眼見熊平去而復返，她覺得這人肯定要欺負她了，於是一邊大聲喊叫，一邊向內側的窗戶跑過去。為了不讓她喊叫，熊平衝上去抓住她的雙手，另一隻手捂住了她的口唇。

這些約束行為都是在窗邊進行的，窗台很低，窗戶大開，加之梅梓是本能向後躲避，而熊平是下意識向前約束她，於是在這個過程中，一不小心，梅梓在窗邊被掀翻出去，墜落了下去。

突發的事件讓熊平方寸大亂，他連忙跑出大廈，想看看梅梓傷勢如何。可未料到，他跑到大廈後面的時候，梅梓早已氣息全無。

於是熊平觀察了大廈監控，發現墜落點附近並沒有監控，他連忙去大門口把電動車騎了過來，再用附近的蛇皮袋把屍體裹了起來，拆下外賣箱，把屍體像貨物一樣馱在電動車後座上，趁着夜色向郊區駛去。

他知道自己老家附近有一處荒地，一般沒有人去，所以把屍體就拋在了那裏。他認為，員警發現屍體後，只會對現場進行勘查，而絕對不會想到人是在別處高墜的。

偵查員訊問了幾遍，熊平都是這樣供述。偵查員覺得他可能有避重就輕的想法，於是來專案組求助。

「他沒有説謊，根據監控顯示，他的行為軌跡，和整個過程是相符的。」我淡淡地説道，「如果是偷窺、猥褻，不可能沒有徘徊、「踩線」的過程。他確實是無意識進入女廁所，從而引發一系列慘劇的。」

「真是一步錯、步步錯啊。」偵查員也覺得我説的有道理，説，「如果第一時間解釋清楚多好！」

「在那種緊急的情況下，熊平和梅梓都失去了正常思考的能力，就不可能正常交流了，這就讓誤會越來越深，最後一發不可收拾，鑄成大錯。」韓亮説。

「是啊，這也是一個課題。昨天小羽毛和段萌萌説，人生中會有很多挫折和坎坷。」我説，「確實，我們一輩子，會面臨很多危急時刻，而在這種時刻的處置正確與否，很有可能決定了人生道路會不會發生改變。」

「嗯，對，確實是一個課題。」林濤説，「教育學家應該去研究研究如何培養青少年應對危機的能力，這真的有可能會挽救很多人。比如熊平，就是這樣。」

「説到這兒，我覺得自己迫不及待地想去見段萌萌了。」陳詩羽低聲説道。

「段萌萌？」大寶疑惑道，「這都哪兒跟哪兒啊？」

「我感覺，她就是心中有話，沒有和我們説出來。」陳詩羽説，「受到這一宗案件的啟發，我一定得想辦法，讓她把心中的話説出來！」

第六案

死後歎氣

❝
我既是旁觀者清，亦是當局者迷。

——小說《大亨小傳》
（*The Great Gatsby*）
❞

1

我們的車還沒回到龍番，就接到了師父的電話。

這一天，公安部盲測的試卷下來了。師父說，要查案，就先把盲測做完才行，所以我們不得已，悻悻地回到了辦公室。

所謂「盲測」，就是公安部每年對各省公安廳的刑事技術部門進行的考核。說具體點，就是公安部刑事技術管理部門，每年都會由各個專業的專家出幾套題，寄給各個省的刑事技術部門，限期若干天對案件進行分析和判斷，並且填寫答題卡寄回公安部。這個工作是每個省刑事技術部門通過鑑定機構資質認定的必經考核，很重要。

對於法醫來說，每年的盲測都要做兩份題，一份是死因鑑定，就是公安部用某地的一個實際案例的案件資料，要求各地對死亡原因、死亡時間、致傷工具、致傷方式等問題進行分析推斷。另一份是傷情鑑定，就是公安部會用一個疑難傷情鑑定的病歷資料，要求各地完成具體的鑑定書。

聽起來頗簡單的，但部裏出題還是很刁鑽的，所以我們也是花了整整一天的時間，才把盲測的答案都基本擬定，還需要花三四天的時間來製作分析意見和鑑定書。

答案擬定後，大家的心也就放進了肚子裏，陳詩羽再次提出，要面見段萌萌，搞清楚她欲言又止的事情，究竟是甚麼。

是啊，刑警就要有這種鑽牛角尖的精神。於是，我同意了陳詩羽的所請，並刻意地安排林濤和她搭檔，一方面是兩人調查符合程序；另一方面，畢竟天黑了，林濤好歹能承擔一個「護花使者」的角色，即使這朵「花」不太需要保護。

在張玉蘭出事後，經過一番調查，段世驍的嫌疑徹底被排除。他積極地辦理了張玉蘭的後事，昨天上午在殯儀館已經將屍體火化了。屍體火化後，段世驍帶着段萌萌重新回到了家裏居住。

回到家裏後，父女倆就像往常一樣，誰也沒有先說話，只是默默

地在一起吃飯，然後各做各的事情。段世驍幾次欲言又止，把到了嘴邊的話又咽了回去。

晚飯後，兩人還是默默地各自回了自己的房間。女兒大了，當然不能和父親同住一屋。雖然段萌萌心裏肯定是有點害怕，但她最終還是回到了自己的小房間裏居住。也許她認為，畢竟在這裏死去的不是別人，而是愛自己的母親。

然而，這一晚，似乎有點不太平靜。

段萌萌在次臥裏寫作業寫到晚上9點鐘左右的時候，有點迷糊，想睡覺，但是作業沒有寫完，只能趴在寫字檯上打個盹。不知不覺，她真的睡着了，還做了個夢，夢見自己的媽媽回來了。

迷迷糊糊中，段萌萌不知道自己是聽到了甚麼聲音還是看到夢裏的媽媽受了驚嚇，總之她突然就清醒了過來。她下意識地抬起頭，被眼前的景象驚呆了。

她寫字檯正前方拉好的藍色窗簾上，居然有一個鬼影！

這個鬼影和她夢裏的媽媽重疊在了一起，段萌萌怎麼看，怎麼都覺得那是張玉蘭。但奇怪的是，這個鬼影有兩人多高，張牙舞爪、披頭散髮，慢慢地向段萌萌這邊撲過來，越來越高大，就像是要把段萌萌吞噬了。段萌萌慌忙掐了掐自己，意識到自己並不是在做夢，於是不自覺地就尖叫了起來。

可能是因為從來沒有聽過女兒如此尖叫，段世驍在第一時間就衝進了女兒的房間。可是，段世驍卻甚麼都沒有看見。段萌萌已經蜷縮在自己小床的被子裏，面色煞白，瑟瑟發抖。段世驍很少見到段萌萌這樣，於是坐在她的床邊，把她摟進了懷裏。

就在這時，林濤和陳詩羽登門造訪，他們從段世驍那裏得知了情況，也看到了段萌萌全身仍在像篩糠一樣不停地顫抖。

我們在辦公室裏，聽着林濤臉色發白地描述這個場景。

「是這個姑娘中邪了吧？出現幻覺了？」大寶說，「哪有甚麼鬼啊？」

「是啊，我們找段世驍單獨聊了聊，段世驍是覺得自己女兒的思

想壓力太大了，所以會出現這種説不清是清醒狀態還是夢魘狀態的情況。」陳詩羽説，「畢竟，張玉蘭是進入段萌萌的房間後意外觸電的，且母女二人最後的交談還是爭吵。所以，段萌萌無論怎麼説，心裏都還是存有愧疚的。」

「不，你們不能通過自己的猜測，就説人家是夢魘狀態。」林濤爭辯道。

「所以呢？」陳詩羽笑了一下，説，「所以你當時被嚇成那樣？」

「哪，哪，哪有？」林濤漲紅了臉説。

我哈哈一笑，以我對林濤的了解，我知道陳詩羽這句話大概率是真的。

陳詩羽説，當時聽完段世驍的描述，林濤立即就出現了恐懼的反應，他雙目失神，甚至有些站立不穩，順勢扶住了身邊的寫字桌。

陳詩羽畢竟是偵查員，第一時間想到的是確認窗外是否有人。畢竟，身影被路燈投射到窗簾上，也可能形成這樣的影像。於是，她立刻拉開大門，想要衝出去查看。

林濤見她要出去，也抬腳跟隨，可是不知道是因為腿發軟還是頭暈，還沒邁出去兩步，就一個趔趄差點摔倒。陳詩羽立即又折返回來，一把扶住了林濤。

「警官，你這是身體不舒服嗎？」段世驍也來幫忙。

此時的林濤，嘴唇發青、呼吸急促，正在全力支撐着自己的身體。

「你行嗎？不行我一個人去看。」陳詩羽關心地問道。

「沒事，沒事。」林濤深呼吸幾口，站直了身體喃喃道，「就是感覺和我小時候遇到的情況類似……」

在林濤調整好自己情緒之後，陳詩羽跟着他一起去勘查「鬼影」所在的地方。段萌萌家是住在整棟樓最東邊的一樓，她的房間窗戶前面是社區綠化帶，綠化帶外面就是社區的人行道，人行道另一側就是電動車棚。社區的綠化帶，是由一些灌木和雜草組成的，經常有人因為在人行道上避讓電動車而踏進這些灌木裏，所以林濤到了現場就發現，這片灌木長得橫七豎八、凌亂不堪，是毫無勘查價值的。地面雖

然是泥土，但是因為長時間沒有下雨，所以土質很硬，更不可能留下足跡。

林濤和陳詩羽在窗戶外面巡視了一圈，防盜窗上並沒有甚麼異常，下方地面上也沒有甚麼遺留的物品和痕跡，所以只能作罷，重新回到了段萌萌家裏。

可能是有警員來了，段萌萌此時的恐懼症狀減輕了不少，但她依舊躲在自己小床的床角，就像是要把自己的身體藏在縫隙裏，她流着眼淚，卻咬着嘴唇沒有發聲。

經歷過這樣一場大難，段萌萌似乎像是變了一個人。可能一個人壓抑在心底的情緒突然宣洩，那股叛逆的勁頭也就洩了。

既然是洩氣了，段萌萌的很多疑慮和抵觸心理也就冰消瓦解。陳詩羽知道自己選擇了一個很好的時機登門造訪，所以趁熱打鐵，像聊家常一樣，在不透露案件保密資訊的前提下，把我們剛剛經歷的這一宗因誤入廁所而導致的慘劇作為故事說了一遍，最後得出結論：「萌萌你知道嗎，及時溝通，有的時候是解決困境的最好辦法。我希望你能再跟我講講，你那天沒跟我們說出口的事。」

陳詩羽這時候的想法有二，一是想探出段萌萌上次欲言又止的事情是甚麼；二是陳詩羽想到了我們曾經辦理過的那一宗青少年雇兇殺死父母的案件[1]，有些擔心，所以也想了解段萌萌和張玉蘭之間的矛盾癥結所在，從而排除那種黑暗案件再發的可能性。

這個關於「溝通」的故事，似乎對段萌萌很有用，她很認真地聽完了陳詩羽的故事，然後低頭思考了良久，才和陳詩羽說：「姐姐，我第一次見你的時候，就覺得我們很相似，我想如果我把事情告訴你，你或許能理解我。」

隨着段萌萌的描述，我們才知道，凌南的遭遇、張玉蘭的遭遇，其實都源於一個誤會。

1　見法醫秦明系列眾生卷第一季《天譴者》（江蘇鳳凰文藝出版社，2018）「血色教育」一案。

故事要從九年級上學期的期末考試之後説起。

本來這個寒假疫情已經基本控制，大家可以歡歡喜喜過一個愉快的新年。加之國家的「雙減」政策下達，學生們擺脱了補課的煩惱，更是可以過一個快樂的寒假。可是，很多本來就有焦慮症的家長，因為看不到孩子的具體排名、找不到課外補習機構，反而更加焦慮了。

焦慮的家長們四處奔走，一來是想方設法從學校、老師那裏得知孩子的具體排名，從而制定最後一學期的學習策略；二來是互相溝通，獲取一些偷偷進行寒假補習的老師的名單。

因為初中是學區制，所以學生們的居住地基本都在離學校不遠的社區，生活區域也基本都在同一個地方。因為有了「同學家長」的關係，也促進了家長們之間的聯繫。比如段萌萌的「學霸」同桌梁婕的媽媽是開裁縫店的，家長們都會習慣去她的裁縫店修補、保養衣服，家長們得了安心和實惠，梁婕媽媽也收穫了更多的生意。

為段萌萌補課的想法，就是母親張玉蘭從梁婕媽媽裁縫店那裏起意的。

寒假剛開始的一天，張玉蘭在裁縫店裏巧遇凌南家的保姆小荷，從小荷的口中得知，凌南的媽媽辛萬鳳因為不知道凌南的學習成績能不能夠上一檔高中而發愁，所以這些天一直在尋找老師給凌南補一補語文，初步的目標人選是班主任邱以深。邱老師説自己可以帶學生補課，但是為了促進學生之間的競爭，所以他不帶一對一的班，只能帶一對二、一對三或者一對四的班。可是辛萬鳳除了參加家長會，和家長們交流甚少，倒是小荷和家長們混得很熟悉，所以辛萬鳳委託小荷看能不能找個願意和凌南一起上課的同學。

這兩個人一相遇，一拍即合，張玉蘭就回家和段世驍商量去了。

聯繫好了邱老師，段萌萌一開始是拒絕的，還和母親爭執不下，最後還是段世驍出面，強壓着讓段萌萌屈服了。其實段萌萌之所以接受，還是因為了解到能跟凌南一起補課，所以所有的課程段萌萌一次不落地都乖乖去補了，連她母親都感到驚訝。那段時間，家裏出奇地和諧，父母慈眉善目，孩子順從開心。

寒假結束後，學生們回學校上學的第一天，段萌萌就感覺到了身邊有很多異樣的眼光。後來她才知道，這些異樣來自學校操場旁的留言板，於是就去那裏看。這個留言板其實就是一個「樹洞」，同學們

有甚麼內心感悟，都喜歡寫下來，匿名貼在留言板上，給其他同學觀看，也算是學校為了做好心理疏導而做的一個小玩意。

可是這一天的留言板上的核心內容，居然是段萌萌和凌南的照片。

照片是從遠處的一個角落裏偷拍的。照片上，段萌萌和凌南並肩從一座建築物裏走出來，臉上充滿笑意，段萌萌一隻手還擰着凌南的耳朵，像是在說着甚麼。本來同學之間的打鬧也沒甚麼問題，但是這座建築物的招牌豁然成為這張照片的重點——龍番市新竹賓館。

兩個 15 歲，正值青春期的少男少女，一起去賓館做甚麼？這樣的照片在剛剛性啟蒙的學生們之間瘋傳，學生們紛紛討論、猜測，甚至有各種不堪入耳的謠言出現。

段萌萌看到了那張照片，哈哈一笑，就把照片從留言板上扯下來，直接撕毀了。她心裏坦蕩，並沒有把這當成甚麼事。她和凌南一起進出賓館，實際上是跟着邱老師上課去了。「雙減」政策下來後，因為教育局的嚴查嚴控，所以有的老師偷偷補課，都是在自己的家裏，或者去隱蔽的場所，比如說開個賓館房間甚麼的。邱老師自然也知道自己被抓住是沒甚麼好果子吃的，所以在學校附近的賓館包了個房間，給學生們補課。

當然，既然是偷偷補課，段萌萌是不能害了邱老師的，所以她也不會去和同學們解釋。主要她也認為，這並沒有甚麼好解釋的，清者自清，那些喜歡八卦的人，就讓他們「自嗨」去好了，對她段萌萌來說，又不會少幾斤肉。再說了，轉學來這裏兩年，能說心裏話的，就沒幾個人，所以她即使是想解釋，也沒人說去。

所以接下來的上課時間，即便流言依舊在凌南和段萌萌背後瘋傳着，但是段萌萌充耳不聞。

對於大大咧咧的段萌萌來說，這根本不算甚麼事，但是內向的凌南，卻是如坐針氈。他的如坐針氈並不是為了自己「名聲」，可能他覺得這種事，傷害的一般都是女孩。段萌萌說，那段時間，凌南明顯狀態不對，上課走神，下課沉默。某一天，凌南突然給段萌萌發了一條短信：「你放心，我會讓所有人都知道真正發生了甚麼的。」段萌萌當時正在因為開學期間是否繼續補課而和母親鬧着彆扭，心情很差，再說又不知道他這短信是甚麼意思，所以也未做理睬。當然，在段萌萌的心裏，她根本沒把這事兒當成一回事。

線上教學期結束後，開始恢復正常線下教學。段萌萌到了學校之後，突然聽聞自己的班主任邱老師被開除了，被開除的原因，居然是利用節假日偷偷給學生補課，獲取非法收益。這個消息讓段萌萌驚呆了，她沒有想到，只是給學生補個課而已，居然會有這麼嚴重的處罰。在歸校復課第一天上午，邱老師還專門來班上和同學們告了個別，說學校會在這週之內為他們重新選定班主任。這一次師生告別，凌南居然不在班上，而是藉故離開了。

凌南的反常舉動，立即讓段萌萌聯想起他曾經發的那條短信。段萌萌意識到，很有可能是凌南舉報了邱老師，事情一鬧大，大家就都知道他倆進出賓館是去補課而不是同學們所想的那樣了。可是，自己的舉報居然讓邱老師被開除，這絕對也是凌南始料不及的，所以他心存愧疚，故意躲開了師生的告別。

這個事件，雖說段萌萌沒有把它當回事，但是她著實因為凌南為了自己而去擔當一切而感動了一把。只是沒想到，那就是她見到凌南的最後一天。後來，聽說了凌南死亡的噩耗，又看到了警方的調查通報，再加上影片流傳而導致的謠言，這一切都讓段萌萌完全理解，幾乎徹底摧毀了她的心理防線。她知道警方的通報都是事實情況，邱老師不可能去害凌南，而凌南之所以會出事，正是因為愧對邱老師、躲避邱老師才踏上了死亡之旅。凌南的死，多多少少是和她有點關係的。

段萌萌曾經想把這些事和盤托出，但她真的不知道該把這些事情和誰傾吐，又有誰能安慰她。在班上，除了凌南，她沒有幾個朋友；回家裏，父親那一如既往的嚴厲讓她望而卻步。

凌南的事件成為輿論熱話後，本已經沉寂的流言又被人挖出來傳播，張玉蘭也聽見了流言。這讓她如雷轟頂，如果只是成績不好、愛玩的話，倒沒有甚麼大錯，但是這個年齡就和男孩開房間，是絕對不可以忍受的大錯誤。她當時都嚇壞了，連忙顫顫巍巍地把這件事情告訴了段世驍。

其實，這對父母是知道段萌萌寒假期間補課的事情的，但是一來他們沒有過問具體的補課地點，二來此時已經被焦慮和憤怒佔領了所有的思緒，所以等段萌萌一回來，他們就劈頭蓋臉且含沙射影地質問段萌萌。

此時的段萌萌，因為凌南去世而心情極其糟糕，認為自己有責任

的愧疚心理一直如影隨形。此時聽見父母的質問，立即明白了父母的用意，因此也對自己的父母如此不信任自己而絕望和憤怒。

這一次，段萌萌不僅和張玉蘭發生了劇烈的爭吵，還和後來加入「戰鬥」的段世驍也發生了劇烈的爭吵。

最後，段萌萌拋下了那句：「所以我要是像凌南一樣死掉，是不是你們就滿意了？」然後和以往一樣，抱着籃球離家了。

當天晚上，張玉蘭就出事了。

因為那一次爭吵非常激烈，這也讓後來的段萌萌後悔至極。但是為了保護段萌萌的「名聲」，在我們之前對他們進行訪問的時候，他們並沒有把這一次劇烈爭吵的真正原因告訴我們。

陳詩羽一邊聽着，一邊在筆記本上唰唰地記着，心裏卻百感交集。她相信在場的所有聽眾，包括段世驍，都是這樣的感受。因為，她看得見段世驍的眼中，閃着淚光。

「萌萌，我給你辦理休學一年，不參加今年的中考了。我會去公司請個長假，我們一起回老家住一段時間。之後不管你是繼續參加中考，還是去學習其他的技能，我們都利用這段休息的時間，好好思考，規劃一下。你看如何？」段世驍用商量的語氣，問段萌萌。

可能是很少聽得見父親用這種口氣說話，段萌萌猛地抬起頭，雙眼立即就有了神采，眼神裏盡是感激。

「希望他們父女的關係，能因為這一場劫難而轉變。」我感歎了一聲。

「是啊，這次還真的是不虛此行。」陳詩羽說，「一來搞清楚了凌南舉報邱老師的真實動機，二來確認了邱老師不可能有作案的動機，三來也為一個不幸的家庭打了氣。他們回老家去調整一段時間，確實是不錯的。」

「這個事件的網路輿情，最近也基本平息下去了。」林濤說。

「官方不再發通報了嗎？」我問。

「第一次通報就是事實與真相，沒有任何瑕疵和紕漏，為甚麼還要發通報？」林濤說，「因為有一些網民不相信，就要不停通報？不相信的人，無論你出示多少證據，都是不會相信的。」

「說得也是。」我點了點頭，說，「那行吧！二土坡的案子，我們也算是仁至義盡了，該做的工作都做了，該放下了。對了，張玉蘭那案子，我讓他們做電線上的 DNA，他們做出來沒？」

「沒有。」大寶說，「市局的 DNA 實驗室就一條檢測線，每天排期都是滿的，畢竟現在連個盜竊案都需要 DNA 來作為證據嘛，天天忙得要死。你這案子，雖然是非正常死亡，但是轄區刑警部門已經有了定論，你說的 DNA 檢測，只是一個驗證的手段，肯定往後排了，不着急，等等吧。」

「好吧。」我說，「那我們還是把盲測的答題文書都先認真處理好得了。」

接下來的幾天，我們幾個人全心全意地把盲測任務完成，然後按照師父的指令，一起去青鄉市督導一宗命案積案的偵破。

最近幾年，因為命案發案數大幅度減少，破案率又一直能夠保持100%，所以很多刑警部門的精力就轉移到命案積案的偵破上。每年也都會有命案積案偵破的督導工作，說白了，也就是派員到各地，給正在追查的命案積案出出主意。

這一宗案件的主要工作是我和大寶承擔的，因為案件關鍵是死因問題。

犯罪嫌疑人殺完人後潛逃二十多年，最終被抓獲。他的 DNA 和現場物證比對認定同一，他也交代了殺人經過，可是交代的殺人經過和當初的法醫給出的死因鑑定不符，這樣證據就會出現問題。事隔久遠、時過境遷，受害者的屍體早已經火化很多年了，現在只能通過當時的解剖照片再進行一番推定。

這種工作不難，也很輕鬆，當年的死因鑑定也沒有任何問題，可

能是年代久遠，嫌疑人對行兇過程記憶有誤。在支持了當年的死因鑑定後，我讓陳詩羽配合當地偵查部門，對嫌疑人進行新一輪審訊，說不定他還背着其他的命案，把殺人方式記混淆了。

在陳詩羽參與審訊的這一天，我們應該是可以在賓館裏休息休息了，可是省廳法醫出差，一般都是「買一送多」，當地法醫會抓住我們在的機會，將拿不准的傷情鑑定、非正常死亡案件也都找出來和我們一起探討。

這天也不例外，一大早，我就接到了青鄉市公安局孫法醫的電話說，一個社區裏，有個高中生墜樓了。畢竟涉及學生，需要我們一同前往把關。

閒着也是閒着，尤其是身邊有大寶這個工作狂，所以我也沒有推託，直接和大寶、林濤、程子硯坐着韓亮的車，趕往現場。

事發現場是一個回遷的多層社區，社區內有十幾棟六層的住宅，雖然是建成不足五年的社區，但是因為品質一般，外牆已經斑駁。每棟樓的周圍都有一些綠化帶，種植着灌木，但可能因為常年得不到照料，也是雜草瘋長、凌亂不堪。

死者是在社區 5 棟的北側面綠化帶中被發現的。

程子硯在社區門口就下了車，去保安室調取監控資料。她覺得有點可惜，現在的高層住宅社區內，幾乎都安裝了高空拋物攝像頭，一旦有高墜案件，大概率是能夠看清楚高墜的情況的。可惜這是多層住宅，一般不會安裝監控。

我們下了車，向樓北側綠化帶內的警戒帶走去。警戒帶周邊圍着很多人，這個點正好是上班高峰時期，大家都不顧遲到的風險，圍觀這一宗高墜事件。

「屍源明確了嗎？是這棟樓的居民嗎？」我走到警戒帶邊，一邊戴着手套，一邊問孫法醫。

「肯定不是這棟樓的居民，周圍的居民都說沒見過這個孩子。」孫法醫走過來，說，「還好，這孩子有手機，已經送回去解鎖了，很快就能明確身份。嗯，估計是搞清楚了。」

說完，孫法醫脫下右手的手套，從褲子口袋裏掏出正在振動的手機，接通了電話，不一會兒，他又掛斷了電話，說：「是距離這裏一公里外另一個社區的居民，叫焦昊，18歲，高三男生，過不了多久就要

高考了。我估計啊，是不是學習壓力太大了？」

「跑一公里外的別的社區來跳樓？」我示意林濤進入居民樓，去樓頂看看是不是墜落點，接着説，「把死者的身份和體貌特徵給程子硯，讓她查一下社區大門的監控，看看是甚麼時候進來的，是不是一個人進來的。」

孫法醫點了點頭，安排技術員去把屍體照片交給保安室的程子硯。

「現場通道剛剛打開，我們的技術員正在周圍尋找死者的痕跡。」孫法醫説，「屍體，要不要先看看？」

「高墜案件中，屍表檢驗沒那麼重要，主要看起跳點是死者一個人的，還是有其他人的。」我一邊説着，一邊蹲在屍體旁邊，按照屍表檢驗的順序，先看屍體的屍斑、屍僵，再看眼瞼、口鼻和頸部。

「怎麼發現的啊？」我問道。

「清早 5 點鐘，晨練的大爺聽見『咚』的一聲。」孫法醫説，「當時他就覺得很奇怪，於是在社區裏到處尋找，看哪裏掉了東西，7 點鐘不到的時候，發現了屍體。」

「現在是 8：10。」我説，「5 點鐘死亡的話，屍僵屍斑都只是剛剛開始形成。可是，死者的屍僵已經挺明顯的了，屍斑也出現大片狀的了，而且再看角膜混濁的情況，也有點狀混濁了，要是我靠經驗推斷，我覺得至少死亡了六個小時。」

「這個不準，三個小時和六個小時，差不多。」大寶説，「個體差異是一件很頭痛的事情，沒法推斷那麼準。」

我見死者穿着鬆緊帶的衛衣褲子，腰間似乎有點扭曲，於是讓技術員拍完照，褪下了死者的褲子和內褲，把屍體溫度計的探針插進肛門，過了一會兒，螢幕上顯示是 31 攝氏度。

「你看，屍體溫度下降六度，也應該是死亡六個小時。」我説。

「明明都到清明節了，可這天氣還是挺冷的。」大寶説，「尤其是大清早，氣溫低，屍溫下降也就快。」

我抬頭看看大寶，説：「那也不至於下降那麼快吧？」

「不好。」孫法醫叫了一聲，説，「你們看看屍體頭部的損傷。」

從屍體頭部的損傷看，有一處挫裂創藏在枕部的頭髮裏。死者的頭髮較長，所以不扒開頭髮是看不到的。由此可以看出，死者高墜是枕部着地的。

但是，這一處損傷之所以沒那麼容易被發現，是因為幾乎沒有多少血。屍體身下也沒有血泊，頭髮也只是輕度血染。再看創口周圍，居然看不出甚麼生活反應。

　　「這沒有……」大寶脫口而出，被我立即制止了。

　　「現場圍觀人員多，少說話。」我說。

　　我把屍體翻過來，背部朝上，仔細看了看背部的皮膚。不看不知道，一看嚇一跳。屍體的背部皮膚也有很多刮擦傷，是着地的時候，被灌木硬枝劃傷的。問題是，這些劃傷也都呈現出黃色，而不是應該有的淡紅色。這說明，這些劃傷也是沒有生活反應的。

　　「我的天，今年的案件怎麼就這麼趕巧啊。」大寶壓低聲音說，「剛辦了一個看似不可能高墜卻恰恰是高墜的案子，這又來了一個看起來是高墜，恰恰又不是高墜的案子。」

　　我豎起食指放在唇邊，讓大寶別再說話了。

　　「行了，用物證袋保護起死者的手腳和頭部，送殯儀館準備解剖。」我直起身子說道。

　　「我看誰敢動我的兒子！」人群外響起了一聲尖厲的呼號，接着傳來號啕大哭的聲音。

　　圍觀人群自覺地向兩側散開，讓出了一條通道。一個略顯肥胖的四十多歲女人，從通道中衝了過來，完全無視警戒帶，衝進了現場。

　　「你們怎麼不拉住她！」我對負責警戒的民警喊道。

　　「拉，拉不住。」兩名民警撲過來想拽住女人，依舊沒能拽住，女人一把撲在了屍體上，繼續號啕大哭起來。

　　「一個人都拽不住，要你們幹甚麼？現場破壞了，你們誰負責？」青鄉市公安局刑警支隊的劉支隊此時也來到了現場，怒斥警戒民警。

　　「沒事，慢慢來。」我讓劉支隊息怒，然後對女子說，「這位大姐，你的心情我們可以理解，但是我們警方辦案，是要對現場進行封鎖的，你不能這樣進來。」

　　女子繼續大哭，完全不理睬我。

　　「還有，我們得對屍體進行解剖，你別再碰屍體了，會毀滅證據。」大寶說。

　　「甚麼？解剖？我看你們誰敢？」女子緊抱着屍體，大聲喊道。

　　圍觀人群開始議論紛紛，都在說警方為甚麼要解剖一個自殺的孩子。

「少説兩句。」我低聲對大寶説完，又對女子説，「大姐，你先到警車裏坐一下，我們慢慢和你説。」

「不行，誰也不准碰我，不准碰我兒子！」女子繼續撲在屍體上大哭。

「劉支隊，這案件有問題，我們需要對屍體進行解剖，你安排人做工作吧，我們去保安室等你消息。」我説，「給林濤打電話，讓他繼續仔細勘查現場。」

大寶點了點頭。

到了保安室，程子硯正在看着監控錄影。

「怎麼樣？」我問。

「量比較大，需要時間。」程子硯説，「可惜了，現場周圍沒有監控，只有大門和幾條主幹道的監控，我們都已經拷貝了。這裏電腦速度太慢，我準備回去看。」

「也行，我們一起回局裏，等候這邊的處置和調查、勘查的結果。」我説，「得等家屬工作做好了，我們才能解剖屍體。」

説完，程子硯收拾好硬碟，和我們一起重新上車，回到了青鄉市公安局。

等了一個多小時，劉支隊滿頭大汗地回到了辦公室，和我們握完手，立即嚴肅起來，説：「家屬死活不同意解剖屍體，還帶了幾個所謂的網路 KOL，説要曝光我們。」

「我們做錯甚麼了？」我一臉莫名其妙，「又要曝光甚麼？」

「説我們沒有及時通知家屬，就動屍體了，説我們想要包庇隱瞞甚麼。」劉支隊無奈地搖搖頭。

「我們甚麼都沒説呢，隱瞞甚麼？」我更是莫名其妙，「再説了，我們要解剖屍體，不就是為了真相嗎？」

「現在都是這樣，用曝光來威脅公安。」劉支隊説，「我估計啊——她自己心裏覺得死者就是自殺，所以這樣鬧是為了讓政府給一些補償。」

「那怎麼辦？」我説，「刑訴法規定了，對於死因不明的屍體，公安機關有權決定解剖。你直接下決定，我們解剖完再説。」

「我來就是想問問你們，你們確定這是一宗命案嗎？」劉支隊説，「如果解剖完了，發現不是命案，而我們又是強行解剖的，那這家人可

就有理由鬧了。要麼説我們強行毀壞屍體，要麼説我們搞不清情況就亂解剖，要麼説我們隱瞞事實。比如説，都不是命案你解剖甚麼？要是命案，那就是你們為了包庇別人，故意不説。」

「你這是被輿論裹挾了吧？這麼怕輿論？」我無奈地笑道，「不能因為有人在網上鬧，就不依章辦事啊！不解剖，我沒辦法給你保證甚麼的。但是我現在高度懷疑是死後高墜。」

「也不能排除是高墜死亡後，出於某種原因，形成了頭部的死後損傷。」大寶説，「這都得解剖後才能知道。」

「這可為難啊。」劉支隊説，「這樣，周邊調查，現在正在進行，一會兒會來和你們彙報。我繼續組織相關人員去做家屬工作，看能不能找到一個家屬的突破口，讓家屬簽字同意，這樣解剖才比較妥當保險。」

説完，劉支隊又急匆匆離開了，留下我們幾個面面相覷。

「如果網路上的資訊不嚴加管束，讓謠言滿天飛，讓節奏那麼好帶，勢必會影響到公安機關的正常工作。」大寶義憤填膺地説，「這些自以為『正義』的人，會把『正義』淹沒的！」

「那我們現在是不是只能等結果了？」韓亮問。

「林濤那邊勘查的結果，子硯那邊影片的結果和偵查部門調查的結果，都是至少需要兩個小時才能出來的，有這個時間，我們法醫的屍檢結果也都出來了，案件真相很快就能明確。」我也有些着急，「現在少了我們這邊的屍檢結果，即便查出來甚麼，等於還是一無所知，案件還是不能推進，如果真的是預謀殺人，會耽誤破案的黃金時間的！」

大寶也跟着使勁點頭。

韓亮看了一眼手機，説：「少安毋躁，我看到小羽毛那邊發來好消息了。」

「甚麼？甚麼好消息？」我和大寶都愣了一下。

「看群裏，」韓亮揚了揚手機，説，「那個命案積案的嫌疑人，果然招了，他在外省還做過一宗搶劫殺人案，殺了兩個人，作案手法記混淆了。還真被你説中了，帶破一宗外省的命案積案，便宜他們省了。」

「你告訴小羽毛，讓偵查部門繼續深挖，説不定還能挖出其他的隱案。」我説，「但小羽毛得回來，幫我們做這個案子的工作。小羽毛有經驗，又是女性，好溝通。」

「行，我讓小羽毛這就去家屬那邊。」韓亮説，「看她有沒有本事讓你們盡快解剖。」

「我這心裏不停地打鼓啊。」我説，「看屍表的時間太短了，才開始就被家屬干擾了，我現在想想，總覺得屍體是有窒息徵象的，而且屍體脖子的皮膚看起來也不對勁，感覺有傷。」

「沒能仔細看，這個可不怪你，是家屬搗亂，我們有甚麼辦法。」大寶説。

「所以，必須重新屍表檢驗，必須解剖！」我拍了拍桌子，喊道。

喊歸喊，但畢竟我只是個法醫，所以喊完之後的幾個小時裏，依舊一點消息都沒有。中午在市局食堂吃了飯之後，我焦急的心情漸漸也就平靜了下來。等到了下午時分，各路人馬幾乎都完成了工作，返回了市局。

最先返回的是林濤。

通過現場勘查，整個現場單元樓道裏找不到甚麼明顯的痕跡，林濤他們上了樓頂，卻發現這個樓頂不像現在很多高層建築的樓頂可以隨意上去。因為這些多層建築的樓頂架設了很多太陽能熱水器，所以為了防止有人偷配件或者破壞，樓頂的小門是鎖閉的，鑰匙只有物業那裏才有。

既然樓頂上不去，林濤覺得墜落點就只有可能是這個 5 棟 2 單元某戶的窗戶了。可是，死者既然不是這個社區的居民，那他是如何進入某戶家裏的呢？因為林濤也發現了疑點，所以他就組織了人手對着落點附近進行了勘查。

很快，他就發現了問題。

在死者墜落點附近，有一根排水管，其作用就是讓屋頂的積水可以排下來順便灌溉綠化帶。這根排水管直徑大約 30 厘米，管子上有固定的鐵條。排水管的兩側，就是每層樓房間窗戶下的空調架了。這樣的管子、鐵條和空調架，就形成了一個室外通道，只要有一定的攀爬能力的人，就可以順着管子向上攀爬，直達目標窗戶的。

好在現在經過公安機關的嚴厲打擊，入室盜竊的案件少了很多，否則這樣的排水管結構，就是盜竊分子的天然梯子，對這些沒有安裝防盜窗的住家，盜竊分子是可以隨意進出的。

而林濤的發現，就在這條排水管上。從管子上的擦蹭痕跡來看，符合一個人不久前從這個管子向上攀爬的特徵。林濤讓物業管理在管子旁邊搭了梯子，自己則一點點向上勘查。經過勘查，在多處管壁上發現了死者的指紋，在二樓空調架上也發現了和死者鞋底花紋一樣的足跡。

因為梯子長度有限，林濤只能看到攀爬痕跡繼續向三樓延伸，而無法具體確定痕跡抵達了幾樓。不過這一發現讓林濤心裏有了底，可以說明死者生前是順着這根管子往上爬的，爬到了三樓或三樓以上，可能就墜落了。具體他為甚麼要爬管子，為甚麼會突然墜落，林濤知道這不是痕檢能解釋的了。

緊接着，偵查部門也傳回了調查結果。

焦昊，是青鄉市三中高三學生，學習成績一般，但是品行沒有甚麼問題，普普通通的一個高中生，性格不算外向也不內向，除了長得很帥之外，沒有甚麼特別突出的地方。焦昊的父母很早就離婚了，母親帶着他生活，還要賺錢，所以對他管束不多，但他本人還算自覺，沒有讓母親操過甚麼心。

焦昊昨天一天都在學校上課，下午準時下課回家，沒有甚麼異常情況。

明確了死者身份，就比較方便調查他為甚麼會出現在這個社區裏。通過對事發社區 5 棟 2 單元三樓及以上住戶的調查發現，四樓 04 戶也是一個單親家庭，女孩跟着父親生活。而這個女孩和焦昊是同一所學校同一年級不同班的同學。

女孩叫張雅倩，18 歲，高三學生，學習成績在班上靠後，但是品行還是不錯的，為人也乖巧。她的父親叫張強，是銀行信貸部經理，三年前因車禍喪妻之後，沒有再娶，而是一個人帶着女兒。其社會關係簡單，主要精力都在工作上，沒有甚麼前科劣跡。

調查結果出來後，同年級的男生和女生，自然會讓大家想到戀愛這方面了。所以劉支隊立即向局領導進行了彙報，獲取了對張雅倩家搜查的手續，並準備請張雅倩和張強到派出所詢問。

張雅倩和她的班主任，從學校被兩名便衣女警請到了派出所，而張強卻神秘失蹤了。根據調查，張強是乘坐早上 8 點的高鐵去了北京。青鄉警方立即通過省廳聯繫了北京警方，希望他們可以配合先將張強控制住，同時青鄉警方急派一組人前往北京把張強帶回。

接到通知的林濤，還沒有回到局裏，就重返了現場，對張雅倩家裏進行了搜查。畢竟跟着我們一起勘查現場這麼多年，對於法醫勘查的要點，林濤也是熟記在胸。對張雅倩的床單進行勘查後，林濤用生物發現提取儀發現了多處可疑斑跡，初步懷疑是精斑。同時，林濤還發現了少量血漬。林濤一方面將床單上的可疑斑跡處用紅筆圈了出來，再將床單整體提取送到了市局的 DNA 檢驗室，另一方面告訴派出所同儕，讓他們帶張雅倩去醫院進行一次婦科檢查。

經過婦科檢查，確定張雅倩是處女膜新鮮破裂，對其會陰部擦拭物和床單斑跡的初步檢驗，檢出人類精斑陽性。DNA 檢驗正在進一步進行中。

但是有了這些線索，對於事件的大概經過，大家心裏似乎都有了一些底。

程子硯那邊卻收穫甚微。從社區門口的監控可以看到死者焦昊昨天晚上 11 點鐘獨自進入社區，直接朝 5 號樓的方向走去，沒有人尾隨或者伴隨，至此就再也沒有出現過。通過對社區各個主幹道監控的觀察，沒有看到甚麼可疑監控，也看不到焦昊的身影。

「所以，墜落點，你找到了？」我盯着林濤問。

林濤咕咚咕咚地喝了幾大口水，說：「沒有，家裏很乾淨，不可能穿鞋進入，張雅倩的窗台上找不到任何痕跡。」

「所以，還是得等屍體解剖結束，才能知道結果啊。」我說。

「我們現在都在分析過程應該是這樣的。」林濤說，「男孩子和女孩子談戀愛，學那些言情劇、童話裏的故事，男的爬窗戶來到四樓張雅倩的窗戶外，進入女孩子房間，兩人發生了關係之後，男孩子還想從排水管爬管子離開，結果不慎墜落。女孩知道這一切，但是因為害怕，所以甚麼都不敢說。」

「為甚麼不走大門離開？」我問。

「張強是早晨 8 點的高鐵離開的，估計 7 點鐘才會從家裏出發。」林濤說，「在此之前，張強一直在家裏，男孩子是來『偷情』的，怎麼從大門離開？」

「現在我們揪心的是，男孩子脖子上有非高墜形成的損傷，有窒息徵象。」大寶說，「而且高墜形成的枕部挫裂口，沒有生活反應，我們怕是死後高墜。」

「啊？是命案啊？」林濤瞪大了眼睛，想了想，說，「這也能解釋。男孩子爬管子來強姦女孩子，被她爸發現了，她爸掐死了男孩子，然後扔下樓。」

「強姦？」我搖搖頭，說，「女孩父親和他們就隔了一道門，女孩子發出聲音大一點，她父親也能聽見的。」

「那就不是強姦，還是偷情。」林濤說，「偷情完了，被女孩父親看見，一氣之下，也有可能掐死。畢竟，他們都還只是 18 歲的孩子。我設身處地地想一想，如果我是女孩的父親，我也有可能去掐死那臭小子。你還記得那繼父想要抓住性侵自己女兒的男孩的案件[2]嗎？」

「為甚麼不能是女孩子幹的？」大寶說，「假如這倆人談戀愛，有了第一次，結果男孩又想要分手，女孩子一怒之下，趁他睡着的時候，掐死了他。男孩子也瘦瘦弱弱的，被掐死估計也不難。」

「你們推斷的都有可能。」我說，「但這都得等到屍體解剖工作能夠正常進行之後再說，到時候究竟是怎麼回事，就一目了然了。」

「小羽毛正在做工作呢。」林濤說，「其他偵查部門的同事也都撲下去了，圍繞兩個孩子在學校的生活情況進行全面調查。」

「不屍檢，光調查也沒用啊，就算問出了甚麼，也沒有證據支撐啊。」我歎了口氣，說道。

直到天色已黑，晚飯時間已過，陳詩羽那邊還是沒有傳來消息，我的情緒也是越來越焦躁。

---

2 見法醫秦明系列眾生卷第三季《玩偶》（北京聯合出版公司，2021）「繼父之愛」一案。

偵查部門正在不斷地傳回消息，調查情況逐漸明朗了起來。

根據學生們的反映，焦昊和張雅倩確實是戀人關係，兩人經常會在學校課間偷偷約會，放學也會一起離開。但是焦昊因為長得比較帥，最近有其他女生主動在追焦昊，而焦昊也表現得有些曖昧。張雅倩的同桌反映，張雅倩最近情緒有一些低落，但是沒有和別人吐露心聲。

事發當天，兩人都是正常上學、一起放學，然後也是各自回家，並沒有任何異常的表現。而焦昊的手機密碼被破解後，我們看到了他和張雅倩的聊天記錄。聊天記錄應該被刪除過，留下的資訊不多，但是可以看出在事發當晚，兩人是約好的在張雅倩家裏見面。

「感情糾紛，那張雅倩的嫌疑可就提升了。」大寶說。

「如果是張雅倩幹的，張強為甚麼要跑？」林濤問。

「也許是故意跑的，一來試探警方的調查情況，二來即便警方發現了真相，他也可以為自己的女兒頂罪。」大寶解釋道。

「那張雅倩本人怎麼說？不是被帶去派出所詢問了很久嗎？」我問。

一名偵查員說：「她情緒崩潰了，在派出所一直哭，全身都在發抖，我們很擔心她的身體受不了，現在是一名女警和一名醫生陪着她，但是她一個字都沒說。」

「情緒崩潰了，肯定是有問題的。」我沉吟道，「唉，關鍵還是屍檢啊。」

話音剛落，陳詩羽滿頭大汗跑進了會議室。

「怎麼？工作做通了？」我立即站了起來。

「嗯。」陳詩羽點了點頭，說，「我的天，這家人，可真是難纏，好話歹話說了一大籮筐，就是各種繞。說白了，她可能覺得自己孩子是自殺的，怕我們查清之後，就不管了。焦昊的親戚給他媽出主意，現在就要開始鬧，政府怕輿情，多多少少會賠一些錢，所以他們才這樣鬧的。」

「這，都是甚麼邏輯！」我感歎了一聲，說，「她自己作為監護人，不負責？」

「焦昊的母親是護士，昨晚夜班，家裏沒人。」陳詩羽說，「這也怪不到她，一個女人，撫養一個孩子，不容易。」

「所以，你是怎麼說服她的？」我問。

陳詩羽抬起頭，一臉疑惑地問：「案件都破了，你們不知道？」

「案子破了？」我更是詫異，「甚麼叫案子破了？」

「張強在北京落網，到了當地的派出所，就交代了，現在正在辦移交手續，明早帶回來。」陳詩羽說，「張強說，他早晨5點鐘去叫女兒起床，看見女兒在哭，旁邊睡着一個男子。他勃然大怒，就順手拿了一根手機充電線，一把繞在男人的脖子上，使勁勒。勒死之後，他把屍體從樓上扔了下去。就這麼簡單。」

突如其來的消息，讓我思緒如麻，我重新坐下來，整理着腦海裏的各種線索。

「因為是命案，焦昊的母親這不就有追究的目標了嘛，所以同意解剖了。」陳詩羽說，「畢竟她也清楚得很，既然是命案，如果因為她干擾了辦案，吃虧的還是她自己。」

「好嘛，要麼就是不讓我們解剖。讓我們解剖的時候，就已經破案了。這太沒存在感了，太沒存在感了。」大寶攤開雙手說。

我搖着頭，說：「不，有問題啊。」

大家一起抬着頭看我。

我清了清嗓子，說：「死者頭枕部的那一處沒有生活反應的高墜傷口，倒是可以解釋了，但是，頸部沒有索溝[3]啊！」

「你不是說頸部皮膚有些不正常嗎？」林濤說。

「不，我說的不正常，是指可能存在皮下出血。」我說，「如果是壓、扼、掐，是有可能形成這樣的損傷的。但是用繩子勒，可就不一樣了。如果不在頸部皮膚上留下索溝，怎麼可能壓閉氣管呢？別說用充電線這種細繩索勒了，就是用絲巾這種粗的繩索勒，能勒死人的話，就一定會留下索溝。」

「嗯，接觸面積小，壓強大。」林濤說。

「所以，這個張強的證詞肯定是有問題的。」我接着說，「還有，死亡時間也是對不上的。我之前在現場對屍體溫度進行了測量，對屍體現象也進行了觀察，我總覺得應該是夜裏2點鐘左右死亡的。但是張強說是5點多殺人的，感覺也有問題。」

---

3 索溝：人體軟組織被繩索勒、縊後，皮膚表面受損，死後會形成局部皮膚凹陷、表面皮革樣化，會完整地保存下被繩索勒、縊時的痕跡。這條痕跡被稱為索溝。

「他都交代了殺人的過程，還有必要和我們隱瞞甚麼嗎？」陳詩羽好奇道，「畢竟屍體還沒有檢驗，會不會檢驗以後，就知道癥結所在了？」

「隱瞞也是有可能的，剛才大寶提醒了我。」我說，「如果真的是張雅倩殺死了焦昊，那麼張強就有可能為自己的女兒頂罪啊！」

「可是他要是為女兒頂罪的話，也肯定得按照女兒說的死亡時間和殺人方式來招供啊。」陳詩羽說。

「你剛才也說了，張雅倩去了派出所之後，一直在哭，一直在發抖。」我說，「那她在學校的表現如何？」

「這個也問了。今早去了學校，張雅倩就一直趴在座位上，大家以為她生理假，所以沒去過問。」陳詩羽說。

「就是啊。」我說，「如果真的是這個張雅倩殺人，那對她的心理衝擊是不言而喻的。很有可能張強只是發現了焦昊的屍體，而張雅倩因為過度恐懼，無法把過程和自己父親描述清楚，所以張強就只能根據自己的想像來了。如果我是張強，看到這一幕，又看到死者頸部的損傷，他肯定認定是女兒勒死了死者。只是，他不懂甚麼是頸部擦挫傷，甚麼是索溝。我相信，把屍體拋下樓，應該是張強幹的，因為張雅倩搬不動屍體。然後張強故意逃離青鄉，就是為了吸引警方的注意力。」

「一個小女孩，剛剛和男朋友那啥，而且她還是第一次。過後，就去把他掐死，這個，不合常理啊。」陳詩羽百思不得其解，說，「不管怎麼說，就算是有疑點，也是可以通過屍檢來解決的吧？」

「希望可以解決。」我說，「不要緊，等我們屍檢結束，一切就水落石出了。對了，現在已經晚上8點了，解剖室的照明沒有問題吧？」

「雖然是老解剖室，但照明還是勉強可以的。」孫法醫撓了撓腦袋說，「不行的話，我就用強光手電筒輔助照明。」

「嗯，好，還是你了解我。」我說，「畢竟人命關天，等到明天再解剖，我是等不及的。走，我們出發。」

青鄉市殯儀館內的解剖室還真是有一些年頭了。照明全靠屋頂的那幾根日光燈管，有的燈管還不能常亮，更別提甚麼無影燈了。

這大晚上的，一進解剖室，就像是進了恐怖片現場，周圍一片漆黑死寂，唯獨這一間小房子亮着，還忽閃忽閃的。大老遠的，林濤就開始念叨起來，說燈管壞了，怎麼也不修一下，這樣的地方不適合夜間工作甚麼的。

大家都暗自笑着，沒有接話。

屍體已經被停放在解剖台上了，依舊呈現出在現場那樣半側臥位的姿勢，但是屍僵已經形成，所以顯得姿勢很奇怪。

我穿戴好解剖裝備，見林濤已經把屍體的原始姿態照相錄影完畢了，於是開始檢驗屍體的衣着。

「死者的內褲是扭曲的，衛衣褲子的褲腰也沒有整理好，顯然不是正常衣着姿態。」我說，「這種衣着情況，不可能在高墜的時候形成，所以他死亡的時候，可能是全身赤裸的，只是有人給屍體穿好了衣服。」

「結合張強交代的，應該是他拋屍之前穿的。」大寶說。

我點了點頭，說：「大寶，你把屍體的屍僵破壞，擺正了，然後林濤給屍體照正面照。」

說完，我開始依次剪下死者的指甲。雖然我知道，死者和張雅倩發生了性關係，指甲內當然能檢出張雅倩的 DNA，但這也是屍檢的必須流程，要照做。

而對屍體的照相也是有規範流程的，那就是對死者的正面、兩個側面、背面、頭頂、腳底和面部正面都要進行拍照。這些拍照完成之後，才會對屍體的重點部位，比如眼瞼、口鼻、頸部進行特寫拍照。

大寶費力地把屍體擺正，然後破壞他屈曲的頸部的屍僵，想讓屍體把頭「抬」起來，讓林濤可以拍攝清晰的正面照。林濤則端着個相機，站在拍攝凳上，把鏡頭對着屍體的面部。

我正在專心致志地剪死者的指甲，突然聽到林濤「啊」的一聲慘叫，拍攝凳突然倒了，林濤一屁股坐在了地上。好在凳子高度只有 40

厘米，他摔下來也只是屁股着地，看起來並沒有受傷。

「怎麼了？凳子壞了？你不是天天嘲笑我的體重嗎？你也有壓壞凳子的經歷了吧？」我笑嘻嘻地把前臂伸過去，想讓林濤扶着我站起來。

可是林濤半天沒有動彈，坐在地上，抱着相機依舊在瑟瑟發抖。和之前小羽毛描述的一樣，嘴唇發青、呼吸急促。

我意識到林濤這表現顯然不太對勁，連忙脫下手套，蹲在林濤身邊說：「怎麼了？沒事吧？哪裏不舒服嗎？」

「他，他，他沒死。」林濤指着屍體説道。

「怎麼可能沒死？」我說，「屍斑屍僵都出現了，確證死亡了。」

「那，那就是詐屍。」林濤依舊哆哆嗦嗦地説道。

「你瞎説甚麼呢？」我笑了起來，我知道林濤能這樣害怕，就是身體沒大事。

「他，他剛剛，剛剛歎氣了！歎氣了！」林濤説道。

我一把把林濤拉了起來，問大寶：「真的？」

大寶幾乎沒有理睬林濤的摔倒，而是用兩支止血鉗夾起死者的眼瞼，正在仔細觀察。見我問他，於是回答道：「少見多怪，死後歎氣而已。啊，不過死後歎氣的確很少見。就連我和老秦都見得少，林濤你是第一次見到吧？」

「啊？死後，還能歎氣？」林濤這才停止了發抖，怯生生地問道。

「是真的死後歎氣？」我的臉色倒是嚴肅了起來。

「是的，死後歎氣，就剛才。」大寶説道，「你看，他的雙側眼瞼球結合膜都有出血點，窒息徵象還是很明顯的呢。」

「可是，問題就來了。」我看了看一臉茫然卻又忍俊不禁的陳詩羽和程子硯，說，「死後歎氣，一般多見於縊死或者勒死。因為這種死亡的屍體，頸部呼吸道被鎖閉，所以胃內因為屍體輕度腐敗而產生的氣體，無法通過呼吸道自然排出，當法醫把頸部繩索一打開，氣道瞬間通暢，擠壓在體腔內的氣體就會噴湧而出，而屍體就會發出歎氣的聲音。這就叫作『死後歎氣』，是頸部受壓致死死者容易發生的一種現象。聽起來挺嚇人的，但是見多了，也就沒甚麼了。」

「難道，死者還真是被張強用充電線勒死的？」陳詩羽問道。

「不會。」我說，「我說了，勒死得有索溝，他頸部明顯是沒有索溝的。連索溝都沒有，何來閉塞的呼吸道？所以，我覺得你們不太可能聽得見死後歎氣。」

「真的有！真的歎氣了！」林濤聽我這麼一說，立即又緊張了起來。

「是的，歎了。」大寶也抬起頭，看着我，確定地說道。

「那我就不知道怎麼回事了。」我心存疑慮地說道。

「DNA那邊傳來了消息，張雅倩體內提取的擦拭物和現場床單上，都檢出死者焦昊的精斑，床單上的血跡是張雅倩的，這和我們預估的一樣。」陳詩羽看了看手機，說道。

「好的，死者焦昊的生殖器擦拭物也要送檢。」我和大寶合力脫下死者的衣物，對屍體進行了簡單的屍表檢驗，然後把檢驗重點放在了死者的頸部。

「酒精魔法！」大寶喊了一聲，用酒精棉球開始擦拭死者的頸部皮膚。

經過幾輪擦拭，死者頸部的一條條紅色印記就顯現了出來。

「看，死者的頸部皮膚多處擦挫傷，現在很明顯了吧。」大寶一臉成就感地說，「喏，這兒還有新月形的表皮剝脫，很明顯是指甲印啊。」

「喔！還真是被掐死的。」陳詩羽說，「結合我們辦的命案積案，我現在更能感受到法醫的重要性了。命案積案，因為兇手的交代和法醫的檢驗不符，挖出了隱案。這案子，張強的交代和你們的檢驗不符，說不定能破解一個父親為女兒頂罪的真相。」

「別急。」我說，「我來量一下。」

說完，我用比例尺測量了一下死者頸部皮膚上新月形的表皮剝脫，說：「這個指甲印的弧度比較平，應該是拇指的指甲印，我量了一下，弧邊長 1.8 厘米。我們這兒有男有女，你們自己量一下自己的，哪兒有女性的拇指弧邊有這麼長的？」

大家都紛紛用比例尺量了量自己的。

「我只有 1.3 厘米。」陳詩羽說。

「所以從這個指甲印的弧度和長度看，怎麼看都是男子的手指形成的。」我說。

「啊?還真是張強幹的啊?」大寶説,「這家裏,不會進來別人了。」

「是啊,那要真是張強幹的,他為甚麼要在殺人方式上撒謊?」陳詩羽追問道。

「這,我也不知道。」我説,「不要緊,解剖屍體,尋找答案,法醫工作的魅力就在於此了吧。」

屍體上唯一的損傷是在頭部,所以我決定我來解剖頭部,而孫法醫和大寶一起對胸腹部同時進行解剖,算是加快解剖進度。

在我剃除死者頭髮、切開死者頭皮、鋸開顱骨之後,大寶他們也打開了屍體的體腔。

「死者頭部的這一處損傷,很明顯是死後傷,頭皮下都沒有出血。」我説,「顱骨也沒有骨折,顱內沒出血和損傷。男性的顱骨通常比女性的厚實,高墜的那個白領是從二樓摔下來的,頭部損傷非常重。而他是從四樓下來的,顱骨都沒骨折。」

「不一樣。」大寶説,「那個白領的案子,摔在水泥地上,他是摔在土地上。而且白領那案子的現場是辦公樓,因為一樓挑高了,所以二樓和這個民宅的四樓其實差不多高。」

「説得也是。」我又仔細檢查了一遍死者的頭部,除了腦組織血管淤血之外,沒有其他損傷和可疑現象了。我取下了腦組織,看了看顱骨岩部,很明顯有出血徵象。

「死者的內臟器官淤血,心血不凝,很明顯,是機械性窒息致死。」大寶説道。

「嗯,顳骨岩部出血也明顯,死因是窒息應該是沒問題的。」我示意林濤照相,然後把死者的大腦放回腦殼內,開始縫合頭皮。

「胃內,有一些食物殘渣,但是不多,殘渣成形,幾乎沒有甚麼消化程度。説明死者在死亡前不久,還吃了一些零食。」大寶從死者的胃內,舀出一些米湯一樣的東西,用手捏了捏,説,「感覺脆脆的,像是膨化食品。」

「死者的肝臟斷裂,是震盪傷,但是毫無生活反應。」孫法醫説道。

「這個損傷,和白領那個很像。」我説,「都沒有甚麼出血,但是這個死後墜落導致的肝臟破裂口處沒有生活反應,而白領那個破裂口處還是有充血發紅的情況的。」

「看來屍檢也就這樣了，沒甚麼其他發現了。」大寶說。

「頸部不是還沒看嗎？」我把手套上的血跡清洗乾淨，拿起手術刀走到了屍體頸部旁邊。

「頸部損傷從體表就能看出來啊。」大寶說。

我沒理睬大寶，用手術刀劃開了頸部皮膚。皮膚下面的暗紅色肌肉色澤均勻、條理清晰，沒有任何損傷跡象。

「不對啊。」我說，「扼頸導致死亡，怎麼可能不傷及肌肉？」

「皮膚損傷就很輕，會不會是有甚麼東西襯墊啊？」大寶也奇怪道。

「有東西襯墊，怎麼可能留下指甲痕？」我說，「這樣的損傷只能用『抓撓』來解釋。因為抓撓可以形成頸部皮膚的損傷，但是形成不了皮下肌肉層的損傷。」

「可是抓撓，不至於機械性窒息啊。」孫法醫也急了。

「是啊。」我沉默了，腦子裏又是一團亂麻。

我用最快的速度逐層分離了頸部的肌肉，暴露出了氣管。可是，整個頸部的肌肉，都沒有任何損傷出血的跡象。

頸部只有皮膚損傷，沒有肌肉損傷，死因卻是機械性窒息，而且還有死後欺氣的現象。這些疑點該怎麼用一種方式來解釋呢？

突然我靈光一閃。

「來吧，掏舌頭，看看喉部的情況。」我說，「我現在很是擔心，我們抓錯人了。」

「抓錯人了？」陳詩羽連忙問道。

「別急。」我拿起手術刀，沿着死者的下頜下，切開肌肉。

「你是懷疑，他是意外哽死？」大寶說，「那是不是太不合理了？畢竟張強拋屍還認罪了。」

「合不合理，得眼見為實。」我切開了下頜下的肌肉，把手指伸進屍體的口腔，拽住舌頭，從下頜下掏了出來。

當我把屍體的整個喉部取出來、切開之後，並沒有發現氣管或者食道內有任何可以阻塞氣道的異物。

「你看，我就說不可能嘛。」大寶說，「哪有東西。」

我看了看手中的屍體喉部，又看了看大寶，說：「難道，你還看不出問題所在嗎？」

「甚麼問題？」大寶又伸過頭來看了看，説，「喉頭有充血？」

「死者的喉頭部位明顯增大、發紅，你再看看呼吸道。」我把喉頭內側翻過來給大寶看，幾乎看不到甚麼縫隙。

「喉頭水腫？」大寶瞪大了眼睛説，「你説他是喉頭水腫死的？」

「是的，他不是被掐死的，也不是被哽死的，而是因為喉頭水腫，堵塞了呼吸道，導致無法呼吸而窒息死亡的。」我説。

「我們以前倒是遇見過一個案件，一對新人結婚，新娘當天重感冒，走完結婚儀式、鬧完洞房後非常疲勞，晚上重感冒進一步加重，因喉頭水腫而窒息死亡了。」大寶説，「他也感冒了？」

「沒有。」陳詩羽肯定地説道。

「喉頭水腫經常見於過敏。之前的死後歎氣，就是因為喉頭水腫導致呼吸道閉塞，體內的氣體出不來。在我們破壞屍僵後，調整死者的頸部位置，讓喉頭出現了一些縫隙，氣體就排出來了。」我説，「感冒的時候造成喉頭水腫，也是因為過敏症狀。所以一旦感到喉頭堵塞呼吸困難，是要及時就醫的。」

「過敏？」陳詩羽沉吟着。

「不會錯的。」我自信地説，「林濤，你在對張雅倩家進行搜查的時候，是不是在房間裏，找到了零食袋子？」

「哦，是的，好像是有一個蝦條的包裝袋。」林濤見我對死後歎氣有了解釋，也就不那麼害怕了。

「小羽毛，你去查查，死者的母親應該是心裏有數的，死者對蝦過敏。」我説。

「那張強為甚麼會承認殺人？」陳詩羽疑慮未解。

「這個，你只需要好好詢問張強和張雅倩，一定會找到他冒認殺人的真實動機的。」我説，「我看啊，又多半是一個不恰當的『父愛如山』。」

「也就是説，你要定這是個意外！」孫法醫説，「我們怎麼和焦昊家屬交代？他們會信嗎？」

「我們只要尊重事實真相，別人信不信不是我們能左右得了的。」我説，「剛才提取的幾管心血，送一管去醫院，進行 IgE 檢驗[4]。根據

---

4 編注：IgE 檢驗即免疫球蛋白 E 檢驗，是一種過敏測試。

IgE 的數值，可以證實死者就是死於因過敏引起的喉頭水腫，造成呼吸道堵塞從而機械性窒息死亡。」

「那他頸部的損傷呢？」大寶問。

「那是他自己形成的。」我說，「你測量一下他拇指的弧長，1.8 厘米。他呼吸困難，痛苦萬分，用手抓撓頸部，是下意識反應。」

說完，所有的疑點似乎都有了解釋，大家都沉默了，好像都不太能接受這樣的結果。

我脫下了解剖服，洗完手，拍了拍陳詩羽和孫法醫的肩膀，說：「你們受累，一方面好好問問張強和張雅倩；另一方面，好好給家屬進行解釋。拜託了。」

心底的疑慮放下了，我這一覺睡得格外香甜。朦朧中，我能感受到同屋的林濤一晚上都在輾轉反側，也許是因為對我們的結論不放心吧。

這樣出乎意料的結果，更是讓陳詩羽無法入眠，直到第二天一早，我們才知道陳詩羽是徹夜未眠參與了調查工作。

陳詩羽最先是和焦昊的母親又談了一次，他母親坦言，從焦昊很小的時候，就發現他對蝦過敏，過敏症狀是打噴嚏、流鼻涕之類的。因為他母親本身就是醫護人員，對這一方面很重視，所以之後就一直杜絕他吃蝦子，他自己也慢慢形成了習慣。拿到這份口供對於整個案件證據鏈的組成非常重要，因為之後他母親聽說有可能是過敏致死後，立即改了口供，說並沒有對蝦過敏這回事。但此時改口供已經來不及了，因為白紙黑字紅手印；加上醫院的 IgE 檢測結果，可以明確焦昊確實是死於過敏引發的窒息。

對張雅倩的詢問也慢慢地順利起來。時間是良藥，過了一整天的時間，張雅倩開始克服了自己的恐懼心理，思維也漸漸清晰起來。在陳詩羽的細心勸說和詢問之下，她也把事情的經過斷斷續續都陳述了出來。

其實這一晚的事件，源於張雅倩的吃醋。

從高二時候開始，張雅倩和焦昊就確立了戀愛關係，本來兩人可以在一起互相促進學習，倒也不是壞事。可是上了高三後，焦昊似乎和其他幾個女生也有了一些曖昧的關係，這讓張雅倩坐立不安。到了事發前幾天，焦昊和他們班的一個女生在學校小樹林裏接吻，被張雅倩看到了。張雅倩此時並不是想着如何分手，而是想着如何把焦昊從那個女生的手裏奪回來。於是，她想到了焦昊曾經向她提出的性需求。張雅倩在事發當天中午找到了焦昊，告訴他如果能回到她身邊，就可以滿足他的需求，焦昊興高采烈地同意了。

　　按照約定的時間，焦昊抵達了張雅倩家的社區。可是原本應該去北京出差的張強，因公司有事延誤了一天去北京，此時也在家中。但焦昊根本無法再等一天，於是決定從水管上爬去張雅倩家裏。水管的結構特殊，這個年輕的小夥子無驚無險地順着水管進到了張雅倩的房間。張雅倩也被焦昊這種「冒險」精神而感動，如約和他發生了關係。

　　完事後，大約凌晨1點鐘，睡在張雅倩身邊的焦昊說自己肚子餓了。張雅倩就說床頭櫃上有零食，自己拿着吃。為了不引起張強注意，他們在房間裏沒有開燈，所以焦昊摸黑拿了一袋零食，一會兒就全部吃完了。吃完後，焦昊又來了精神，再次提出需求。張雅倩雖然感到很疼，但還是勉強同意了。

　　在發生關係的時候，張雅倩因為疼痛，而下意識地掐住了焦昊的脖子，可是就在此時，焦昊突然倒了下去，雙手在自己的脖子上抓撓，說不出話。這突如其來的變故，把張雅倩嚇壞了，她連忙學着電視裏的樣子，給焦昊進行心肺復蘇。可是越壓焦昊的胸，他掙扎得越劇烈，最終驚動了張強。

　　張強進入房間的時候，焦昊已經沒有了呼吸心跳。

　　張雅倩此時大腦一片空白，幾乎說不出話來。張強急問這是怎麼回事，張雅倩只是斷斷續續地說自己「勒」死了焦昊。張強也瞬間就崩潰了，他坐在張雅倩的房間，看着一直在哭泣、顫抖的女兒看了一個多小時，決定偽造現場。他給屍體穿好衣服，從視窗把屍體扔了下去，然後對女兒說，警方如果找到她，就甚麼都別說，一個字也不能說，由他這個父親來應付警方。

　　對張強的訊問，也基本上證實了這件事情。事情發生後，張強是想兩步走，第一步就是看能否誤導警方認為這是一宗普通的高墜自殺

案件，如果不可以，警方也有可能會懷疑焦昊是攀爬水管不慎跌落的。第二步就是如果警方已經掌握了焦昊是被「勒死」的資訊，那麼最有可能懷疑到「脫逃」到北京的張強。

也就是說，從那一刻起，張強已經做好了為自己女兒頂罪的準備。這才有了後來的不實口供。

「我知道了，老百姓對於『掐』、『扼』、『勒』、『縊』這些特定的動作名詞是沒有辨識度的。」大寶說，「當時張雅倩想和張強說的是，自己掐死了焦昊，卻說成了『勒死』，這就給張強造成了一個誤解，是用繩子勒的，才會編出那樣一個謊話。」

「真的是頂罪啊，這就是所謂的『父愛如山』？」陳詩羽說，「這小丫頭也真是可悲，是不是自己弄死的，心裏一點數都沒有嗎？」

「畢竟還是個孩子。」我說，「當時的狀況，本身就是冒天下之大不韙來偷情的，這種事情是絕對不能給自己父親知道的。出了事之後，她的心理肯定是瞬間崩塌了，而焦昊發病又恰恰是張雅倩掐住他脖子的時候，所以她就會認為是自己害死了焦昊。」

「還做 CPR 呢，其實啊，真的有很多人都知道 CPR 怎麼做，但是並不知道甚麼時候做。」大寶說，「當時的焦昊有意識、有心跳，只是呼吸困難，做甚麼心外按壓啊？如果及時通知 120，能及時打開氣管通道，這個焦昊是有救的。」

「慌亂的時候，是無法正常思考的。」我說，「有些事吧，就是那麼湊巧。比如過敏這件事，他以前吃了蝦，也不過就是打噴嚏、鼻塞而已，這次只是吃了蝦含量很少的蝦條，為甚麼會致死？」

「我知道。」大寶舉了舉手，說，「一來是空腹，吸收程度高；二來是因為爬管子、熬夜加上做那事兒，過度疲勞導致抵抗力嚴重下降；三來是蝦條吃得太多，蝦含量再少，也足以引發過敏。」

「是的，可能是有這些原因。」我說，「個體有很大的差異，即便是同一個體，在不同的時間對某種同樣的事物的反應也可以天差地別。」

「通過各方面的調查取證，撤銷這一宗殺人案是證據確鑿的。」

陳詩羽説，「但是偵查部門也在就張強涉嫌侮辱屍體罪進行調查。」

「是啊，證據確鑿，各個證據可以組成完整的證據鏈，説服力很強。」我説。

「那只是説服偵查部門。」陳詩羽撲哧一笑，説，「可是焦昊的母親完全不理解這個結論，先是推翻了自己之前説焦昊對蝦過敏的證詞，後來又提出了各種質疑。」

「可以理解，畢竟一開始警方告訴她是命案，現在又説是意外，她肯定不會善罷甘休的。」我説。

「你們法醫的工作不容易啊，估計又得質疑你們的鑑定結果。」韓亮笑着説，「師父又得找你們了。」

「法醫專業內容多且深，有很多民眾不理解的地方。」我説。

「張強的態度倒是很誠懇的。」陳詩羽説，「他對自己侮辱屍體的犯罪行為供認不諱，也主動提出，會傾盡家產，對焦昊家裏進行賠償。只可惜，焦昊的母親並不買帳，堅持要求公安機關以故意殺人罪懲處張強。」

「沒關係，我相信孫法醫他們會耐心解釋好的。」我説，「畢竟焦昊母親是學醫的，能説明白醫學問題。」

「是啊，還有張雅倩的心理輔導也得跟上。」陳詩羽説，「我和派出所説了，他們會找心理醫生，對她進行心理輔導。」

「好嘛，人家都説公安就是這個社會的『兜底』職業，這明明不是警務工作，我們倒還真是考慮細緻得很。」韓亮微微一笑，説道。

「怎麼了？救人一命勝造七級浮屠，救人於心理障礙之中，那也是積德。」陳詩羽説。

「恐懼來源於自己內心的心結，只有及時解開心結，才不會留下心理障礙。」我看了一眼林濤，説，「你説是吧？」

林濤抬起頭茫然地看看我，説：「甚麼意思？」

「有些人啊，因為拔過一次牙，很疼，所以以後一到牙科診所就會恐懼。其實啊，並不是因為口腔治療有多恐懼，而是這個人的心結讓他恐懼。」我説，「怕鬼也一樣，其實怕鬼的人，多半是因為某種心結，或者模糊的記憶，讓自己對所謂的『鬼』念念不忘。」

「哪有鬼？要是有鬼就好了，我直接問他，你是誰殺的？那我就成神探了。」大寶哈哈笑着説，「我閲屍無數，從來沒見過靈異事件。」

「那是因為你們法醫身上煞氣重，小鬼不敢靠近。」林濤説，「而且古代的時候，仵作都有很多乾兒子乾女兒。那是因為很多小孩中邪了，就要找仵作當乾爹，這樣仵作身上的煞氣就可以幫小孩驅邪了。」

「那是迷信！」大寶説。

「是啊，古籍中，確實有這樣的記載，不過那都是人們不信科學信鬼神而找出的一些話頭罷了。」我説。

陳詩羽説：「沒有任何嘲諷的意思啊 —— 我就是想問，林濤你的心結真的解不開嗎？」

林濤低着頭，身體隨着車輛的搖晃而搖晃着，一言不發。

「就是啊，你以前説過，不就是小時候去古墓裏面『探險』，看到甚麼甚麼白影了嗎？」大寶説，「有必要記掛一輩子嗎？」

林濤曾經和我們説過，他小的時候和幾個玩伴一起到一個山洞裏面探險。那個山洞裏，有一口棺材，在靠近棺材的時候，幾個小夥伴似乎一起看到了有「人形白影」從眼前飄過。後來我們也討論過，既然幾個小夥伴都看見了，那也就不是幻覺了。很有可能是某種光的折射，造成了這樣的現象，讓並不懂事的孩子們心驚肉跳。也正是因為這一次的經歷，讓我們的痕檢員林濤同志，總是不敢一個人去黑暗的現場，或者在出現場的時候經常會一驚一乍。

「是啊，你們説的心結的問題，我也在思考。」林濤低着頭默默地説着。

「行了，沒甚麼大不了的。」我拍了拍林濤的後背，説，「這麼多年了，我們幾個誰不是知根知底啊？以後去黑暗的現場，這不是有我們陪着你嘛！」

「就是，下次我給你開路。」大寶説。

「你那普通話能不能標準點？」韓亮笑着説，「我還以為你要給他開顱呢。」

笑聲在勘查車裏回蕩着。

第七案

囚鳥

"
願你陷入一夜無夢的沉睡。
——美劇《西部世界》（*Westworld*）
"

1

兩天之後，師父把我叫到辦公室，告訴我一個好消息和一個壞消息。

好消息是焦昊的母親最終接受了孫法醫他們的解釋，也接受了張強賣了自己房子而提供的賠償，檢察機關則根據案件情節和焦昊母親的諒解書，決定免於對張強刑事處罰。此事算是有了個了結。張雅倩也正在接受心理醫生的幫助。

壞消息是，凌南的母親辛萬鳳接受了龍番本地一家自媒體的採訪，採訪以《二土坡命案當事者母親臥病在床》為題發佈了一篇公眾號文章。文章裏面配了兩張採訪時拍攝的照片，照片中的辛萬鳳和之前影片裏的判若兩人。她如今更加消瘦和憔悴，斜靠在家中寬闊的大床之上，身邊放着凌南的黑白遺像。看上去，辛萬鳳已經被悲痛摧毀了靈魂，仿佛命不久矣。文章內容的主要篇幅是在描述辛萬鳳現在的慘狀，稱她現在幾乎沒有能力離開那張床，每日每夜地抱着凌南的遺像以淚洗面。報導中還引用了桑荷的話，説辛萬鳳現在身體很弱，前兩天開窗透了一次氣，就感冒了。桑荷説她好像是腰椎不好，現在坐起來都費勁。辛萬鳳每天晚上都難以入睡，完全是靠着安眠藥來維持最起碼的睡眠。

雖然關注此事的線民人數大幅減少，但是這篇文章依舊收穫了「10 萬＋」的閱讀量。文章內容光是渲染了辛萬鳳的悲痛，對警方公佈的調查情況卻隻字未提，評論區裏精選的也全是吐槽警方的言論，對警方形象和公信力造成了較大的影響。

「他們甚麼都沒説。」我説，「又好像甚麼都説了。」

「這就是春秋筆法，這就是流量密碼。」林濤説。

「是啊，其實短片平台的情況更嚴重。我聽説只要在短片平台有足夠的粉絲，隨隨便便帶貨都能賺錢。要是粉絲量足夠多，還相當好賺。即便不自己帶貨，轉賣賬號也能有一筆不菲的收入。」陳詩羽説，「所以，一有熱話就蹭，已經成了當下的一種普遍現象了。」

「這些事兒，有關部門不管的嗎？任由這樣發展，後果不堪設想吧。」我説。

「哎哎哎！」師父敲了敲桌子，說，「我是來找你們商量如何管理網路平台的嗎？」

我們連忙收住了話頭。

「上個案子，青鄉的小孫，都能把那麼心懷抵觸的死者母親說服，把道理說透，你們為甚麼不可以？」師父盯着我們說道。

「啊？師父你是讓我們去找辛萬鳳？」我瞪大了眼睛。

「從這篇含沙射影的報導來看，辛萬鳳心裏是不接受我們的結論的。如果辛萬鳳完全信服了，就不會接受這一次採訪。解鈴還須繫鈴人啊。」師父說。

「可我們是法醫！是刑事技術人員！這事兒也在我們的工作範疇之內嗎？」我說。

「法醫也是警員，維護社會治安穩定，不也是你們的工作範疇嗎？」師父說。

「可是，轄區公安機關不都已經把所有的案情通報給辛萬鳳了嗎？我們還能說甚麼？」我問。

「凌南的屍檢是你們做的，你們作為鑑定人，應該去和當事人接觸一次。」師父說。

「師父的意思就是你和大寶去就行了，你們倆是鑑定人。我們又沒有出鑑定報告，我們不需要去。」林濤壞笑了一下。

「刑事技術這麼多專業，只有我們法醫是和群眾直接打交道的。」大寶指了指我，說，「不過，第一鑑定人去就行了。」

我無奈地看着大寶。

「我和你一起去。」陳詩羽說，「多大點兒事兒啊。」

說到做到，五分鐘後，我和陳詩羽就坐在了韓亮的車上。

「這幫人，只知道幹活兒，不知道吆喝，效果不一定好。」陳詩羽說，「一說到見家屬，都往後縮，心想只要問心無愧幹活兒就行了。」

「是啊，行百里者半九十，這最後讓家屬認同的一步，有的時候才是最重要的。」我無奈地說，「可是，並不是所有人都能理解、接受我們的結論。」

凌南的家果真是挺豪華的，這座別墅外形並不宏偉，裏面卻很別致，看得出內部裝修花費了不少心思，走進別墅，就像走進了宮殿一般。

保姆小荷在門口接待了我們。

「辛姐不能受風，不方便下床，要不，你們跟我去樓上主臥室裏？」小荷徵詢我們的意見。

畢竟初次到訪就進別人家臥室，是不禮貌的行為。但是師父交代的任務又得完成，我和陳詩羽交換了一下眼神，決定還是去。

小荷引着我們繞上旋轉樓梯，到了二樓，然後走過十幾米長的走廊，到了最末一間房間，敲了敲門。

「辛姐，他們來了。」小荷在門外輕聲說道。

「嗯。」辛萬鳳在裏面發出一絲若有若無的聲音。

小荷推開門，帶着我們走進去，把臥室的兩張小沙發挪到了床邊，說：「我去沏茶。」

「不用了，馬上就走。」我禮貌地向小荷笑了笑。

眼前的辛萬鳳甚至比照片裏還要蒼老，也不知道是不是我們的心理作用，我總覺得她那染成栗色的頭髮已經花白了，她眼角後面的皺紋也更明顯了。她用胳膊肘支撐着床，想要靠到床頭，不知道是不是因為腰疼，瞬間露出一臉痛苦的表情。陳詩羽連忙走上前去，把她扶着半坐了起來。

我盯着她眉間那條縱行的深深的皮膚皺褶，蠟黃色的臉和慘白的嘴唇，感覺她像是一個重病在床的病人。

「辛女士，您好。」我說，「對於這案子的處理，您對我們警方的結論有甚麼意見嗎？」

辛萬鳳低下頭去，不置可否。

「有意見的話，您可以提出來啊。不知道我們的辦案人員有沒有把我們認定結論的依據告訴您，如果您不介意的話，我可以再和您複述一遍。此案我們花費了很大的精力，可以說是事實清楚、證據確鑿。」

「這話我聽過一百遍了。」辛萬鳳有氣無力地說道。

「您要是有哪裏不相信或是不理解，可以向我們提出疑問，我們可以為您解釋清楚，這樣也可以解開您的心結。」陳詩羽溫和地說道。

「解釋有甚麼用？我的南南已經沒了。」辛萬鳳哽咽了起來，說。

「您……節哀。」我本來準備了很多解釋破案經過的話語，受到辛萬鳳的情緒感染，一下子甚麼也說不出來。這時候我才意識到臥室的空間似乎過於空曠了，少了一些人氣，涼颼颼的都是悲傷的氣味。

辛萬鳳哽咽着說：「你們都不知道，我的南南有多聽話。他是天底下最乖、最聽話的孩子！他在學校名列前茅，沒有哪個老師不喜歡他。在家裏，我們說甚麼他就聽甚麼，親戚們都羨慕我有個這麼乖的兒子……這麼好的孩子，為甚麼是他死了？你們告訴我，為甚麼是他？」

「這是一宗意外。」我說，「沒人願意看到這樣的結果。」

「培養一個孩子多不容易啊……他是我們集團下一代的希望，我們家辛辛苦苦培養他，這份家業將來還不是要他來繼承？我的南南啊……」辛萬鳳說，「他這麼優秀的一個孩子，讓媽媽這麼驕傲的好孩子……可是為甚麼？這都是為甚麼？」

「我們完全理解你的心情。」陳詩羽緩緩地說，「但是公安機關的職責是還原事實，我們不會放過一個犯罪分子，也不能冤枉一個好人。」

辛萬鳳的肩頭似乎顫動了一下，嘴唇有些發抖，說：「好人？你說誰是好人？」

「沒有。」我連忙說，「我們沒有特指誰，只是想向您表達，我們辦案都是出於一片公心。而且這個案子也都是證據確鑿的。」

「……南南是不會離家出走的。」

「沒人說他是離家出走啊。」

「……南南除了有畫畫的惡習，沒有任何不良行為了。」辛萬鳳自顧自地說道。

「畫畫不是惡習啊。」陳詩羽有些迷惑。

「不！畫畫會影響學習！你看看那些畫畫的人，都是些甚麼人！」辛萬鳳的情緒頓時變得很激動，聲音從喉嚨裏擠了出來，尖銳刺耳。

我被她的反應嚇了一跳，問道：「繪畫可以是愛好，也可以是專業，為甚麼畫畫的人不好？」

「要不是被同學帶壞了，他怎麼會去畫畫？怎麼會因為這件事和我總鬧彆扭？」辛萬鳳說完，開始劇烈咳嗽。

咳嗽着，辛萬鳳又哭了起來。好一會兒，辛萬鳳才抬起頭來，說：

「你們來得正好，最近幾天我還聽説，有人造謠説凌南和女同學開房？真是惡毒！我家南南那麼單純，而且才15歲！這些人不怕遭天譴嗎？你們警察應該管這事吧？造謠的人要抓出來槍斃的吧？」

「嗯，這個事情，我們也是剛聽説，確實是個謠言！我們會調查謠言的源頭。」我説，「會給孩子一個清白的。」

「算了，也不指望你們能查到。」辛萬鳳咬了咬嘴唇，低聲説道。

「查出造謠者這件事，我們會去落實。但是對於案件的性質問題，也請您能仔細想一想。我們警方已經竭盡所能，把細枝末節都調查過了。」我説，「如果您覺得哪些人在這個事件中可能存在民事責任，您也可以去法院尋求法律管道來解決問題。」

辛萬鳳低下蠟黃的面龐，不搭理我們。

「總之，大姐，您還是得保重身體。」陳詩羽説。

辛萬鳳艱難地挪動着身體，又重新鑽進了被窩，拿自己的脊樑對着我們。我知道，這位憔悴無比的母親是在對我們下逐客令了。

我給陳詩羽使了個眼色，説：「辛女士，我們就告辭了，如果您有甚麼解不開的心結，可以隨時找我們，我們都會給您解釋清楚。」

辛萬鳳沒説話，把身邊的遺像緊緊摟進了懷裏。

下樓梯的時候，正好碰見保姆小荷端着兩杯茶上樓。

「這就走了？」小荷連忙下樓，把茶杯放在鞋櫃上，給我們開門。

「不打擾了，如果有機會，你還是關心一下她」我説，「悲傷過度是很傷身體的，畢竟生活還要繼續。」

「唉，是啊，辛姐真可憐。」小荷也哽咽了，低聲説道，「男人不疼，唯一的希望還走了。」

我見小荷話中有話，於是問道：「對了，你們家男主人呢？怎麼從來沒見過？」

小荷做了個手勢，把我們請出了門外，然後跟了出來，關上門，低聲説道：「凌總根本不關心辛姐，也不關心南南。」

「為甚麼？」我問。

「因為他有外遇。」小荷説。

「外遇？甚麼時候的事情？」我從包裹掏出了筆記本。

「兩年前了。」小荷說，「我也是躲在房間裏偷聽到的，南南在上學，夫妻兩人在家裏大吵了一架。大概意思，就是凌總和一個女畫家開房了，被辛姐當場抓到了。那次吵架完之後，凌總就很少回家了。」

「這事，凌南知道嗎？」

「不知道。」小荷說，「辛姐告訴南南的理由就是公司經營狀況不好，凌總住公司，方便加班。」

「哦。」我這下終於明白為甚麼辛萬鳳對凌南喜歡畫畫這麼深惡痛絕了。原來是「恨屋及烏」啊！

不過這件事情，對於整個案件，似乎並沒有任何影響。

「這麼好的家庭條件，這麼乖的兒子，還要外遇。」陳詩羽冷笑了一聲。

「那他們在凌南出事後，見過幾次面？」我追問道。

「哦，你別說，最近這些天，他們經常見面。」小荷說，「不過，說起來也真寒心。凌總那麼個溫文爾雅的人，出了事就看出本性了。」

「甚麼意思？」

「他兒子死了，他居然就想着錢。」小荷說，「我聽他們夫妻倆爭吵，在說甚麼意外保險和人壽保險，好像是南南剛出生的時候，他們就給他買了保險。現在出事了，這筆保險金可以領取了，但是需要辛姐簽字。說甚麼雖然是刑事案件，但是南南確實屬於意外死亡，所以可以拿到一大筆保險金。辛姐認為她不能簽字，因為她還是懷疑這是一宗謀殺。凌總好像是要等着這筆保險金來救公司，兩個人就有爭吵了。」

「謝謝你。」我合上筆記本，對小荷笑着說。

「唉，世界對我們女人，就是這麼不公平！」小荷歎了口氣，說，「沒了南南，辛姐就甚麼都沒了。不像凌總，再找個年輕的，還能再生。」

回程的路上，我沉默着。

「沒問題啊。」我小聲嘀咕着。

「甚麼沒問題？」陳詩羽回頭問。

「這個保險金的問題，引起了我的警惕。」我說，「不過我把凌南的事情從頭到尾過了一遍，覺得我們辦得沒有問題啊。」

「能有甚麼問題呢？」

「懷疑是殺子騙保唄。」我說，「雖然以前有這樣的案件，但這一宗肯定不是。案件性質的判斷，取決於現場和屍體。這案子，沒甚麼問題。」

「對嘛，就該有這樣的自信！」陳詩羽笑着說，「從調查初期，保險的事情我們就注意過了。但其實，保險金數額也不大，估計是凌三全的公司快完蛋了，所以他才急於拿到這筆保險金。不過我覺得啊，可能也是杯水車薪。」

「但是凌三全對這筆保險金的渴求，確實會更加刺痛辛萬鳳，引發她的逆反心理。」我說，「慢慢地，就會演變成辛萬鳳覺得全世界都在針對她、欺騙她。不利於事件後期的妥善處置。」

「那我們也不好去找凌三全，讓他別急着拿錢吧？」陳詩羽說。

回到省廳，我們把從小荷那裏問來的情況告訴了龍番市公安局刑警支隊，希望他們查實一下。

支隊對這個行為很不理解，案件都已經結了，這些事情和案件又毫無關係，為甚麼我們對這個家庭的八卦那麼感興趣呢？

但支隊還是很快把這件事摸清了。

在調查中，偵查員發現凌三全和辛萬鳳原本感情還不錯，但是在兩年前突然發生了變故，凌三全一直住在公司，不願意回家。究其原因，果然是如同小荷說的一樣，凌三全在一次酒後和一名女子發生了關係，結果被辛萬鳳發現，兩人關係從此處於決裂的邊緣。辛萬鳳不允許凌三全回家，凌三全就只能在公司長住，偶爾回家看看兒子了。

而凌三全出軌的這名女子，就是原來辛氏集團下屬一家藝術培訓學校的繪畫老師，也是一名小有名氣的畫家。這果然是辛萬鳳這麼反感凌南畫畫的原因。

偵查部門本着「既然查了，就深入地去查」的宗旨，對這條婚外戀的線索進行了調查，可是反復調查並沒有發現任何異樣。這名女畫家和凌三全的關係也就僅限於那一個不冷靜的晚上，之後就沒有其他瓜葛了。女畫家也因為此事，從辛氏集團的下屬公司辭職，現在是在一個畫廊裏賣畫為生。

「丈夫出軌，受到懲罰的應該是丈夫，為甚麼連孩子也要遷怒呢？因為大人的感情糾葛，孩子單純的愛好也被遷怒，凌南多無辜啊。如果他母親沒有這麼極端地對待他畫畫的事情，是不是那天他就不會那

麼衝動交白卷離校了呢?」陳詩羽惋惜地感慨着。

「這案子吧,雖然剛開始撲朔迷離的,但是經過調查,水落石出了。」我說,「不過,如果不做後續的工作,又怎麼能把來龍去脈摸得這麼清楚呢?」

「摸清楚了也沒啥用,案子的事實就擺在那裏。」

「不,摸清楚了,對辛萬鳳的工作也可以做到有的放矢啊。」我說,「只要她願意相信事實真相,也就不存在甚麼媒體炒作了。對了,我們去市局一趟。」

「去市局?」韓亮問。

「是啊,上次讓他們調查謠言的情況,他們這次沒有給我們一併回饋。」我說,「還有,我還得去 DNA 實驗室問問,排了這麼久的隊,電線上的 DNA 做出來沒有。」

到了龍番市局,陳詩羽直接去了刑警支隊長那裏,詢問謠言源頭調查的情況。可是,經過偵查人員的調查,確實有一些同學看到了那張照片,但是那張照片已經被段萌萌毀了,究竟是甚麼樣子,誰也不知道,更不知道那張照片是誰貼上去的。

我則直接去了 DNA 實驗室,詢問張玉蘭家提取的裸露電線上,是否檢出了張玉蘭的 DNA。

出乎意料的是,電線上,沒有檢出任何人的 DNA。

「不太可能吧?」我說,「觸電的時候產生焦耳熱,肯定會留下死者的皮屑啊!」

「你幹了這麼久法醫,這些原理應該知道啊。」DNA 室的鄭大姐對我說,「DNA 檢驗的思維,不是說哪裏應該檢出 DNA,而是說有沒有檢出 DNA。不應該是推導論,而是結果論。檢出了,就說明當事人碰到檢材了;檢不出,就說明不了甚麼。」

「這個我懂,不該用我們的推理,來確定 DNA 檢驗的實際結果。」我說,「但是,我總覺得按醫學常理,應該留下 DNA 啊!」

「我猜,有沒有可能是因為留下的脫落細胞並不多,因為高溫作用,細胞壞死,也就檢不出來了。」鄭大姐說。

「是有這樣的可能，但是概率很小啊。」我說。

「概率小，不代表沒可能。」鄭大姐說，「這案件我看了，一個封閉現場，死者獨自進入現場，又在裸露電線旁邊，又確定是觸電死亡。你說，還能有甚麼意外情況嗎？」

「聽起來確實不可能有意外情況，但我還是放心不下啊。」我說，「沒事，您辛苦了，我再回去想想。」

2

回去和林濤、大寶他們述說了本次工作的結果後，林濤和大寶並沒有對這個 DNA 的異常情況有多少關注。因為案件的事實從多方面都得以印證，一個 DNA 結果異常也不能說明甚麼問題。畢竟，DNA 證據也不是證據之王。

我的心裏卻總是有那麼個疙瘩。從常理來看，案件確實沒有問題，但是怕就怕在極端的巧合。在我的工作經歷中，極端的巧合往往會導致工作的失誤。比如多年前發生的一宗意外高墜案件，因為案件調查、現場勘查的極端巧合，加之屍體損傷的極端巧合，就讓我誤判成一宗傷害致死的案件，浪費了不少警力。[1] 所以，在以後的工作中，哪怕可以 99.99% 確定的案件，只要有 0.01% 的異常，我都過不了自己心裏的關。就是因為還有極端巧合的可能性存在。

可是，如果張玉蘭死亡的案子真的有甚麼問題的話，那麼極端巧合會在哪裏呢？我一時也想不明白，所以就在這種焦慮思考的過程中度過了難熬的好幾天。

終於，又來了指令電話。

從我以往的經驗來看，辦案是緩解焦慮的最好辦法。每次當我自己出現焦慮症狀時，一旦出現案件，我就會全神貫注地投入到案件偵辦中去，焦慮症也就不治而癒了。

但是這一次，指令內容一點也不吸引人，是一宗看起來明顯是意

---

[1] 這裏講的是法醫秦明系列萬象卷第二季《無聲的證詞》（江蘇鳳凰文藝出版社，2019），「致命失誤」一案。

外的案件。但因為網路上有了相關的資訊，為了防止輿情發酵，指揮中心才指派我們前往現場進行指導。

「甚麼情況啊？」大寶坐在車上，問道。

「說是老夫妻二人，在家中因為油漆中毒，死亡了。」我說。

「啊？這種清楚的案子，也要我們去，那每年全省幾千起非正常死亡，我們怎麼跑得過來？」林濤坐在後座上，一邊清點着勘查裝備，一邊說着。

「閒着也是閒着，看上去雖然是個意外事件，這不就怕有甚麼意外嘛。」大寶說。

「嗯，主要還是有人在網上透露了這個案子的資訊，網友們對油漆也能毒死人表示質疑。」我說。

「那有甚麼好奇怪的，油漆裏有苯、甲醛，不都是有毒物品嗎？」大寶說，「前不久，我們不還辦了一宗因在油罐車內清洗空的油罐而發生的苯中毒死亡事件[2]嘛。」

「拋開劑量說結果，都是耍流氓。」我說，「我挺好奇的，現場是有多少油漆，居然能毒死人。」

「師父說，案件剛剛報案，結果存疑呢。」林濤說。

「說是這個家庭情況也很特殊。」我說，「家裏很窮。具體的，等到了就知道了。」

案發現場是在麗橋市的郊區，距離高速口不遠，所以沒花多少時間，我們就抵達了現場。

麗橋市公安局分管刑偵的強局長早已等候在現場外面，見我們的勘查車裏跳下來這麼多人，嚇了一跳。

他笑着過來和我握手，說：「不至於吧，這個簡單的事件，你們這麼勞師動眾。」

「人民群眾的事，無小事。」我也笑着回答，說，「你這麼大長官，

---

2 見法醫秦明系列眾生卷第三季《玩偶》（北京聯合出版公司，2021），「蜂箱人頭」一案。

不也親臨現場了嗎？」

「嗯，就是覺得這家子很慘的。」強局長說，「看現場之前，我先把背景資料向你們彙報一下。」

站在現場警戒帶外，強局長把死者的情況和發案的情況和我們先介紹了一遍。

死者是夫妻二人，男的叫焦根正，58歲；女的叫崔蘭花，49歲。這一對夫妻都是殘疾人。焦根正19歲的時候，因為被工地腳手架砸傷，導致雙眼角膜雲翳，全盲了，雙腿也因為這次事故留下了殘疾，走路不利索。殘疾之後，一直找不到對象。後來在40歲時，經人介紹，和同村一個智力低下的女子崔蘭花結婚。崔蘭花是自幼智力發育遲緩，基本沒有生活自理能力。兩人結婚後一年，生下一女兒焦寶寶，兩年後又生下一兒子焦成才。

17歲的焦寶寶很健康，目前是麗橋市郊區中學高三的學生，據說學習成績不錯，為人處世也很好，和班上同學們關係不錯。15歲的焦成才和他母親一樣，智力發育遲緩，目前也只有四歲孩童的智商。

一家四口人，三個殘疾人，生活的重擔就全部落在了焦寶寶的身上。

雖然政府的扶持和補助能解決焦家四口的溫飽問題，但是想要生活更加好一點的焦寶寶，一邊上學，一邊在附近的工廠打鐘點工，回到家裏還要照顧父親、母親和弟弟的飲食起居，可以說是每天都忙到腳後跟打後腦勺。焦寶寶10歲時，焦根正的腿疾更加嚴重，也幾乎喪失了生活自理能力，從那個時候起，焦寶寶就承擔了家庭的所有重任。

一晃過去了七八年，焦寶寶多年如一日，盡心盡力地照顧着自己的親人，她的孝順行為，是全村人的楷模，大家一說到她，都會不由自主地豎起大拇指。因為每個人把自己代入這個悲慘的家庭，都會覺得自己絕對不可能做到焦寶寶這樣。

案發當天，焦寶寶和往常一樣，早晨7點鐘離開家，去學校上學。中午下課後，於12點多回到了家，準備給父母和弟弟燒飯，可是推開父母的房門後，突然聞到一股濃烈的油漆氣味，而此時，父母分別躺在窗邊地上和床上，紋絲不動。

嚇壞了的焦寶寶連忙去隔壁鄰居家打電話報警，120和派出所民警抵達後，急救醫生進入了現場，因為整個房間仍有不少油漆味，醫生

連忙將焦根正夫婦拖出了房間，可是此時兩人均已經沒有了生命跡象。

現場房間狹小，醫生考慮是地面上被打翻的一桶劣質油漆所致。劣質油漆本身甲醛和苯含量超標，加之被潑灑到地面，更大程度揮發，使得空氣中甲醛和苯濃度超高，從而導致兩人氣體中毒。支持這一依據的，還有市局法醫的初步屍表檢驗，法醫未發現任何損傷，排除了兩名死者曾遭受過外界暴力，排除了機械性損傷致死的可能性，也排除了頸部或者口鼻受壓導致機械性窒息死亡的可能性。

兩名死者都有窒息徵象，但是氣體中毒或者突發疾病也可以造成屍體出現窒息徵象。而不可能那麼巧，兩人同時突發疾病而死亡，所以市局認為，醫生判斷的急性氣體中毒致死的可能性大。

一切看起來，都順理成章，沒有絲毫疑點。

「焦根正是盲人，我們分析他下床的時候，一腳踢翻了床旁邊的油漆桶。」強局長說，「他的腳底、褲腿都沾染了油漆，地面也有大量油漆拖擦痕跡和油漆赤足跡。一桶油漆都潑出來，揮發確實會加快。」

「即使是劣質油漆，也不至於有那麼多有毒氣體吧？」我依舊不太相信，一邊穿戴好勘查裝備，一邊走到了警戒帶旁邊。警戒帶把面積不大的兩座小房子全部圍了起來，警戒帶外坐着一個年輕的女孩，她的身邊坐着一個看上去面容呆滯的男孩，她緊緊牽着男孩的手。

我知道她就是焦寶寶，於是蹲在她身邊問道：「你們在這裏住了多久了？」

女孩抬起她稚嫩的臉龐，說：「從我記事起，就在這裏住了。」

「為甚麼家裏會有油漆？」

「這，我不知道。」女孩有些惶恐地說道。

「那這桶油漆，應該是你爸爸買的了？」我問。

「不知道，是這桶油漆把爸媽害死的嗎？」女孩哭了起來；她一哭，身邊的小男孩也跟着哭了起來。

「現在還不清楚，你們別着急。」林濤連忙說。

我和林濤一邊進入現場，一邊問身邊的派出所民警，說：「賣假冒偽劣油漆的商家，你們不準備調查一下嗎？」

「調查了，人已經控制了。」民警說。

說是一個小院，其實只有幾平方米大小。兩間小平房面對面，平房邊緣有圍牆相連，圈出了這個院子。

根據派出所民警的介紹，這兩間小平房，比較大的那一間，是焦根正夫婦居住的房間，而另一間較小的，是焦寶寶和焦成才兩人居住的房間。因為院落空間狹小，放不下廚房、洗手間，所以他們只能在較大的平房內安裝了爐灶，用瓶裝液化氣來提供火源做飯。而洗手間則實在沒有地方安下，所以平時是使用痰盂，而洗澡則只能用大盆。

　　這個時代，還過這樣不方便的日子，總讓人覺得很是惻隱。

　　「據焦寶寶說，她早晨起來上學，因為比較早，就沒進父母房間。」民警說，「弟弟也是每天睡到中午才起床。但今天，她中午回來，就發現不對勁了。」

　　我走進了較大的房間，果然聞見了一股淡淡的油漆味。正對着大門的，就是一張床，床後的櫃子上，一台破舊的座檯式風扇正在嗡嗡地轉動着。

　　「這天還不至於吹電風扇吧？」我說。

　　「沒有，是我們進入現場的勘查員覺得油漆氣味太重了，正好看見裏面櫃子上有電風扇，所以打開吹到現在，加強通風，也安全些。」民警說。

　　我點頭認可，這是最簡單的保護現場勘查員的方法了。

　　雖然房間很小，很破舊，只有十幾平方米，但是房間收拾得乾淨整潔，床單被褥都很乾淨，說明這個家裏的唯一勞動力焦寶寶是個很勤快的姑娘。房間擺設很簡單，只有一張床和床後方的一個櫃子。櫃子上擺着一台電風扇和一張全家福，雖然全家福上的母子二人都沒有看向鏡頭，父親的雙眼都是白眼珠，但這並不影響全家福體現出的那種親情溫暖。房間的東北角，用布簾圈起來一個只有兩三平方米的區域，裏面是一個破舊但很乾淨的雙灶燃氣灶，灶台下方放着三瓶液化氣，其中一瓶連接到了燃氣灶，另兩瓶應該是備用的。燃氣灶上放着一口黑鍋和一個不銹鋼水壺，都打理得很乾淨。

　　除了電燈和電風扇，這個房間就沒有其他電器了，甚至連電視機都沒有。當然，這家裏唯一有可能看電視的，只有焦寶寶，可是她沒有時間看。

　　房子的地面是水泥地面，地面上有成片的清水漆，旁邊有一個倒伏的油漆桶。

　　我蹲了下來，向床底看去，畢竟只有床底是一進門不能一目了然

的地方。我看見床底下有一個類似木頭架子的東西，就拖出來一點看看。原來這是一個大約半米長的，手工做的類似東方明珠塔似的東西。從手工來看，做得不錯，但仍是木質的手感，沒有刷過油漆。

我頓時就明白了這桶油漆的意義所在。

「油漆是很好的固定鞋印的東西，地面上也確實有很多鞋印，只是有一部分被拖拽屍體出屋時形成的痕跡蓋住了。」林濤說，「不過，我可以仔細分析一下地面的鞋印，排除焦寶寶和 120 醫生的，看有沒有其他人的。」

我點了點頭，走到了房屋西側的窗戶邊，這也是這間小房子唯一的一扇窗戶。窗戶是不銹鋼推拉窗，半扇固定、半扇可推拉打開或閉合。據說是為了鄉村建設，村委會給每戶人家都換了這種密封性很好的窗戶來加強保暖性。窗戶的鎖扣是打開的，但窗子是密閉的。窗戶外面，有用作防盜、刷着紅色油漆的鐵質欄杆，讓這個小房間看起來就像牢房一樣，但也同時達到了很好的防盜效果。

「焦寶寶是怎麼描述案發當時情況的？」我問民警。

民警說：「焦寶寶是中午 12 點多到家的，當時弟弟在對面房子裏玩，她就推了一下這間房子的房門，發現房門是從裏面鎖着的，於是敲門，敲了幾分鐘，沒人應，她就很害怕。因為父母都是殘疾人，所以這個房間的門鑰匙她房間裏有，於是她去了自己房間找出了鑰匙，打開了門，結果發現焦根正躺在西側窗戶下面，崔蘭花躺在床上。兩人都是睡覺時候的衣着，穿着棉毛衫，但是都沒有知覺了。」

「嗯，從油漆的走向看，確實是有人從床邊踢翻了油漆桶，然後摔倒了，油漆有向大門和西側窗邊方向拖擦挪移的痕跡。」林濤說。

「應該是焦根正和崔蘭花在油漆桶邊睡了一夜，已經有了中毒跡象，焦根正掙扎着下床，可是他腿腳不利索，加上中毒，踢倒油漆桶後，就在地面上爬行到了窗邊。」一名正在勘查現場的技術員說道，「窗邊有赤足印，說明他扶着牆站起來了，可是還沒來得及打開窗戶，就暈過去了。120 醫生來後，把他拖出房間，所以油漆又有向門口延伸的痕跡。」

「聽起來很合理，但是他為甚麼不選擇往門那邊爬呢？開門不就逃離了？」我問。

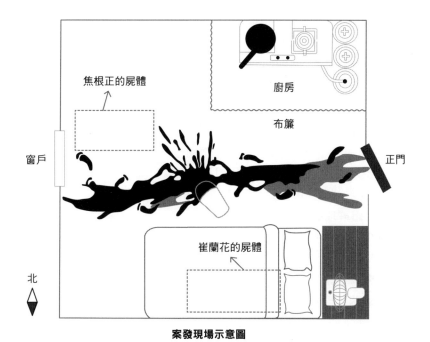

案發現場示意圖

　　「有窒息徵象，第一時間找窗戶或者第一時間找門逃離，都是有可能的。」大寶說，「我不覺得有甚麼問題。畢竟，他也不知道自己是不是氣體中毒，只是喘不過氣罷了，他還得考慮到他老婆沒起床呢。說不定，他認為開窗透氣，就不憋氣了。」

　　「嗯，也有道理。」我點點頭，走到房間的大門，看了看門鎖。

　　門鎖就是普通的暗鎖，從外面可以用鑰匙打開。門的外側，還裝着一把明鎖，估計是焦寶寶認為一把普通的暗鎖不安全，所以出門的時候再加一把明鎖。

　　暗鎖看起來沒有任何撬壓的痕跡，也沒有損壞，加之唯一的窗戶外側還是有防盜窗的，所以可以說這是一個封閉的現場。

　　「如果足跡可以做相應排除，就可以確定沒有外人侵入了。」我說。

　　林濤則在一邊說：「初步看完了，只有赤足跡一種，鞋底花紋三種。我估計啊，赤足跡就是焦根正的，鞋底花紋分別屬於焦寶寶和兩個醫生。這個，過一會兒做排除就行。」

　　「案件確實很簡單，很明瞭。」陳詩羽一直在門口聽我們說話，「家屬對死因有異議嗎？」

「沒有異議，希望盡快辦後事，希望政府能給一些補助。」民警說，「這個不是焦寶寶提出來的，是焦根正的弟弟提出來的。這個弟弟啊，之前從來不管他哥哥家任何事，此時跳出來了，估計想從政府補助裏撈一些甜頭吧。」

「行了，那我們去看看屍體。」我說，「林濤你把地面痕跡研究明白，再仔細看看窗戶，我們估計今晚就能回家了。」

「屍體在哪裏？」大寶摩拳擦掌地問道。

「我聽吳法醫他們說，要把屍體拉去做甚麼虛擬甚麼的。」民警說。

「虛擬解剖？」大寶說，「可以啊！相當有意識！」

我也讚許地點了點頭。

現在對於一些重大、疑難的非正常死亡事件，尤其是家屬不同意解剖的，即便屍表檢驗完畢沒有發現問題，為了確保案件不出現問題，法醫會要求對屍體進行「虛擬解剖」。但是，之前也提到過，因為公安機關一般無法配備 CT 設備，所以得依靠當地醫院。有些地方醫院配合度高，虛擬解剖的例數就多，比如麗橋市。

「在市人民醫院？」我說，「那我們過去吧。」

我們趕到醫院的時候，CT 已經做完了，內臟並沒有損傷或者異常。

「要不加做一個能譜 CT。」我說，「龍番市公安局最近研究了一個創新課題，就是利用能譜 CT 對屍體進行掃描，看看死者有沒有可能死於中毒。」

「還有這麼先進的？」吳法醫瞪大了眼睛，說，「能譜 CT……據說我們人民醫院是有這個設備的，但是這也能看出有沒有中毒？太厲害了吧？我剛剛還在說我們抽完心血，理化檢驗要到半夜才能出結果呢。」

「不是所有的中毒都能看出來的，不過甲醛和苯是大分子，通過能譜 CT 的掃描，可以看出死者的體腔內有沒有異常的能譜曲線。」我說，「試試吧。」

一座小城市裏的醫院，雖然有能譜CT，但是去做的人很少，所以我們也不用從下午等到晚上再偷偷摸摸地去。很快，檢測結果就出來了，我把資料發到了龍番市局，請他們的法醫研究人員對資料進行一個評判，而我們則推着屍體來到了醫院的太平間，準備對屍體再次進行屍表檢驗。

　　從屍體的外貌看，崔蘭花看不出是殘疾人，焦根正倒是很容易看出來。他的角膜已經完全變性了，扒開眼瞼只能看到白眼珠，而沒有黑眼珠，雙腿的肌肉也明顯萎縮了。

　　除了吳法醫抽取心血的時候在他們胸口留下的針眼，屍體上看不到其他的損傷。

　　「結合現場是個封閉現場，又沒有任何打鬥的痕跡，案件性質還是很清楚的。」大寶伸了個懶腰，顯然是對案件的難度不太滿意。

　　「可是屍體上的窒息徵象也太明顯了。」我說，「口唇和屍斑都是青紫色的，指甲也都是烏黑的，眼瞼出血也很明顯。如果是中毒，不會有這麼嚴重的窒息徵象啊。」

　　「也許是個體差異。」吳法醫說。

　　「可這兩具屍體的徵象都是一樣的啊。」我檢查了一下焦根正的手部，說，「死者的屍僵很強硬，現在是下午4點，死者的死亡時間大概是昨天深夜到今天凌晨。」

　　「是哦，屍體的手指都掰不開。」大寶說，「哎？手指之間這是甚麼東西？」

　　我抬頭看了看，屍體右手的皮膚皺褶裏果真是有一些細碎的紅色顆粒。

　　「你用棉簽蘸生理鹽水把這些顆粒提取一下，送理化部門檢驗。」我說，「我來微信了，我先脫手套看看。」

　　脫了手套，我打開手機，是龍番市局周法醫發來的，他們經過能譜曲線的對比，認為死者體內應該沒有苯和甲醛的分子。

　　「我就說嘛，那麼點油漆，不太可能毒死兩個人。」我說，「走，我們還得回現場看看，之前的推測可能是錯誤的。」

　　這麼一說，把吳法醫嚇了一跳，連忙開車帶着我和大寶重新回到了現場。

　　現場，林濤和程子硯正趴在地上對一個個足跡進行排除比對，

而其他的市局技術人員認為工作已經完成了，在現場大門口和韓亮聊着天。

在趕去現場的路上，我的腦海裏已經似乎有了答案，所以到了現場，我直接走進了房間，掀開了布簾，去看燃氣灶。

「不出所料！」我說，「你們看，水壺下面的旋鈕，是開着的，而且開到了最大！」

「啊？」聽我這麼一說，現場幾個人異口同聲地喊道，然後湊過來看。

「這就是常見的燃氣中毒的現象。」我說，「在家裏燒水，忘記了，結果水開後，水潑出來了，把火撲滅了，燃氣卻仍不停地向外洩漏。」

「嗯，現在很多燃氣灶都有了安全保護的功能，火一滅，燃氣也自動停。」聞訊而來的韓亮說道，「可惜這個燃氣灶，怕是有十幾年的歷史了，沒有這功能。」

「你是說，焦根正晚上起來燒水？」大寶提醒了我一下。

我還沒來得及思考這個問題，林濤說道：「以前的燃氣是一氧化碳，所以可能會導致人中毒死亡。但是現在都是液化氣，又不是一氧化碳，怎麼會導致人中毒啊？」

「是啊，液化氣都是丙烷、丁烷、戊烯之類的烷類和烯類，這些東西對人來說，應該是沒有多大的毒性的吧？」韓亮說。

「是，成分你都答對了，但是你們理解錯了。」我說，「氣體導致人死亡，除了中毒之外，還有一種方式就是窒息。」

「窒息？」林濤好奇道。

「你們想一想，這些氣體雖然不能迅速把人毒死，但是因為它們的比重比較重，所以當它們被噴射出來之後，就會迅速擠佔房間的空間，把空氣給擠出去。」我盡可能地用最淺顯易懂的方式來表達，「當一個較為密閉的空間內，含氧的空氣被擠出了空間，剩下的盡是不含氧氣的氣體，就會造成人的窒息。外界環境導致人死亡，也是機械性窒息的一種，叫作『悶死』。」

「有的時候天氣不好氣壓低，或者在密閉而人多的高鐵、大巴裏，人也會面色潮紅、昏昏欲睡，這就是因為空氣中的氧氣含量低了，我們的大腦處於一種缺氧的狀態。」大寶補充道。

「你們看看，這個房間這麼小，房頂這麼低，如果再有大量液化氣

充斥進來，人當然會慢慢出現缺氧狀態，直至窒息死亡。」我說，「這就是為甚麼兩具屍體都呈現出嚴重的窒息徵象。我們以前說過的，人的窒息過程愈長，窒息徵象就會愈重。」

「緩慢地窒息死，也怪痛苦的。」程子硯小聲地說。

「而且，如果是氣體中毒，人在中毒後的活動能力是很有限的。」我說，「但如果是慢慢窒息，人在缺氧後的活動能力還是存在的。這就是焦根正還能從床上下來，然後走到窗戶邊的原因。」

「所以，他們的死因是，因為液化氣洩漏導致的空間缺氧而機械性窒息死亡。」大寶點著頭，認可地說道。

「還好，還好。」吳法醫擦了擦額頭上的汗珠說，「死因雖然不同，但是都是有害氣體導致的意外死亡，案件性質沒錯就好。」

「等等，路上你就說了，不管甚麼中毒，拋開劑量談結果就是耍流氓。你覺得，一瓶液化氣，能把這個房間都充滿？」林濤問。

被這麼一問，我頓時也愣住了，林濤確實說出了問題所在。因為物理、化學知識的缺乏，我確實難以確定這麼一瓶液化氣罐子噴射出的氣體能佔用多大的體積。但是另外兩瓶備用液化氣很快吸引了我的視線。

「不，你們看，如果是三瓶氣，我覺得是可以把房間充滿的。至少把房間的下半部分充滿。」我說，「林濤，你先看看，這些液化氣的閥門上有沒有指紋。」

林濤拿過多波段光源，戴上濾光眼鏡，把光線照射在液化氣罐的閥門上，看了一會兒，說：「沒有，似乎有衣服纖維擦蹭的痕跡，但是沒有新鮮指紋。」

「那好。」我檢查了一下手上的手套，然後逆時針旋轉了一下閥門，沒轉動。

「果然如此，這兩瓶液化氣的閥門，也都是開啟狀態的！」我說。

液化氣閥門一般都是順時針旋轉緊後關閉，像現場液化氣罐這樣，逆時針轉不動，就說明兩瓶液化氣的閥門都打開到了最大程度。

「這，會影響案件性質嗎？」吳法醫心存僥倖地問。

「影響。」我說，「如果只是連接燃氣灶的液化氣瓶洩漏，則應該是意外。可是如果是三瓶全部打開了，那就不可能是意外了，因為沒人會主動去打開備用液化氣罐的閥門。所以，這案子就有可能是自殺了。」

聽我說完，吳法醫的臉上似乎出現了如釋重負的表情。

「當然，也有可能是他殺。」我說。

吳法醫又緊張了起來。

「一般用這種手法殺人，是很難實現的，因為大多數人出現窒息感受後，就會自救。即便是睡眠狀態也是這樣。比如你睡覺的時候壓住了口鼻，你會清醒過來，轉身自救。」我說，「我剛才也說了，這種窒息是需要時間的，所以死者必然有足夠的時間自救。可是，兩名死者都是殘疾人，一個不具備自救的認知，一個盲目加行走不便，那麼利用這種手法殺人的可能性就不能排除了。」

「現場沒有外人進入的痕跡。」林濤說，「這個我們可以確定。」

「所以，我也傾向於自殺。」我說，「殘疾人，生活品質差，產生輕生念頭也是有可能的。而且剛才我就很奇怪，死者的死亡時間應該是凌晨時分，哪有這個時間起來燒水的？現在看，就比較能解釋了。焦根正半夜時分起床，摸索着要打開液化氣，一腳踢翻了油漆桶，還摔跤了。打開液化氣後，他又去窗戶那裏關閉了窗戶，導致二人死亡。」

「這個觀點我贊同。」林濤說，「剛才我看見，窗戶的玻璃、邊框和鎖扣上，都有大量焦根正的新鮮指紋。我當時就在想啊，他明明打開了鎖扣，又不停地扒拉窗戶，才會留下這樣的痕跡。既然能打開鎖扣、又扒拉了窗戶，肯定能打開窗戶啊，為甚麼窗戶還是關着的？所以你剛才這麼一說，我覺得他可能就是去關窗的，而不是去開窗的。」

「是啊，順理成章。」吳法醫拍了一下手，說，「我們看焦根正移動，還以為他是在自救，其實他是在自絕後路。」

「結案。」大寶高興地說道。

回到賓館房間後，住一屋的我和林濤，不約而同地打開了筆記型電腦，看起了現場的照片。儘管剛才大家的推測都很順理成章，但也許他和我一樣，也覺得這案子哪裏不太對勁。沒解決心中疑惑之前，我們倆甚至都沒對話。

兩個小時後，我抬頭問林濤：「為甚麼油漆足跡沒有延伸到液化氣罐的位置？」

「他們認為是焦根正打開液化氣之後，往回走的時候，不小心踢翻了油漆桶。」

「液化氣的閥門上是刷着漆的，很光滑，載體很好，為甚麼轉開閥門，會不留下指紋？」我接着問。

「我也是這麼想的。」林濤說，「關鍵物品上太乾淨了，就反而不正常了。我之前看到閥門上有衣服纖維的痕跡，沒在意，再仔細想想，如果不是衣服纖維呢？」

「你說的是手套的纖維？」我心中一驚。

林濤緩緩點了點頭，說：「我怕的就是這個，如果有人在這個天氣戴着手套去開液化氣閥門，那是怎麼回事，可想而知。」

我陷入了沉思。

林濤接着說：「還有，你看這張照片。」

照片中是一個標號為「23」的物證牌，物證牌的附近是一片拖擦狀的油漆印記，我記得這是從窗戶到大門之間的水泥過道上的油漆拖擦痕。

「表面上看，就是普通的油漆痕跡，之前說是屍體被醫生從室內移到室外而留下的。可是，仔細觀察這些拖擦痕跡，下方其實是有赤足跡的。」

說完，林濤用紅圈在照片上標識了出來，紅圈內，隱約可見腳趾的形狀。

「我看了這些隱約不清的足跡走向，有從門到窗的，也有從窗到門的。」林濤說，「如果是自殺，他只需要去床上躺好等死就行了，為甚麼要在窗戶和門之間來回走動？如果是簡單的關窗動作，為甚麼又在窗戶玻璃、窗框上留下那麼多痕跡？」

林濤說完後，我們都沉默了，繼續各自看着照片。

我打開了死者虛擬解剖的 CT 片電子檔，一張張看着。突然，我看到了死者的右手軟組織似乎有點腫脹，放大細看，他的右手第五掌骨基底部有骨折，而且是新鮮性的骨折。骨折的斷端，互相有嵌頓狀 [3] 的改變，這用我們法醫的話來說，這是一處「攻擊性損傷」。我們的掌骨是一條長形的骨頭，如果力的作用方向是和骨頭的長軸平行的

---

3 嵌頓狀：斷端互相嵌入的狀態。

話，造成的骨折斷端才會有嵌頓。簡而言之，這種損傷，一般是在用拳頭拳擊人或硬物的時候，攻擊者的拳頭的支撐骨骼承受了較大作用力而發生骨折。

當然，現場沒有搏鬥的痕跡，最大的可能是焦根正自己拳擊牆壁或者其他硬物而形成的。

與此同時，林濤也發現了一些問題，說：「來，再看這張照片。」

照片裏是對現場大門門鎖的拍攝，大門的門鎖倒是沒有甚麼疑點，但是林濤在暗鎖旁邊的明鎖鎖扣上，發現了有油漆被新鮮刮脫的痕跡。

「這確實是一個封閉的現場。」林濤說，「但如果有人在門外，把這個鎖扣掛上明鎖，房間裏面的人就打不開門了，這是一個人造的封閉現場。」

「裏面的人打開暗鎖，反復推門，就會造成鎖扣和掛鎖的摩擦，從而形成這樣的摩擦痕跡！」我驚喜道，「可是，如果是他殺的話，那麼兇手應該想到，焦根正是可以打開窗戶的啊！」

「走，去現場！」我和林濤異口同聲地說道。

被我們叫起來的韓亮睡眼惺忪，也沒追問我們要做甚麼，就開車帶着我們趕到了現場。

負責現場保護的民警已經在車裏睡着了，畢竟他們不認為這是一宗命案。

我們穿戴好勘查裝備，打着手電筒跨進了警戒帶，直接到了房屋側面的窗戶外面。

窗戶外面是一條水泥小路，小路邊的土壤裏長着稀疏的小草。我蹲在窗戶下面，用手扒拉着小草，而林濤則用電筒照射着窗戶外面的鐵柵欄和窗框外側。

「看！斷了的樹枝！還是新鮮斷裂！」我小心翼翼地從地面上撿起一根拇指粗的樹枝，樹枝已經折了，但是沒有離斷，斷面還是新鮮的木質顏色。

「知道了！兇手防止被害人從窗戶透氣，用的辦法，就是用樹枝頂

住窗戶！」林濤説。

順着林濤的手指看去，窗戶外的其中一根紅色鐵柵欄上，有油漆被蹭掉的新鮮痕跡。而對應位置的窗框外側邊緣上，還有樹枝的纖維扎在裏面。

用這根樹枝一頭頂住鐵柵欄，一頭頂住窗框邊緣，窗戶從裏面就打不開了。

「樹枝送去進行 DNA 檢驗，有望提取到兇手的 DNA！」我説，「兇手會戴手套開閥門，但不一定想得到戴手套頂樹枝。」

「我有個問題。」林濤説，「既然樹枝斷了，窗戶就能打開了，為甚麼現場還是關窗的狀態？」

「也許是兇手事後來取掉樹枝，防止被我們發現，結果頂得太緊了，在撤掉樹枝的時候，弄斷了。」我説，「不過，即便是這樣，也應該把樹枝帶走啊。」

「不重要，這肯定是一宗命案了。」林濤説。

「把他們喊起來，連夜開展解剖檢驗！」我説。

既然公安機關發現疑點，就有權決定對屍體進行解剖。據説解剖通知書送到焦根正女兒和弟弟手中的時候，焦寶寶倒是沒説甚麼，焦根正的弟弟反應很激烈，説是如果沒發現甚麼，那麼政府就要給予家屬精神補償。

不管他怎麼鬧，雖然是深夜，解剖還是要進行的。

在進行解剖準備的時候，我和林濤就把我們的發現告訴了大家。除了跟着偵查員們還在走訪調查的陳詩羽外，其他人都表示很驚訝，也都在紛紛猜測焦根正的弟弟有沒有可能殺害他的哥哥。畢竟，焦根正死亡，他弟弟能不能拿到好處是不一定的。

其實在沒有解剖前，死因就已經基本明確了，這次解剖要查的，並不是死因，而是看有沒有其他的發現。

大寶和吳法醫在對屍體進行系統解剖的時候，我則一直在檢查焦根正的雙手和雙腳。

焦根正的右手掌骨基底部骨折，這個在 CT 片上已經看得到了。為了更仔細地檢查雙手，我從腕部割斷了焦根正的雙手肌腱，徹底破壞了屍體的屍僵，讓屍體的雙手從緊緊握拳的狀態變成了平伸的狀態。雙手這麼一平伸，就可以發現他的手掌皮膚皺褶裏，也有大量紅色的顆粒。

「老秦，理化結果出來了。」程子硯從解剖室外走了進來。

「說。」我一邊在紅色顆粒中挑選一些較大的來觀察，一邊說道。

「兩名死者血液內都檢出烷類和烯類物質，哦，還有一點酒精。」程子硯說，「還有，經過檢驗，焦根正手部的紅色顆粒是油漆。」

「我聽他們調查，這人平時不太喝酒啊。」韓亮插了一句。

我的心一沉，因為到了此時，我的心中對案件的整個過程，已經有了自己的預判。

「胃打開了。」大寶說，「基本排空，還有一些殘渣。」

「我們下午 4 點看到屍體，屍僵最硬。」我說，「死亡時間應該是前一天晚上 12 點多到凌晨 2 點這段時間裏。」

「晚上七八點吃飯，時間差不多。」大寶說，「胃六小時排空嘛。」

「殘渣用水篩了嗎？是甚麼東西？」我問。

「基本都是肉類，還有紅皮烤鴨。」大寶呵呵一笑，說，「看到這個，我突然想到你寫的那本《燃燒的蜂鳥》了，用烤鴨找屍源。只可惜，在我們這個年代，沒有意義。」

「不，還是有意義的。」我說，「崔蘭花的屍體給我們提供的資訊會很少，你們辛苦一下，按規範做完。」

說完，我開始脫解剖服。

「你去哪兒？」大寶問。

「我和林濤去市局，監督他們盡快對樹枝進行 DNA 檢驗。」我說。

被我和林濤這麼一「鬧」，整個市公安局大樓燈火通明。「命案必破」已經刻進了每個公安的骨髓裏，只要一聽說是命案，大家也都沒有睡覺的心思了。

「你心裏已經有判斷了對吧？」林濤坐在 DNA 室外面和我說道。

「和你一樣，我也希望我的判斷是錯的。」我歎了口氣，說。

「怎麼樣，怎麼樣？」陳詩羽突然出現在樓道裏，滿頭大汗地問道。

從我們勘查現場開始，她就和偵查員一起，去對死者全家進行周邊調查了，看來到現在也一直沒有休息。

「甚麼怎麼樣？」林濤笑道。

「我聽說，你們判斷是命案對嗎？」陳詩羽問。

林濤點了點頭。

陳詩羽低頭沉思了一會兒，說：「我也查出了一點問題，但是我不願意相信這是真的，肯定有甚麼其他問題在裏面。」

「你說說看。」林濤拉着陳詩羽讓她坐下，說道。

「我們對焦寶寶當天的活動情況進行了調查，發現一個問題。」陳詩羽說，「事發當天，也就是昨天上午，焦寶寶最後一節課是體育課，但是她缺席了，理由是來生理期。但是我們問了所有人，這節課沒有人看到她，是不是在教室也不清楚。我們調取了學校的監控錄影，發現她上午 11 點整，從學校離開了。」

「也就是說，她是 11 點就回家了，到家也就 11 點過十幾分，卻在 12 點多才報警。」我沉吟道，「她中午回家肯定是要做飯的，而廚房在現場裏面，所以不存在忙着做飯沒注意父母的可能性。」

「會不會是中間有甚麼問題？比如她去買菜了？」陳詩羽問。

我緩緩搖了搖頭，對林濤說：「對了，你筆記本帶了吧？把現場電風扇的照片打開給我看看！」

林濤顯然是理解了我的意思，連忙打開電腦，調出了現場照片。

標號為「37」的物證牌旁，是現場的電風扇。林濤把電風扇的操作板逐漸放大，看了看，說：「是的，和你想的一樣。」

「你倆在打甚麼啞謎？」陳詩羽看了看電腦，又看了看我們。

「你看啊。」我指了指照片上電風扇的開關按鍵，說，「這些按鍵太乾淨了。就和液化氣閥門一樣，太乾淨了反而不正常。」

「哪裏不正常？」

「電風扇放在櫃子上，櫃子上面都有薄薄的灰塵，而電風扇的按鍵上卻乾乾淨淨，這怎麼可能？」我說，「只有一種可能，就是電風扇原來是被塑膠袋套住的，所以不會沾染灰塵。可是，為甚麼我們到現場的時候，並沒有塑膠袋呢？」

「現場勘查人員都知道打開電風扇來讓室內通氣，兇手也知道。」林濤補充道，「兇手知道室內缺氧，所以開門、開電風扇。電風扇正對

着門，只要開一會兒，室內的液化氣就全部被吹出去了。但是兇手為了保險，居然開了一個小時，才把電風扇關上。」

「這就是焦寶寶這一個小時空白時間的所作所為，是吧。」陳詩羽的情緒立即低落了下來。

「我們也不相信這個結果，可是事實擺在眼前。」我說，「沒有人能在現場，尤其是焦寶寶還在家裏的時候作案，也沒有人能夠在事後做到這些干擾警方。只有她作案，才能解釋一切現場現象。」

「等 DNA 結果，驗證最後資訊。」林濤說道。

又等了一會兒，DNA 實驗室的大門終於打開了。

「樹枝上檢出一名女性 DNA，和焦根正、崔蘭花有親緣關係。」DNA 實驗室負責人說，「除非這夫妻倆有其他的女兒，不然，就是焦寶寶無疑了。」

「真的是她！」陳詩羽歎了一聲，說，「可是她平時那麼盡心地照料父母，為甚麼又要殺死他們呢？」

「這，只有去問她了。」我說。

「她還那麼年輕，那麼稚嫩，我感覺我沒法開口審她。」陳詩羽低着頭說。

「沒關係，這案子，我陪你一起審，肯定是可以審下來的。」我率先走進了電梯。

麗橋市公安局刑警支隊辦案中心。

焦寶寶坐在審訊室中央的審訊椅上，在陳詩羽的要求下，她的雙手沒有被銬住。

她雙手緊緊握拳，坐在椅子上瑟瑟發抖，對於偵查員詢問的問題，一概不予回答。

「她這樣對抗，對她自己來說，一點好處都沒有啊。」陳詩羽在審訊室隔壁的觀察間裏，有些着急地說道。

「我去吧，反正師父不是要求我們跟蹤案件的後期情況嘛。」我走出了觀察間，走進審訊室，拿了把椅子，坐在了焦寶寶的身邊。

「我是法醫，我現在把你的作案過程給你敘述一遍吧。」我說，

「這件事，你策劃了很久，特地選了前天作案，是因為昨天中午前你有體育課，容易請假且不會被質疑。前天晚上，你買了酒和各種滷菜熟食，不知道找了甚麼藉口，一家四口好好吃了一頓晚餐。可是你父母不知道，這是你給他們準備的斷頭飯。以你們的生活條件，這些菜，都是平時吃不起的，你父親更不是經常喝酒，所以這頓飯就很可疑。別說是你父親準備的，因為家裏的伙食一直都是你在負責，不是你準備還能是誰準備呢？」

焦寶寶依舊面無表情。

「飯後，等到你父母睡着了，你戴着手套偷偷進入了他們的房間。這對你來說很方便，因為他們房門的鑰匙就在你手上。」我接着說，「打開三瓶液化氣罐之後，你退出了房間，把房門用明鎖從外面鎖上了，然後繞到窗戶外，用樹枝頂住窗戶。做完這一切後，你就在房間靜待結果了。昨天早晨，你就已經在窗外確定了自己父母的死亡，但是為了盡可能延發案件，防止有意外發生，比如你父母被救活，你沒有直接報警。當時你是準備把頂窗戶的樹枝撤走的，可是你發現樹枝不見了。因為你 7 點就要上學，當時天色還很暗，所以你沒能在草叢裏找到樹枝，就直接去上學了。我現在可以告訴你，這根樹枝現在在我們手上，樹枝上有你的 DNA。最後一節課體育課，你請假了，回到家後，你掀掉了蓋在幾個月沒使用的電風扇上的塑膠袋，用電風扇把室內的液化氣吹散之後，這才報了警。現場的油漆，是你沒有想到的，你父親無意中踏翻的油漆，差點干擾了警方的視線。」

焦寶寶略有一些發抖。

我依舊心平氣和地說道：「當然，我們不可能因為樹枝上有你的 DNA，就懷疑是你做的。因為在 DNA 結果出來之前，我就知道是你做的了。道理很簡單，因為窒息，你父親進行過自救、掙扎，他連滾帶爬地掙扎到了門邊，可是發現門卻打不開，於是他用拳頭捶門，想要求救。手都捶骨折了，你卻沒有聽見，不要用你睡覺太熟聽不見做藉口。好了，你再回頭想想，這樣的毒氣現場製造和事後毒氣的吹散，除了你，還有誰能夠做到？」

從面部表情來看，焦寶寶的心理防線已經徹底崩潰了，不過她依舊一言不發，忍住即將奪眶而出的淚水，一聲不吭。

「不過，你父母最後死亡的結果，不是你造成的，而是他自己造成的。」

我突然説。

焦寶寶顯然不理解我説甚麼，抬頭看了看我。

「剛才我説到了樹枝，對吧？這根樹枝，不是別人去掉的，也不是自行脱落的。」我説，「樹枝斷了，是因為你父親開窗求救的時候，用力很猛，才把樹枝折斷的。既然樹枝折斷了，窗戶也就自然可以打開了。可以證明這一點的是，你父親雙手沾了很多油漆顆粒，也就是你家窗戶外面防盜窗上的油漆。他只有打開窗戶，才能雙手抓握住外面的防盜窗，才能把油漆顆粒沾在手上。也就是説，他確實打開了窗戶，並且雙手抓住了柵欄，想要掰開柵欄逃離，可惜，那是鐵的，紋絲不動。你也知道，實際上，只要窗戶被打開，新鮮空氣進來了，他就不會死了，即便逃不出去，也不至於死。可是，為甚麼你第二天早晨去看的時候，窗戶又是關着的呢？你想想？」

焦寶寶愣住了。

「為了節約時間，我告訴你吧。」我説，「因為他在求救的過程中，突然意識到了一個問題。大晚上的，你不可能不在家，也不可能聽不到他的求救，他的門更不可能從外面被別人鎖上，更不會有別人能潛入他的房間放毒。所以，他意識到了——放毒、鎖門、鎖窗的人，不是別人，是你。既然是你，為甚麼要殺死他們夫妻倆呢？因為你累了，你想甩掉這兩個累贅。當一個人被自己的孩子視為累贅的時候，多半都是不想再活下去的。所以，當他意識到這一點時，他選擇了放棄呼救，而且重新關閉了窗戶。這個行為，無異於自殺。只可惜，即便他自己選擇了去死，也不能為你減輕罪行。」

我説的每個字，都在焦寶寶的臉上投下了不亞於重磅炸彈的效果。

她的臉色變了又變，終於崩潰了，號啕大哭起來。

「以前，你是個好孩子，你承擔了這個年紀的孩子不能承受之重，你做得很好，是全村人的楷模。但是，這些讚美無法解決你的問題，你太累了，你不知道這樣的日子甚麼時候是盡頭。於是，在日積月累的疲勞沖刷下，你的內心最終還是被魔鬼所佔據。」我説，「我們小隊的人，全都不願意相信這件事情是你做的，所以我們很慎重，我們甚至調查了更多關於你的情況。根據調查，你們學校前幾天開展了一次安全教育，而這次教育課裏有一個內容就是告訴大家液化氣的危險性。沒想到，這次安全教育卻成了你作案的契機。當然，魔鬼早已經

盤踞在你的內心，而不是安全教育才孕育出來的。當一個人的內心懷了惡，外界甚麼因素都有可能變成他犯罪的理由或方法。惡不在於別人，而在於本心。」

焦寶寶的哭聲更大了，我從她的哭聲中聽出了悔恨。

「還有，在現場的時候，我問過你，你家為甚麼有油漆。」我說，「我猜，是不是你曾向他們表露過，你想去上海東方明珠玩啊？」

焦寶寶有些疑惑地看向我，連哭聲都暫停了下來。

我歎了一口氣，說：「你很奇怪，我是怎麼知道的，對吧？我告訴你，是你父親『告訴』我的。他在床底下藏了一個禮物，你應該不知道吧？他知道，因為他們，你不能去魂牽夢縈的上海遊玩，所以他準備親手做一個東方明珠的模型來送給你，作為補償。那些油漆就是用來刷他的手工作品的。我想，他把禮物藏在床底，大概是想給你一個驚喜吧。」

焦寶寶徹底崩潰了。

良久，我才慢慢地說道：「好吧，把你心裏是怎麼想的，都告訴我們吧。」

焦寶寶說，自己是一個沒有童年的人。

從她記事開始，她就承擔着家裏的一切。當時焦根正還能較正常地行走，雖然甚麼都看不見，但好歹也能幫忙照顧崔蘭花和焦成才。可是從七年前開始，焦根正的腿疾突然嚴重了，走路都只能慢慢挪移，就根本無法幫助照顧家人了，所以大部分時間都只能臥床不起。

而崔蘭花是智力低下，其精神狀態也不太正常。尤其是焦根正腿疾加重後，她的精神狀態更差了，經常會毆打、謾罵幹家務活的女兒。而那時候的焦寶寶只有 10 歲。

七年來，焦寶寶犧牲了自己所有的業餘時間，盡心盡力地照顧家裏，可是從來沒有得到過一句心疼或者誇讚的話，一家人似乎都理所當然地接受着焦寶寶的照料。當然，早已習以為常的焦寶寶也並沒有過多的怨言。

直到前不久，也就是這學期剛開始，同學們就在熱烈地議論着六月份高考結束後的行程安排了。甚至有同學們開始組織，高考結束後，大家結伴去上海遊玩幾天。這個提議就像是撩動了焦寶寶的心弦，從小到大，她從來都沒有走出過麗橋市，就連距離自己村子比較遠的大市場都沒去過幾次。

是啊，肩負家庭重任的她，怎麼可能離開家呢？

這次也一樣，自己去上海玩幾天，父母弟弟在家裏，吃甚麼？喝甚麼？誰來照顧起居呢？顯然，她沒有選擇。

可是心中的不甘不斷衝擊着她的心扉，於是惡魔趁機而入，在她的心裏扎下了根。從那時候起，她天天夜不能寐，不斷地想把邪念甩出去，卻一直揮之不去。直到那次安全教育課，她知道了液化氣也是可以憋死人的，惡意的齒輪就開始在她心中轉動了。

每年液化氣洩漏都會導致人命傷亡，那麼如果自己的父母死於液化氣中毒呢？他們都是殘疾人，不慎造成這樣的後果，誰都可以理解的吧。

因為疫情影響，經濟不景氣，焦寶寶就被打鐘點工的工廠辭退了，少了這一份收入，家裏的開支捉襟見肘。如果少了兩張吃飯的嘴巴，自己和弟弟的生活是不是會更好一些呢？

終於在前天晚上，焦寶寶心中的惡魔佔了上風，她全程含着淚做了一切。

聽着父親捶門的聲音，她咬住嘴唇無聲地痛哭着，這時候的痛苦甚至超越了她此前受過的所有的苦。

她也想過要放棄行動，但是她心中的惡魔一遍一遍地告訴她，堅持住，忍過這一時，就是廣闊的藍天，就是春暖花開，就是東方明珠、遊樂場、海洋館……

走出了辦案中心，陳詩羽和程子硯都是眼圈紅紅的，其他男同事的情緒也十分低落。

我們在心中試着去評價焦寶寶這個人，卻找不出一個合適的詞語。

也許所有人都是一個複雜的矛盾體，我們不能去評價身處不幸之中的人的所作所為，可是法律如同紅線，不接受任何理由，不可觸碰。

　　在大家為焦家的悲劇長吁短歎的時候，我卻想到了另一個問題。

　　張玉蘭死亡事件中，嫌疑電線上並沒有提取到張玉蘭的 DNA，我總覺得如果是這根電線致死，不太可能不留下她的 DNA。之前一直想不明白有沒有其他的可能性，但是通過焦根正的案件，我們勘查了現場的防盜窗，才突然想到，我經常會忽視窗外防盜窗的勘查，而張玉蘭家的窗戶外面，也是有防盜窗的。

　　會不會是……

　　愈想愈擔心，我拒絕了大寶提出的上午睡一覺再打道回府的請求，讓韓亮辛苦點，立即開車趕回龍番。雖然我們一夜沒睡，但在車上睡兩個小時，我想也就足夠了吧。

　　畢竟我現在更急切的事情，就是去勘查張玉蘭家的防盜窗。

第八案

釘子

> 一個人長大意味着走出恐懼、
> 羞辱以及童年時期不被愛的陰影。
> ——愛德華·賽義德（Edward Said）

1

在趕回龍番的車上，一夜沒有怎麼睡覺的大家，很快都進入了夢鄉。只有我，保持清醒。我倒不是不睏，而是師父剛才給我發來的消息，讓我大吃一驚、思緒萬千，完全沒有了睡覺的心思。

師父的消息只有一句話：「邱以深被殺，回來後，直接趕赴現場。」還有一個定位。

這一驚，讓我睡意全無，可是看到大家疲憊的睡姿，我也不忍心吵醒他們。讓他們休息一會兒吧，接下來的，可能就是一場硬仗了。

凌南、張玉蘭、邱以深相繼死亡，這絕對不是一個巧合。「事出反常必有妖」，凡事過於巧合也絕對不僅僅是巧合了。凌南的死亡可以說是事實清楚、證據確鑿，但是張玉蘭的死亡，卻總讓人感覺有些疑點。此時，邱以深突然又死了，而且師父的措辭很堅定，是他殺。這起案件，更加強了我對張玉蘭死亡的疑惑，這裏有個結沒有解開。

我在腦海裏重新梳理了一下，凌南死亡後，他的「緋聞女友」段萌萌的媽媽和他的老師也相繼死亡了，這很難不讓人懷疑是針對凌南死亡事件的報復行為。畢竟，凌南出事，多多少少和邱老師違規補課有一定的關係，也多多少少和之前傳播的緋聞有一定的關係。緋聞的傳播，到現在還沒有查出個所以然，但補課的事實倒是非常清楚。會是凌三全夫婦在暗中報復嗎？

心事重重之中，時間就過得特別快，我們很快就抵達了被員警們團團圍住的現場。

「哎？這是哪兒？」林濤是被警燈閃醒的，揉着眼睛說，「不是回家了嗎？我這是在做夢？」

「沒有，邱以深被殺了。」我跳下車，拎下來沉重的勘查箱。

「啊？被殺了？」林濤喊了一句，把其他幾位都驚醒了過來。

我拎着勘查箱走到了警戒帶旁，警戒帶的外面，董劍局長正背着手站着，凝視着屋內。見我走了過來，他表情依舊凝重地說：「看來這案子比我們想像中要複雜啊。我在這兒站了兩個小時，腦子裏一直在想着，之前的案子有沒有哪裏出現紕漏。」

我打開勘查箱，穿戴着勘查裝備，說：「凌南的案子沒有問題，張玉蘭的案子可能有問題。」

「甚麼問題？」董局長問。

「電線上沒有張玉蘭的 DNA，實驗室說是有可能高溫導致組織變性，我覺得這不合理，說不定有極端巧合存在。」我說。

「他們沒有向我彙報。」董局長說。

「巧合在哪裏，我還沒有想明白。」我說，「先看完這個再說。」

董局長滿懷心事地點了點頭。

據轄區派出所民警的介紹，警戒帶圍着的這個二層小樓就是邱以深老師的家了。邱以深老師在被龍番市第二十一中學勸退之後，因為保留了教師資格，所以可以求職教師崗位。最近這一段時間，他一直在通過身邊的同事、朋友，尋找合適的工作崗位。

畢竟是市級示範中學的班主任老師，也是曾經的「卷王」，邱老師的實力還是有目共睹的。事發前幾天，在一個教師朋友的幫助下，邱老師去龍番市一所比較有名的私立中學應聘，在眾多競爭者中，脫穎而出，被這所私立中學錄取。

本來是一件大喜事，這位教師朋友還準備在邱老師去學校報到之後，相約同學朋友一起來給邱老師慶賀一下。可是這位也在私立中學工作的老師，今早等了好久，還沒有見到邱老師的身影。按理說，這份工資報酬不錯的工作，邱老師不會放棄。即便是邱老師錄取後反悔了，至少也得給他這位介紹人說一聲啊。

這位教師朋友是邱老師的兒時玩伴，對邱老師的為人處世還是很了解的。今天第一天沒來報到，是一件十分反常的事情。於是他立即向校長說明了情況，請了假，來邱老師家裏尋找。到了他家門口，發現他家一樓的捲閘門是半開的，躬身一看，就看見了躺在一樓大廳中央的人形軀體，還有大片的血跡，於是立即報了警。

邱老師的家住在龍番市的郊區，第二十一中學附近不遠的地方。這個位置地處龍番河畔，是一塊比較複雜的區域。之前的調查中我們就知道，第二十一中學這個區域，位處城鄉接合部，本身就非常複雜。最近幾年，隨着龍番市的外圍擴張，不少開發商選擇在這遠離市中心、遠離交通擁堵且又風景秀麗的地方開發一些豪宅，不少生活條

件優越的人士搬到了這一片區域，也促進了這一片區域的商業發展，幾所著名的中學、醫院都在附近設立了相關的配套。因此龍番市這塊區域就形成了特殊的現象：一條馬路之隔，路北邊是豪華的別墅區，而路南邊則是郊區原住民的老房子。

邱老師就是郊區的原住民，他的房子是父親留下來的，父親去世後，母親回了老家，尚未成家的邱老師則一直一個人居住在這棟二層小樓裏。和大多數村鎮的房屋一樣，邱老師家也是那種十幾戶聯排的二層小樓，他家是聯排房屋的最東頭一間。因為靠近大路，大多數聯排房屋的一樓也都開了門面，有的是小超市，有的是理髮店，也算是為這片區域的繁榮經濟貢獻了一份力量。但是邱老師獨居，沒有多餘的精力去開商店，所以一樓就算是他家的客廳。不同的是，為了聯排房屋的整體效果，所有房屋的一樓都安裝了捲閘門，所以讓邱老師家這個住宅怎麼看都像是一個商舖。

我和大寶俯身鑽過了警戒帶，走到了屍體的旁邊。

因為之前調查過邱以深，所以我們一眼就認出了死者就是邱以深無疑。此時的邱以深穿着睡衣睡褲，躺在一攤血泊之中，面部和頭髮都被血跡浸染，頸部的一個巨大創口觸目驚心。

「頸部巨大砍創，氣管、食管和雙側頸動靜脈都完全離斷了，頸椎前面還可以隱約看到砍痕。」市局的韓法醫一邊檢驗着屍體的頸部，一邊說道。

「死亡時間呢？」我問道。畢竟這是一片聯排的房子，如果發生侵入事件，並且有打鬥殺人的行為，很難不被隔壁鄰居聽見聲音。

「屍溫我們剛才測了，27 攝氏度，下降了 9 攝氏度，大約死亡了九個小時，現在是 10 點多，那死亡應該是凌晨一兩點的事情。」韓法醫說道。

這也就解決了為甚麼偵查員們沒有從鄰居口中聽到異常情況的問題了，這個時間，是大家都熟睡的時間。

「現場屍表檢驗已經基本差不多了，得抓緊時間解剖。」韓法醫站起身，看着我說道。

「好的，你們先去殯儀館，我隨後就到。」我說。

我和剛剛進入現場的林濤一起，巡視了一番現場。

現場的一樓就是一個開闊的客廳，後側有兩個隔間，分別是一個

廚房和一個洗手間。洗手間的門口有一個向上延伸的樓梯，順着樓梯上去，二樓是兩間臥室。一樓客廳的櫃子和二樓的床頭櫃、衣櫥都被翻亂了，看起來是一個搶劫殺人案件的現場。

「樓下的櫃子上，還有這個床頭櫃邊緣，都有血跡。」林濤指了指床頭櫃和我說，「不過，兇手搶劫殺人的時候戴了粗紗手套，血跡中間可以明確看得見粗紗纖維痕跡。」

「所以，你覺得是搶劫殺人？」我問。

「我覺得可能性頗大吧。」林濤說，「如果只是偽裝現場，把一樓翻亂就行了，還來二樓翻亂作偽，沒必要吧？」

「現在都是甚麼年代了，哪家能找到現金？」我說，「一個窮教師，也不可能有甚麼值錢的物件啊。有這工夫，馬路對面，就是別墅區。」

「那邊有物業有保安，不好下手唄。」林濤嘟囔着。

「存疑。」我說，「足跡呢，足跡怎麼樣？」

「我聽他們市局的勘查員說，地面上有血，也有血足跡，可是最多只能看到鞋子邊緣的弧形，沒有找到一個可以反映出鞋底花紋的痕跡，更沒有完整的血足跡。」林濤說，「而且這個水泥地面，灰塵足跡能被發現的可能性也極低。」

「現場可是不少血啊。」我說，「兇手居然有時間專門繞過所有的血跡，不留下完整血足跡？」

「也許是巧合呢？兇手運氣好？」

「那運氣也太好了，我同樣存疑。」我說。

「所以你到底想說甚麼？」林濤問。

「不想說甚麼。」我說，「走，去樓下，看看中心現場的血跡情況後，我就去屍檢了。」

回到一樓，屍體已經被運走，屍體原始的位置，被勘查員用粉筆畫出一個人形的圈。我蹲在白圈的周圍，看着地面上的血跡。

白圈是腳朝大門，頭朝內側隔間，頭北腳南的位置。頸部開始，有向北側噴射的噴濺狀血跡，這和死者頸部被割開是符合的。噴濺狀血跡呈現出一個扇形，但是在白圈的頸部右側可以看到明顯的空白區，這說明兇手當時就蹲在死者的右側，用刀砍開了他的脖子，血跡噴出來後，噴濺在兇手的身上，而沒有落在地上，所以形成了這樣的空白區。

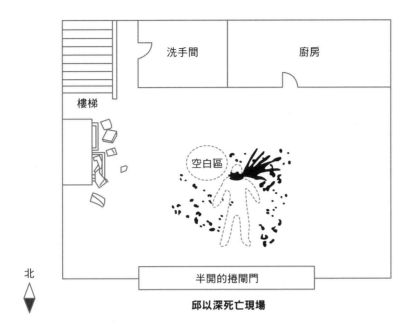

洗手間

廚房

樓梯

空白區

北

半開的捲閘門

邱以深死亡現場

除了這一片噴濺血跡之外，白圈下方有一攤大約臉盆大小的血泊。白圈周圍，可以看到零星的滴落狀血跡，除此之外，就沒有其他的血跡分佈了。

看着這樣的血跡形態，我陷入了沉思。

「看完了沒？」大寶在一旁等不及了，說，「子硯說去找附近的監控，小羽毛跟着偵查部門去調查了，你還不去屍檢嗎？」

「哦，好的。」我心事重重地站起身來，說，「走吧，他們估計也做好準備了，我們趕過去，剛好開始檢驗。」

現場距離殯儀館頗遠的，在韓亮開着車帶着我們的路上，大寶又睡了一覺。到達後，我讓韓亮在車上抓緊時間補眠，自己則和哈欠連天的大寶走進了解剖室。

市局法醫們對屍體的屍表檢驗已經開始了，在按標準提取了死者的體表相關檢材之後，韓法醫正拿起死者的手部在觀察。

「屍僵還沒有完全形成吧？」我一邊問道，一邊穿着解剖服。

「沒有，而且雙手都形成不了。」韓法醫說，「嚴重的抵抗傷，雙手都被砍爛了。」

我連忙湊過去看，在現場的時候沒有注意到，原來死者的雙手都是橫七豎八的創口，有的創口下面的骨頭都完全離斷了。

「抵抗傷，一般在手上和前臂，但是前臂一點兒沒有，在手上有這麼多抵抗傷，倒還是挺少見的。」我說。

「會不會是死者死死地抓住了兇手的刀，導致多處被割傷？」韓法醫問。

「抓住了刀刃，被兇手掙脫，再抓住刀刃，再被掙脫？」我說，「哪有這樣的打鬥過程？反正我是沒見過這樣的抵抗傷。」

「那你是甚麼意思？」韓法醫問。

我搖了搖頭，又把注意力放在了屍體的頸部。

「全身未發現其他損傷。」市局的周法醫說，「只有頸部巨大創口和手部嚴重的抵抗傷。死因應該是頸部大血管破裂導致急性大失血死亡。」

「我們法醫不僅僅要看死因，更得考慮損傷方式。」我說，「你說，甚麼情況下，才能形成這樣的損傷？有這麼多抵抗傷，還能一刀斃命？」

「也許……」大寶說。

「沒有也許。」我打斷了大寶的話，說，「你想想現場的血跡形態再說。」

大寶吐了吐舌頭，開始思考。

屍表檢驗結束，開始屍體解剖。因為死者的損傷並不複雜，所以解剖進展也很快。韓法醫和我一起局部解剖了頸部，找出了雙側頸動靜脈的斷端，算是明確了死因，又解剖了頭部，沒有發現任何損傷。

周法醫和大寶解剖了胸腹部，在心臟的位置抽取了好幾管心血備檢，又打開了胃部，見胃內容物已經基本排空，大致死亡時間是末次進餐後六個小時，結合死者晚上 7 點吃飯的習慣，計算出的時間也是凌晨一兩點鐘。

解剖完畢，在對屍體進行縫合的時候，大寶突然想明白了甚麼似的，說：「我知道了！死者是躺在地上被砍頸部的！因為噴濺狀的血跡是從地面低位噴射的。」

「對。」我說，「可是死者身上沒有任何約束傷，兇手是怎麼做到的呢？」

「可以是死者雙手多次抓住刀刃，一不小心摔跤了，兇手趁機一刀下去。」周法醫說。

「聽上去，只是理論上的可能。死者是個年輕力壯的青年人，不可能反抗能力這麼弱。還有，你沒有注意到嗎？現場沒有任何血跡凌亂的跡象。即使是雙手，被割破那麼大、那麼多的傷口，也會流不少血啊。」我說，「沒有凌亂的血跡，說明沒有打鬥的過程，不然只要流了血，就會被踩得到處都是。而且，現場甚至連一個完整的血足跡都沒有，給我的感覺，兇手是故意繞開了血跡行走的。」

「老秦的感受和我一樣。」韓法醫說，「我也覺得有問題。」

「甚麼問題？」大寶連忙問道。

「我總感覺，血少了。」韓法醫說，「現場噴濺狀的血跡只局限於那個扇形，身下的血泊量也很少，甚至我們在對心臟進行抽血的時候，還能抽出來四五管血。這顯然不是雙側頸動、靜脈被完全砍斷後屍體的狀態。」

「你說死後形成啊？」大寶說，「那不可能！死者的頸部創口是有明顯生活反應的。」

「但如果是瀕死期就砍頸部、砍手，軟組織生活反應很明顯，但是出血量就不大了。」我說。

「瀕死期？」大寶說，「你是說，死者被砍的時候已經昏迷了？」

「不僅僅是昏迷，而是快死了。」韓法醫說。

「你是說，還有聯合死因啊？」大寶問。

法醫學上，如果發現兩種致死原因都可以致死的話，就會下達聯合死因，從而明確施暴人的責任。

「也許是我們沒有發現真正死因而已。」韓法醫低聲說道。

「頭部沒有損傷，不可能是顱腦損傷，頸部舌骨和甲狀軟骨除了刀砍傷外沒有其他骨折，屍體上也沒有窒息徵象，不可能是窒息。」大寶說，「那按理說，就只有中毒了。」

「是的，我們不能排除這種可能性。」我說，「好在心血提取得足夠多，希望理化部門可以把常規毒物、非常規毒物等都盡可能地做一做，說不定能有發現。」

「這個我去安排。」韓法醫說。

「等毒化結果出來，屍體還得再好好研究一下。」我說，「防止有一些小的問題，被我們漏掉了。」

「如果要做常規毒物和非常規毒物，毒化結果會比較長。」韓法醫說，「屍體先冷凍，我們也回去好好研究一下解剖照片。」

「好的。」我歎了口氣說，「小羽毛和子硯那邊都沒有消息過來，估計也沒有能夠發現甚麼問題。」

話音剛落，韓亮突然衝進了解剖室，說：「師父知道你們在解剖，給我打電話了。」

「又有事兒？」我一驚。

「是啊，大事！」韓亮說，「礦井爆炸，有人傷亡！」

「那不是應急管理廳的事兒嗎？」我問，「安全生產事故？」

「不知道，在青鄉，師父讓我們立即趕過去。」韓亮說。

我連忙一邊脫解剖服，一邊對韓法醫說：「我覺得這件事兒有蹊蹺，簡而言之，我現在懷疑凌氏夫婦，尤其是凌三全。你回去彙報一下，看能不能申請偵查部門對這兩個人進行佈控。」

「為甚麼懷疑他們？」韓法醫問。

「你別忘了，凌南死後，頭顱被螺旋槳砍掉了。」我說，「這也許就是邱以深被砍頸部的原因。」

礦井事故，在我的職業生涯中從來沒有遇見過。雖然爆炸案件我辦過幾宗，但是在礦井下方爆炸，其性質就完全不同了。二土坡案件之後，又出現了意外的情況，按理說我的心思應該全部放在這一宗案件之上的，但是剛發生的這一宗爆炸案件更急、影響面會更大，所以我不得不立即從二土坡案件上抽出心思，全心全意地辦好這一宗礦井爆炸案。

從解剖室裏走出來，我給林濤、陳詩羽和程子硯打了電話，約好了碰頭地點，準備驅車趕往青鄉。

下午 2 點整，我們五個人又重新坐上了韓亮開着的勘查車。畢竟

沒有好好休息，我和大寶要求韓亮不能疲勞駕駛，大家可以輪換着開車，可是韓亮則說自己在解剖室外一覺睡得特別好，開車沒有問題。他還說自己從來沒睡過那麼好，看來殯儀館很適合睡覺。

其他三個人在車上分享了自己這兩三個小時的工作情況，幾乎全都是壞消息。

林濤說現場進行複勘，確定沒有找到任何一枚血足跡。因為邱以深在現場是赤足的，卻沒有能夠找到血赤足跡，這和我們分析邱以深是倒地昏迷後再被形成開放性創口的結論是一致的。沒有足跡、兇手戴手套，看來現場提取到關鍵證據的可能性就不大了。

程子硯則依舊在現場附近進行尋訪，拷貝回來幾百個 GB（十億位元組）的監控資料，自己還沒來得及看，不過已經安排了市局影片偵查部門的同事去看了。但是大多數監控都不是紅外線的，夜間呈現效果怎麼樣，很不好說。

陳詩羽則更是沒有收穫，他們走訪了所有鄰居，大家對今天凌晨發生的事情都沒有任何反應，沒人聽見甚麼異常的動靜，也沒人看見異常的人。邱以深是獨居，所以他家裏究竟有沒有貴重物品，不得而知。邱以深一直沒有談戀愛，也不存在情殺的可能性。最近一段時間，他一直在找工作，所以也沒有心思做其他事情，就沒有機會得罪甚麼人，仇殺的可能性也不大。總之，調查結果就是本案陷入了泥潭。

我把自己的懷疑說出來後，陳詩羽最先發話：「我覺得你懷疑凌三全可以，但是懷疑辛萬鳳就不太合理了，我們去過她家，辛萬鳳的身體那麼弱，我們都是看到的。別說控制一個大男人，就是拿刀砍斷一個不會動的人的脖子，也比較困難吧。」

「是啊，我優先考慮的也是凌三全，已經讓市局去監控了。」我說。

「對了，他家挺有錢的，可能也會僱兇，得查聯絡人。」陳詩羽補充道。

「嗯，有道理。」我說，「但即便是僱兇，辛萬鳳的可能性也不大。因為我們找她的時候，她和我們毫不掩飾地表露了自己對邱以深的仇恨。如果她想殺人，就不會向我們表明心跡了。」

「有道理。」林濤也表示贊同，「凌三全的可能性還是比較大的。」

「關鍵，他是怎麼弄得邱以深沒有抵抗能力呢？」大寶插話道。

大寶的話像是一道光在我的腦海裏閃了一下，我想了想，說：「可

惜，這次準備申請對張玉蘭家裏進行再次勘查的，又沒有時間了。」

「沒事的，她家的現場已經再次保護起來了，我也讓市局同事申請搜查令了。」陳詩羽說，「這個礦井爆炸案結束後，我們回來就能再次勘查。」

「好。」我稍微放了點心，靠在椅背上睡着了。

韓亮按照青鄉市公安局的孫法醫發的定位，驅車安全抵達。本來我還擔心他連續「作戰」的能力，但也因為太睏，沒能在路上全程和他聊天提神。

「你趕緊休息一下吧。」我和韓亮說完，就下車和孫法醫一起走到了礦井的電梯旁。

報警的是礦務局負責巡查的邵主任。

今天中午，邵主任和往常一樣，帶人在礦區周圍巡查，突然聽到一聲悶響，大地似乎都震動了一下。經驗豐富的邵主任立即明白，只有足夠量的炸藥在井底爆炸，才會導致這樣的效果。可是，此時是中午，而且並沒有爆破計畫，邵主任立即向上級彙報，通過礦井下的監控和對講機，和此時正在作業的幾個礦井井下進行聯繫。可是，所有的礦井都彙報正常，並沒有發生甚麼意外事故。

正感到奇怪的時候，突然有巡查人員發現 8 號礦井的井口有煙塵升起的跡象。

8 號礦井是個半閒置的礦井，最近幾個月都沒有作業任務了，估計下一次作業任務得等到半年之後。按理說，這個礦井的井下是不應該有人的，更不應該發生爆炸。

現在的礦井管理都很規範和嚴格，即便是半閒置的礦井，也只是掐斷了照明和監控的電源，礦井內的空氣流通裝置是不會隨意關閉的。因為長時間空氣不流通，就會導致礦井內的瓦斯堆積，有可能會引發爆炸的事故。

在發現 8 號礦井有問題之後，礦務局立即打開了井下的監控，發現井道內煙霧彌漫，甚麼都看不見，這才確定了就是這個礦井井下發生了爆炸。可是，空氣流通裝置是正常的，瓦斯監控裝置也是正常

的，根本不可能自己發生爆炸啊。

對於爆破管理這一塊，礦務局一直都非常嚴格，不僅有嚴格的登記制度，而且管理炸藥有專門的藥工，而管理雷管有專門的爆破工，這兩個工種是分別管理的，一般連下礦都不會一起行進。

井下有專門的炸藥儲存櫃，根據 8 號礦井的登記記錄，確實有 20 公斤硝銨炸藥沒有按規定由藥工帶回，而是圖省事在儲存櫃裏存放。不過，一來，鐵質的儲存櫃是上鎖的，這個鎖不是一般人能打開的；二來，光有炸藥並不會爆炸，而是需要雷管引爆。

既然櫃子內的炸藥不會自己爆炸，那麼這次爆炸就一定是有人下去進行了引爆。而如果引爆這麼多炸藥，造成這麼嚴重的後果，引爆者生還的可能性就不大了。

經過青鄉市公安局和礦務局的分析，確定這個半閒置的礦井，雖然空氣流通裝置沒有關閉，但是沒有嚴格管制電梯，這也是他們的疏漏。只要是礦區內的人，都能操縱電梯、進入井下。事實證明，礦務局第一個抵達的職工發現，原本應該是關閉狀態的電梯，實際上是開啟狀態的。不過，並不是礦區內的人都能接觸到雷管去引爆炸藥，也不是礦區內的人都能獲取 8 號礦井的炸藥櫃鑰匙。

這樣，可以造成爆炸的人的範圍就很小了，青鄉市公安局立即組織力量對範圍內的人進行排查。

在我們的車剛剛下高速的時候，他們就已經明確了一個目標，是一個叫萬永福的爆破工。雖然暫時並沒有查出他這個人有甚麼問題，但是他確實在這個工作時間，突然失聯了，這是一個很明顯的異常情況。

從礦務局領導層這邊得來的消息，萬永福今年 35 歲，已婚，有一個 10 歲的兒子，妻子在青鄉市區開一個小服裝店。萬永福的父母都是礦業集團的退休工人，而萬永福中專畢業後，就一直在青鄉礦業工作，從事爆破工種。而且最近 10 年來，都是在 8 號礦井工作。這麼多年來，他一直也沒出現過甚麼差錯，算是一個並不特別優秀，但也沒有污點的正常人。爆破工是特殊人群，所以經常會被關注和調查，但萬永福沒有任何不良嗜好，更談不上有甚麼惡習。礦工一般都非常繁忙，雖然工薪待遇不錯，但是幾乎沒有多少業餘時間，所以也不存在和社會不良人士勾結的可能性。

他為甚麼會去一個目前閒置的礦井內引爆炸藥，這讓人百思不得其解。所以公安局目前兵分兩路，一路去調查萬永福的生活、工作近況，而另一路則去了藥工那裏，看看炸藥櫃的鑰匙的情況。

孫法醫和幾名勘查員此時已經穿戴好了下井的裝備，準備下井勘查。雖然礦務局確定井下並沒有空氣流通的問題，但是其實誰都知道，井下還是存在很大的風險的。炸藥是不是已經爆炸完了？有沒有再次發生爆炸的可能？礦井內部的結構有沒有損壞？這些我們都是不得而知的。

但是，既然井下存在人身傷亡的可能性，這些現場勘查員就必須要下井勘查。

我也很害怕，但也不得不拿起安全帽和礦燈，往自己的腦袋上戴。我一邊戴，一邊跟小組成員們說：「剛才他們說了，井下影片監控沒有開啟，所以子硯你下去沒用。下面主要是現場勘查的活兒，所以小羽毛你下去也沒用，你們兩名女同事就配合市局同事對周邊進行調查吧。」

陳詩羽不以為然地說：「不，我們都得下去！」

一邊說着，還一邊給程子硯也遞了一套裝備。

我知道陳詩羽的脾氣，此時說甚麼也沒用，只能讓她們倆和我們一起下去冒險了。

在穿戴好安全裝備後，我們走進了牢籠似的電梯。

我算是一個恐高症患者，可是林濤比我恐得更厲害，雖然站在電梯上根本看不見下方的高度，但是隨着電梯的轟鳴和搖擺，我的心都提到了嗓子眼，而林濤則一直死死抓着陳詩羽的衣擺。

電梯運行了兩分多鐘，終於在一聲轟鳴中，停止了運行。

「好了，我們到了，大家注意安全。」礦務局負責引路的職員顯然對這個礦井輕車熟路，絲毫沒有恐懼的表情。

而第一次下井的我們，都是戰戰兢兢。好在現在的礦井和我們想像中的那種土礦井是完全不同的。現在的井下，四周都是水泥砌的牆壁，四通八達，就像是站在一個迷宮裏。此時塵埃都已經落定，礦井內燈火通明，只是地面上有比較厚的積灰，這就更和我們想像中大相徑庭了。總的感覺，並不是進入了礦井，而是進入了一個有很多岔路口的隧道一樣。

「我們在地下 300 米左右。」礦務局的職員說,「根據登記,往前走 100 米,左轉,再走 100 米,就應該是存放炸藥的硐室了。」

所謂「硐室」,是礦井的幹道兩側牆壁凹進去的弧頂的無門小房間,這些空間是用來儲存各種工具設備的。有的時候,在實施爆破作業的時候,人們可以躲在硐室裏,確保安全。

「不遠啊,走。」大寶率先走了過去,一邊感歎道,「真不敢相信,我們居然在地底下這麼深的位置,要不是剛才坐了電梯,還真的不敢相信有這麼深。」

「那是因為照明設備好。」礦務局職員說,「如果是沒有開燈的情況下,那這下面可真的叫作『伸手不見五指』啊。」

沒一會兒,我們左拐了,又走了幾十米,我們就見到遠處一個硐室的門口地面和牆面上有明顯的顏色變化。

我的心裏一沉,說:「確實有人死了。」

「這也看得出來?我只感覺到氣味不對勁。」大寶快走了幾步,到了硐室的門口。

一走近,我們也都聞到了血腥味和炸藥味交雜的複雜氣味,令人作嘔。

「哪有人?」大寶左右看看牆壁上和地面上成片的又像血跡又像凝血塊似的東西,說道。

「這就是人。」我說,「那麼多炸藥,在炸藥旁邊的人是不可能留下屍體的。」

我這麼一說,給我們引路的礦務局職員頓時沒了一開始的冷靜,瑟瑟發抖起來。大寶「啊」了一聲,臉上也顯現出了肅穆的表情。書本上的知識照進了現實,一下子變得異常殘酷。

「不可能留全屍?」陳詩羽也很凝重地問。

「不可能留屍體。」我說,「中心爆點的超高溫度,可以讓人體在瞬間氣化。」

「甚麼都不剩?」程子硯也瞪大了眼睛問。

我蹲下身,從地面上撿起一個小小的金屬片,說:「這個金屬片不

知道是甚麼東西上的，連金屬都只能剩下這麼小一點點，何況是人體啊。」

「屍體都沒了，那我們看甚麼？」大寶問。

「確實，沒甚麼好看的。」我說。

「都看完了，炸藥都沒了，現在這裏沒有危險。」林濤說。

林濤還是有經驗，在我們說話間，他就排除了現場隱患。或許把注意力轉移到工作上，就能減少他在地底的恐懼感。

「櫃子上能看出甚麼嗎？」我問。

「櫃子表面受熱熔化，完全變形了，甚麼都看不出來了。」林濤說。

「現在，我們把現場畫成多個網格狀，每個網格裏提取一份檢材，回去進行 DNA 檢驗。」我說，「如果所有檢材都是一個人的，而沒有第二個人或者混合的 DNA，那麼就可以判斷這是一宗自殺案件了。」

「自殺？」大寶說，「你怎麼看出來的？」

我微微一笑，拉着大寶走進了硐室，指着硐室的地面和牆壁說：「你看，硐室內側的牆壁和天花板血跡少，而兩側和穹頂門黏附的血跡多，還有大量血跡從內向外噴射到礦井主幹道上，這說明人體和炸藥是個甚麼相對位置？」

大寶想了想，說：「哦，是有人抱着炸藥，面對硐室內側爆炸，爆炸把人體的大部分組織瞬間氣化，殘餘的部分向左、右、後、下方噴射出去，而上方和前方就比較少。」

「甚至都可以判斷死者是抱着炸藥，坐在地上引爆的，地面上才會有這麼多血跡。」我說，「而且，選擇在硐室裏爆炸的目的是甚麼？」

「炸藥在硐室裏啊，就近吧。」林濤插話道。

「不，我覺得他是為了不造成礦井主要結構的損傷。」我說，「在主幹道上引爆，多多少少會造成內部設備的損壞。但是在這裏引爆，摧毀的就只有他自己和那個炸藥櫃。如果這些 DNA 是一個人的，又不是下來搞破壞的，你說不是自殺是甚麼？」

「是啊，抱着炸藥坐在地上，也不可能是意外事件。」林濤點頭認可道。

「所以，現在最重要的，就是用 DNA 檢測來確定這些血跡是一個人的了。」我說，「當然，估計我們上去之後，偵查部門也就能調查出死者的自殺動機了。對了，死者是那個萬永福的可能性非常大。一

來，他具備到這裏來的條件；二來，之前對他進行的調查和管理，並不涉及他的內心思想狀態，有可能會忽視他的心理異常；三來，他以前就在這個礦井工作了很多年，對這個礦井有感情，自殺時才會選擇這裏，且又不想破壞礦井。」

「不，我們這裏的爆破工都是必須要進行定期心理諮詢的。」礦務局職員反駁說，但隨後又無奈道，「這是制度規定。只不過，很多礦組，都把這件事情當成『形式主義』，沒有真正落實，只是走形式地填幾張表罷了。」

「是啊，不掌握他的心理變化，就有可能發生這樣的事件。」我說完，開始蹲在地上，用棉簽採起血來。

大約採了半個小時，大部分血跡都已經取樣完畢，我正準備直起身伸個懶腰，突然聽見遠處傳來了一聲尖叫，聽起來是程子硯的聲音。

這時候我才發現，程子硯不知道甚麼時候已經不在我們的身邊了。

3

循着聲音，我們向電梯口跑去，很快就見到了在礦井主幹道中段的程子硯，看上去，她還是驚魂未定，而先一步趕到的陳詩羽正在撫着她的後背。

順着兩人的目光，我們向前看去，這是礦井下電梯後的第一個硐室。因為硐室裏沒有燈光，礦道的燈光照射進去，可以看到在硐室的角落裏，似乎有一雙眼睛。

我也嚇了一跳，連忙走近去看。

走近了，這才發現那不是一雙孤零零的眼睛，而是因為它的主人被爆炸揚起的灰塵覆蓋得不那麼明顯罷了。

「是一個人啊！」我心中一驚，三步並成兩步跑進了這間漆黑的硐室，走到了那人的身邊，用手指探了探他的頸動脈。

從體型看上去，他應該是個孩子，瘦瘦弱弱的，此時已經沒有了生命跡象。

我拿起死者的手腕彎了彎，說：「屍僵剛剛開始形成，屍體溫度尚存，估計也就是死亡三四個小時吧。」

「現在是下午 4 點多，你的意思是，他也是爆炸死亡的？」大寶看了看手錶，驚訝道，「不都是説這種硐室有保護的作用嗎？爆炸衝擊波一般波及不到這種相隔了很遠、轉了好幾個彎的硐室裏，這也能死人？」

「我關心的是，一個孩子，怎麼會到礦井下面來？」我説完，打亮了手中的電筒，在硐室裏照射了一圈。

這一間硐室比爆炸發生的硐室要小，但是裏面沒有炸藥櫃和採礦工具，是一間完全空置的硐室。只有另一側角落裏，散落着幾根十幾厘米長的、表面塗有藍色油漆的洋釘子，聽説是井下常用的釘子類型。釘子的旁邊放着一個書包。

受到爆炸的揚塵影響，眼前這間硐室裏的地面和洋釘子、書包以及屍體上都覆蓋了薄薄的灰塵。

我拉開了被薄塵覆蓋的書包，裏面有一些初二年級的課本，上面寫的字直接就明確了死者的身份。

「青鄉二中，呂成功。」我説，「這個是礦上的中學嗎？」

「不是。」孫法醫説，「這個中學是礦區外面的，主要還是附近的農村居民，也有礦上工人的孩子在這個中學讀書的。具體的，還得讓偵查部門調查一下身份。」

「嗯，也要查一查和那個萬永福的關係。」我説。

「你剛才不是説萬永福應該是自殺的？」大寶説，「哦，你是説自產自銷[1]？那我就想不通了，萬永福都能弄到炸藥，為甚麼不和孩子一起被炸死，要費這麼大勁先弄死孩子，再去自殺？而且死亡時間那麼相近？」

「你現在的發散思維真的很值得表揚。」我笑了笑，説，「我只是讓查一查，你就衍生出這麼多想法。」

大寶撓了撓後腦勺，説：「這孩子才初二，只有十四五歲啊，可惜了。」

「林濤，你去萬永福的家裏和一些關聯現場進行勘查。」我説，「子硯去把這麼多 DNA 檢材送檢，務必在今天把大致的資料做出來。現在，一次性可以做 32 份檢材，就很有代表性了。小羽毛，你去查萬永福和孩子的背景資料。我和大寶去殯儀館屍檢。」

---

[1] 自產自銷：是警方內部常用的俚語，意思就是殺完人，然後自殺。

「我還以為這種爆炸案沒屍體呢，這居然多出來一個。」大寶嘟嘟囔囔地說。

「都是你的烏鴉嘴。」我說。

我們重新乘坐礦井的電梯，轟隆隆地上行了兩分鐘，耳朵的鼓膜都因為壓力的變化而產生了閉氣的反應。不過，這種不舒服的感覺，倒是讓我靈光一現。

韓亮開着勘查車，載我們趕往殯儀館的途中，繞路去了一趟青鄉市人民醫院。

我剛才在礦井電梯裏萌生的想法，就是去醫院借一個耳鼻喉科的可携式耳鏡。

幾年前，我們來青鄉市辦那個「消失的兇器」[2]的案件時，就讓大寶去人民醫院借了簡易耳鏡，因為是給屍體用的，所以之後也沒有還回去。有道是「好借好還，再借不難」，上次既然沒還，這次就不好借了。大寶去耳鼻喉科好說歹說，直到快下班的時間，才終於又「順」回來一個簡易式耳鏡。

「上次都有教訓了，你們弄丟了之前的，還不買新的。」大寶對孫法醫表達自己的不滿。

「這種小眾的設備，誰會去買啊。」孫法醫笑着說，「你打報告主管都不一定批。」

「那也不能每次都讓我去醫院『順』吧？」大寶說，「下次我再去市人民醫院，人家得把我當賊防了。」

「沒事，下次換我去『順』。」孫法醫說。

「你們這是在壞我們公安機關的名聲。」我笑着說，「這一次，你們知道我要簡易耳鏡有甚麼用了吧？」

「涉及爆炸案件，就要考慮現場的衝擊波，看死者的鼓膜，就能分析出爆炸發生時他的位置和狀態。」大寶說。

---

2 見法醫秦明系列眾生卷第一季《天譴者》（江蘇鳳凰文藝出版社，2018）「消失的兇器」一案。

「對。」我讚許道。

我們趕到殯儀館的時候，天已經黑了，屍體已經先一步運送過來，並且放在了解剖台上。

在灰濛濛的礦井裏沒有甚麼感覺，但是屍體一放在整潔的解剖台上，就顯得很髒了。男孩的全身都被灰塵覆蓋，只有一雙半睜的眼睛依舊是透徹明亮的。整具屍體都是灰塵的顏色，只有頭頂部似乎還能看得見黑色的頭髮，就像是掉進了泥潭一樣。

「身體上覆蓋灰塵，只能說明爆炸的時候，他在礦井裏，而不能證明那個時候他死沒死。」我說，「而這一點很重要，很有可能決定了萬永福和呂成功之間的關係。」

「關係交給他們偵查部門去調查吧。」大寶說完，從口袋裏掏出簡易耳鏡，把尖端插進屍體的耳朵裏，自己湊過臉去從另一端的目鏡裏觀察着。

「怎麼樣？」我見大寶磨磨唧唧的，有些着急。

「沒，好像沒穿孔。」大寶直起身來把耳鏡遞給我。

我用耳鏡觀察了屍體另一側的耳朵，說：「確實，沒有穿孔，但是鼓膜有充血。」

「鼓膜充血說明對鼓膜造成的氣壓不夠大，刺激了鼓膜但是沒有導致它的破裂。」大寶說。

「而且，充血是生活反應。」我說，「結合現場情況，因為屍體所在的現場和爆炸現場隔了一段距離，且有幾個拐彎，因此衝擊波力度得到了極大的緩解。」

「結論就是，爆炸發生的時候，呂成功這孩子就在他所在的硐室裏，而且還活着。」大寶說。

「那麼，問題來了。」我說，「既然衝擊波都沒有擊碎他的鼓膜，那就更不可能擊碎內臟了。他既然不是死於爆炸，又為甚麼會在爆炸發生後死亡呢？」

「嚇死的？」大寶拿起死者的雙手看了看，說，「沒有約束傷和抵抗傷，身體上也沒有其他損傷，更沒有窒息徵象。」

「嚇死，一般都是有潛在心臟疾病的人。」孫法醫說。

「嗯，以前我們辦過一個『迷巷鬼影』[3]案，那是兇手知道被害人有潛在心臟疾病。」大寶說，「但如果這個呂成功沒有先天性心臟病，這個年紀，不應該有甚麼多大的身體健康問題啊！」

「不過，從屍表來看，這也是最大的可能了。」我說，「拍照固定，然後清洗屍體，準備解剖。」

因為在解剖現場拍照的民警通常是照相專業或者痕跡檢驗專業的民警，他們不懂法醫，所以會有個習慣，就是拍完了以後把顯示幕上的照片給法醫看一眼，確定需要的內容拍攝清楚了才好。

現場拍攝的小夥子在拍完屍表後，舉起相機，讓我看相機顯示幕。在看到頭頂部的時候，我突然發現頭頂部的灰塵似乎比其他部位少很多。因為光線的問題，看屍體看不清楚，看照片卻顯得很不自然。

「頭部先不清洗，你們先做常規解剖，我來看頭部。」我制止了正準備沖洗死者頭面部的大寶，說道。

我走到解剖台的一端，細細端詳着屍體的頭頂部。因為灰塵覆蓋，黑色的頭髮似乎變成了灰白色，但是在頭頂正中的部位，頭髮確實顯得更加黑一些。

我伸手摸了摸屍體頭頂的頭髮，一絲異樣的觸感透過乳膠手套傳遞到我的感覺神經。頭頂的髮絲似乎比周圍的頭髮要更加堅硬，就像是摸在一條尼龍繩上。我知道，正常的頭髮是柔軟的，只有頭髮上黏附了血液等液體，多根頭髮黏附在一起，風乾後才會形成這樣的狀況。

在對屍體頭頂部進行細目拍照後，我又觀察了一會兒，可能是灰塵的污染，確實也看不出甚麼異常。沒有辦法，我只能把屍體的頭髮剃除。

用手術刀剃除屍體的頭髮，是法醫的「絕活兒」，我們可以用手術刀把屍體的頭髮剃得乾乾淨淨，連毛樁都不剩，而且頭皮還不被刀片刮破。

當我的手術刀刮到屍體頭頂部位的時候，那種異常的感覺又順着刀片傳遞到了我的手上。

「不對，頭頂肯定有問題！」我說。

---

3 見法醫秦明系列萬象卷第三季《第十一根手指》（北京聯合出版公司，2020）「迷巷鬼影」一案。

此時，大寶已經按流程清洗好了屍體，提取了屍體指甲等必須要提取的物證檢材，正準備切開屍體胸腹的皮膚。他聽我這麼一說，連忙說：「你不是說先天性心臟病可能性大？」

「不，屍體的頭頂有問題。」我說。

「頭頂沒看到創口啊。」大寶說。

「沒事，我就快看到了，你們繼續解剖，別耽擱。」我一邊說着，一邊操縱着手術刀在屍體頭皮上刮動。

當手術刀的刀刃第一次經過屍體頭頂正中的時候，突然發出了「吱呀」一聲異響，像是金屬互相刮擦而產生的刺耳聲音。隨着頂部的頭髮完全被刮落，頭頂部青色的頭皮完全被暴露了出來。

眼前的一切就像是一根針，深深地插進了我的心裏。

我的心臟猛然一陣收縮，讓我一口氣沒能喘上來。因為心臟的強烈收縮，血液突然沖進了我的大腦，我能真切地感覺到大腦裏一陣嗡嗡作響，眼前的視野都模糊了。

大寶和孫法醫還沒有意識到我的異常，仍在按部就班進行解剖。我在屍體的頭頂位置蹲了三分鐘沒動彈，他們也沒注意到。大寶已經取出了屍體的心臟，並且按照血流的方向剪開，說：「心臟看上去還好啊，不像有甚麼先天性心臟病的心臟啊。」

說完，見我沒有回應，大寶這才注意到了我面部極其猙獰的表情。

「你怎麼了？」

大寶放下心臟，順着我的目光看去，緊接着，就爆出了一聲驚呼。

「畜生吧？這就是畜生啊！」

原來，呂成功頭頂烏青色的頭皮中間，除了有一片紫色的皮下出血之外，還鑲嵌着一個圓形的藍色鐵片——也就是剛才解剖刀劃出異響的來源。

這東西對我們來說並不陌生，剛才在現場，我們就看到過這種塗着藍色油漆的洋釘，既然頭皮上露出的是釘子的尾端，那就意味着長達十幾厘米的整根釘子已經深深插入了屍體的頭顱。

我和大寶小時候都看過一部電視劇，裏面的兇手用磚頭把一枚釘

子釘進了醉漢的頭顱，殺死了對方。這個令人髮指的畫面，是我們共同的童年陰影，我們怎麼都想不到，這個童年陰影今天真的出現在了我們的面前，讓我們不寒而慄。

「這可是一個孩子啊！怎麼下得了手？」大寶比我更震驚、更氣憤，他的拳頭攥得緊緊的，手上的乳膠手套都嘎嘎作響。

此時的我已經從震撼中緩回了幾分，思忖了一番，說：「別急，別急，我們冷靜地想一想。孩子身上沒有任何抵抗傷和約束傷，而把一枚釘子完全釘進顱骨，不可能一次外力就能做到。」

「你是說，需要錘擊多下，才能把釘子完全釘進去？但是在錘擊的過程中，死者不可能不反抗、不躲避，對吧？」孫法醫也盯着那枚釘子問。

「對。」我說，「我們往牆上釘釘子都有經驗，如果這面牆在不斷移動，是不可能把釘子釘進去的。而釘眼的周圍，也不可能沒有任何損傷。」

「那你是甚麼意思？」大寶聯想了一下之前的推斷結論，問，「是爆炸後，這孩子昏迷了，然後有人趁他昏迷，往他顱內釘進去了釘子？」

「昏迷的原因呢？驚嚇嗎？」我問，「而且，死者的眼睛是半睜的。我們的經驗告訴我們，在排除了體位移動後形成屍僵，或者屍體痙攣[4] 而造成的『死不瞑目』以外，大多數的『死不瞑目』其實是因為死亡前腦組織先受到了損傷，這種損傷讓眼周圍的肌肉接收不到信號了，就停留在原始的睜眼狀態。這說明死者在受到腦損傷的時候，其實是睜着眼睛的，不太可能是昏迷的狀態。」

「那睜眼狀態，怎麼可能讓別人釘進去釘子？」大寶說，「可惜了，因為爆炸導致的揚塵，直接破壞了現場，讓現場沒法看足跡了。」

「別着急，我覺得我們的屍檢結果，還得結合調查情況，才能得出綜合的結論。」我說，「你們繼續完成胸腹腔的解剖檢驗，我來開顱。」

說完，我用手術刀割開了死者的頭皮，然後拿起開顱鋸開始開顱。

當顱骨完全被鋸開後，我小心翼翼地將帶有藍色洋釘的頭蓋骨取

---

4 屍體痙攣：也是一種屍體現象，一旦出現，就會保存下死者死亡瞬間的動作。後文會有詳細的釋義。

了下來。測量的結果不出意外，確實和現場發現的多枚洋釘的形態是一致的，整根釘子足足有 18 厘米長。洋釘穿破了顱蓋骨和硬腦膜，直接插入了雙側大腦半球中間的大腦鐮，然後穿透了小腦幕，抵達了腦幹部位。整個創道周圍都有出血，說明是生前釘入的洋釘。而這種直接傷到腦幹的損傷，是可以導致人立即死亡的。

「只有釘子戳到了腦幹，才會立即死亡。」我說，「但是釘子戳到腦幹的這個過程，是需要多次外力才可以做到的。」

「太殘忍了。」大寶一邊說，一邊打開了死者的胃，說，「胃內基本空虛，還有極少量食糜顆粒，距離末次進餐後六個小時左右。」

「爆炸是 12 點多發生的，這麼大的孩子一般早上 7 點多吃早飯，那也就是說，爆炸後不久，這孩子就死亡了。」孫法醫說，「我們的解剖差不多結束了，顱腔裏，也看不出甚麼了吧。」

我微微點了點頭，重新走到屍體的側面，拿起他的雙手仔細看着，說：「屍體你們都清洗了嗎？」

「洗了。」大寶說。

我說：「可是，為甚麼我覺得死者的雙手掌中間有點泛藍光？」

「沒有啊，你眼花了吧？」大寶問。

我搖搖頭，拿出幾根棉簽蘸了生理鹽水，說：「你們提取死者的心血和胃壁，加上我這幾根棉簽一起送去市局理化實驗室。前兩者做毒物化驗，後者做微量物證檢驗。」

說完，我用力把棉簽按壓在死者的手掌中心，重重地摩擦着。

「你有想法了？」孫法醫問道。

「沒有，天色已晚，我們趕去市局，聽聽其他同事工作的情況再說吧。」我把棉簽放進了試管裏，說道。

專案會在市局會議室裏正開着，大家心情似乎普遍比較好。

「調查情況，能給我們補習一下嗎？」我見我們遲到了，於是問道。

「哦，調查情況很清楚，死者萬永福應屬自殺。」王傑副局長說道。

根據王局長的綜合敘述，偵查員在萬永福的住處找到了他留下的遺書。遺書寫得很長，主要是敘述自己的生活窘境。萬永福描述說自己婚後一直不幸福，自己所有的工資都被妻子把控，每個月只有數百元的生活費，也只夠在礦區吃飯，連水果都買不起。前兩年，在他患上抑鬱症之後，妻子不但繼續對他不管不顧，還經常拿抑鬱症來取笑他。一個月前，自己的母親得了癌症，雖然經過醫院的治療有明顯的好轉，但醫療的費用讓原本不富裕的父母家裏更是雪上加霜，於是萬永福向妻子提出拿一點存款接濟父母。沒有想到他的妻子一口就回絕了，說家裏沒有甚麼存款，因為孩子還小，需要花錢的地方很多，最近又買了房子，更是沒有錢了。其實萬永福作為爆破工的工資還是頗高的，大約是普通公務員的兩倍，結婚十年說沒有存款，這個肯定是說不過去的。幾次溝通無果，妻子不僅沒有回心轉意，更是提出要離婚，說萬永福一下礦就幾個月住在礦區不回家，家裏跟沒這個人似的，把所有的離婚責任都推到了萬永福的身上。

　　本身就患有抑鬱症的萬永福萬念俱灰，決定走上絕路。以他遺書裏的說法，他一輩子在礦井下工作，所以也選擇在礦井下離開人世。他想過很多種辦法，但是因為沒有勇氣，所以都放棄了，直到他發現井下可能有炸藥。他相信，瞬間的灰飛煙滅，也許沒有痛苦吧。於是，他找理由結識了藥工李某，並哄騙他和自己喝酒。昨夜，他將其灌醉後，以送李某回宿舍的理由進入李某的宿舍，並在李某的床頭櫃裏盜取了炸藥櫃的鑰匙。

　　在家裏猶豫了一夜和一上午的萬永福，終於在中午時分，鼓足了勇氣，來到了停工的礦井下，在內段礦井的硐室中取出炸藥，安裝上自己保管的雷管後引爆，導致他當場就被炸死。

　　能夠證明上述結論的，不僅有林濤在萬永福家裏找到的遺書、日記等材料，還有林濤趕赴藥工家中提取到的宿舍監控、床頭櫃內側的萬永福的指紋等證據。DNA實驗室那邊，也在第一時間，進行了礦井下的血跡檢測，所出的結果全部都是萬永福本人的，沒有其他人的DNA了。陳詩羽他們偵查部門對萬永福的背景調查，也證實了萬永福遺書裏記載的事實基本都是屬實的，而且他們還調取了萬永福兩年前就診於精神病醫院的病歷，診斷其為重度抑鬱、中度焦慮狀態，建議其住院治療，可是他並沒有進行正規治療。

之所以大家的表情都比較輕鬆，是因為這個棘手的案子，目前至少已經查清了一半，擔子也就卸掉了一半。

「據我們了解，萬永福這個人平時口碑還是很好的。你看他選擇自殺都選擇了一個最『人畜無害』的位置，礦井都沒有被破壞。」王局長說，「所以，他不太可能殺死呂成功啊，這樣的人不可能臨走前還帶走一個人，即便要帶走，按照矛盾關係來說，也是會選擇帶走他的妻子吧？」

「目前的調查，還沒有發現萬永福和呂成功之間存在甚麼關係。」陳詩羽說，「要是讓我說得絕對些，這兩人壓根就不認識。」

經過調查，呂成功不是礦上的子弟，只是在青鄉二中上學罷了。實際上，他是住在不遠處的村裏的，父母都在外面打工，平時和爺爺奶奶生活。呂成功已經到了青春叛逆期，甚麼事也不跟爺爺奶奶說，老人也很難管教他，只知道他的學習成績一直很差，雖然有時候會夜不歸宿和同學一起去網吧打機，但是不至於和刑事案件扯上甚麼關係。

「是的，萬永福自殺的時候，呂成功還活着躲在另一間硐室裏。在爆炸發生後，他才死亡。」我一邊把捺印下來的呂成功的指紋卡遞給林濤，一邊把全部屍檢過程說了一遍。

當聽到呂成功頭頂的洋釘的時候，在座所有人都露出了驚訝和憤怒的表情。

「因為死亡時間不能精確到分鐘，所以我們不知道是爆炸後，有人下井，發現了呂成功，還是本身井下就有第三個人。」林濤說，「而且，現場被爆炸後產生的灰塵覆蓋，也沒有發現足跡的希望了。」

「礦井周圍我也都看了，只有一公里外的幾個路口還有正在運行的監控，根本覆蓋不到礦井的井口。」程子硯說道。

「而且這個礦井，不是所有人都知道具體情況的，也不是所有人都能操縱電梯下井的。」林濤沉吟了一會兒，說，「我還想去礦井看看。」

「不錯啊，林濤，果真克服了下井的恐懼了？不怕黑？不怕鬼了？」大寶小聲說道。

「你說你白天下井和晚上下井，有甚麼區別？」林濤也小聲說，「不開燈都是黑漆漆的。」

「對，我也正有此意。」我說，「另外，我們送檢的理化實驗結果，要第一時間通過對講機告訴我們。」

此時已經是深夜，當我們趕到礦區的時候，礦區已經沒甚麼人了。負責礦區安保的職工估計正在接受上級的調查，一臉疲憊和不安地給我們打開了礦區的大門。

我讓程子硯和韓亮一起去礦區監控室，再次對周圍的路口監控進行觀察，即便是一公里外的路口監控，也要仔細觀察，重點是尋找呂成功的身影。其他人則做好下井的準備。

林濤留在了礦井上面，對礦井的電梯間進行檢查，而我們繼續穿戴好下礦井的裝備，再次乘坐那座看起來有些簡陋的電梯，下到了礦井的底下。這一次我們來到礦井底下的時候，井下的照明沒有打開，井下的「黑」是地面上不能比擬的，那可真是甚麼都看不見，直到大寶打開了頭頂的礦燈才終於恢復光明。

我們走到了呂成功死亡的那個硐室，用各自頭頂上的礦燈照射硐室的各個角落。

「奇了怪了，這裏也沒有可以釘釘子的錘子啊、磚頭啊甚麼的。」大寶找來找去，說道，「釘子都是就地取材的，按理說釘釘子的工具也應該就地取材才對啊。」

「對，這個就是關鍵所在，也是我們複勘現場的意義所在。」我沒有在硐室裏到處亂找，而是把精力都放在了硐室的牆壁上。

很快，我就發現了問題。

硐室的牆壁上，也因為爆炸而覆蓋了較厚的灰塵，但是在屍體倒伏的位置上方牆壁上，有一處牆面灰塵似乎沒有那麼厚。關鍵是，這一處牆面在大約有臉盆大小的範圍內，有不少小小的凹陷。

硐室的牆壁都是鋼筋混凝土澆築的，很堅硬厚實，能在牆壁上形成凹陷，自然是需要工具以及一定程度的力量。

「來看這裏。」我說，「雖然光線不太好，但是依舊能看得見這些小凹陷裏，附着有藍色的油漆，是不是？」

陳詩羽最先跑了過來，也不懼怕灰塵，就趴在牆壁上瞪着眼睛看。

我從勘查箱裏拿出一卷捲尺，量了一下高度，說：「呂成功屍長多少？」

「一米六。」大寶說，

「這些小凹陷的高度大約都在一米二、一米三的位置，很符合啊。」我說。

陳詩羽點點頭，舉起手中拿着的、剛剛從碉室地面上撿來的洋釘，說：「確實，這裏就是有淡淡的藍色，和這個釘子上的顏色差不多。」

「做一下提取，回去進行微量物證，就知道了。」我說。

「原來，你擦拭屍體的手掌，說要做微量物證，也是這個目的。」大寶說。

「對。」我說，「其實我們當時提出的問題已經很清楚了，這種損傷，別人很難在死者清醒的時候那麼順利地實施，而不造成附加損傷。問題的答案就是，死者的損傷，不是別人形成的，而是他自己形成的。」

這個結果可能是剛才大家都想到了，所以在我說出答案的時候，大家沒有表示異議。

我接着說：「如果死者去意已決，或者是情緒激動，就可以做出這樣的損傷。」

「自己從地面上撿起一根洋釘，尖端對着自己的頂部頭皮，然後往牆壁上撞。」大寶說，「撞一下，也許釘子只是穿破頭皮，但是多撞幾下，釘子就會進入顱骨，然後直接插入顱內。釘子插入顱內後，因為傷及腦幹，所以他就會迅速死亡。這也是老秦會在屍體原始的倒伏位置上方進行尋找的原因了。」

「這也是牆面上會有十幾個小坑的原因了，他撞了十幾下。」陳詩羽不忍心地說道，「可是……難道，他不疼嗎？」

「當然疼。」我說，「但是，別忘記了，呂成功的頭頂部還有皮下出血。我認為，是他因為驚恐，且有劇烈的頭痛，為了抑制頭痛，他先在牆上撞頭，後面為了追求更『好』的抑制效果又想用釘子來解決。」

「為甚麼會驚恐和頭痛？」陳詩羽問。

「當然是爆炸了。」大寶說。

「對。」我說，「屍體的頭頂部灰塵和碉室裏這一片牆壁的灰塵相對較少，就是因為頭頂部和牆壁有接觸、撞擊，導致灰塵掉落。因為他頭頂部創口較少，且有釘子封閉，所以流出來的血很少，都黏附在

頭髮上。沾了血的頭髮還沾了空氣中的灰塵，就看不出鮮紅的顏色了。好在風乾後，我解剖的時候，才摸出異樣的手感。」

「所以，他也是自殺。」大寶說。

我點了點頭，說：「雖然聽起來匪夷所思，但是事實真相就是如此。如果我沒有猜錯的話，我們的理化部門也可以在死者的手掌擦拭物上，做出洋釘上同樣的油漆微量物質，因為死者是雙手握着洋釘，對牆上撞的。只有這樣，洋釘才不會滑脫，才不會在頭皮上造成附加損傷。而這種方式，別人是無法形成的。也就是說，不可能別人拉着他把他的頭往牆上撞，他還那麼配合地握着洋釘。」

「這麼小的孩子，為甚麼要在這麼個地方自殺呢？」陳詩羽還是難以置信。

「也許等調查結果全部都出來之後，我們就可以想通了。也許，我們永遠也想不通。」我說，「每個人的想法都不一樣，用我們自己的想法去揣摩別人的想法，就是以己度人。記住，絕對不能以己度人，我們只能相信自己眼睛看到的客觀證據。」

在對牆壁的小坑進行刮取物證，提取了現場散落在地面上的洋釘之後，我們重新回到了電梯井邊。

此時的電梯正在轟隆隆地下降。等了好一會兒，電梯門終於打開，林濤居然一個人正蹲在電梯裏，用頭頂的礦燈照射着漆黑的電梯操縱台，用一把小刷子刷着按鈕。

「我跟你們說，我好像找到兇手的指紋了。」林濤一邊刷，一邊說。

「哦？」我驚訝道。

「這一架電梯，因為礦井的停用而停用了，必須要重新扳動電梯總掣，才能讓電梯重新通上電。」林濤說，「我記得，我們之前下來，和這次下來的時候，都是戴着手套扳動總掣的對吧？」

「對。」我斬釘截鐵地說道，「之前那次，是管理員扳動關閉的，戴着粗紗手套，這次是我扳動開啟的，戴着乳膠手套。」

「所以，我在總掣上，提取到的這兩枚指紋，有一枚就是兇手的。」林濤神采奕奕地說道。可能是因為有重大的發現，讓他忘記了自己怕黑這件事情，居然一個人在黑洞洞的電梯裏待了這麼久。

「兩枚指紋？」我問，「難道不是一枚是萬永福的，另一枚是呂成功的？」

「萬永福的指紋，我已經在他家裏搜尋了很多。」林濤說，「呂成功的指紋卡，在今晚開會前你就給我了。所以我很容易能判斷，電閘上有萬永福的新鮮指紋，另一枚不知道是誰的，反正不是呂成功的。」

「那就奇怪了。」我說，「我們假如啊，你所謂的兇手帶着呂成功開動電閘到井下，這時候電梯就是通電狀態啊。這時候萬永福再來，不需要再動電梯總掣了呀。如果是萬永福先來的，那同理，兇手也不需要再動電梯總掣了呀。會不會是，兇手或者萬永福不知道總掣怎麼是開着的，怎麼是關着的，試了一下？」

「你前面說的這個問題，我還真是沒想過。」林濤說，「不過，不可能需要測試，因為總掣推上去是通電狀態，旁邊就會亮燈。如果是斷電狀態，旁邊的燈就不會亮。不管是誰晚來，看到燈亮，就沒必要再動總掣了。」

「很簡單。」陳詩羽的腦瓜子還是快，「有人帶着呂成功下到井下，但是並沒有殺死他，而是重新乘坐電梯回到了井上，關閉了電梯總掣。這時候萬永福再來，見到燈滅，又重新開動了總掣。」

「聰明，這是唯一的解釋辦法了。」我說，「所以礦務局的人第一時間抵達電梯間，發現電梯是開啟狀態的。」

「所以，排查指紋，總能找出兇手。」林濤得意地說道。

「確實，可以找出這個人是誰。」我說，「而且還有監控的輔助。不過，找出來的，不是兇手，只是始作俑者。因為呂成功也是自殺的。」

在林濤驚訝的神色和不停地追問中，我在返回礦區大門的路上給他敍述了現場複勘的發現。等我們來到大門的時候，程子硯也有了最新的發現。

呂成功在事發當天中午放學後，確實和三個人一起向礦區的方向走來。而且，在此後不久，爆炸發生前，這三個人又分別從不同的路口離開了現場，唯獨沒有再看到呂成功的身影。重點是，和呂成功同行的這三個人，都背着書包。

「結了。」林濤拍了一下車門，說，「連夜排查呂成功所有同學的指紋，明天就能破案。」

林濤又熬了一夜，但是沒有白熬，他還真的把那枚指紋的主人找了出來。

指紋的主人叫馬強，青鄉礦的礦區子弟，也是呂成功的同班同學。順着馬強這條線索，警方找到了影片裏的所有人，互相印證了口供，還原了事實真相。

呂成功是個留守兒童，從小就內心孤獨，渴望別人的認可，需要有更多的玩伴。事發當天，班上同學議論着礦井下面有多黑、多可怕，呂成功就走過來說，自己不怕。馬強幾個人就說呂成功只是吹牛罷了。呂成功就約這幾個同學，一起下到廢棄的礦井，看誰堅持的時間最長。

其實幾個人的心裏都很害怕，但是為了逞強，幾個人還是一起下到了井底。

因為呂成功的逞強，其他幾個同學商量着，就給他一點教訓。因為在井底絲毫沒有光線，所以馬強他們趁着呂成功還在井下「大放厥詞」的工夫，丟下呂成功，一起乘坐電梯回到地面，並且關閉了電梯的電閘。他們認為，把呂成功丟在井下幾個小時，足可以把他嚇得尿褲子了，那他就不會再逞強了。

幾個同學本來是想好好嚇唬嚇唬呂成功後，就重新把他「救」上來的。可是就在這時，他們突然看見了從遠處來的萬永福。當時的萬永福低着頭、駝着背、邁着緩慢而詭異的步伐向礦井走來。本來偷偷下礦被人發現就會倒楣，更不用說來了這麼一個看起來如此詭異的人。於是馬強三人連商量都沒商量，就一溜煙分頭跑回了自己的家裏。

後來聽到了井下的爆炸，這三個人心裏也打起了鼓，害怕自己惹了大禍。終於，這一天深夜，警察還是找上了門。

「在井下甚麼都看不見的呂成功雖然開始還在嘴硬，但是其實已經驚恐過度了，又隨着電梯的轟鳴，下來了一個步伐詭異的人。」我說，

「當時躲在硐室裏的呂成功，怕是以為自己見鬼了，本來就已經神經繃緊到了極限，隨後的劇烈爆炸聲，更是摧毀了他的理智。再加上因為爆炸而產生的劇烈頭痛，就是他選擇用這種匪夷所思的方式自殺的原因了。」

「為了逞強，可惜啊，可歎啊。」大寶説。

「誰也不知道呂成功拼命殺死自己的時候，內心有多恐懼。」陳詩羽感歎説，「留守兒童的心理健康，真的值得全社會去關注。因為缺少了家人的陪伴，就會出現內心的空虛和寂寞，期待被別人認可甚至崇拜，而這種逞強，很容易造成悲劇。」

「是啊。不過這個案子也告訴我們，不要以己度人，不要先入為主。」我説，「剛看到釘子的時候，誰能想到是這樣的真相呢？」

「看到這孩子逞強，我就想起小時候和玩伴們去古墓裏探險的事了。」林濤説。

「那不一樣。」我説，「你去的，不過就是個山洞嘛，我們誰沒鑽過山洞啊？下礦井可就不一樣了，是有生命危險的。」

「不，我是在想，其實我和好幾個玩伴一起去的，大家也都看見白影了。」林濤説，「可是，他們似乎長大後並不怕鬼，甚至前不久我問過他們，他們都不記得有這回事了。而我，卻一直有心理陰影，這是甚麼原因呢？」

「個體差異唄。」我眯着眼睛，準備在路上打個瞌睡。

「不。」林濤慢慢地搖搖頭，不再説話了。

第九案

四腿水怪

66

在路上行走的人，
背地裏一定也都有着見不得人的罪孽。

——太宰治

99

1

「小羽毛,龍番市局那邊的理化檢驗怎麼樣了?」坐在車上打瞌睡的我,不知道是夢見了甚麼,還是半夢半醒一直在思考,突然問道。

「常規毒物都沒有檢見,非常規毒物已經做了一百多種,也都沒有檢見。」陳詩羽顯然沒有睡著,回答道,「從目前情況看,邱以深被藥物致暈或者致瀕死的可能性不大了。」

我皺起眉頭思考著。

「哦,對了,你上次不是說要搜索段萌萌的家的嗎?」陳詩羽接著說,「段萌萌已經回老家森原去了,準備休學一年,明年直接在老家的學校學習,然後在老家參加中考了。因此,他們家最近是沒有人的。」

「所以搜查證申請不到?」我問。

「那不是,畢竟不是犯罪嫌疑人嘛,只是證人,所以還是和家人溝通好了再搜查比較好。」陳詩羽說,「剛剛我接到消息,段世驍從老家回來了,主要是準備退租房子,說我們今天就可以去他家看看,看完了他再退租。」

「好,韓亮,那我們直接去段世驍家裏。」我拍了拍韓亮的肩膀,說道,「從液化氣那個案子開始,我就想去他家看看了。」

抵達龍番市後,韓亮驅車帶著我們直接奔段萌萌家去了。到了她家的時候,段世驍正在家中等著。因為張玉蘭死亡案發後,現場保護已經撤去,段世驍和段萌萌還在家裏住過一段時間,所以此時已經沒有穿戴勘查裝備的必要了,林濤幾人走進家裏,東看看西看看,也不知道該搜查個甚麼。

「我沒記錯的話,事發當天,段萌萌寫字檯前的窗戶,是開著的,對不對?」我沒進家門,站在門口問段世驍。

段世驍皺著眉頭想了良久,說:「我記不清了。」

「有照片。」林濤從包裹掏出筆記本,快速打開,說,「嗯,半開著。」

「哪半邊開著?」我問。

「西側窗戶,推開一大半。」林濤說。

我點了點頭,轉頭走出了單元門。

林濤見我走了出去，立即跟了上來。我們兩個人繞過房屋，走到段萌萌房間的窗外。窗外，是一片灌木叢，這片灌木叢林濤之前勘查過，走進去的話，也留不下甚麼痕跡。

從樓房的外面看這個一樓的窗戶，首先看見的是不銹鋼的防盜窗，這讓我不自覺地聯想到了液化氣案裏那塗着紅色油漆的防盜窗。不過，段萌萌家的防盜窗是銀色的，並沒有刷油漆。

我艱難地踏進了灌木叢裏，在陽光下仔細觀察着防盜窗的每一根柵欄。

「啊！」我突然喊了一聲，把身邊的林濤嚇了一跳。

「別一驚一乍的行嗎？」林濤說。

我把臉從柵欄邊挪開，又費勁地踏出灌木叢，打開勘查箱，拿了手套、口罩和帽子戴上，然後又拿了一把止血鉗和一個透明物證袋，重新回到防盜窗的柵欄前面，用止血鉗把柵欄上黏附的一個東西撕了下來，裝在物證袋裏。

「你看看，這是甚麼？」我把物證袋遞給林濤。

物證袋裏的東西，只有芝麻大小，林濤皺着眉頭看了半天，又從口袋裏掏出放大鏡看了一會兒，說：「這，好像有紋線啊。」

「對！」我說，「這個東西是手上的角質層，也就是手皮。」

「皮？」林濤瞪大了眼睛。

「是的，而且還有燒灼的痕跡。」我說，「你想想，這是怎麼回事？」

「誰的手皮啊？有人扒窗戶？」林濤還是沒想明白。

「你再想想，張玉蘭是怎麼死的？」我接着問。

林濤似乎意識到了甚麼，說：「張玉蘭是打掃房間的時候，手接觸到寫字檯後面，碰到裸露電線的時候電擊死的。你的意思是說，電擊她的，不是寫字檯後的電線，而是這個不銹鋼防盜窗？」

我點了點頭，說：「對！我們屍檢的時候，發現張玉蘭手上有電流斑，有皮膚缺損，所以我執意要市局對電線進行 DNA 檢驗，可是檢驗結果卻是沒有她的 DNA，這不正常！現在我想明白了，她根本就不是被裸露電線電死的，而是不銹鋼防盜窗把她電死的！」

「她接觸防盜窗的時候，被電擊死亡。意識喪失後，她會因為身體重力，趴在寫字檯上，手向下自然下垂的時候，正好落進了寫字檯和窗戶之間的縫隙裏。那麼巧的是，縫隙裏的電線，恰恰就是老化的，

有老化的一截！」林濤説，「世界上居然還真有這麼巧合的事情？」

「對，我們之前對案件性質判斷錯誤，就是因為這種極端巧合的存在。」我説，「因為誰也想不到，防盜窗會帶電！」

「我們最常見的防盜窗電死人的案例，一般都是樓上有人往下拖電線給電動車充電，因為電線老化，導致樓下的防盜窗帶電。」林濤説，「我們可以查查，有沒有人這些天違規拖電線，給電動車充電。」

「不！這個地方是一片灌木，電動車推不進來，不可能從這裏拖電線。」我説，「防盜窗帶電，是因為有人故意給防盜窗通了電。」

林濤恍然大悟。

「你想想，只需要把電擊器接在防盜窗上，然後敲一下窗戶，裏面的人自然會開窗查看，一碰到防盜窗就會被電擊。」我説，「這是故意殺人的手段！」

「這是段萌萌的房間，段萌萌那天因為和張玉蘭吵架，突然離開房間，是不可預料的事情。」林濤説，「所以兇手其實想殺的，是段萌萌？」

「這就是我對張玉蘭案一直心存疑惑的原因，因為有太多不好解釋的問題。」我説，「現在我們從防盜窗上發現灼燒後的手掌皮膚碎片，就能證實一切了。回去對這個碎片進行 DNA 檢驗，我相信結果一定是張玉蘭的。」

「我想起來了，張玉蘭死亡後，我和小羽毛不是來找過段萌萌一次嘛。」林濤説，「那天段萌萌説看見了一個鬼影，以為是母親變鬼來找她了！」

「是！那是兇手再次過來，想用同樣辦法殺死段萌萌！」我説，「結果被提前發現了，只能逃之夭夭。之後，段萌萌就轉學了，兇手就沒有機會再殺她了。」

「電擊。」林濤沉吟着，「這種殺人手段真不多見。」

我沒接林濤的話，而是繼續我的推測，説：「兇手沒機會殺段萌萌了，就只能用相同的辦法，去殺邱以深了。」

「啊？」林濤一驚，「你是説……」

「不然呢？世界上怎麼會有那麼多巧合？」我説，「一切看起來是巧合的事情，實際上都有必然的聯繫。」

「可是你們説邱以深是被斷頭導致死亡的。」

「我們也説了，斷頭之前，邱以深已經瀕死了。」我説，「我猜，這種聯合死因，就是電擊。」

「電擊又不是檢驗不出來，為甚麼你們之前沒有想到？」

「因為邱以深的雙手都被剁爛了，之前以為是抵抗傷，後來認為是兇手洩憤。」我説，「現在想想，都不是，之所以剁爛雙手，很有可能是為了隱藏他手上的電流斑！」

「我的天，高明啊！」林濤説。

「走，複勘邱以深被殺案的現場！」我説，「我信心滿滿，感覺就快要破案了。」

一路上，我和林濤把之前的發現和推斷都告訴了大家，每個人都表示驚訝。

「如果邱以深和張玉蘭都是被同樣一種方式殺害的，那這兇手……」陳詩羽欲言又止。

我接着她的話説：「這個沒甚麼好懷疑的了，邱以深和段萌萌都和凌南有關，別忘了，凌南就是被電死的，而且被螺旋槳削掉了頭顱。再想想邱以深，是不是有甚麼必然的聯繫？」

「可是凌南的死亡案件，沒有問題啊。」大寶問。

「確實沒有問題。」我説，「不過凌南的父母不這樣認為。」

「是的，凌三全的嫌疑最大。」林濤説。

「不管是誰，我們都得找到有力的證據。」我説，「這才是破案的前提。」

説話間，韓亮駕車已經開到了邱以深家那一排二層小樓的前面了。

我們陸續跳下車，穿戴好勘查裝備，鑽進了還沒有撤去的警戒帶內。

這一次，現場複勘的重點很明確了，就是邱以深家一樓的捲閘門。

捲閘門的面積較大，不像防盜窗那麼好勘查。雖然我們大致可以推斷出兇手的行兇方法，但是無法推斷出具體接通電擊器的位置，以及邱以深被電擊的過程。

我在捲閘門的內側面和下邊緣仔細看了看，畢竟是用了十幾年的

老捲閘門了，上面黏附的污物也很多，不像乾淨的防盜窗那麼好找異常。

「捲閘門上這麼多髒東西，這誰知道哪裏才是電擊的接觸點啊？」大寶說。

「找不到了，載體所限，不可能像張玉蘭案那樣容易。」我放棄了，說，「林濤，現在的重點，就是看你能不能在捲閘門上找出兇手的指紋，那就是破案的關鍵。」

「你忘了嗎？我們初次勘查的時候，就發現現場被翻亂的痕跡周圍，有粗紗手套的痕跡啊。」林濤說，「兇手是戴着粗紗手套進來的，你讓我怎麼找指紋？」

「這裏又沒監控，現場又沒足跡，沒有證據，我們怎麼破案？」我說，「還有沒有其他能獲取證據的可能性？」

林濤低頭思忖了一下，說：「我想想吧，盡力。」

「行，這裏就交給你了。」我說，「現在邱以深是不是被電擊致瀕死，還沒有依據可以證明，只有證明了這個觀點，才能把嫌疑徹底鎖定在凌三全身上。所以，我得去複檢屍體。」

「去吧。」林濤朝我揮揮手，然後便在現場裏踱起步來。

「對了，既然現場附近沒有監控，那麼子硯你還得有個任務。」我對程子硯說，「尋找段萌萌家防盜窗和這個現場捲閘門上的可疑痕跡，尤其是有灼燒的痕跡，然後擦取回去進行微量物證檢驗。」

「你是想以後破案，找出電擊器之後，和電擊器的電極進行微量物證成分比對？」程子硯問。

我點了點頭，說：「是啊，這是後續可以補充證據鏈條的一個關鍵證據。捲閘門不太好找，但是防盜窗很好找，加油吧。」

說完，我帶着大寶，一邊給市局法醫科打電話提出複檢屍體的要求，一邊上了韓亮的車。

市局法醫科在接到我們電話後，就立即和殯儀館聯繫了。一般殯儀館和公安局法醫部門都保持着良好的工作關係，所以在我們抵達解剖室的時候，雖然市局韓法醫還沒趕到，但是屍體已經被殯儀館員工先一步抬到了解剖台上。

我用最快的速度穿好解剖服，拿起死者的雙手觀察着。

「這兩隻手都被剁爛了，只有手背的皮膚相連着，就是把附着的血

跡徹底洗乾淨，也不一定能找到電流斑的位置吧？」大寶也湊過頭來看。

「你去看那隻手，好好找。」我說。

就這樣，我和大寶站在解剖台的兩邊，一人拿着屍體的一隻手，看了足足 20 分鐘，在韓法醫趕了過來，穿好解剖服後，我們依舊沒有任何發現。

「這怎麼辦？電流斑顯然是被創口破壞了。」大寶說，「難道要在每一處創口周圍都提取皮膚去做病理？那得取多少檢材啊？甚麼時候才能做完？」

「電流有入口，也有出口。」韓法醫在一旁提示道。

「對啊！」我驚喜地說，「我們只想着找電流的入口了，怎麼就忘記電流的出口了？」

「一般電流斑在入口處很明顯，出口處不明顯啊。」大寶說。

「電流可以從他一隻手進入身體，再從另一隻手出去。」韓法醫說，「但也有可能是從手上進入，再從腳上出去。」

在韓法醫敘述的時候，大寶已經去屍體旁邊的大物證袋裏翻找了，說：「我記得，在現場的時候，他是穿着拖鞋的，喏，就是這雙鞋子，鞋底的材質肯定是導電的。」

「我覺得，我們先仔細看看屍體的腳底，才是正道。」我一邊笑着說道，一邊走到了解剖台的尾端。

邱以深雖然年紀不大，但是可能和他喜歡運動、經常下地幹活兒有關係，他的腳底有不少老繭和傷疤，一時間，我也找不到特徵明顯的電流斑。

電流斑一般都呈火山口狀，表面微微凸出於皮面。現在既然靠肉眼觀察無法找到，我就只能通過觸覺來尋找了。

我用手指慢慢地摩挲着屍體的腳底板，不一會兒，我似乎感覺到了有一塊摸起來像老繭一般的位置，實際上是火山口似的中央凹陷。我用手術刀把這塊皮膚切了下來，對韓法醫說：「做組織病理檢查需要固定、脫水、包埋、切片、染色，工序太複雜了，時間太長，我們能不能把這塊皮膚送到醫院去，用冰凍切片機先切一下試試？」

組織病理學中，對組織進行固定、脫水，就會讓組織不再繼續腐敗，然後把組織包埋在蠟塊裏，是為了方便切出最薄的切片。但是這

個工序佔時較長，有的時候醫院在手術中就需要知道病理結果，因此就有了冰凍切片的誕生。冰凍切片省去了一系列的工序，因為需要立即知道病理結果的，並不需要防腐保存。冰凍切片就等於是把一塊軟的肉凍成硬肉塊，就可以拿來切成很薄的切片了，這樣在很短的時間內，就能得知病理結果。

「冰凍切片能用來做診斷，但是無法保留物證，所以只能切一半來診斷，另一半用來保存物證。檢材量這麼小，夠用嗎？」韓法醫問。

「不夠也得夠，我們需要醫院派出一個製作切片的高手來進行。」我說。

一般情況下，法醫都會和當地醫院裏的醫生很熟悉，尤其是病理科的醫生，因為工作上有較多的交集，所以最熟悉。我們和省立醫院的病理科主任敘述了這一次冰凍切片的重要性後，主任親自下場，在我提取的指甲蓋大小的檢材上，只取下來三分之一，做成了切片。

「嗯，基底細胞染色深，縱向伸長、排列緊密呈柵欄狀，皮脂腺呈極性化，細胞核細長。」主任說，「毋庸置疑，確實是電擊改變。」

我拍了一下手，道謝後，拉着韓法醫直奔市局刑警支隊。

此時林濤已經回來了，在支隊長辦公室裏垂頭喪氣地坐着。董劍局長也來到了支隊長辦公室，正在說着話：「『命案必破』已經實行十幾年了，這一下子立了兩宗命案，都破不掉，我怎麼向老百姓交代？怎麼向領導層交代？」

「可是現場確實沒有提取到任何有價值的物證。」林濤說。

「現在即便我們懷疑凌三全作案，可是毫無證據，總不能直接把人抓回來問吧？他不交代怎麼辦？案子不就辦成了『夾生飯』了？」

「沒有證據？」我心頭一沉，問道，「我在考慮，既然邱以深家的捲閘門面積太大，能不能把段萌萌家的防盜窗拆下來，一點一點地去檢驗，看能不能找到指紋、DNA之類的證據？如果還是找不到，就得慢慢檢驗捲閘門了。」

林濤沮喪地搖搖頭，說：「希望渺茫，但是工作得做，我已經安排過了，不過是個很漫長的工作過程。」

「兩個現場，不留下任何證據，這個兇手可真是用心了。」董局長咬牙道。

「肯定是經過精心策劃的。」我說，「因為兩名被害人直接被電擊，所以和兇手沒有甚麼正面接觸。兇手在進入邱以深家的時候，也都做好了防護，所以，確實是個難點。現在唯一可以作為關鍵證據的，就是看兩個現場門窗上，能不能找到電擊器電極的微量金屬成分。」

「找到了也沒用，同種成分的電極也很多。」董局長說。

「如果我們能找到電擊器，在電擊器的電極上能找到防盜窗和捲閘門的金屬成分，這就是很好的證據了，因為可以相互印證。」我說，「電擊瞬間產生高溫，會熔化微量金屬，所以既然電極和門窗接觸，自然會互相留下痕跡。」

「那我們就申請搜查證，搜查凌三全所有可能藏匿電擊器的地方。」董局長說。

我搖搖頭，說：「不行。他們家家大業大，僅工廠就有好幾座，住宅也有好幾所，我覺得能找到的概率太小了。而且，這樣就打草驚蛇了。」

「你是說，我們盯住他？」

「對。」我說，「對他嚴防死守，因為我覺得他還會作案。還有，辛萬鳳也得盯住，難保她不知情。如果兩個人有串謀，也可以從辛萬鳳這邊獲取一些資訊。」

「啊？還會作案？他們還恨誰？」

「他們恨段萌萌可能是因為那一則桃色新聞，而且，上次我們和辛萬鳳談話，她說有壞孩子教壞了凌南，教他畫畫，這個『壞孩子』會不會就是指段萌萌？他們恨邱以深是因為悲劇是從凌南在路上遇見邱以深而開始的。而且，邱以深就是帶凌南和段萌萌一起補課的。」我說，「這裏有個關鍵問題，就是凌南和段萌萌的桃色新聞其實是從一張照片引發的謠言來的。所以我覺得，他們很有可能還會對拍照的人下手。」

「可是，這個人是誰，連我們都不知道，段萌萌都不知道。」董局長說，「他們會知道？」

「這個可不好說。」我說，「之前我們的調查重點並沒有往這個方向延伸，而對於兇手來說，這是個重要的資訊。態度不一樣，獲知的可能性也就不一樣了。」

「所以，我們一方面盯死這對夫妻，另一方面，要調查拍照者了。」陳詩羽說，「這個，我們盡力吧。」

2

接下來的一週時間，凌氏夫婦的行為沒有任何反常的地方，甚至讓盯梢的偵查員都開始懷疑我們的偵查方向了。不過，我堅信這個推斷是絕對不會錯的。

陳詩羽那邊，則甚麼手段都用上了，可是對拍照者依舊連尾巴都抓不住。畢竟，只是一張比較平常的照片，而且是貼在學校公告板上的，最關鍵的，照片已經被段萌萌撕毀扔掉，已經不可能找到殘片了，連找指紋都沒希望了。

就在大家一直處於擔憂、迷茫的狀態的時候，我們接到了出勘指令。不管怎麼說，出去換換腦子，也許就能給這起案件提供一些思路呢？

這一次的案件是發生在省城龍番市下轄的洋宮縣。

因為洋宮縣持續乾旱，政府決定於今天早晨 7 點，對洋宮縣境內的洋浦水庫進行開閘放水，提高水庫下游河道的水位。當水閘打開，水流奔流而下的時候，周圍圍觀的群眾突然看見水中似乎有異物正在被水花沖得浮浮沉沉。

就在大家議論紛紛的時候，只見水花像是有目的地把那團異物向岸邊推來，越來越近、越來越近。終於，眼神好的人先識別了出來，那不是別的東西，而是人形的物體！

只是那東西愈看愈不對勁，隨着水波翻滾，看起來，似乎有四條腿！

水裏出了妖怪，岸上的人們「哇」的一聲，四散逃開，也沒人關注這個四條腿的「水怪」究竟是被水花沖上了岸邊，還是沖到了下游。

逃離現場之後，人們終於還是反應了過來，遇見這種事情，得報警啊！

三分鐘之內，洋宮縣公安局 110 指揮中心接待了十幾個報警電話，報警電話幾乎都是一樣的內容，洋浦水庫裏的「四腿水怪」被開閘放水沖到岸上來了。

正所謂三人成虎，110 指揮中心的接警民警也着實被嚇了一跳，居然沒有第一時間通知轄區派出所，而是指派特警部門趕去了現場。

特警隊倒是不相信這些鬼怪之說，派出了一輛麵包車和一個警組的警力，荷槍實彈地趕到了現場。

遠遠地，民警就在河邊淺灘上，看到了村民們描述的「四腿水怪」。

其實那只是兩具緊緊摟抱在一起的人類屍體。

特警確定那是兩具屍體之後，立即通知了轄區派出所，而轄區派出所在接完電話後，直接又打了縣局刑警大隊法醫的電話。兩批人馬迅速趕赴了現場。

其實只要是大的水面，「收人」[1] 是很正常的。不管是甚麼湖、甚麼水庫、甚麼水塘，經常都會有人不慎落水導致溺死，或者投水自殺。

而且，據現場的特警描述，這是兩具緊緊擁抱的屍體，死者是一男一女，這很容易就讓人聯想到男女殉情的狗血劇情。這種劇情雖然狗血，但是各地也偶有發生，並不算甚麼特別稀罕的事情。

所以，出警的派出所民警和法醫，都沒有覺得自己是遇見了甚麼特別的案子。

法醫抵達現場後，立即着手對屍體進行屍表檢驗。所謂兩具屍體緊緊相擁，實際上就是男的緊緊摟住了女的。屍僵十分強硬，費了挺大的力氣，這才破壞了死者的屍僵，把兩具屍體分了開來。

男性屍體被仰臥放好之後，因為體位的變化，氣管內的大量蕈狀泡沫從口鼻腔內湧了出來，用紗布擦掉之後，依舊會有泡沫不斷地湧出。這就是溺死的最典型特徵了。

然而，女性的屍體被平放之後，沒有任何泡沫從口鼻腔湧出。當然，這也不能就這樣斷定女屍不是溺死的。畢竟，每個死者即便是死因相同，其表現出來的特徵也是不一樣的，這就是個體差異了。

法醫此時依舊沒當回事，從勘查箱裏拿出了一支棉簽，插進了女

---

1 收人：俚語，收人命。

性屍體的鼻腔深部，想看看屍體的鼻腔深部有沒有水中的泥沙。結果是陰性的，他們並沒有發現任何泥沙。

此時，法醫有了一些疑惑。他們掰開女性屍體的雙手，想看看死者在死前有沒有抓握水草、泥沙的自救動作，結果也是沒有發現。甚至有法醫認為，女性死者根本就沒有任何窒息徵象，完全不符合溺死的特徵。

兩具屍體的衣物被去除之後，法醫又發現女性死者的胸前似乎有新鮮形成的皮下出血。而男性屍體表面的損傷更多，他的胸前有塊狀的皮下出血，右側腰部也有圓形的皮下出血，左側額頭上甚至還有一個三厘米長的挫裂創。

多了這麼多附加性損傷，而女性似乎又不符合溺死這一種死因，案件似乎就不是男女殉情自殺那麼簡單了。

好在法醫從男死者的衣服裏找到了他的皮夾，皮夾裏有他的身份證。而女死者口袋裏的沒有被大水沖走的手機，也足以證明她的身份。

兩人的身份都很容易被查清，給這個案件的調查帶來了曙光。

在向縣局領導層彙報後，他們決定立即對兩具屍體進行解剖，搞清楚兩名死者的死因，也許對案件的前期偵查具有指導性作用。

依據多年的辦案經驗，洋宮縣局的林法醫隱隱覺得這起案件沒有那麼簡單，於是在第一時間打電話向師父進行了彙報，希望我們省廳可以派員共同參與屍體解剖，確保解剖工作更加細緻。

師父於是通知我們在上午 9 點的時候，立即趕往洋宮縣殯儀館和林法醫他們會合，介入初次的屍體解剖工作。

洋宮縣離省城很近，我們又沒有甚麼着急的工作任務，於是立即驅車出發了。

「屍體摟抱在一起，很難分開，這種報導似乎在十幾年前的大地震的時候聽說過，用科學也可以解釋得過去？」陳詩羽一上車就問道。

「人體死亡後，正常的過程是先肌肉鬆弛，再形成屍僵。這就是電視劇表現一個人死了，總是讓這個人的手耷拉下來的原因。」我說，「所以，不管死者死亡之前是甚麼姿勢，都會因為死亡後的肌肉鬆弛而

結束這個姿勢。肌肉鬆弛後，屍體的肢體會根據重力改變他的姿勢，然後被屍僵固定下來。最後再因為屍僵的緩解而變得沒有姿勢。」

「對，很多水裏打撈上來的屍體，都是雙臂前舉的，這可能就是僵屍傳説模樣的原型吧。」大寶説，「其實，那是因為水中屍體的肌肉鬆弛後，如果屍體呈俯臥位水準漂浮，而雙手由於重力下垂，所以形成了軀體水準、上肢下垂的姿勢。這個姿勢被屍僵固定後，屍體被打撈上來，看起來就像僵屍一樣平舉着雙手了。」

「哦，原來是這樣。」林濤説。

「這是啥意思？你是説，肌肉鬆弛了，所以不可能摟在一起？」陳詩羽説。

「我這不是還沒説完就被大寶打斷了嘛。」我笑了笑，説，「還有一種特殊的屍體現象，叫作『屍體痙攣』。聽起來挺嚇人，但指的並不是屍體會痙攣發抖，而是指機體死亡後，屍體不經過肌肉鬆弛的階段，直接進入屍僵的階段，所以一旦屍體痙攣發生，就能把死者死亡之前的姿勢直接固定下來。只是，這種現象比較少見罷了。屍體痙攣的發生，可能和人死亡前情緒過度激動、緊張有關吧，總之，科學上，還沒有個定論。」

「情緒過度激動、緊張？」韓亮説，「所以，古戰場上將軍被斷頭後，屍體依舊屹立不倒，是真的了？」

「是不是真的，我不知道。」我説，「但是，屍體痙攣一般都是在屍體的局部發生，比如一條胳膊、一條腿，很少會有全身所有肌肉都發生屍體痙攣的。畢竟人站着需要動用很多肌肉，全身這麼多肌肉能不能同時都痙攣，從而維持屍體不倒，這個沒人做過研究。」

「所以，你是説，這兩具屍體被發現的時候，依舊摟在一起，是因為死之前，男的就摟住了女的，他死的時候發生了屍體痙攣？」陳詩羽問道。

「是的，只能這樣解釋。」我説。

「多好的男人啊，他可能是想保護她，才摟緊的吧。」陳詩羽感歎道。

「你繞了這麼一大圈，原來是想説這個。」林濤搖了搖頭，説道。

說話間，我們已經到了洋宮縣殯儀館。

我、大寶和陳詩羽留了下來支持和指導縣局的屍體檢驗工作，而林濤和程子硯則跟着韓亮的車，去現場附近，一個尋找相關的痕跡，一個尋找附近的監控。

不知道是不是地方的習俗，一般屍體火化都要在上午。所以，每天上午，都是殯儀館最忙的時候，到了下午，則門可羅雀。

我們穿過好幾批送葬的人群，來到了殯儀館告別廳後方的解剖室裏，此時林法醫已經準備開始工作了。

「現場沒甚麼可看的，屍體是被開閘放水沖下來的，也不是第一現場。」林法醫説，「所以，還是盡快解剖來得實在，畢竟，我們從屍表實在看不出女死者的死因是甚麼。」

「身份都搞清楚了？」我一邊穿解剖服，一邊問道。

身邊一個拿着記錄本的年輕法醫點了點頭，説：「搞清楚了，男的叫羅孝文，38歲，自己開了一個文化傳媒公司，專門做幾個通信運營商的推廣生意，生意還不錯，家境殷實。女的叫戰靈，37歲，以前是縣青少年宮的游泳教練，後來和人合夥開了一家青少年培訓機構，是小股東，但收入也不菲。」

「哦，夫妻兩個是吧？」大寶問。

「不是。」年輕法醫搖了搖頭。

「不是？」大寶瞪大了眼睛。

「兩個人都各自有家室，也各自有孩子。羅孝文的孩子今年上初中，戰靈的孩子今年小學四年級。」年輕法醫説。

「我的天，你是説，這兩個人是姘頭？十命九姦，這就有命案的可能性了。」大寶説。

「你總不能因為兩人摟在一起，就給人家下了結論吧？」我説。

「大寶老師説得不錯。」年輕法醫接着説，「目前，偵查部門通過資料搜索，已經確定兩個人確實關係不一般，因為他們從前年開始，每年都有多次一起開房的記錄。哦，還有，這兩個人二十幾年前，是初中同學，同班的那種。」

「初中同學？初戀啊？」大寶説，「難不成還真是一個淒美的愛情故事？」

「得不到的，才是最好的，遠香近臭嘍。」林法醫一邊給男性屍體脫衣服，一邊感歎道。

「那，這兩個人有自殺的動機嗎？」我說，「比如他們倆的關係，被各自的另一半發現了？」

「從目前的調查看，雙方配偶應該都不知道他們的關係。」年輕法醫說，「而且女的當過游泳教練，不會選擇這種方式自殺吧？」

「也可能是假裝不知道。」陳詩羽說。

「你也懷疑是因情殺人吧？」大寶看了一眼陳詩羽說，「最有可能的，就是這個戰靈的丈夫。」

「怎麼着，先入為主的老毛病又犯了？」我瞪了一眼大寶，開始了對羅孝文屍體的屍表檢驗。

屍表檢驗進行了很久，是因為羅孝文的屍表上，有很多損傷。除了在現場屍檢中發現的胸部、腰部皮下出血和額部的挫裂口之外，他的軀體上還有不少輕微的損傷，比如雙側膝蓋正面的出血、腋下的擦傷等。但是，這些損傷都非常輕微，用俗語說，都是一些皮外傷，並不能成為致死或者致暈的依據。

於是，我們只能繼續進行解剖。

我們用手術刀聯合切開死者的胸腹腔之後，發現死者胸腔皮下的出血比皮膚表面的範圍更廣，面積更大。不過這些出血也僅僅是軟組織的損傷，沒有傷及骨頭，他的所有肋骨都沒有發生肋骨骨折的跡象，胸骨也僅僅是表面有肌肉的出血，而沒有骨折。

「還是輕微的損傷，就算是被打的，也是軟物打的。」我說，「頂多是徒手傷。」

「可是死者身材這麼健碩，手腳又沒有約束傷，別人打他，他就忍着？不反抗？」大寶問。

「也許是自覺理虧呢？」我笑了笑，說。

「你看，你也是先入為主呢。」大寶反擊道。

切斷屍體的各根肋軟骨，我們取下了死者的胸骨，暴露出了胸腔。最先映入眼簾的，就是屍體肺部前面的紅斑。

我用放大鏡看了看紅斑，說：「一般溺死的屍體，會在肺葉間出現出血點，叫作『巴爾托烏夫斑』，又叫『溺死斑』。」

「你們法醫記這些名字真是厲害，我都聽了多少『斑』了？」陳詩羽撓了撓腦袋。

「不多，就三個斑比較重要。」大寶如數家珍，「溺死的叫『巴爾托烏夫斑』，在肺葉間；機械性窒息死的叫『塔雕氏斑』，在心外膜和肺胸膜下；凍死的叫『維斯涅夫斯基斑』，在胃黏膜上。」

「記不住，記不住。」陳詩羽搖了搖頭。

我沒理會大寶的科普，接着說：「可是，這個死者肺臟的紅斑，不是溺死斑，而是挫傷，因為紅斑周圍有明顯的挫傷出血的痕跡。」

「肺挫傷？」大寶說。

「是啊，是肺挫傷的表現。」我說，「我們一般見到的肺挫傷，都是高墜、撞擊、擠壓所致，都是鈍性暴力所致。可是，屍體的體表損傷很輕微，而肺挫傷又這麼明顯，只能說鈍性暴力是柔韌的物體所施加的。我感覺，連拳頭都不能形成。」

「那是怎麼回事？」陳詩羽好奇地問道。

「這種傷，我以前也沒見到過，容我想想再說。」我說，「不過，這些傷都是附加性損傷，不是致死的原因。這種程度的肺挫傷，連死者的活動能力都不能剝奪，更不用說生命了。死者的肺臟高度膨隆，肺臟表面有明顯的肋骨壓痕，肺葉間也可見溺死斑，結合屍體表面口唇、指甲青紫和蕈狀泡沫這些徵象，可以明確他就是死於溺死。」

「受傷後入水溺死，就得考慮是不是命案了。」大寶說，「畢竟我們還沒有解釋清楚女屍的死因是甚麼。」

「沒錯，關鍵是戰靈的屍體，她沒有溺死徵象啊。」我說。

在做完羅孝文屍體解剖的收尾工作後，我們立即把戰靈的屍體放到這唯一的解剖台上。

戰靈雖然 37 歲了，但是保養得很好，看起來也就 30 歲出頭的樣子，皮膚細膩光滑，穿着也很時尚。

戰靈屍表上的損傷比羅孝文的損傷少很多，除了胸前也有一塊淡淡的、不容易被發現的皮下出血之外，就沒有任何損傷痕跡了。但屍

體沒有窒息徵象，也沒有溺死徵象，從屍表上，看不出死者的死因是甚麼。

「我猜是顱內損傷。」大寶一邊說着，一邊用手術刀刮去死者的長髮，「如果致傷工具真的很柔軟的話，也許造不成頭皮的裂傷，而引起顱骨的骨折和顱內的損傷。那樣的話，在頭皮上，應該可以找到皮下或者皮內的出血。」

「屍斑暗紅，我總覺得，她好像是心跳驟停死的。」我不以為然，先聯合打開了屍體的胸腹腔。

和羅孝文的屍體差不多，戰靈的胸部皮下也有輕微的出血，但是肋骨一樣沒有任何骨折的跡象。我用同樣的辦法，取下了戰靈的胸骨，倒是沒有見到類似的肺挫傷，而是被從肺臟下方突出的心包所吸引了。

我用手指戳了戳心包，一種很不正常的感覺順着我的指尖傳到了我的心裏。

「喔，我說的吧，一類案子都是一起發生的。」大寶顯然也看出了問題所在。

我苦笑了一下，和林法醫一起，用三把止血鉗夾住了心包的三個角，「人」字形切開了心包。當我的刀尖一切破心包，立即就有暗紅色的血液從切口處冒了出來。當我們打開心包完全暴露心臟之後，發現心臟被一團黑紅色的凝血塊所包裹着。

顯然，血液不應該流出心臟，流到心包裏。

「不出所料，心包填塞。」我說。

「甚麼叫一類案子都一起發生？」林法醫問大寶。

大寶說：「前不久，我們剛剛辦了一宗案件，是一個騎摩托的小孩，就是因為汽車輾壓，導致了心臟破裂、心包填塞。當時，當地的孫法醫還說，交通事故裏，這種心臟破裂挺常見的呢。」

「是嗎？我們也經常處理交通事故，但我還真沒見過。」

「不過，那一宗案件是因為死者是個少年，而且心室壁本來就比較薄。」大寶說，「可是，這是一個成人啊。」

我沒說話，等拍照和錄影完畢，用剪刀剪斷心臟頂端的諸根大血管，把心臟取了下來。我雙手捧着心臟，到解剖台頭端的水池，用水慢慢地沖着心臟。血液和凝血塊慢慢地被水流沖刷掉，暴露出了心臟的本色。

「好大一個撕裂口！」我的手指似乎摸到了甚麼，於是把心臟翻轉過來。

死者的左心室上，有一個三厘米長的撕裂口，從裂開的創口，可以看得見心臟內部的結構。

「感覺和那案子一模一樣。」大寶說，「不過，那個案子畢竟死者是被汽車輾壓過的，胸壁上有損傷，是能解釋的。這個死者，胸壁上沒有損傷，顯然沒有被輾壓過。」

「是啊。」我說，「確實感覺她所受的外力作用不大，為甚麼會導致這麼嚴重的心臟破裂？」

「她的心室壁也有點薄啊。」林法醫用尺子量了量心室壁的厚度說。

「在胸部遭受到壓迫的情況下，引起心臟破裂的可能性非常小。」我說，「一來，是外力施加的時候，有些寸了，才導致心腔內的壓力陡然升高。二來，是死者的心臟本身比正常人要薄很多，更容易發生破裂。但是外力何在呢？」

「我想到你們之前說的那個強姦案子。這案子，會不會是這個男人突然壓在這個女人的身上，導致了這個女人突然死亡？」陳詩羽說，「然後男人畏罪，摟着女人的屍體跳河自盡？」

「不，這樣解釋，也依舊是匪夷所思的。」我說，「一來這個男人身上也有很多傷，是怎麼來的？沒辦法解釋。二來，如果真的是這樣，投河自盡，那說明女人死亡的地方距離水庫要很近，不然怎麼可能費那麼多力氣，把屍體運到水庫邊，再投河自盡？」

「第一個問題，還得你們法醫去解釋。」陳詩羽說，「但是第二個問題，會不會是把車直接停在水庫邊，兩個人在車上……」

「車震啊？」大寶說，「車震那種姿勢，不太可能陡然對女死者胸部施加足夠大的鈍性外力吧？」

大家齊刷刷地看向大寶。

大寶窘迫地說：「沒吃過豬肉還沒見過豬跑嗎？你們看我幹啥？」

「現在明確了女子的死因，重點是得分析一下兩個死者身上的損傷了。」我說，「損傷方式的分析，可能決定了本案的性質。」

「既然男的身上有傷，女的死了，我覺得還是得考慮一下戰靈的老公。」林法醫說，「也許是他施暴的，而羅孝文覷覷不敢還手呢？」

「如果真的是戰靈老公導致了戰靈的死亡，羅孝文又為何要抱著屍體投河呢？」我說，「第一反應應該是報警吧！畢竟是人命關天的大事，比出軌導致的理虧要嚴重得多吧？」

「也是啊。」林法醫搖搖頭，說，「可是如果不關戰靈老公的事，為甚麼羅孝文身上這麼多傷呢？自傷嗎？」

「自傷？」我靈光一閃，把自己從牛角尖裏拽了出來，陷入了深深的思考當中。

兩具屍體解剖完，已經是下午 2 點了。

偵查部門依舊在對兩名死者的社會矛盾關係進行深入的調查，程子硯也一直沒有動靜，說明她可能在監控裏發現了甚麼。林濤倒是先一步回到了公安局，和我們一起吃了午餐。

「現場啥也沒有，因為找不到第一現場。」林濤說，「這個水庫的面積可不小，我總不能靠自己徒步繞著水庫走一遍，來尋找第一現場吧？」

「那你覺得得有多少技術員才能找到第一現場？」大寶問。

「五十多平方千米的水庫啊，大哥！你算算沿線有多長？」林濤說，「如果沒有方向，就不可能找到痕跡。」

「也許會有方向吧，靠子硯。」我說。

「我問了，據說現場附近監控少，恐怕也不好追蹤。」林濤說。

吃完飯，我和大寶回到了縣公安局，陳詩羽說要去和偵查部門一起調查，而林濤則拽上了韓亮，開著車沿著水庫邊繞圈，想碰碰運氣。我一直在電腦裏看兩名死者的損傷照片，腦子裏不斷地推測各種可能出現的損傷方式。

一直等到了天黑，也沒有大家的消息，於是我和大寶回到了住宿的賓館，繼續看著屍檢的照片。

我在筆記型電腦上，將屍檢照片一張一張地翻動，不知道翻動過了多少輪了。突然一張照片的縮略圖吸引了我的注意，我連忙把圖片點擊開，注視著螢幕。

「這是男死者右側腰部的損傷，你看看像甚麼？」我指着照片，問大寶。

「皮下出血啊，能像甚麼？」大寶問。

「我說皮下出血的形狀像甚麼。」

「像甚麼？像，像一個逗號？」大寶說。

說話間，我們的房門被敲響了。

我起身走過去打開門，見陳詩羽和林濤、韓亮一起走了進來。

「戰靈的丈夫，熊天，有作案嫌疑。」陳詩羽一進門，就拿了玄關吧檯上的一瓶礦泉水，咕咚咕咚地灌了幾口，說道，「人已經抓了，但是不交代。」

「抓了？憑啥抓？」我問。

「我們調查，這個熊天，昨天一整天都不在公司。」陳詩羽說，「但是我們問他，他卻堅持說自己一整天都在公司加班。」

「兩名死者的死亡時間相近。」我沉吟道，「早上 8 點看屍體，屍僵強硬，應該是 15 個小時左右，所以是昨天下午 5 點鐘左右死亡的。從兩名死者的胃內容物看，都是基本空虛的，考慮是中午飯吃過五六個小時，晚飯還沒吃。」

「對啊，你們的死亡時間推斷應該沒問題，可是這個熊天，在昨天下午五六點鐘的時候，沒人知道他在哪裏。」陳詩羽說，「自己又在不停地撒謊。所以，我覺得有理由先傳喚他。」

「撒謊，並不一定就是作案兇犯啊。也有可能，他是去做見不得人的事情，比如和戰靈一樣，找情人。」我說。

「不是他？」陳詩羽說，「那還能有誰？」

「羅孝文。」我說，「他自己。」

所有的人都大吃了一驚。

我哈哈一笑，說：「我們都鑽了牛角尖，被損傷困住了思維罷了。因為兩個死者身上都有傷，而且是非溺死的戰靈傷少，而溺死的羅孝文傷多，所以大家都會認為有第三個人的出現。畢竟，羅孝文的這些傷，不像是故意的『自傷』，而如果不是自傷，又存在女死者少見的

死因，所以大家都被『命案』的可能性限制住了思維。」

「又在賣關子。」大寶急得直跳腳。

我只能加快了語速，說：「其實在解剖的時候，我們說到他們為甚麼會在水庫旁邊，我們是怎麼說的？」

「車震啊。」大寶說。

「對啊，這個男的經濟條件不錯，肯定有車，去哪裏也都會開車。」我說，「為甚麼，我們沒有關注他的車去哪裏了呢？」

「說不定停在某個隱蔽的角落沒有被發現呢？」大寶說。

陳詩羽接過話題說：「子硯好像就是在稀少的攝像頭中間，尋找男死者的車可能藏匿的範圍。」

「所以啊，子硯沒看到屍體，所以沒有被先入為主的思維困住。」我苦笑了一聲，說，「你們再看這張照片，是男死者的右腰部，皮下出血像甚麼？」

「蘑菇？」林濤說。

「其實我們遇見過類似的案件。」我說，「這個部位的這種損傷，我分析就是車輛檔杆形成的損傷。」

「哦，你是說車禍？」林濤說，「可是我還是想不通，發生了車禍，沒人報警？只有男的抱着女的跳河？」

「你還是被困住了。」我說，「首先，車禍很容易造成駕駛員被檔杆所傷；其次，看不到車，或者沒人報警，不代表就不是車禍，因為可以是單方車禍。」

「依據呢？就根據這個『蘑菇』？」陳詩羽說。

「對啊，男的如果是駕駛員，沒有看到他身上有方向盤的損傷啊。」大寶說，「方向盤損傷應該是條形的、弧形的皮下出血加上肋骨骨折。」

「那是你被書上的理論困住了。」我說，「其實跳出『命案』可能性的思維，就很容易想到了，兩個人胸口都遭受了柔軟物體的撞擊和擠壓，導致皮下出血，男的肺挫傷，女的心臟破裂，都提示這個作用力不小，但是接觸物很柔軟，所以，這個致傷工具可能是安全氣囊。我們要用與時俱進的思維看問題，書上說駕駛員有方向盤損傷，那是安全氣囊不完善的年代。現在方向盤中央鼓出一個安全氣囊，駕駛員還怎麼碰得到方向盤？」

「哦，有道理！」大寶説，「這樣，兩個人的主要損傷都解釋了！」

「可是，車呢？」林濤還是不甘心地問道。

「很簡單，兩具屍體都在水庫裏，所以車也在水庫裏。」我説，「如果是單方事故，車輛衝撞路邊護欄，然後墜入水中，全程沒有人看見，當然就沒人報警了。」

「啊？」林濤還是想不通，「如果車輛直接入水了，人是沒法從車裏出來的，因為車門在水壓的作用下，是打不開的。」

「如果窗戶沒關，或者玻璃碎了呢？」我問。

「哦。」大寶恍然大悟，説，「你是説，男的因為撞擊只受了小傷，所以依舊存在行動能力。因為車窗碎了，所以車輛入水後，會迅速下沉。而此時，女的因為心臟破裂已經死亡了，但是男的不知道，還認為她只是暈過去了。男的從車窗鑽出來後，並沒有想着自己求生，而是從另一側車窗把女的屍體也拽出來了，結果因為水庫裏的浪比較大，或者是體能耗盡，終究無法遊走，而是溺亡了。可是，這男的又要給女的解安全帶，又要把人拖出來，還是在水下，難度不小哦。」

「既然能和安全氣囊發生那麼嚴重的碰撞，説明這兩個人都沒有繫安全帶。」我歎了口氣，説，「安全帶太重要了，如果這女的不是沒有繫安全帶，肯定不會心臟破裂。她以前是游泳教練，在水庫裏自救肯定沒有任何問題。」

「你這麼一説，兩個人所有的損傷，也都好解釋了。」大寶説。

「原來，這是一宗車禍啊。」林濤説，「確實，我們是被命案的可能性困住了。」

「所以，既然是車禍，那問題就好解決了。」我説，「今天大家都辛苦，子硯還在工作，也把她叫回來休息，既然到現在還沒找到車輛蹤跡，就無須找了，因為落水點附近肯定沒有攝像頭。明天一早，我們只需要尋找挨着水庫路或者橫跨水庫的橋，就一定能找到撞擊點了。只要能找到撞擊點，就可以在相應位置進行打撈，車輛很重，會沉在水庫底下，不會被沖走。車輛打撈上來，就是證據確鑿了。」

既然現在看起來不是命案，大家就興趣索然地各自回去睡覺了。

4

第二天一早，林濤和韓亮就穿戴整齊，敲響了我的房門。也對，他們是想盡快找到出事車輛，從而結案。

昨晚程子硯回來後，聽取了我的分析結論之後，就一拍大腿，說：「我知道在哪裏了！」

原來，程子硯一開始就在追蹤羅孝文的車輛，追蹤到洋宮縣大橋路的時候，就因為後方缺乏監控而斷掉了線索。這條大橋路的盡頭連接着幾十條可以通車的小路，所以程子硯不得不對所有的小路是否有監控來進行實地考察，並且調取監控，想尋找車輛究竟是從哪條路離開的。

聽程子硯這麼一說，陳詩羽也來了靈感。她在調查的時候，得知洋宮縣洋合村因為地處水庫旁邊，自然景觀很好，很多龍番市的市民會利用短假期來這裏度假，所以村民們紛紛把自家房屋改成民宿，用民宿和土菜手藝賺起了旅遊錢。慢慢地，洋合村就形成了「土菜一條街」，不僅僅在洋宮縣內，就是在龍番市也挺有名氣。陳詩羽說，既然兩名死者都沒有吃飯，出事的時間點又是晚飯時間點之前，那她分析，兩個人很有可能是準備去吃土菜、住民宿的。因此，只需要尋找大橋路通向洋合村的一條路就好了。

按照大家的分析，我們不需要跑甚麼冤枉路了，從手機導航的地圖上，找到了這條路線上唯一臨近水庫邊的一段公路，驅車直奔那個方向。

這是一條修建得很好的柏油馬路，路面品質是按照高速公路的標準建成的，中間也有植物構成的寬大隔離帶，一般情況下，對面車輛不可能越過隔離帶而逆行。雖然這條路的限速是 60km/h，但是我們開車到了實地才發現，因為車輛少、路寬平，而且監控、測速裝置缺乏，所以很少有車開在 60km/h 之下。以我們在現場的觀察，在這條路上行駛的車輛，少說都有 100km/h 的速度。

「如果開到一百碼以上，速度是足夠了，就看他是撞在哪裏了。」我坐在車裏，向窗外看去。

「在那兒，在那兒！」林濤喊道。

畢竟還是痕跡檢驗專業對車禍現場更加敏感。林濤首先是看到地面上的新鮮剎車痕跡，順着剎車痕跡向路邊看去，就看出了端倪。

這條路，之前兩旁都是農田和農舍，直到我們發現剎車痕跡的地方，就開始是沿着水庫邊修建的了。也就是說，羅孝文沿着這條路，剛剛開到水庫邊，就出事了。如果早出事幾十米，也頂多是衝到農田裏，而不是掉下水庫。走到路肩，下方就是一個陡坡，然後是水庫裏的水面。現在因為旱情，水庫水位比較低。在澇年，這個水庫的水位甚至可以和路面基本平齊。

大路沿着水庫的一邊，每幾米就修建了一個水泥墩，算是路面的防護屏障。但是如果不注意看還真發現不了，這一排均勻分佈的水泥墩中間，有兩個水泥墩隔得特別遠，足以讓車輛從中墜落入水了。

「是從這兩個水泥墩之間掉下去的？」韓亮問。

「不會，如果這樣的話，沒有撞擊，為甚麼安全氣囊會彈出來？」我一邊下車，一邊說，「如果只是車頭撞擊水面，不應該形成那麼嚴重的撞擊傷。」

我們一起下了車，跟着我們車的警車也停了下來，跳下來兩名交警和兩名派出所民警，在距離我們停車點一百米處，開始設置路障和變道指引。這都是縣局局長安排的，是為了我們的現場勘查工作能夠在安全的環境下進行。

跳下車後，我們沒有直接去看那一截長長的剎車痕跡，而是走到了那兩個水泥墩的旁邊。這才發現，兩個水泥墩的中間，其實還應該有一個水泥墩，但是這個水泥墩是豆腐渣工程，只是簡單地用水泥堆砌的墩子，裏面連鋼筋都沒有。此時那個消失的水泥墩下只有水泥的殘渣，隱藏在灌木之中。

「知道了，車輛直接撞上了這個水泥墩，把水泥墩撞斷了。」林濤說，「連車帶墩一起掉進了水裏。這種水泥墩，又能發揮出甚麼作用呢？」

「如果速度慢，可能撞不斷。」我說。

林濤點點頭，轉頭又去勘查剎車痕跡了。而我則請轄區派出所民警電話請示指揮中心，要求調打撈設備來現場，對應該沉在水庫裏的車輛進行打撈。

最先抵達的蛙人潛入了水底，不一會兒便重新浮到水面上，説：「水底確實有一輛轎車。」

「車牌是不是目標車輛的車牌？」我站在水泥墩邊，問道。

「是的，藍色轎車。」蛙人喊道。

「那就行了，打撈吧，這就是一宗交通事故。」我如釋重負。

打撈的過程很漫長，我和韓亮、大寶就坐在水泥墩上，靜靜地觀察着。而林濤一直趴在路面上，看那條並沒有甚麼特殊之處的刹車痕。

「看甚麼呢？」我喊道，「這能看出來啥？」

林濤起身走到我身邊，説：「你看，這車在十幾米之前，突然發生很大角度的轉彎，然後撞上了水泥墩。會是在避讓甚麼嗎？如果有人或者有車，為甚麼沒人報警？」

「哦，你是説，單方事故，不應該突然猛打方向盤對吧？」我説，「這好像是交警的事情了。」

「或者，你是説，羅孝文是故意往水庫裏開？畢竟剛剛看到水庫，他就猛打方向了。」大寶問。

「不會。」我説，「如果是這樣，他為甚麼要把戰靈從車裏拖出來？」

大家都陷入了思考。

隨着地面上一個人的一聲吆喝，龐大的起重機開始發出轟隆隆的轟鳴聲，吊杆上的滑輪開始轉動，纜繩也逐漸拉緊。

我們知道，很快就能看到出事車輛了。

大約半小時的工夫，藍色的轎車被吊出了水面，大量的水從車的兩側往下流淌，和瀑布一樣。

「你們看，果真兩側的窗戶都沒了，但是前擋風玻璃還在。」林濤指着車輛，説道。

又過了十幾分鐘，車頭已經因為撞擊而變形的轎車，被吊車放在了公路之上。林濤此時已經戴好了手套，走到了車輛的旁邊，在車門的邊緣觀察着。

「是沒關窗，還是窗戶玻璃碎了？」我一邊舉着相機拍攝轎車被撞變形的車頭牌照，一邊問。

「沒關窗。」林濤説，「開那麼快，還不關窗，這是在兜風啊。」

「前擋風玻璃是撞碎了。」我説。

轎車的前擋風玻璃碎成了蜘蛛網狀，但是因為有車窗膜的連接，所以並沒有從車體上脫落。

　　林濤走到車頭前，看了看前擋風玻璃，說：「不對啊。」

　　「甚麼不對？」我頓時警覺。

　　「如果只是車頭撞擊水泥墩，不應該是這種放射狀的碎裂啊。」林濤說，「這明明是以其中一個點為中心，向周圍放射的碎裂方式。」

　　說完，林濤從車頭走回來，走到倒車鏡邊，看車窗玻璃的碎裂細節。

　　「哎呀。」他突然驚呼了一聲，連忙從勘查箱裏拿出一個大鑷子，探過身去，在玻璃碎裂的中心點處，夾住了一個甚麼東西。

　　「石子？」我問。

　　林濤點點頭，費勁地把嵌在玻璃和車膜之間的一塊不規則石子夾了出來，大約有棗子的大小。

　　「現在我是明白了，這是一塊石子砸到了玻璃上，羅孝文被嚇了一跳，下意識猛打方向，結果沖進了水庫裏。」林濤總算是解開了心頭的謎團，如釋重負。

　　「我說是單方事故吧。」我剛剛說完，卻又轉念一想，說，「不對啊，那這石子是哪裏來的？」

　　「是啊，這麼整潔的柏油路面，哪來的石子？」大寶問。

　　「會不會是前車上掉落下來的？」我問。

　　林濤搖搖頭，說：「也不像，一來如果是同向運行，即便墜落石子，也不至於那麼大力量，都嵌到窗戶裏了。二來這地面上看不到第二塊石子了，哪有只掉落一塊石子就出事的？那麼巧？三來如果事發當時有別的車，前車應該可以看到或者聽到異常，至少會報個警吧。」

　　「那你說，石子是哪裏來的？」我問。

　　林濤轉過身，向剎車痕開始的地方看去。

　　剎車痕開始的地方，是在一座人行天橋。

　　「我們得去天橋上看看。」我對身邊的派出所民警說。

　　「那裏上不去。」民警說，「本來路東邊是有莊稼地，西邊有村莊，

所以這裏在修路的時候，架了一座天橋，方便村民安全地穿過這條大路。但是最近幾年，村莊的村民都遷移到了鎮子上，集中生活了，這也是縣裏的一個移民建鎮的規劃。而水庫邊的田地也應環保要求，都廢棄了，所以根本就沒人會走這座人行天橋。天橋兩頭都封起來了，人進不去，下一步準備拆除呢。」

「愈是人進不去的地方，愈是得去看看，走。」説完，我率先向天橋走去。

天橋的上台階，果然是被隔離板擋住了，但是仔細觀察就能發現，兩塊隔離板的中間，是有一個空隙的。雖然像我這樣比較胖的人，鑽進去很費勁，但是身材嬌小的人是很容易鑽進去的。

林濤很快就鑽進了隔離板裏，等他穿戴好勘查裝備之後，我和大寶才依次鑽了進來。

「我似乎已經意識到了是怎麼回事了，現在就看有沒有可能留下有力的物證了。」林濤小心翼翼地一邊觀察着台階，一邊向天橋上走去，説，「好在天氣乾旱，沒有下雨，不然甚麼都找不到了。」

林濤一路走，一路用粉筆在地面上畫着圈。我知道，圓圈裏，都是林濤發現的可疑足跡，所以我們都有意避開圓圈，向天橋上走去。

上到了天橋，我們發現天橋上面的路面上，有很多和林濤發現的小石子形態相似的石子；很顯然，這塊石子就是從這裏墜落下去，正好砸到了飛馳的轎車上。天橋的兩側，有一人高的水泥擋板，從天橋上，並不能看到橋下的情況。

「有人在這座橋上，用石子向下拋，結果正好砸到了轎車。」大寶説，「因為車速非常快，這種石子撞擊玻璃的力度就很大了。」

「我們開過車的都知道，一隻蟲子撞在擋風玻璃上，都會發出很大的聲響。」我説，「一塊石子砸碎了玻璃，發出的聲音更大，而且玻璃瞬間碎裂，也會給羅孝文造成巨大的驚恐感受，接下來的事情，也就不奇怪了。」

「你們説，會不會是兇手故意這樣幹的？」大寶問，「比如死者的老公？」

「不會。」我斷然否認，説，「這種事情，只有極端巧合才能實現。在橋上，看不到橋下的情況，汽車的速度也是不斷變化的，如果兇手

是故意的，又怎麼能精確計算出石子下墜過程正好撞上飛馳而來的汽車呢？」

「說得也是。」大寶點了點頭。

「不是死者的丈夫幹的。」林濤說，「從台階到橋面，有很多灰塵減層足跡，但是只有一種足跡，是運動鞋的足跡，而且只有 35 碼，不是女人，就是小孩。」

「哦？是嗎？有足跡？」我頓時精神了起來，說，「也就是說，我們是可以找到這一宗事故的主要責任人了？」

「鞋底花紋特徵比較明顯，可以找一下是哪個品牌的鞋子。」林濤說，「這鞋子也是舊鞋子了，很多磨損痕跡，只要能找到鞋子，就能做同一認定。」

畢竟是投擲石子造成了極其嚴重的後果，陳詩羽認為，行為人即便是無心之舉，也涉嫌犯了「高空拋物罪」。既然是刑事案件，又導致了兩人死亡，所以接下來的偵查工作，我們還是要繼續的。

高空拋物罪，也是 2021 年 3 月 1 日剛剛開始頒佈實施的規定。《中華人民共和國刑法》第二百九十一條之二規定，從建築物或者其他高空拋擲物品，情節嚴重的，處一年以下有期徒刑、拘役或者管制，並處或者單處罰金。

好在有了這個王牌的足跡證據，而且我們分析行為人的住處應該距離現場附近很近，對天橋很了解，所以偵查工作並不難進行。林濤拿着鞋底花紋，跑了附近鎮子上的幾家鞋店。因為鞋底花紋非常特殊，所以一個鞋店老闆很快就認出了這是他曾經賣過的一款鞋子。順着這個鞋子品牌，陳詩羽又經過了一番查訪，很快就鎖定了一個嫌疑人。

嫌疑人是個 11 歲的男孩子，他曾經在這家鞋店買過這麼一雙鞋。而且在陳詩羽找到這個學生的時候，他還穿着那雙已經舊了的運動鞋。

在林濤比對認定是這個孩子的鞋子之前，大家就已經知道了結果。因為警員一找上門，這個孩子表現得就極為不正常。在請這個孩子的奶奶帶着孩子去派出所接受問話的時候，孩子「哇」的一聲就哭了出來。

藏在孩子心中兩天，時時刻刻折磨着這孩子的秘密終於還是被揭開了。

※

根據這孩子的交代，自己最近因為過度思念在外打工的父母，心情抑鬱。所以在事發當天的放學之後，獨自到天橋上去躲個清淨。

在天橋上，他一邊想着父母，一邊拋擲石子玩。可是向空中拋出一塊石子後，他意識到自己拋歪了。果然，這塊石子落在了天橋的圍欄上面，彈了一下，掉下了天橋。隨着「啪」的一聲巨響，緊接着，就有刺耳的刹車聲傳到了天橋之上，再接着，就是巨大的撞擊聲和落水聲。

孩子當時就給嚇傻了，他雖然看不見橋下發生了甚麼，但是這些動靜足以讓他猜出發生了甚麼。於是他連忙逃回了家裏，兩天都不敢出門。

一來是這孩子的拋物行為，並不是故意而為之；二來這孩子還不到被追究過失犯罪刑事責任的年齡。所以，這件事，只能由孩子的父母對兩名死者親屬進行民事賠償來解決。

當然，這樣巨大的賠償數字，給這個本不富裕的家庭壓上了一座大山。

「真是個悲劇啊。」陳詩羽不無惋惜地歎道，「這件事，會給這個孩子造成一輩子的心理陰影。」

「是啊！」我說，「這就是所謂的『風險教育』啊。甚麼事能做，甚麼事不能做，甚麼事看似能做但是做了就會有風險，這些教育是不能缺失的。」

「唉，要我說，這一對男女，還真是運氣不好。這麼小概率的事情，都能遇上。」林濤說，「有人說，明天和意外不知道誰先來，還真是這樣，真是天降橫禍啊！」

「也是，要不是出軌、幽會，又怎麼會恰巧遇上這種事？」大寶說，「人活着，還是單純點比較好。初戀甚麼的，不一定是美好的愛情故事。」

「哦，對了。」我問，「給凌南和段萌萌拍照的人，找出來了嗎？」

「他們說，暫時還沒找出來。」程子硯細聲說道，「但是我這次尋找羅孝文的車輛蹤跡的時候，突然想到，我們可以根據監控來找影

片，那麼也可以通過已有的影片來發現監控在哪裏，對吧？所以，如果我們知道凌南和段萌萌的那張照片是在哪裏拍攝的，就可以分析有哪些人能到達拍攝點，從而推斷是誰拍攝、造謠的。」

「是啊，這是一個好辦法！」我說，「所以呢？」

「照片被段萌萌撕掉了，所以我請市局偵查部門的同事，專門去學校尋找那些看到過照片的同學，描述一下照片的場景。」程子硯說，「等他們描述清楚了，我就能找到拍攝的地點。」

「好！得趕緊找出拍照者，因為我覺得他就有可能是下一個受害者。」我歎了口氣，擔憂地說道。

第十案

斷腸密室

> "
> 痛苦是有限度的，
> 而恐懼是沒有極限的。
>
> ——小普林尼
> "

$$1$$

算是妥善完成了任務，我們正準備連夜趕回龍番，卻被洋宮縣的法醫給留住了。

出勘非正常死亡的現場，只是法醫們工作的其中一部分，而法醫們日常更多的工作量，其實是人體損傷程度鑑定工作。這項工作，不僅數量繁多，還涉及了大量的臨床醫學、醫學影像等學科的知識。有的鑑定甚至還需要涉及傷病關係（傷者有傷又有病，導致最後結果究竟是傷佔主要作用、還是病佔主要作用）的分析，是非常疑難的。有些疑難的鑑定，因為結論不符合雙方當事人某一方的利益，就會導致不滿，法醫也就很容易成為「被告」了。

我曾經也開玩笑說：在網上，幾乎沒有一個法醫是「清白」的。

實際上，人體損傷程度鑑定，是有着完善的監督體制的，以致很難故意「作假」。比如，在一宗傷害案件中，雙方當事人都有提出「重新鑑定」的權利，以致某一次鑑定並不一定就是最終的結果。而重新鑑定，是上級公安機關或者是協力廠商鑑定機構作出，並不會受首次鑑定影響。而且，人體損傷程度鑑定，就像醫生看病一樣，每個鑑定人都會有自己的觀點和看法，所以在有些鑑定中，因為觀點不同，可能導致多次重新鑑定有不同的鑑定意見。這就和同一個病人去不同醫院，可能被診斷為不同疾病的道理是一樣的。

但不是所有群眾都明白這個道理，一旦縣級公安機關的鑑定結論和上級公安機關鑑定結論不同，就會有一方質疑原鑑定報告的準確性，另一方也會質疑法醫重新出具的鑑定結果。

為了盡可能保持統一的觀點，基層公安機關法醫在遇見疑難的人體損傷程度鑑定的時候，通常會請教上級公安機關法醫，多人在一起討論、研究，從而盡可能統一觀點。這也是把集思廣益運用於人體損傷程度鑑定的一種方式，也是最大限度保證鑑定結果客觀、公正、科學的方式。

有鑑於此，我們省廳的法醫去各地出差辦理非正常死亡事件，通常不會僅僅只辦那一宗案件。辦案的閒置時間，市縣局的法醫，通常會拿出最近受理的疑難鑑定，一起討論一下。這是統一觀點的過程，也是相互學習的過程。

這也是我們被留住的原因。

晚飯後，其他幾位同事都回各自的房間休息去了，我和大寶則在縣公安局的會議室裏，和縣局法醫們研究着疑難傷情鑑定的事情。

不知不覺，就研究到了晚上 11 點，總算是解決了問題。在我們準備回賓館的時候，值班的孫法醫接到了指令電話。

基層法醫都是需要值班的，根據單位法醫人數，每幾天就會值個 24 小時班，是為了隨時準備出勘剛剛發生的非正常死亡現場。洋宮縣只有三名法醫，所以每三天就要輪值一次，這是基層公安機關法醫的常態。

「恐怕不是簡單的非正常死亡。」孫法醫接完電話，説，「出警的民警接報警説是被殺的，到現場，也有很多血跡。」

「殺人案？」大寶瞪大了眼睛。

「也不一定。」孫法醫笑了笑，説，「倒是經常有自殺的案件，會被當成殺人案來報警。」

我看了看手錶，感覺很疲憊，説：「那你就先去看看，如果有問題，我們就地留下辦案。」

「你既然這麼説了，那肯定是有問題了。」大寶説，「你這張著名的烏鴉嘴。要不，你留下，我和孫法醫一起去吧。」

於是，超級敬業的大寶跟着孫法醫去出現場了，而我一個人回到了賓館。

因為對命案的重拳打擊，現在的命案已經非常少了，和 15 年前相比，也只有一兩成的命案數量了，而且絕大多數還是激情引起的傷害致死。洋宮縣這個小縣城，現在一年不發一宗命案也是有可能的。因此，我不覺得會有那麼巧，恰好在我來這裏的時候，發生命案。

可是，在我回到賓館後不久，我就不得不把已經睡下的大家都喊了起來。因為大寶來了電話，説這起案件十有八九就是命案。而且，還是那種經過策劃、需要偵查的命案。

現場位於洋宮縣縣城的旁邊，一個人口還比較多的村鎮。村鎮的一角，有一戶農家，蓋着二層小樓，高大的圍牆圍着一片寬敞的小

院。可以看出，這是一戶小康人家，比村裏的大多數人家都要富足。

農家住着五口人，男女主人、男主人的老母親，還有兩個孩子。男女主人都是務農，但是因為勤快，在農閒時節會去鎮子上的廠子裏打工。男主人莊建文有一手好木工活兒，所以收入不低。兩個孩子，大兒子莊鯤 17 歲，在縣城裏的中學讀高二，平時寄宿在學校不回家；小兒子莊鵬 14 歲，在鎮子上的中學裏讀初中，初中學校和他家只有五公里的路程，所以小兒子每天是早出晚歸。

出事的，就是這個 14 歲的小兒子莊鵬。

報警人是男主人莊建文。今天晚上，一家人和往常一樣，在晚上 6 點鐘吃完飯、7 點鐘洗完澡就各自回到自己房間裏。莊建文和老婆樂屏在房間裏看電視看到 10 點半，像往常一樣準備睡覺了。睡覺前，莊建文去廁所小解，可是發現廁所的燈亮着，門是從裏面閂住的。

莊建文知道有可能是兒子在用廁所，於是在門口喊了一聲，讓兒子快一點，可是裏面沒有回應。等了幾分鐘後，不耐煩的莊建文再次呼喊廁所裏的兒子，還是沒有得到回應。莊建文於是用力拽門，破壞了廁所門的插銷。

這門一打開，把莊建文嚇呆了。

兒子莊鵬此時正躺在廁所的地板上，身邊有一大攤血跡。嚇呆了的莊建文，立即報了警。

孫法醫和大寶趕到現場之後，除了已經毫無生命跡象的屍體和一地鮮血之外，最讓他們注意的是死者的右下腹。

死者是穿着長袖睡衣和睡褲的，但是睡衣的右下腹位置有明顯的血染，而且鼓出了一個包，就像是在衣服裏兜住了甚麼東西。

大寶穿着勘查裝備，從勘查踏板上走近了屍體，掀開了他的睡衣衣襟，這才發現，睡衣右下腹部位兜住的，是死者的腸子！是的，死者的腸子從腹壁膨出了，死者被剖腹了！

很明顯，死者受到了銳器致傷，甚至導致了腸道外露。雖然現場是一個「封閉現場」，但是大寶還是認為死者有可能遭受了別人的襲擊，於是通知了我們。

現場是一個坐北朝南的院落，院落的背側是一棟二層小樓，小樓的一樓是一個客廳，加一個房間，二樓是三個房間。據調查，一樓是老太太住的房間，莊建文夫婦住在二樓最東側，莊鵬住在最西側，中

間的房間是莊鯤的，目前是空着的。三個房間被一條走廊相連，走廊的中間是通往一樓客廳的樓梯。

院落的東側是兩間平房，分別是廚房和餐廳，並沒有甚麼異常。院落的南側是院門，院門的兩側分別是豬圈和雞窩。事發的時候，院門是從裏面上鎖的，沒有甚麼異常。

中心現場是院落西側的平房裏，這間平房是一個洗手間，面積有二十多平方米。洗手間的門一進去，就是一個洗臉盆和一面鏡子，往裏走是一個用玻璃分隔的淋浴間，淋浴間再往裏走，是一個台階，台階上是一個蹲便器。

莊鵬就躺在玻璃浴屏的外面，頭枕着蹲便器前的台階，雙腳指向洗手間的門。

現場地面是白色的瓷磚地面，上面有很多大滴大滴的血跡，還有一些血泊和被鞋子踏亂的血痕。死者的屍體旁邊，也有一攤血泊。

血跡只有地面上才有，屍體旁邊的玻璃浴屏上，都沒有噴濺狀血跡，玻璃浴屏內的淋浴間地面上，也沒有血跡。

案發現場示意圖

我沿着勘查踏板巡視了一遍現場，重新走到門口，問大寶：「你不是說是封閉現場嗎？如果是封閉現場，為甚麼會是命案？」

「你看看這個。」大寶指了指洗手間門上掛着的掛鈎，説道。

洗手間的門上，用螺絲釘固定着一個金屬圓環，金屬圓環上套着一個「7」字形的可以自由活動的掛鈎。對應位置的門框上，也固定着一個金屬圓環。當人們進入洗手間後，會拿起掛鈎，掛在門框上的圓環裏，門就鎖閉了，從外面就拉不開了。這是一種老式的門閂，我們小時候倒是經常可以看到，現在已經很少有人用。人們至少會用封閉效果更好的插銷來作為門閂。這種掛鈎門閂雖然方便，但是牢固性不夠，只需要用力拽門，門框上的金屬圓環就會從門框上被拽出來，門也就開了。莊建文也正是用這種辦法拉開了洗手間門。

「確實，據莊建文説，他來的時候，掛鈎是從裏面掛上的。」大寶説，「但是，這種掛鈎，是很方便偽造成一個封閉現場的。」

説完，大寶把門上的掛鈎立了起來，説：「只需要把掛鈎這樣立起來，然後慢慢關門，關門過程中保持掛鈎不倒下來。在門關上的那一刻，因為震動，立起來的掛鈎會倒伏下去，有一定的概率，掛鈎正好倒到門框上的圓環裏，從而造成從裏面閂門的假像。」

「嗯，我明白你的意思。」我點頭認可道，「可是，這只是一種推斷，你同樣沒有依據證明這是有人在偽造封閉現場啊。」

「那你再來看看這個。」大寶引着我從勘查踏板上走到了屍體旁邊，撩起了死者的衣襟，説，「現在有腸道膨出，而且有血跡黏附，所以看不清創口的具體形態。但是，我們扒拉開腸道，可以看到皮膚上的創口有銳利的創緣，對不對？」

所謂「創緣」，就是一條創口的邊長。創緣銳利、整齊，就説明是有刃的銳器形成的創口。

「是，這是刀形成的傷。」我説。

「你再看看這個現場，去哪裏能找到刀？就連剪刀也找不到啊！」大寶説。

我讚許地點點頭，大寶想到了點子上。這是一個普通家庭的洗手間，並沒有任何刀具。如果死者腹部的創口不是牙刷柄之類的無刃刺器形成的話，那麼只有在現場發現刀具，才有可能是自己形成的。一個封閉現場裏，找不到刀具，只能説明兇器被兇手帶走了，那麼就不可能是自殺或者意外的案件了。

「別説剪刀了，就連玻璃碎片這種銳利的東西都沒有，兇器肯定被帶走了。」大寶自信地説道，「這個兇手想偽造一個自殺的封閉現場，

可是卻忘記了最關鍵的問題。如果是自殺，死者是拿甚麼自殺的？」

我點點頭，說：「確實，這個解釋不過去。不過，出入口在哪裏呢？院門在警員來之前，都是鎖好的。」

說完，我走出了洗手間，看了看有兩米高的圍牆。

「這裏就是出入口。」林濤指了指洗手間後面的圍牆，說道，「我們在這裏發現了一個板凳。」

林濤拿起一個寬半米、高半米的木頭板凳，接着說道：「這個板凳，放在圍牆根的，我分析兇手可能用它作為墊腳的工具，翻牆出去的。」

「上面有足跡？」我問。

「沒有足跡。」林濤說，「也許兇手的鞋底乾淨，板凳也乾淨，就沒留下足跡。也許是板凳表面的載體不好，所以沒留下足跡。」

「那就是圍牆上有攀爬痕跡？」我問。

「也沒有。」林濤撓撓頭，說，「這個圍牆是硬青石磚砌成的，這種磚頭可能不容易留下攀爬痕跡吧。」

「那你怎麼知道這是兇手用來墊腳的？」我問。

林濤舉起了板凳，說：「你看看這板凳的四個腳。」

我湊過去，用警用手電筒照射板凳腿，發現四條板凳腿上都黏附了不少血跡，血跡甚至已經發黑了。

「我已經把這個血跡做了擦拭提取，送縣局去做 DNA 了。」林濤說。

「哦，你是說，這個板凳原本是在洗手間裏，兇手殺完人後，把它拿出來當翻牆的墊腳石了。」我說。

「對啊。」林濤說，「既然沾了血，說明板凳原來肯定在洗手間裏，如果不是兇手拿出來的，那它又是怎麼從洗手間出來的？如果是死者自己拿出來的，死者受了傷，在院子裏走動，院子裏肯定會留下血跡吧？」

林濤說得很有道理，院子裏確實連一滴滴落狀血跡都沒有，甚至連擦蹭狀血跡都沒有。

「你這樣說，我突然想起來，如果兇手行兇後，必然會踩到血跡上，為甚麼他從院子裏走，都沒有在院子裏的地面上留下擦蹭血跡呢？板凳上也沒有留下擦蹭血跡呢？」

「你忘記邱以深被殺案的現場了嗎？」林濤説，「邱以深被殺後，現場也有很多血，兇手可以繞開血跡，所以就不會踩上啊。」

「可是，邱以深是在沒有意識的情況下，形成創傷然後流血的，兇手有辦法繞開。」我説，「如果這個死者是有意識的，兇手很難繞開啊。」

「你怎麼知道他就一定有意識？」林濤説。

「也是。」我點了點頭，説，「中心現場沒有打鬥的痕跡，確實有可能是死者先失去了意識，兇手才動手剖腹。」

「當然，也有可能是兇手在洗手間裏等着死者徹底死亡。」林濤説，「在這個過程中，如果鞋子上的血跡不多，也已經乾涸了，乾涸的血跡也不會擦蹭在院子地面或者板凳上了。」

「嗯，這個想法很好。」我説，「時間也應該是足夠的。如果 7 點鐘天黑了，兇手就動手了，等莊建文發現，已經 10 點半了，三個多小時，足夠少量血跡乾涸了。可是，這畢竟是在死者家裏，究竟是甚麼人，才能有這麼好的心理素質呢？」

大寶看了看我，又看了看洗手間外面，他是意識到我心裏懷疑誰了。

「不會吧，如果是他爹，沒必要還製造一個封閉現場吧？」大寶説。

「那都是聽他自己説的。」我説，「其實只需要把門框上的圓環拔下來，套在掛鈎上，就可以和警方説是一個封閉現場了。我在想，如果真是莊建文幹的，那就沒必要出院子了，不在板凳上留下足跡、不在院牆上留下攀爬痕跡也就説得通了。不過，他為甚麼要把原本在洗手間裏的板凳拿到外面去呢？」

「説不定，板凳就是突破案件真相的關鍵了。」林濤説。

「把板凳送到縣局去，細細勘查，看能找出來甚麼。」我説，「林濤，你繼續在中心現場好好勘查，看能不能找出血足跡、血指紋，如果真的是自己家人幹的，那普通的灰塵足跡和汗液指紋就失去了意義，因為本身就應該有。小羽毛，你去和偵查部門調查一下死者的社會關係，尤其是家庭關係。子硯，你看看附近有沒有哪家有家庭監控，能看到院牆的，看看究竟有沒有人翻牆進出。我和大寶去殯儀館，先屍檢，看看死者究竟和邱以深是不是一樣，在遭受創傷前，先失去了意識。還有，他的死因究竟是甚麼，目前從屍表上，還看不出來。」

「是啊，看現場的出血量也就千把毫升，不足以致死啊。」大寶說，「對了，還有死亡時間，也得看看。如果死者死亡時間比較早，難道這麼幾個小時，這對父母都完全不理會自己的孩子在幹啥嗎？」

洋宮縣殯儀館內的解剖室裏，屍體已經赤條條地躺在了解剖台上，年輕的身體剛剛呈現出發育的狀態，生命就戛然而止，讓大家不約而同地感受到惋惜。

死者的睡衣睡褲和穿在腳上的一雙板鞋被脫了下來，並排放在解剖台一側的操作台上。

我站在操作台的旁邊，仔細看着死者的衣着。一件藍色的長袖上衣，右腹部被血液浸染了，內側還黏附着小腸表面的黏液，把衣服的皺褶都粘在了一起。一條藍色的棉質睡褲，從腰部的鬆緊帶前面開始，往下都已經完全被血液浸染了。棉質的布料吸滿了血液，用手一擰就能擰出血滴。死者的那一雙白色板鞋，左側鞋子還比較乾淨，但右側鞋子表面上也有殷紅的血痕，血跡主要集中在右鞋的鞋墊。右鞋內側的鞋墊也像棉質睡褲一樣，吸飽了血液，成了暗紅的顏色。

這樣的血跡狀況，讓我不由得有了疑慮。

「肛溫測了，31.5攝氏度。」大寶說，「這個天氣，不冷不熱，用『死亡後 10 小時內每小時下降 1 攝氏度，之後每小時下降 0.5 攝氏度』的方法是可以計算的。初始體溫是 36.5 攝氏度，這就是下降了 5 攝氏度，現在是凌晨 2 點，說明死者的死亡時間應該是晚上 9 點左右。」

「他們說晚飯和洗澡是 7 點鐘完成的，對吧？」我說，「9 點鐘就死了，10 點半才發現，中間足足有一個半小時，孩子進了廁所這麼久沒動靜，這家長不是有問題，就是真不長心啊。」

大寶抬頭看看我，說：「腸子脹氣，被創口緊緊箍住了，塞不回去，沒辦法看創口形態。」

「按規程把屍表上的檢材提取好，解剖之後，從裏面可以把腸子從創口拽回來，再看皮膚上的創口形態。」我說完，移步到屍體的下半身旁邊，觀察着屍體腿上已經乾涸的血跡。

屍體大腿和小腿上，都有從上往下流淌的流注狀血跡，這和衣着血跡形態是吻合的，更是加重了我的疑慮。

「我來開顱，你來開胸腹腔吧。」完成了取材任務的大寶，拿着手術刀開始刮死者短短的頭髮。

「頭皮一定要認真檢查，一寸也不能放過。」我說，「等回到專案組，他們肯定會提出頭上有沒有損傷的問題的。」

「你怎麼知道？」大寶一邊說，一邊刮着頭皮。手術刀和毛根摩擦發出「沙沙」的聲音，在幽靜的解剖室裏回蕩着。

我笑了笑，沒說話，用手術刀聯合切開了屍體的胸腹腔皮膚。

死者的胸腔裏，沒有任何異常，皮下軟組織裏沒有任何損傷的跡象，感受不到死者在死亡前有被攻擊的可能性。

腹腔一被劃開，小腸就膨隆了出來，死者的小腸脹氣情況比較嚴重。不過小腸脹氣的症狀並不能確鑿證明甚麼，對於法醫的判斷沒有甚麼意義。也正是因為小腸的嚴重脹氣，導致部分腸管從腹壁裂口膨出，緊緊地被箍到了創口之中。

切開腹腔之後，我小心翼翼地把從創口膨出的腸管一點點地拽回腹腔，腹部皮膚上的創口就清晰可見了。同時，我也發現腸道被擠出創口的形態是非常不規則的。人體的腸道是按照規律整齊排列並由腸系膜連接和固定的，而死者的腸道裏本不該擠出來的腸子卻被擠出來了，給人感覺，像是一部分腸子出來了，又被塞了回去，另一部分腸子因為壓力又擠了出來。反復幾次，導致腹腔內的腸道排列規則已經被完全破壞了。

創口很細很窄，而且是由多條創口共同組成的。五六條窄細的創傷交叉在一起，其中兩條創傷穿破了腹壁，又穿破了腹膜，導致腸管從本身就比較狹窄的創口裏擠了出來。

以我的經驗看，這些創口並不是我之前認為的刺創，而是切割創。

「多條切割創彙聚在一起，創口密集且交叉。」我沉吟着。

「邱以深不也是這樣嗎？只不過他那個是割頸，這個是割腹。」大寶一邊切開頭皮，一邊說，「頭皮下是任何損傷都沒有的。」

我找來一塊紗布，用水浸濕後，把屍體腹壁上的創口仔細擦拭清楚。血跡清除後，皮膚顯得慘白慘白，細條狀的創口更加清晰了。

「不對啊，你看這創口旁邊，還有不少細細的疤痕呢。」我說。

大寶剛剛掰下頭蓋骨，湊過來看了看，說：「這種疤痕，頂多是淺表損傷的劃痕，誰身上都可能有。」

「可是，這些疤痕和這次形成的創口，位置都在右下腹。」我說，「哪有這麼巧的事情？」

「那可不好說。」大寶繼續摘取屍體的腦組織，說，「你啥意思啊？你是想說，有人以前就在他右下腹部切割過？這次切割割狠了？傷了大血管？」

「虐待？」孫法醫問。

我搖了搖頭，又觀察了一會兒腹壁的創口後，就繼續檢查屍體的其他部位組織臟器。

屍體腹部的創口不深，只是剛剛切破了腹膜而已。腹壁和腹膜上的血管被切斷，導致流出了不少血。不過，這些出血量，遠遠不足以致死。

「死者頭部沒有損傷的話，那麼死因就只有可能是休克了。」我說，「損傷不足以致死，屍體上又沒有窒息徵象，內臟器官形態正常，加上他還是個孩子，不至於也不符合疾病猝死的徵象，更是沒有和邱以深那案子一樣的電擊傷；所以，只有可能是疼痛性休克死亡了。」

腹壁上形成破口，這種疼痛不足以致死，但是因為人體的內臟一般對直接刺激的疼痛不敏感，卻對牽拉動作形成的刺激非常敏感，所以牽拉腸道，就會引起非常嚴重疼痛。剛才我已經分析過，屍體的腸道排列是亂的，應該有多次牽拉腸道的動作。這樣的動作是會引起極其強烈的疼痛的。疼痛性休克是神經源性休克的一種，劇烈疼痛加上失血，足以讓死者死亡了。

「你忘了，要排除理化檢驗呢。」大寶說，「心血剛剛送過去，估計天亮了才能出結果。」

「我覺得他沒有中毒致暈、致死的可能性。」我低聲說道。

「為甚麼？」大寶好奇地問。

我沒有回答大寶，繼續對屍體進行檢驗。

打開死者的胃，胃內有一些糊狀的東西。雖然已經進食三小時才死亡，但是胃內的白米飯粒依稀可見，可以判斷死者晚上應該只是喝了一些粥。按照正常情況，這樣年紀的小伙子，晚飯應該會讓胃充盈，但是死者的胃內只有 50 毫升的食糜，即便是飯後三小時死亡有部

分食糜已經進入了腸道，但也足以分析死者晚飯吃得非常少。頂多是一小碗白粥，連蔬菜、肉類的纖維都找不到絲毫。

突然，我想起了甚麼，於是把屍體的腸道扒拉到左側，暴露出右側腹腰部的腹腔。這個位置的腸道似乎有一些粘連，需要撕扯才能把腸道彼此分離開來。我撕開粘連的腸道，就暴露出了回腸末端的一小截淡紫色的如同老鼠尾巴的器官。

這是死者的闌尾。他的闌尾似乎比常人要粗大一些，呈現出淡紫色的樣子，表面泛着光芒，這是輕度的水腫跡象。

我的心裏似乎已經有數了。

「胃內容物消化程度符合晚上 9 點的死亡時間推斷不？」大寶問道。

「符合。」我心不在焉地說道。

「那解剖就結束了。」大寶說。

「不，還有一項工作沒有做。」我指了指屍體腹壁的創口，說，「致傷工具的推斷。」

「刺創可以分析銳器的寬窄、長短、厚薄，但是切割創不行啊。」大寶說，「我們只能說是銳器。」

「不，這個案子是可以的。」我說，「一般無論是匕首、菜刀還是砍刀對人體進行切割的時候，因為其刀刃有一定的厚度，會導致創口兩側的皮膚向兩側哆開。但是，這具屍體的切割創，並沒有讓創口哆開，說明甚麼。」

「說明刀刃比較窄。」大寶說，「手術刀？」

「手術刀確實可以。」我說，「但並不是只有手術刀才可以。」

「老式刮鬍刀的刀片也很薄。」孫法醫插話道。

我豎了豎大拇指，說：「對！別忘了，現場是洗手間，洗手間裏很可能是有這個工具的。」

「就地取材？」大寶瞪大了眼睛，說，「那豈不是更得懷疑他爸了？」

「我的意思並不是就地取材。」我說，「一開始我們認為死者死於刺器，所以在現場沒有發現匕首就沒有細找了。如果兇器只是一個很薄的刀片，很有可能此時還在現場。」

「那又怎樣？」大寶問。

「我們分析這是一宗命案的主要依據，目前就是兇器不在現場啊。」我說，「如果兇器仍在現場，你還敢說這是一宗命案嗎？」

「敢啊，為甚麼不敢？洗手間內的板凳還在外面呢。不都説了，如果是死者自己拿出來的，因為板凳腿上有血，説明他是受傷後拿出來。而受傷後出洗手間門，必然在院子裏留下血跡啊，但不是沒有血跡嘛！」大寶説，「怎麼？難不成你懷疑這是自殺？如果有自殺動機，小羽毛這個點兒肯定已經調查出來了。」

「説不定是意外呢？」我説。

「別説笑了。」大寶哈哈一笑。

「不管怎麼説，我們現在得重新回去現場，看看刀片是不是仍在現場。」我説，「這決定了我下一步推斷的方向。」

我們合力把屍體縫合完成，就重新乘車回到了現場。

此時已經是凌晨 3 點了，各組暫時都完成了工作，回到了縣局等候碰頭。只有林濤在現場等着我。

我穿戴好勘查裝備，走進了洗手間，先是拉開洗臉池鏡子後面的櫃門，裏面果真放着一把老式剃鬚刀。我打開剃鬚刀的金屬蓋，發現原本應該在金屬蓋下的雙面刀片果真是不見了。我心中一喜。

「真的是這個刀片哦。」大寶説。

「這個現場所有的角落，你都看了嗎？」我問門外的林濤。

「除了淋浴間裏面沒有看，其他都看了。」林濤説，「淋浴間裏面沒有進去人的跡象。」

我於是趴到了地面上，用手電筒照射着，看淋浴間玻璃浴屏的底部。玻璃浴屏的底部是一個不銹鋼的底座，我這麼一看，就發現不銹鋼底座和地面之間的空隙裏，有寒光一閃。我連忙從勘查箱裏拿出一個鑷子，從底座下方伸進去，一夾，就夾出了一枚寒光閃閃且黏附血跡的老式雙面剃鬚刀片。

「啊！真的在這裏！」大寶驚叫道，「你是怎麼猜到的？」

「當你大概猜到了結果，就可以從結果反推過程了。」我神秘一笑，把刀片裝進了物證袋裏，説，「指紋和 DNA 都要做。」

「知道了。」林濤接過物證袋，放在自己的物證箱內。

「板凳做的結果怎麼樣了？」我見林濤把板凳也裝在透明物證袋

裏，於是問道。

「做出來了，是死者莊鵬的血。」林濤說，「我把板凳提取回去，看能不能找到其他人的 DNA。既然兇手把板凳拿了出去，就有可能在板凳上留下 DNA。」

我笑了笑，說：「行吧，那我們回縣局，一邊對刀片檢驗，一邊和他們碰頭。」

回到縣局的時候，天邊已經泛起了魚肚白。

會議室裏的大傢伙都姿態各異地打着瞌睡。

「不好意思，來晚了。」我說。

大家這時候紛紛坐直了身子，伸着懶腰。

最着急的，是洋宮縣公安局新上任沒兩天的分管刑偵的副局長劉局長。劉局長這新官上任三把火，還着實是厲害。

「怎麼樣？有線索嗎？」劉局長急着問我。

「法醫一般都最後說，各部門先說說吧。」我坦然自若地坐了下來，喝了口水，說道。

「那我先說吧。」程子硯說，「現場附近只有 100 米外有一家農戶裝了監控。可是，晚上根本看不到那麼遠，不過晚上八九點鐘的時候很多農戶家燈是亮的，如果有人翻牆進入現場，還是能看到影子的。我們做了現場實驗，在有燈光的情況下，如果有人翻牆，可以看到身影。不過，通過對監控的審閱，我們沒有發現有身影進入現場院牆。」

「能確定嗎？」劉局長有些興奮。

畢竟排除了外人進來作案，嫌疑人範圍就很小了。

「不能完全確定。」程子硯說，「畢竟燈光情況很難還原到事發當時的情況。但是，我傾向於認為是沒有人進入的。」

說完，程子硯見大家沒有問題了，就又像我們剛剛進來時候那樣，在一張白紙上畫着甚麼了。

陳詩羽接着說：「偵查這邊，也沒有發現甚麼線索。莊鵬是鎮子上中學的初二學生，平時性格非常內向，不太喜歡說話，學習成績也一般。據了解，他父親和他關係正常，並沒有甚麼吵嘴打架的經歷。據

説莊建文平時工作頗忙的，有的時候還會直播自己的手藝活兒，有幾千粉絲，也會通過直播來獲取一些打賞補貼家用。莊建文平時有點刁鑽刻薄，得理不饒人的那種，所以工友、鄰居都和他保持距離。莊建文的妻子樂屏，性格頗懦弱的，內向話不多，平時就是務農，夫妻關係還好，沒有發現甚麼異常。」

「我想知道，莊鵬最近有甚麼就醫的情況嗎？」我問。

「這個我還真是查了。」陳詩羽説，「我們調查的時候，有一個同學説，大約一個月前的一天，他們下體育課回來，發現莊鵬不知道哪裏受傷了，一手的血，正在用衛生紙擦。他們關心地問他要不要去校醫院，當時莊鵬就一臉極為驚恐的表情説自己不去。後來我們去校醫院和鎮醫院都調查了，從能查到的病歷資料看，沒有莊鵬的任何就診記錄。」

大家都面無表情，我卻歡欣鼓舞地説：「你解答了一個我一直想不通的問題。」

「甚麼問題？」劉局長問。

我笑了笑，沒回答，示意林濤接着説。林濤説：「現場勘查也是沒有發現任何外來人員侵入的跡象。現場洗手間裏，只有他們家人的指紋和足跡。血足跡，卻只有死者莊鵬自己的。這個現場和我們在龍番勘查的邱以深的現場非常相似，不知道是兇手留心了，還是巧合，兇手沒有踩到足夠多的血跡上，所以沒有留下可以鑑定的血足跡。」

「所以，我們目前分析是他家人作案的可能性大，但是沒有任何證據對嗎？」劉局長問。

我轉頭盯着被林濤帶回來的板凳，説：「現在，我只剩下最後一個問題了，那就是這個板凳上，是怎麼黏附了死者的血跡的。」

就在大家都在疑惑地看着我的時候，縣局的技術員走進了會議室，説：「兩個結果，一個是死者體內沒有發現常見毒物或毒品。另一個是現場發現的雙面刀片上，檢出死者莊鵬的指紋和死者莊鵬的血跡。」

「兇手戴手套了？」林濤失望地問道。

我倒是靈光一閃，對林濤說：「你擦取的板凳上的 DNA，是直接送去進行 DNA 分型鑑定的對吧？是不是沒有做確證實驗和種屬實驗？」

林濤搖了搖頭。大家也是聽得一頭霧水。

「走。」

我走到會議室的一角，拿起裝了板凳的物證袋，二話不說往門外走去。劉局長不知道我賣的是甚麼關子，破案心切的他也忍不住跟了上來。一行人浩浩蕩蕩地跟着我直接到了縣局技術室的法醫學實驗室。

「按照公安部的規範，實驗室裏有抗人 Hb 金標試紙條吧？」我問。

「現在 DNA 都完全普及了，誰還做血跡的種屬實驗啊。」孫法醫一邊翻動着器材櫃，一邊說，「不過，應該有以前剩下來的。」

好在孫法醫還真的在塵封的器材櫃裏，找出了一盒不知道哪一年生產的抗人 Hb 金標試紙條。

我把一小塊紗布用生理鹽水浸濕後，在板凳腿的血跡上擦拭了一會兒，又將紗布浸泡在一試管的生理鹽水中，過了一會兒，將試紙條伸進試管裏。

一條紅線，陰性！

「明白了，我全明白了！」我笑着說完，拉着林濤和劉局長就往回走。

劉局長又是着急又是迷惑，只好跟着我一起回到專案組的會議室。

「我可以斷定，這一宗案件，是一宗意外案件。」我說，「死者腹部的創口，是自己形成的，不慎割破了腹膜，導致腸道外露。他反復幾次把膨出的腸道塞回腹腔，終因劇烈疼痛和失血的綜合作用而休克死亡。」

所有人都瞪大了眼睛，不可置信地看着我。

「別急，你們聽我說。」我說，「首先，死者身上的創口，因為過於密集，所以我分析必然是處於一個很穩定的體位形成的。如果是外人形成的，他不可能站在那裏不動，給別人割。」

「也許是躺下了呢？」林濤說，「我分析，兇手應該是用板凳砸暈

了死者，然後下手的。這才是兇手要把板凳拿出去的原因。不是為了墊腳，而是為了讓員警注意不到這個除了銳器之外的兇器。」

我扭頭看看大寶，説：「我説有人要質問死者是不是頭部有傷了吧？」

大寶恍然地點點頭，説：「這個我仔細檢查過了，我可以肯定，他頭部沒受到任何打擊。」

「不僅僅是死者沒有被致暈的因素，更是有血跡分析可以佐證。」我説，「死者的褲子上黏附了大量的血跡，鞋底裏也有大量的血跡，大腿小腿上血跡的流向方向都是從上往下。結合死者唯一的開放性創口是右腹部，這説明死者受傷流血的時候，是處於站立位的，血液才會從上往下流。沒有人會在昏迷的時候保持站立位，因此我從一開始就覺得，死者是在很清醒的狀態下，被切割腹部的。那麼，一個清醒的人，怎麼會保持不動，被切割腹部呢？如果只是輕微的切割，倒是有可能在逼迫或者控制下進行。但是這種切割完了，反覆塞回腸道的動作，就解釋不過去了。遭受着能導致死亡的劇烈疼痛，卻依舊不敢動？這我是不信的。所以我覺得，這樣的損傷，應該是死者自己形成的，這樣才最合理。」

我頓了頓，在劉局長和大家驚訝的表情中，接着説：「當然，我們剛開始認為是命案有兩個最重要的依據，一是現場沒有兇器，二是板凳被挪出了室外，但室外沒有血跡。現在，我們在現場找到了恰好被踢入玻璃浴屏底部的刀片，而且驗出了死者自己的指紋和血跡，這個反而變成了證實死者自傷的依據。」

「可是，第二點，你依然沒法解釋啊。」劉局長説。

「剛才我做的種屬實驗，就是為了解釋第二點。」我説，「小羽毛，你是不是調查過，最近死者家裏殺豬了，還是殺雞了？」

陳詩羽露出意外的神色，説道：「確實調查了。因為死者家的豬圈裏沒有豬，所以我們順道問了一下。半個月前，他們家在院子裏殺豬了。」

「那就對了。」我笑笑説，「板凳腿上的血跡，是豬血。」

「那不可能！」林濤叫道，「DNA做了，是死者莊鵬的血，這還能搞錯嗎？」

「過分依靠DNA，是我們現在工作中的一個隱患。」我說，「DNA不是證據之王啊！」

「怎麼說？」林濤說，「DNA可以看基因分型，甚至可以看出性別，準確率那麼高，這個不會錯的。」

「DNA結果，並不是直接的『是』或者『否』，而是一個圖譜。」我說，「對圖譜的分析，就是在圖譜中，找出人類的『峰值』，從而得出結論。因為動物血的圖譜和人類血的圖譜完全不一樣，所以在結果做出來後，首先會把這些不是人類血的圖譜給過濾、篩除掉。如果這個板凳上，只有豬血，那麼DNA就啥也做不出來，得出的結論是未檢出人的DNA分型。但是如果這個板凳上黏附了並不是血跡的其他人體組織細胞。比如說，莊鵬經常拿這個板凳腿蹭腳，腳上脫落的皮屑就會黏附在板凳腿上。當你提取板凳腿上的血跡的時候，也提取到了那些脫落的皮屑。DNA做完之後，把豬血的結果直接過濾掉，得出了人皮屑的資料，而你卻認為，那些資料是你提取的血痕的DNA資料。這就是我們說的DNA的『誤判』。後來，我補充做了血痕種屬實驗，確定這些血不是人的血。那麼值錢的DNA結論就沒有意義了。」

大寶一拍大腿，點頭說道：「是啊！以前我們看到疑似血跡，是有一系列工作程式的：第一，我們要進行預試驗，確定那可疑斑跡是血。第二，再進行種屬實驗，確定那是人血。只有確定了這兩點之後，那可疑斑跡才有證據價值。唉，有了DNA檢驗，我們就把這套老一輩留給我們的檢驗方法給放棄了。」

我接着說：「大寶說得對，因為從理論上講，DNA檢驗既可以分辨是不是血，又可以分辨是不是人血，所以我們習慣性地省略了預試驗和種屬實驗，直接進行DNA檢驗。可是，現在DNA檢驗的靈敏度很高，反而容易出現污染和錯誤，比如這宗案子就是，豬血裏面有人的脫落細胞，就誤導偵查和判斷，認為那就是人血。問題就出在這裏。」

「我懂了。」林濤恍然大悟，「這條板凳和現場無關，本身就在院牆下面。是上面的豬血，以及莊鵬曾經遺留的DNA，給了我們誤導。」

「因此，這兩條證明是命案的依據都不成立了。」我說，「加上子

硯的監控偵查實驗，加上林濤現場勘查沒有發現其他人的血足跡，加上調查沒有殺人的動機，我們完全可以排除他殺。對了，我還得補充一下。龍番市邱以深被害案中，現場是個客廳，很寬闊，死者是瀕死被割頸，噴濺血很少，所以兇手躲避血跡不去踩踏是可以實現的。但是這個案子，現場是一個狹小的洗手間，死者流血後多有走動，滴落狀血跡到處都是，這樣的情況下，要是有兇手，想不踩踏血跡是不可能的。」

「所以解剖的時候，你一直在說創口太密集，不管是為了殺人還是虐待，在同一個部位反復切割，確實不太合理。」大寶說。

「自殺，那自殺的動機呢？」劉局長也跟上了我們的思路，緊接着問道。

「不，我一直沒說是自殺，我說是意外。」我說。

「意外？難道是性窒息那種意外？」林濤思索着，也有些疑惑，「但我沒見過用切割自己來獲取快感的啊。」

「不太一樣。」我說，「是小羽毛給我釋疑了。如果我沒有猜錯，這個孩子是有嚴重心理問題的。甚麼心理問題呢？諱疾忌醫！也可能是從小被嚇唬慣了，所以一說就醫，就非常驚恐。但是，如果身體不適，需要就醫而不敢就醫怎麼辦呢？就只有自己想辦法了。」

「甚麼意思？」劉局長一臉慬然。

我接着說：「根據屍體檢驗，死者闌尾位置腸道粘連，闌尾的大小和顏色都不正常，還有腸道脹氣很嚴重，所以我分析，他患有慢性闌尾炎。慢性闌尾炎發作的時候，會很疼。在這種疼痛下，莊鵬不敢和別人說，不敢去醫院就診，就用刀片切割自己的腹部，用皮膚的疼痛來緩解內臟的疼痛，無異於飲鴆止渴。昨天晚上，已經不是他第一次這樣幹了。我們解剖的時候，發現他的右腹部皮膚有淺表疤痕，結合小羽毛的調查，可能在一個月前，他就這樣幹了。而那次，炎症暫時消退，疼痛緩解，他就認為是自己割肚皮治好的。所以這一次，他用了同樣的辦法，站立位置，自行切割腹部。也許上次他是在學校，用的是文具，不銳利，而這次用的是剃鬚刀片，很銳利，所以這一次，失手割破了腹膜，導致腸道外露。看到腸子，他肯定更加驚恐了，反復把腸道塞進去，最後因為過度疼痛刺激神經，導致神經源性休克死亡。」

「他吃飯的時候，肚子應該就疼了。」大寶說，「所以他晚上吃得很少，就喝了一點粥。」

我看着大寶點了點頭。

「簡直匪夷所思。」劉局長感歎道。

「下一步，應該先對他的父母和哥哥進行問話，固定下來從小他被嚇唬從而害怕醫生的可能性的證詞，固定下來他從小到大沒有去過醫院的證據。」我說，「然後根據現在的現場情況，就可以答覆死者家屬，排除他殺了。」

在清晨的鳥叫聲中，我們回到了各自的房間，美美地睡了一覺。直到中午吃飯的時間，我們才陸續醒了過來。

劉局長已經等候在了自己的辦公室裏，一臉愁容。

「怎麼樣？解決了嗎？」我一走進辦公室，就問道。

「我們調查了，和你推斷的一致，這孩子確實有心理問題。」劉局長說，「他的同學、老師們都說，這孩子特別怕醫生，就連學校每年的例行體檢，他每次都托詞不參加。我們也調查了附近所有的衛生院、醫院，都沒有他的就診記錄。莊建文夫婦對此緘默不言，但莊鵬的哥哥莊鯤供述說，莊鵬幼稚園的時候，就經常說自己身體這不好、那不好，但是到醫院檢查甚麼毛病也沒有。所以他們認為是這孩子為了獲取更多的關注，故意這樣說的。於是乎，從此之後，只要孩子說身體不舒服，莊建文就會說醫院有多恐怖多恐怖，要動手術割腸子甚麼的。從那時起，就不能在他面前提到去醫院甚麼的了，他哪怕是高燒到 40 攝氏度，都不敢和父母說。」

「諱疾忌醫的推斷是正確的。」我說。

「在獲取了這些印證的材料之後，我們就答覆了莊建文，把所有能證明真相的證據都出示給他了。」劉局長說，「但是，因為之前我們問過他是不是在孩子小時候用去醫院來嚇唬孩子的問題，所以莊建文知道這件事情的背後原因其實是他們夫妻造成的。一件事情發生後，很少有人會認為責任在自己。於是，他們拒不接受警方的答覆。」

「沒關係，我們給他不予立案通知書，我們有充分的調查依據。」

林濤説，「他如果不服，可以申請檢察機關啟動立案監督程式。」

「我們已經告知他有這個權利了。」劉局長説，「但是他們似乎並不相信司法機關。」

「我覺得吧，雖然他們可能會意識到背後的原因，但畢竟這是一種非常罕見的自殘方式，如果不能夠去冷靜思考，是很難接受的。而剛剛承受喪子之痛的家屬，讓他們去冷靜思考實在是有些強人所難了。」我説，「我們還是要滿懷誠意，把真相給家屬解釋清楚，這才是重要的，且是必要的。」

「你説得對。」劉局長説，「之前我們做了大量的解釋工作，死者的母親和哥哥都已經信服了。」

「只有莊建文不服？」大寶心寒地説，「要不是我們搞清楚了真相，他是唯一的嫌疑人。」

「我搞偵查也不少年了，識人還是沒問題的，莊建文可能並不是不信。」劉局長説，「只是想獲取某些利益吧。」

「真的有人吃自己孩子的人血饅頭啊？這種人不怕遭天譴嗎？」大寶怒氣衝衝。

「行了，別説了。」我説，「不管莊建文是真的不信還是故意裝作不信，我們都得做好自己的工作，為生者權，為逝者言，問心無愧，這就足夠了。其他的，我們沒能力去管。」

不知道第多少次，我們即便是查清了真相，依舊悶悶不樂。

「我現在發現了，」坐在車上的林濤説道，「從小養成孩子對健康的正視，『如有不適，及時就醫』的態度很重要。絕對不能因為孩子喜歡裝病，就把醫院妖魔化。」

「是啊，不能讓孩子害怕就醫。」大寶説，「有病不治，那才是最可怕的。」

「被妖魔化的絕對不僅僅是醫生這一職業。」我説，「在教育孩子的過程中，家長容易實施『懶政』。比如孩子鬧脾氣、哭鬧的時候，有些家長並不想找到根本原因，也不想去引導孩子如何處理情緒。因為那樣太麻煩了。最簡單的辦法，就是跟孩子説『別哭了，警察來

了』，『別哭了，再哭去醫院打針』。表面上看，這個辦法很容易奏效，但是對孩子的心理造成的影響卻是不可估量的。」

「說得是。」陳詩羽說，「不過，不僅僅是教育引導問題。你們說，這孩子為甚麼小時候總要裝病引起父母的關注？」

「從案發當時的情況，就可見一斑了。」大寶咬牙切齒地說，「7點鐘就吃完飯洗完澡了，孩子9點鐘死亡，從自己割自己肚子到死亡至少還有一個小時的時間。8點鐘開始，到莊建文自己上廁所時已經10點半，他才發現莊鵬死亡，這中間兩個半小時，父母二人都沒去看自己孩子一眼。你說，他們關心這孩子嗎？」

「和凌南、段萌萌這種被嚴格管束的孩子們相比，莊鵬倒是自由得很。」林濤說，「可是過度苛刻的管束，對孩子不好，而對孩子漠不關心，則更不好。」

「就是這個問題。」陳詩羽說，「給予孩子恰如其分的關注，和孩子有暢通無阻的溝通，真的是非常重要的。如果他們一直關注莊鵬，莊鵬就不會裝病；如果不裝病，就不會有拿醫院嚇唬孩子的行為，孩子也就不會諱疾忌醫了。這就是老秦剛才說的，要找到孩子出問題的根本原因。」

「小羽毛說得好。」我說，「我現在越來越覺得，教育孩子真的是一個非常深奧的課題。不說別的，就說如何把控父母和孩子之間的距離，就很不容易。簡單來說，把孩子的人生當成自己的人生，強迫孩子走自己喜歡走的路，這就是距離過近了。不知道孩子在做甚麼，也不想知道孩子在做甚麼，是放任和漠視，這就是距離過遠了。我覺得最好的親子關係，就是父母時刻關注孩子的動向，對孩子的選擇給予支持和幫助吧。」

「紙上談兵。」林濤說，「不干涉孩子的選擇，很多家長都很難做到啊。」

「所以，做父母不容易啊。」我伸了個懶腰。

「做孩子也不容易啊。你說這個莊鵬，一個慢性闌尾炎，也許吊吊水就治好了。」大寶說，「可惜了，一條年輕的生命啊。」

「哎，最近我認真思考了一下，為甚麼我總是對古墓裏白影的事情念念不忘。」林濤突然轉了話題，「那次，我心裏認定是見鬼了，之後，我回家就很怕黑。正好要上小學了，我爸媽讓我一個人去小房間睡。可是一關燈，我總覺得我又會看到那兩個白影。所以我就把那次經歷告訴了爸媽，想再和爸媽一起睡一段時間。」

「你好像說過，你和你爸媽一起睡到 10 歲。」大寶說。

林濤點點頭，說：「當時我說這件事的時候，我爸媽的眼神就告訴我，他們完全不信我說的話。我爸還告訴我，以後有要求可以提，但是絕對不能撒謊。我知道，他們是以為我不想一個人睡，才編造出謊言。」

「哦，你這樣說，我就明白了！你的意思是，你爸隨口的一句話，不小心傷害了你。其實你的心裏不是真的怕黑、怕鬼，對你來說，被父母不信任其實是一件很受傷的事情，於是恐懼和傷心共同促成了你的童年陰影，成了你往後餘生一聽到『鬼』就會害怕的夢魘。」陳詩羽分析道。

「有道理。」我說，「如果當年你的父母選擇相信你，安慰你，去感受你的恐懼，而不是質疑，甚至給你一個懷抱，告訴你，沒事的。也許這些事情你到現在早就忘記了，也不會留下甚麼心理陰影。」

我們說中了林濤的心思，他重重地點了幾下頭。

「別人幫不了你，但是假如你真的能夠解開心結，自然也就不會怕鬼了。」我說，「恐懼，會蒙住你的雙眼，而我們是最需要敏銳雙眼的職業啊！」

「你以前說克服心結，我沒有信心。」林濤抬起頭來環視了我們一圈說，「但是現在，我有一點信心了。」

我回頭準備和林濤擊個掌，卻看見程子硯一直寫寫畫畫、低頭不語，於是問道：「我發現這兩天你一直在畫畫。你在畫甚麼呢？給我們看看？」

程子硯一直在發呆，被我這麼一問，頓時紅了臉，連忙說：「沒甚麼，就是亂畫。之前你讓他們市局去調查，那張造謠凌南和段萌萌的

照片是甚麼樣子的。市局同事調查了好幾個同學，把供詞發給我了，我就按照他們的供詞，想把照片畫出來。」

「然後通過畫出來的照片，尋找拍攝人的位置，從而獲知拍攝者，也就是造謠者會是誰。」我豎了豎大拇指，說，「所以，你畫出來了嗎？」

程子硯「嗯」了一聲，從自己的筆記本裏拿出一張 A4 紙，然後遞給了我。

我一邊接過白紙，一邊問林濤：「防盜窗和捲閘門上的證據搜索，有發現嗎？對凌三全、辛萬鳳的調查和跟蹤工作呢？」

「證據？難。」林濤搖了搖頭，說，「首先可以肯定的是，防盜窗和捲閘門上都沒有發現有效的指紋，說明兇手是戴着手套的。但是畢竟身體其他位置有可能和金屬發生接觸，提取 DNA 的工作還在持續進行，說不定能有突破。」

「一直有人在對這兩口子進行監控，男人目前好像在跑保險的事情，女人依舊是臥床，偶爾出門也是去做中醫理療。」陳詩羽說。

「凌三全急於獲取保險金，是為了救他的公司。」林濤說道，「辛萬鳳目前簽沒簽字，也可以去保險公司調查一下。」

「嗯，回去之後，我們就分頭行動。」我指着程子硯的畫作說，「子硯，你畫的這個，怎麼感覺視角是從二樓拍下來的？」

「是，我也感覺應該是這樣。」程子硯說，「所以，我想去凌南、段萌萌補課的那個賓館附近去看看。」

「那就這樣分工……」我還沒說完，就被林濤打斷了。

「我和小羽毛去保險公司。」林濤說。

「那也行。」我笑了笑，說，「抵達龍番後，我、大寶和程子硯去補課的那個賓館，林濤、小羽毛和韓亮去保險公司。」

因為有一上午的睡眠，此時大家的精神都很好，也沒有人提出要回家休息。車開回省廳後，我、大寶和程子硯就又找師父要了一輛警車，由我開着，向龍番市東面的那個邱以深開房補課的賓館駛去。

我們還沒有抵達，陳詩羽就打來了電話，說：「偵查那邊的跟蹤人員發現問題了。凌三全昨天向工商管理部門提交了申請，申請對公司法人代表進行變更，變更成辛萬鳳。他今天又把保險申請表交到了保險公司，說辛萬鳳自己來簽完字，就可以打錢了。我們剛才到了保險

公司，公司説已經派出了一個姓方的核保員和一個姓梁的駕駛員駕車去找辛萬鳳簽字了，説是上門服務。」

「反常行為啊！那凌三全現在人呢？」我看了看手錶，時間指向下午3點半。

「凌三全去了一棟居民樓。」陳詩羽説，「根據社區的資料看，這間房是一個出租屋，可能是凌三全自己租下來的小房子。市局偵查部門派出了無人機，通過無人機偵查，發現凌三全在房子裏擺弄一個儀器之類的東西，上面好像還有電線。」

「電擊器！」我的頭髮都豎起來了，心情十分激動。困擾我們很久的案件，看來終於有眉目了。只要能找到電擊器，就有可能通過接觸電極上的理化檢驗，找到現場防盜窗和捲閘門上的金屬顆粒，經過比對就能確定是不是兇器了。

「市局已經抽調精幹警力趕赴現場了，估計很快就有抓獲凌三全的好消息了。」陳詩羽説。

「辛萬鳳呢？」我説，「不能把人都抽走了，辛萬鳳那頭也得留人。」

「這是當然，有人跟着的，説她又去中醫理療了。」陳詩羽説，「就是她之前去過好幾次的中醫理療店，小荷帶着她打車去的。理療店在一棟寫字樓裏面，有一名民警跟到了理療店外面守着。」

「那就行。」我頓時放下心來，「別做得太明顯，被發現又該掀起波瀾了。」

「那我們還需要去賓館附近看嗎？」大寶問道，「這不都快破案了嗎？」

「都開到這兒了，不如去看看。」我沒有減緩車速，徑直向賓館開去。

等我們的車開到賓館門口的時候，陳詩羽又發過來一條短信：凌三全被捕，被捕後立即承認了之前兩起殺人的犯罪行為，電擊器已送檢。

「真就這麼破了？」大寶看了看我的手機，有些興趣索然。

事情還沒做完，我沒打算就這樣回去。我站在賓館門口，左右看

看，指了指東邊遠處的一座二層小樓，對程子硯説：「如果你畫得不錯，就是那裏了。」

二層小樓的一樓，掛着「龍東土菜館」的招牌，是一個飯店。

我們三個人走到飯店樓下，出示了人民警察證，然後被老闆引着，上到了飯店二樓。

「這一間是洗碗房，髒盤子髒碗都放在這裏洗。」老闆説。

我走進了洗碗間，見裏面有三四個洗碗工正在洗碗，我看了一眼窗外，不錯，這個角度和程子硯畫的角度基本是吻合的。如果程子硯能高度還原出那張造謠照片的畫面，那麼拍攝者就一定是在這裏拍攝的了，但如果拍攝者是學校裏的孩子，他們又怎麼會出現在洗碗間呢？

我胸有成竹地回頭對老闆説：「雇用 16 至 18 歲的未成年工人，是需要向勞動部門登記的，你登記了嗎？」

飯店老闆頓時慌了神，説：「這，這，我們這兒頂多只有學生來幫幫忙，當小時工啊，我們沒有長期雇用童工啊。」

「別慌，16 歲以上就不是童工了。」我笑着拍了拍老闆的肩膀，説，「你說的小時工，有幾個人啊？」

「就一兩個吧。」老板擦了擦額頭上的冷汗説道。

「有沒有一個孩子，是龍番市二十一中的？」我問。

「這，這，哪個學校的，我真不知道啊。」

「來打小時工的小孩子，不就陸肖肖和梁婕兩個嗎？」一名洗碗工插嘴説道。

「梁婕？」我的注意力立即被吸引了，轉頭走出了飯店。

「梁婕，是不是那個母親開裁縫店的學霸？她也是段萌萌的同桌？」程子硯説。她的記性不錯。

既然有了這層關係，就可以猜到，梁婕打工的時候，無意中看到了凌南和段萌萌進出賓館，那拍攝照片的人是她的可能性就極大了。

我走出飯店，就撥通了陳詩羽的電話，説：「你聯繫一下凌南和段萌萌班上的梁婕，今天是週末，不上學，看看她在哪裏，找個女民警去保護一下。在電擊器做出結果之前，不要放鬆對她的保護。要是聯繫不上她，就聯繫她的父母。」

剛掛了電話，飯店老闆就跑出了飯店，説：「警官，警官，忘了告

訴你們，前不久，有一個中年女人也來過我們飯店，拿着梁婕的照片問我們是不是有這麼個女孩子在這裏打工。」

「中年女人？」我心裏一驚。

「是啊，聽店裏的人説，這個女人沿街問過好幾家了，有人説在我們店見過梁婕，她就找過來了。她一問我，我也沒多想，就告訴她了。」老闆説，「還有，今天是週末，梁婕應該來打小時工的，但是這時間已經過了，她到現在還沒來。她……她不會出事吧？我可跟這件事沒關係啊！」

這一個資訊，實在是非同小可。

我忍住雙手的顫抖，打開了警務通，找出了辛萬鳳的戶籍照片，給老闆看，説：「來打聽梁婕的，是不是這個女人？」

老闆伸頭看了看，説：「是，就是她！看起來特別弱不禁風的樣子。她還問是不是週末傍晚梁婕都會來上班……我真不知道她是甚麼人，這要是出事了我真的是無辜的啊……」

「糟糕！」我暗叫一聲，打斷了滔滔不絕的老闆，立即又撥通了陳詩羽的電話，「快，讓跟蹤辛萬鳳的民警，立即找到辛萬鳳本人！要見到人！」

「她在做理療……」

「衝進去找，快！」我説。

大寶顯然也意識到了怎麼回事，説：「怎麼辦？去哪裏找？」

「快，子硯，聯繫影片偵查支隊，在辛萬鳳做理療的寫字樓附近找。」我説，「她要到這裏來，肯定要打車。」

話音剛落，林濤打來了電話，説：「我也知道怎麼回事了，凌三全這是調虎離山啊！防盜窗上做出了女性的 DNA，和凌南有親緣關係，十有八九，這就是辛萬鳳的 DNA 啊！你説我粗心不粗心？你們記得段萌萌在家裏看到窗簾上的鬼影那事情吧？她描述的鬼影，其實就是一個女人的影子啊！我們最早就應該懷疑辛萬鳳啊！」

「你們通知我所在的這一片區域的轄區派出所，讓他們組織警力先行搜索。我估計他們不會太遠。」我説。

時間在焦急的等待中一分一秒地過去。我知道，林濤説得對，我們從一開始就應該懷疑辛萬鳳。但是，我們見了辛萬鳳，卻被她偽裝的病體所欺騙。邱以深被殺案，我們一開始認為至少是個身強力壯的

人才能作案，但是後來其實我們已經發現了他是被電擊擊暈後再被動手割頸的，那就不需要身強力壯的人來做了。但這個時候，我們還是被先入為主的印象欺騙，沒有去懷疑辛萬鳳。

又是先入為主！我自以為經歷了這麼多案子，早就不會犯這麼低級的錯誤了，結果還是被輿論中所展現出的那個病弱母親的形象給誤導了！

我捏緊了拳頭，坐在車裏焦急萬分地等待着電話的響起。

煎熬之中，我看到了陳詩羽的來電顯示，鈴聲幾乎還沒響起，我就已經接通了。

陳詩羽帶來的正是壞消息。

負責跟蹤辛萬鳳的民警衝進了理療店之後，才發現出事了。跟來的保姆小荷，此時已經在理療店的接待室裏的按摩椅上睡着了。而理療店的每個隔間都沒有辛萬鳳的身影。經過詢問，理療師說辛萬鳳聲稱自己肚子不舒服，讓理療師先給別的客人做，而她自己則從後門離開了。這個理療店有個後門，可以去洗手間，也可以直達寫字樓的貨梯。辛萬鳳說肚子不舒服，從後門走，也沒有引起理療師的注意。

因為不了解理療店的空間結構，負責跟蹤的民警一直在理療店外等着。可沒想到，這一切都已經在辛萬鳳的算計當中了。

好在現在的影片偵查技術已經十分成熟，程子硯很快從影片偵查部門獲知，辛萬鳳從寫字樓垂直貨梯下來後，直接上了一輛計程車。根據計程車的牌照追蹤，發現計程車來到了我們現在所在的賓館附近後，就返回了市區。這說明辛萬鳳確實在這裏下車了，可能攔截了前來上班的梁婕，坐其他計程車走了。

目前，影片偵查工作仍在進行。

在我們更加焦急的時候，陳詩羽打來了第二個電話，說市局110指揮中心獲取了消息，有人報警在二土坡附近，有人持刀傷人，目前派出所民警正在全力趕赴二土坡。

「二土坡！凌南被發現的地方！我們怎麼沒有想到？」我跳上車，踩上油門向二土坡的位置風馳電掣駛去。

到了二土坡附近的公路上，我們先是看見了一輛警車停在一輛保險公司出險車輛的前面，透過路邊的灌木叢，看到了幾個人影。

　　我們停好車，越過灌木叢，這裏距離二土坡發現凌南屍體的河邊，只有幾十米了。從地面上的殷紅血跡看得出，這裏剛發生過一場驚心動魄的打鬥。

　　灌木叢的後方平地上，兩名民警正摁住地面上不斷掙扎、歇斯底里叫喊的辛萬鳳，另一名民警正在持槍戒備。瘋狂的辛萬鳳完全沒有了我們上次見她時的那種頹廢和柔弱。

　　一旁的大樹下，一個女孩正抱着一個渾身是血的瘦弱男人，哭泣着，他們的身邊站着另一個男人，正在哆哆嗦嗦地用紙巾擦着沾滿了血跡的手。

　　「120 叫了嗎？」我喊道。

　　「叫了，馬上到。」持槍的民警説道。

　　我走到大樹旁，蹲下來看瘦弱男人的傷勢。他的肩膀、上臂和雙手都有創口，血糊糊的，但是出血量不是很大，應該暫時沒有生命危險。

　　「你還行嗎？」我急切地問。

　　「沒事，皮外傷，沒事。」男人擦了擦眼睛。

　　「怎麼回事？」我看他的氣息也還比較平穩，頓時放下心來，問向旁邊還在擦血的男人。他的衣服上還別着名牌，正是那個姓方的核保員。剛剛經歷了這樣的事情，他喘息未定，好不容易才跟我們介紹道：

　　「這個瘋女人本來是我們的客戶……今天我和梁師傅出車，就是為了找她簽一個保險單，一開始到她家，沒人，到隔壁鄰居那一打聽，説可能是去做中醫理療了。打她手機，又關機了，我們本來是商量着明天再找她的。但公司説這一單，投保人很着急，讓我們去她經常去的中醫理療店找找看。所以，我們就駕車去了那個寫字樓。

　　「還沒停下車，我們就看見辛萬鳳 —— 就是這個女人 —— 從寫字樓急匆匆走出來了，直接坐上了一輛計程車。喊她也沒聽見，於是，我們就駕車跟着計程車。可是週末路太堵了，我們被甩了好大一截，等辛萬鳳從計程車下來，攔住了一個小女孩，又重新上了一輛計程車的時候，我們剛追上，離他們的車距離也就只有幾十米，但怎麼按喇叭都引不起她的注意。我也納悶兒了，也不知道是不是還要追。

「可這時候，梁師傅眼尖，一下子看到那個被辛萬鳳攔住的小女孩，居然是他閨女！他閨女叫梁婕，成績很好的！按説今天應該在家裏寫作業的，居然會出現在街上，還被辛萬鳳帶上車了，當時梁師傅就有不祥的預兆，連忙加速跟着計程車。

「開到了這裏，路邊都是灌木叢，也不知道辛萬鳳帶梁婕幹嗎去了，我都覺得害怕，梁師傅想都不想就直接跟着衝進去了。我跟上去之後，就看見辛萬鳳正拿着刀，梁婕在躲閃。還好，梁婕這孩子運氣比較好，砍了一兩下都沒有被傷到要害。我還沒反應過來，梁師傅就撲上去了，他一把把梁婕推給我，自己就和辛萬鳳打鬥起來。我們梁師傅體格雖然瘦弱了點，但他真的好勇敢啊！我看那個辛萬鳳跟發瘋似的，一刀刀胡亂揮，嚇得我腿都軟了！後來幸好你們警員來了，他沒被那個瘋女人刺到要害部位，真是萬幸萬幸！」

「爸爸，我錯了……對不起，是我連累你了……」

劫後餘生的梁婕，雙手按在父親身上的創口處，哭着説道。

「傻孩子……」梁師傅忍着痛，用手輕輕安撫着女兒。梁婕卻哭得更厲害了。

此時的辛萬鳳自知不可能掙脱員警的束縛，已經平靜了下來。

她被兩名警員反剪雙臂，俯臥在地上，頭髮裏夾雜着灌木和雜草，凌亂地遮蓋了臉龐。她似乎在那一瞬間，又恢復成了那個臥病在床的失獨母親，面色蠟黃，雙眼無光。

警員見她已經不再掙扎，於是把她的雙手反銬之後，像拎小雞一樣把她拎了起來。可是在警員一鬆手之後，她又立即癱軟在了地上，一動不動。

這個瘋狂之後過度疲憊的母親，此時已經失去了靈魂，她連站起來的力氣都沒有了。

我的心口一陣刺痛，問道：「你用的電擊器在哪裏？」

她對我的問題置若罔聞，只是喃喃自語道：「就差一點，就差一點，都是你們壞事。」

「説，電擊器在哪裏？」民警再追問了一句。

辛萬鳳抬眼看了看那個為她上手銬的民警，卻好像只是看着空氣，繼續喃喃自語：「南南，媽媽一直都很努力，媽媽沒有自己的業餘時間，不逛街、不打麻將，都是為了你啊，媽媽這一輩子吃了沒學歷的虧，所以才會對你要求嚴格……這十幾年，媽媽全部的心思都在你身上，你說這世上還有做得比我更好的媽媽嗎？可是你為甚麼就是不聽媽媽的話呢？我讓你不要和那些壞孩子玩，不要和他們學畫畫，你就是不聽。如果你早聽媽媽的話，怎麼會有這樣的結果呢？」

「你一意孤行，讓凌南按照你的喜好去生活，這真的是為他好嗎？」我想用言語刺激她，讓她恢復理智。

可是並沒有作用。

辛萬鳳繼續説道：「南南，那天你交了白卷，是想回來和媽媽說甚麼呢？是說有人造你謠對嗎？是希望媽媽幫你闢謠對嗎？要不是你那個該死的教你畫畫的同學，和那個縱容你和壞孩子打交道的老師，你哪有今天啊！你那天是後悔學畫畫了，要回來和媽媽認錯，對嗎？」

聽着辛萬鳳的喃喃自語，我胸口就像是被壓了一塊大石頭，透不過氣來。

大寶咬着牙説：「你真的一點責任都沒有嗎？責任都是老師和同學的嗎？」

辛萬鳳就像沒有聽見大寶的話一樣，依舊雙眼無神地盯着遠方的水面，喃喃道：「你要是一直都聽媽媽的話，該多好，該多好？」

一週後，案件真相徹底查明了。

經過對辛萬鳳家進行搜查，我們發現辛萬鳳別墅地下室內有一個暗門。從暗門裏搜出的電擊器，小巧靈便，但威力十足。這個電擊器出自辛萬鳳父親的一個老跟班之手，他也因為涉嫌參與故意殺人，被刑事拘留了。電擊器的兩個電極上，發現了與電極金屬片成分不符的金屬顆粒，經過檢驗，和張玉蘭被害案現場的防盜窗、邱以深被害案現場的捲閘門上的金屬成分相符。防盜窗上提取到的接觸DNA也確定就是辛萬鳳的。

因此，即便凌三全在供詞中說自己是殺死邱以深和張玉蘭的主犯，警方也並不相信他的證詞了。他不過是想把罪責全部攬到自己身上而已。因為，他的出租屋內的那個電擊器，還沒有製作完成。

　　辛萬鳳在冷靜下來之後，承認了自己殺死兩人的犯罪行為，她在供述完之後，提出的唯一要求就是和凌三全再見最後一面。

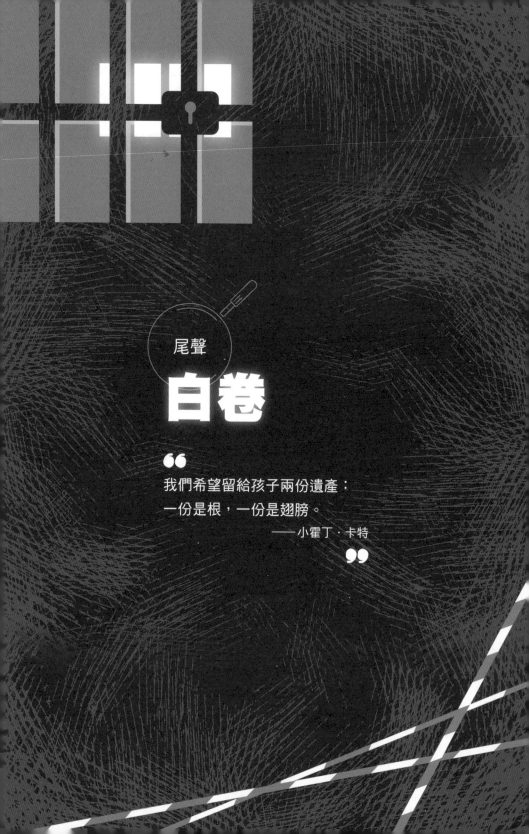

尾聲

白卷

> 我們希望留給孩子兩份遺產：
> 一份是根，一份是翅膀。
>
> ——小霍丁·卡特

1

辛萬鳳穿着黃色的馬甲，瘦弱的身體拖動着腳上沉重的鐐銬，走在龍番市第一女子看守所的長廊裏，鐐銬和地面沉重的摩擦聲，有規律地迴響在走廊裏。

會見室裏，凌三全已經在等着了。

「萬鳳……」凌三全一見到走進來的辛萬鳳，猛地站了起來，聲音都哽咽了，「你怎麼……瘦成這樣了。」

「瘦不瘦的，有甚麼關係呢？」辛萬鳳聲若蚊蠅，「要死的人了。」

「你們聊吧，但是你們會見的全部過程將被錄音錄影，告知你們一下。」管教說完，離開了會見室。房間裏陷入了短暫的沉默。

「對不起，我最後還是沒幫上忙……」凌三全低頭揩着眼淚。

「沒甚麼可道歉的，你只是不夠愛南南而已，我早就知道。」辛萬鳳的聲音裏帶着一絲冷意。

「我不夠愛他？」凌三全痛苦地反駁道，「我還不夠愛他嗎？他出事了，我和你一樣生不如死。他也是我唯一的孩子……」

「你愛他？你跟外面的女人鬼混，也是因為愛他？你做那些醜事的時候，知不知道自己還有個孩子？」辛萬鳳抬起頭來，盯着凌三全的眼睛。

凌三全的眼神有些閃爍，痛苦地說道：「那是很久之前的事情了。我知道錯了，我也在努力彌補我的過錯，可是你從來都不願意給我機會……」

「夠了，南南死了，現在甚麼都不重要了。」辛萬鳳無情地打斷道，「我給過你機會，問你要不要報仇，你那時候說的甚麼？哼，你只想着要那筆保險金。」

「我……」凌三全說。

「是啊，所以我只能靠自己想辦法，要不是我父親的那個老電工對我忠心耿耿，二話沒問幫我做了電擊器，我怎麼完得成復仇的計畫……可惜，還差最後一個。」辛萬鳳歎了口氣，開始喃喃地說道，「現在想想，我這輩子甚麼事情都不順。別人不知道，你應該是知道的吧？」

凌三全沉思了許久，説：「老電工，我知道……」

「我從小就吃盡了苦頭。」辛萬鳳沒有接凌三全的話茬，自顧自地説，「小時候，我家裏還很窮，我爸一天到晚在外面跑生意，也沒空管我。別的小孩都可以把心思放在學習上，而我呢？我媽身體不好，家裏這麼多家務，還要照顧弟弟，所有事情都落在我一個人的肩上。我已經拼命了，最後還是只有一個職高的學歷，我犧牲這麼多，又換來甚麼呢？後來，我媽去世後的那幾年，弟弟還小，都是我一個人帶大的，我爸幾乎從來沒有管過我們。等到弟弟長大了些，我爸的公司總算做起來了，條件也好了起來。可是我呢，耽誤了這麼多年，學歷又不高，別人説的很多東西我都聽不懂，我知道自己已經不可能做成甚麼事了。我爸對我心裏有愧，才給我在公司裏安排工作，今天在這個崗位，明天去那個崗位，調來調去，沒有一個有用的崗位。」

「我們都認為，不讓你工作，才是對你的照顧……」

「我不需要你們居高臨下的照顧。我知道你們骨子裏還是看不起我，只有高學歷的人才會説學歷不重要，因為你們壓根不知道沒有學歷的痛苦。學歷是一個人一輩子最重要的東西。」辛萬鳳説，「這話我和南南説了一百遍，可是他為甚麼就聽不進我的話呢？」

「他沒有不聽話，他很努力，他也盡力了。」説到兒子，凌三全的眼睛又紅了，「南南是個乖孩子，他還不夠聽你的話嗎？你覺得你的人生痛苦是因為學歷不如人，所以你認為南南不能再輸在學歷上。可是他也痛苦啊！那麼小的一個孩子，我很少看到他的笑容，天天被逼着寫作業，一點休息的時間都沒有，他不痛苦嗎？我看到他，都覺得他真的不快樂！……當然，我也知道，他的不快樂很大一部分是因為我。我犯了錯，我沒有做到一個父親該做的。我看到他痛苦，我就想逃避。每次想到這裏，我都會生不如死。」

「哼，説甚麼生不如死，你不覺得你的愧疚太晚了嗎？」

「是的，晚了，毫無意義了。」凌三全説，「甚麼學歷，甚麼事業，都毫無意義。我現在和你一樣，覺得人生毫無意義了。」

辛萬鳳眼睛裏閃着淚光，説：「所以説，老天對我太不公平了。小時候就沒了媽媽，有個爸爸也和沒有一樣，相依為命的弟弟也英年早逝。你又背叛了我，現在就是我最愛的南南，也就這樣離開了我。我付出了這麼多，最後卻一無所有，你説，我上輩子是造了甚麼孽？」

凌三全沉默了一會兒，説：「都是我的錯，我的錯。」

　　辛萬鳳猛地抬起頭，眼神裏全是憤懣：「可我們剛結婚的時候，你不是這樣的……所以，都是那個畫畫的女人勾引你，都是畫畫的錯！這麼噁心、虛偽又惡毒的事情，那些可惡的員警卻還為它辯解，如果不是被畫畫勾走了魂，我會失去我的老公、我的兒子嗎？國家就應該禁止所有人畫畫！把惡魔關在籠子裏！」

　　凌三全的喉頭聳動了一下。

　　「萬鳳……我知道，當時你弟弟車禍死亡，警方沒有找到肇事司機，所以你一直把警察當成仇人，連南南失蹤的時候也沒想過要第一時間報警。這些，我都認了……可是，警員説的也沒錯啊，你硬要把南南的死和畫畫聯繫在一起，是不是有點偏激了？南南他是有畫畫的天賦的，如果我們能包容他的這一點愛好，説不定……」

　　「你是在嫌棄我不夠包容？包容不了你和那個賤人的一夜情？」

　　「不，我是説你不能包容南南的愛好。」凌三全説，「南南喜歡畫畫沒有錯。錯在我，不在畫畫，更不在南南。」

　　「你還是不懂我。」辛萬鳳説，「即便不是因為你，所有影響南南學習的東西，都不可以存在。」

　　「所以，你殺死那些人，是因為他們影響了南南的學習嗎？」凌三全説，「我後來也想了很多……你真的覺得，南南的死和他們有關係嗎？」

　　「怎麼沒有關係？我不覺得他們是無辜的。」辛萬鳳打斷了凌三全，説，「南南以前是不畫畫的，自從寒假補課之後，就被我發現總是在畫畫。我是讓他去補習語文的，不是讓他去學畫畫的！本來我還沒有多想，在南南出事後，我就去找那個和他一起補課的段萌萌，想問問究竟補習班裏出了甚麼事情。可是我走到她家窗外，她的窗簾正好拉開着，我就發現她一個人坐在臥室裏畫畫。我頓時就明白了，原來是她！是她帶壞了我的南南……」

　　「可是，你從南南床墊下面搜出來一百多張畫。如果他是寒假才學的，他不可能這麼短時間畫這麼多啊。」凌三全歎了口氣，説，「你從來沒有覺得他們其實也是無辜的嗎？」

　　「無辜？」辛萬鳳説，「要不是張玉蘭賣力地求小荷帶着她女兒一起補課，如果和南南一起補課的是別的同學，是個男生，哪有後面那

麼多事？哪有造謠？哪有南南為了自證清白不得已而去舉報？還有那個老師，我們在他身上花了多少補課費？結果南南在公車站看見他，那麼害怕！他平時究竟是怎麼對待我家南南的？南南的悲劇，都是從他開始的，他就是始作俑者，他們這些人該死，一點也不冤枉！」

「你當時為甚麼沒有……算了，我知道你也不會來找我的。我第一次聽說張玉蘭觸電的事情，就隱約猜到可能和你有關了。然後我就注意了一下你的行蹤，發現你和你父親的那個老電工那段時間走得很近。我知道，他一直對你忠心耿耿，你的訴求他一定會無條件答應。開始，我以為你是讓他去殺人，我還跟蹤了老電工，希望可以勸回他。可是邱老師死了之後，我就知道，殺人的根本就不是老電工，而是你。我去找了老電工，他告訴了我你讓他教你製作電擊器的事情。你知道嗎？我當時整個人都震驚了！我完全沒有想到你會去親自動手！」

「是啊，在復仇這件事情上，你還沒有他做得多。」辛萬鳳頓了頓，忽然熱情地說，「哦，不過我聽說，你被捕的時候，正在做電擊器？你是甚麼意思？你也找老電工教你了？你是在幫我吸引員警的注意，給我爭取時間嗎？」

「不，我只是想幫你頂罪，也是希望贖我的罪。我了解你，我不可能勸回你，就只能這樣做了。」凌三全看着妻子的眼睛，痛楚地說，「我知道被警員抓到就活不了了，我希望活不了的那個人是我。」

「不需要你頂罪。」辛萬鳳的神情瞬間又冷卻了下來，說，「因為沒有了南南，我活着本身就是一種痛苦，我早就只求一死了。」

「為甚麼……為甚麼會變成這樣呢……」凌三全用力揉着自己的頭髮，「我感覺我們真的迷失了……有時候，我真覺得分不清甚麼是我們的人生，甚麼是孩子的人生了。」

「南南的人生就是我的人生！」辛萬鳳說，「不多說了，我叫你來，就是想告訴你，把南南的骨灰和我的骨灰放在一個骨灰盒裏。就這樣吧，我不想再見到你了。」

2

春天的北湖邊，風景如畫。

翠綠色的小草被修剪得整整齊齊，就像是一張一眼看不到邊際的綠色地毯，平鋪在北湖的周圍。

湖邊，柳樹成蔭，和盛開的桃花交相輝映，呈現出一幅桃紅柳綠的美麗畫卷。

隨着那輕柔的微風，湖面泛起層層漣漪。幾隻不知名的鳥兒，掠過湖面，又高高飛起。

草坪上，數十名穿着同樣校服的初中生正三三兩兩地圍坐在一起，有的在聊天，有的在打鬧，有的在一起玩手機。

段萌萌沿着湖邊慢慢地走着，她不知道自己該加入哪一撥同學。已經轉學一年了，可是這些同學，看似熟悉，又那麼陌生。學校組織這樣的春遊，可真是無聊透頂了，還不如不來，像往常那樣，自己獨自打一天籃球。

這幫小孩，嘰嘰喳喳地吵個不停，還當自己是小學生呢？哪有那麼多話好說？真是讓人心煩。

不遠處的柳樹下，有一個孤獨的背影，段萌萌定睛辨認了一下，哦，是凌南。

做了一年的同學，段萌萌對凌南是有印象的。他是一個話不多，也同樣不會和同學們打鬧嬉戲的男孩子。同學們都說凌南太孤傲，就因為家裏有幾個臭錢，所以不願意和大家一起玩。但是段萌萌一直沒有這樣認為，因為和凌南不多的幾次對話中，她能看出凌南眼中的真誠和怯懦——或許，他只是有些「社恐」吧。

段萌萌躡着步走到了凌南的背後，他絲毫沒有察覺。段萌萌瞥了一眼，眼光從凌南的肩膀投射下去，才發現凌南這麼聚精會神的，原來是在畫畫。

畫面中，綠色的草坪、碧藍的湖水、掠水的小鳥，活靈活現，果真和眼前這美妙的景色一模一樣。

「哇，真美！」段萌萌忍不住說道，「你畫畫好厲害啊！」

專心致志的凌南顯然是被背後的聲音嚇了一跳，回過頭去看了段萌萌一眼，靦腆地笑着回答道：「嗯⋯⋯你打籃球也很厲害。」

「你看過我打籃球？」段萌萌很是驚訝，畢竟她一般情況下都是獨自打籃球。

段萌萌跳到凌南的身邊，和他並排坐下，説：「你是怎麼做到，把自己看到的東西畫得這麼像的？」

「我覺得最難的，還是把自己腦子裏面想到的畫面畫下來。畫看見的，不算甚麼。」凌南還是那麼靦腆地説，「你要是感興趣，我可以教你。」

「好啊，好啊，你必須得教我。」段萌萌説，「作為回報，我可以教你打籃球。我們隔壁社區就有籃球場，你哪天晚上出來打籃球，叫我。」

凌南的畫筆顫抖了一下，説：「啊，我晚上出不來，我媽不讓我出去玩。」

「啊，同是天涯淪落人啊！」段萌萌拍了拍凌南的肩膀，導致他的畫筆又顫抖了一下，筆下的一隻小鳥變了形。

凌南也不生氣，對着段萌萌嘿嘿笑了笑。

「不過啊，你得抗爭，知道嗎？」段萌萌説，「我呢，倒不是煩我媽，因為她就是個傳話筒。我老頭比較狠，每次放狠話，都惡狠狠的，和老虎要吃人一樣。不過呢，我該出去打球，依舊出去打球，這就是抗爭。」

「我媽不狠，但是，我怕她傷心。」凌南説，「從小，我做對了，她就會獎賞我，做錯了就會懲罰我，她説，這叫賞罰分明。可是對我來説，我做的一切，都是為了迎合她的喜好。」

「是啊，家長們都是這樣吧。」段萌萌像個大人似的説，「我們做對了，如果得不到賞賜，似乎做的一切都毫無意義。做錯了，如果得不到懲罰，似乎也就無所謂了。」

「所以，我們每天這麼累，真的是為了我們自己好嗎？」

「別説那些糟心事了。我啊，覺得你有超能力！後面同學那麼吵，你居然就像聽不見一樣，還能安安心心畫畫！」段萌萌説，「我媽這個傳聲筒要是站在我身後，我一個字都學不下去了。」

「我也是，我媽嘮叨的時候，我也寫不下去作業。」凌南説，「不過，畫畫是可以讓人內心平靜的。」

「是真的嗎？」段萌萌説，「那我可當真要學了！不過，我比較笨，估計學不會。」

「畫畫其實很簡單。」凌南的眼睛裏都泛着光，説，「我全是自學的。你只要記住，拿起畫筆的時候，甚麼也不用管，也不用擔心畫得好不好看，按照自己的想法去做就是了。」

「那我試試？」段萌萌説。

凌南慷慨地把自己的畫板遞給段萌萌，説：「我教你。」

…………

「你畫的是一頭豬？」

「甚麼啊！這是我的二呆，是頭熊！」

「可是，這明明是豬啊。」

「你才是豬，哈哈哈！」

…………

往昔的記憶，像電影膠片一樣，在段萌萌的腦海裏一幀幀翻過，這些思緒順着段萌萌手上的畫筆流淌到了畫紙上。雖然畫得並不好看，但這些都是段萌萌最寶貴的東西。

段萌萌抽出一張紙巾，在被淚水浸濕的畫紙上蘸了蘸，想要吸去那兩滴剛剛滴落上去的淚水。她小心翼翼地把幾張畫紙整理齊，夾在了那一塊凌南送給她的畫板裏。又從身邊拿出一疊厚厚的信紙，輕輕地撫摸着。

像是鼓起勇氣一般，她翻到了這封長信的最後一頁。

「每個人生來不同，不一定都要成為玫瑰，你可以成長為你自己喜歡的那種美好、善良的小花，又有甚麼不好呢？愛你的，爸爸。」段萌萌輕聲念着。

淚水又一次奪眶而出。

梁婕同學：

　　你好！

　　思來想去，我覺得我還是應該給你寫下這封信。雖然我已經不是你的老師了，但是我覺得我有義務把這段時間我的思考分享給你，說不定會對你未來的學習和生活有所裨益。

　　當然，自私地說，我也是為了我自己心靈的平靜吧。

　　在和你們告別的那天上午，說老實話，我本人都是懵懵的。看到同學們驚詫、不解和不捨的眼神，我的心很痛。但是我不恨任何人，我只是比較惋惜，不能再給你們這些好孩子當班主任了。

　　之後，你悄悄地找了我，告訴我，我被開除，有可能是因為你發現了我在帶課，並且告訴了其他人。你說你很愧疚，希望我原諒你。你說你揭發這一切，不是為了害我，而是想讓所有人知道，有些同學在補課，即便贏了你，也是勝之不武。

　　我當時只說了一句：「我不怪你，我誰也不怪。」我是真的沒有怪過任何人。

　　後來就發生了凌南的事情。

　　這件事情，將是我這一生永遠的痛。

　　我意識到，是凌南舉報了我，他在躲避我。我特別後悔，如果那天在公交月台，我能注意到凌南，又能及時叫住他，和他聊聊，他根本就不會死。

　　他的死，是因為我。

　　我猜，你在得知凌南的事情後，也會和我一樣愧疚吧？我這麼

推測，是因為你太像我了。你說有些同學偷偷補課、勝之不武時，我就覺得你太像我了。在我們班這麼多同學中，我最喜歡你、欣賞你，也是因為你太像我了。

可是，無論我們倆怎麼愧疚，又能改變甚麼呢？甚麼都改變不了。痛定思痛，這段時間，我認真反省了自己，我想，既然我們這麼相似，說不定我的這些思考，也對你有用呢？

這就是我給你寫這封信的原因。我要把我這些天思考得來的東西，分享給你，希望你以後能過得比我好。

先來說說我的故事吧。

我出身農村，家裏條件不好，從小缺衣少食，但是父母對我的照顧無微不至。對我的父母來說，我能競爭過鎮子裏的同學，考去大城市，有一份穩定的職業，就算是給我這個家族打了一個翻身仗。

我們那個時候，別說甚麼補課了，就連正經上課的時間都遠遠不及城裏的孩子。因為，學校得為孩子們留出足夠的課餘時間，幫大人做農活啊。我父母不讓我做農活，我的時間就全部留在了操題上。

我們買不起太多的複習資料，就自己抄題，然後回家去做。有的時候吧，抄下來的題目，比那些鉛印的題目更珍貴，做起來也更有意思。這也就是我經常會建議你們抄題目的原因了。

日積月累，別人做農活的時間，我都用在了操題上，所以到了中考的時候，幾乎沒有我沒做過的題目。沒錯，我就是網路上說的那種「卷王」。

以前我從來沒有想過一個問題，就是這股堅持答題的勁兒，是從哪裏來的呢？

這段時間，我好像想明白了。

在班上，我經常和你們說「競爭意識」。讓你們具備「競爭意識」，原來是我從小就根深蒂固的一種意識。我要爭第一，誰學習好，我就要超越誰，誰做出來一道難題，我也要做出來，還要比他更快。

所以，我把這種意識帶給了你們。

這些天，我想了很多，這個我一直引以為傲的意識，真的是正確的嗎？

小時候，我做題沒人超越我，我就是人生贏家了嗎？長大後，我為了讓我們班超越其他班，不擇手段，包括國家明令禁止的節假日補習，我也敢違規操作。很多人議論說我是為了錢，其實真的不是，我是為了盡可能把落後的孩子往上提一提，這樣我們班的平均水準就可以往高提一提了。

這樣一來，從小到大，從同學到同事，在我的眼裏，都像是「敵人」。因為抱著競爭意識，我不知不覺地把身邊乃至整個世界都看成是「敵人」，認為人人都是隨時會愚弄、嘲諷、攻擊甚至陷害自己、絕不可掉以輕心的敵人，而世界則是一個優勝劣汰、成王敗寇的恐怖地方。我甚至把別人的幸福，都看成是自己的失敗。

可想而知，我這三十年的人生，並不快樂。

你那天的一番話，加上凌南的事情，就像是一記悶錘，徹徹底底地把我錘醒了。

我發現，原來我身邊的人們，根本就不該是我的對手。我的對手只有一個，那就是我自己啊！永遠和比自己強的人去比，這樣的人生是不快樂的。但是，如果我只把自己作為「對手」，每當我自己進步了一點點，我都會感到滿足、都會感到欣慰，那才是真正的快樂！人生這麼短，如果我們把目光永遠都放在他人身上，在不斷地和他人比較中失去了自己，那人生不就變成為他人而活了嗎？只有為自己而活，才是有意義的人生。

原來困擾我三十年的所謂「出人頭地」，本身就是一個錯誤的命題。

　　我現在想明白了，我為甚麼不能踏踏實實做一個快樂、幸福的平凡人呢？不因過去而自卑，不因未來而焦慮，不活在別人的評價中，不做競爭意識的奴隸，遵從自己的本心，這可能才是人生的真諦吧。我希望我餘下來的人生，一定要記住今天的感悟，甘於平凡，忠於自己。

　　凌南交了白卷，我痛心疾首，也醍醐灌頂。你呢？我希望你可以在讀完這封信後，率真地、灑脫地、快樂地走上你自己的人生之路。

　　老師會在遠方永遠支持着你。

　　祝安！

邱以深

全書完，敬請期待法醫秦明系列下一本新書。

白卷
是一道空白的謎題
每個人都會有自己的答案

我想聽聽你讀完的感受
無論你是發佈在微博、豆瓣
還是小紅書或其他你喜歡的平台
我都會去盡力翻閱你們的每一條評論

《白卷》
只是一個開始
我希望它能成為
我們討論家庭話題的契機
去撫平每扇家門背後的不安與傷痛
讓每個曾是孩子的人得到治癒
讓每個想成為大人的人
勇敢走上自己的路

謝謝你
翻完了這本書

接下去
該由你來書寫
屬於自己的人生了

——法醫秦明

著者
法醫秦明

責任編輯
李欣敏

裝幀設計
鍾啟善

排版
辛紅梅

出版者
萬里機構出版有限公司
香港北角英皇道 499 號北角工業大廈 20 樓
電話：2564 7511　　傳真：2565 5539
電郵：info@wanlibk.com
網址：http://www.wanlibk.com
　　　http://www.facebook.com/wanlibk

發行者
香港聯合書刊物流有限公司
香港荃灣德士古道 220-248 號荃灣工業中心 16 樓
電話：2150 2100　　傳真：2407 3062
電郵：info@suplogistics.com.hk
網址：http://www.suplogistics.com.hk

承印者
美雅印刷製本有限公司
九龍觀塘榮業街 6 號海濱工業大廈 4 字樓 A 室

出版日期
二〇二四年三月第一次印刷

規格
特 16 開（220 mm × 150 mm）

原著書名：法醫秦明 · 白卷
作者：法醫秦明
本書由天津磨鐵圖書有限公司授權出版，
通過明洲凱琳國際文化傳媒（北京）有限公司代理授權，
限在港澳地區發行，非經書面同意，不得以任何形式任意複製、轉載。